U0508680

尚册文化 ｜ 策划出品

打开世界之页

# 一路向西

## Yi Lu Xiang Xi

赵玉柱 著

羊城晚报出版社

·广州·

## 图书在版编目（CIP）数据

一路向西 / 赵玉柱著 . — 广州：羊城晚报出版社，
2022.3

ISBN 978-7-5543-1055-7

Ⅰ . ①一… Ⅱ . ①赵… Ⅲ . ①长篇小说—中国—当代
Ⅳ . ① I247.5

中国版本图书馆 CIP 数据核字（2022）第 034292 号

## 一路向西
### YI LU XIANG XI

责任编辑　王志娟

责任技编　张广生

装帧设计　尚册文化

责任校对　姚纪芳

出版发行　羊城晚报出版社

　　　　　（广州市天河区黄埔大道中 309 号羊城创意产业园 3-13B　邮编：510665）

　　　　　发行部电话：（020）87133824

出　版　人　吴　江

经　　　销　广东新华发行集团股份有限公司

印　　　刷　济南精致印务有限公司

规　　　格　710 毫米 × 1000 毫米　1/16　印张 20.5　字数 350 千

版　　　次　2022 年 3 月第 1 版　　2022 年 3 月第 1 次印刷

书　　　号　ISBN 978-7-5543-1055-7

定　　　价　68.00 元

# 写在前面：一路向西再向南

我给小说取名《一路向西》，本身已经说明我不可能在写作过程中置身局外，冷眼旁观。

小说在我个人微信公众号上连载时，朋友开玩笑说，你不是甘肃人吗？甘肃本来就在西北，你还要一路向西，准备去新疆吗？我笑笑。他只知道我在甘肃，却不知道我在甘肃的哪个方位。我从武汉军校毕业，前往酒泉卫星发射中心报到。一路向北再向西，在火车上与故乡擦肩而过，眼睁睁看着她离我越来越远，越来越远……我却无法停留，只能一路向西，把故乡远远甩在身后。

你可能很难想象，酒泉卫星发射中心距离我的故乡有一千三百公里。这还是自驾的最短距离，如果坐汽车、转火车、再转汽车回家，距离更远，耗时更久。这当然是由于甘肃地域狭长，东西跨度达一千六百多公里；还有一个原因，酒泉卫星发射中心所在地隶属关系在新中国成立后几经变革，最终被划归内蒙古自治区阿拉善盟额济纳旗。所以准确地说，我在内蒙古工作，而非甘肃。

酒泉卫星发射中心的地理位置很明确，但地图上并无标识。毕业时，学校给了一张一寸宽三寸长的纸条，上面写着"甘肃省兰州市××支局"，还有一行阿拉伯数字，却不是电话号码，而是邮政编码。另外，就只有一张武汉到兰州的火车票。也没有人告诉我，这个××支局就是酒泉卫星发射中心，它距离兰州还有将近一千公里呢。

幸好，我在火车上碰到一位校友，两个人像地下工作者接头一样，拿出两张纸条一核对，完全一样。他倒是知道我们的目的地。我跟着他在兰州下车，重新买火车票，重新办理行李托运。然后一路向西，到清水下车，花十五块钱坐三轮车到酒泉卫星发射中心设在清水的招待所，稍作停留，又坐上火车，在荒无人烟的戈壁上走走停停，历时五个半小时才抵达目的地。一路上，我越走心里越凉，这个时候终于知道，先进事迹报告里口口相传的顺口溜——"天上无飞鸟，地上不长草。风吹石头跑，氧气吃不饱"，竟然是写实。

酒泉卫星发射中心也叫作东风航天城，我们习惯称之为"东风"。它是一座兵城，所辖的部队像撒出去的豆子一样，零零散散分布在戈壁滩上。很多部队驻点都没有地名，就用数字作为代号。军民聚居区和机关办公中心区域叫十号，相当于市中心。据在此生活了十年以上的前辈们说，十号如今的面貌，与二十世纪九十年代相比，已经发生了翻天覆地的变化。可在我看来，仍然是——惨不忍睹。饭店都是些黑黢黢的平房，菜品色香味俱无，价格却抵得上城市里相当规模的酒店；购物的去处也不多，价格高得吓人。你不消费也没办法，十号就这么几家饭店和超市。要到十号以外的地方买东西，必经之路上有检查站，须提供单位开具的通行证，单位请假也不方便，要领导层层审批。即使出得了检查站，到酒泉有两百三十公里，坐班车需四个半小时。很多司机态度都很恶劣，中途不肯停车让乘客解决个人问题，何况当天往返也不现实，把住宿费摊在商品中，代价更高。我只能面对现实。

但慢慢你就知道，东风花钱的地方实在不多。吃饭可以去单位食堂，每餐单位都有补贴。衣服、鞋帽由部队保障，节假日穿着上街，也不会被视为另类，反而是前卫潮流的便装显得扎眼。一旦结婚，单位一周发放好几次自种自产的蔬菜，一到旺季，黄瓜、西红柿、茄子、辣椒吃不完，白送也很少有人要。节假日的福利更丰富，有米、面、油、鸡蛋等。

关键是，可买的东西很少，大多数商品都与时代严重脱节，站在军人服务社柜台前，先彷徨，后惆怅。在别人看来，这是一种幸福的苦恼，但对局中人来说更多的是无奈。初到东风，我除了失望就是绝望，真不敢想象将在这里日复一日、年复一年地工作和生活下去。

但日子就这样一天天熬下来了。我也跟大多数人一样，结婚、生子，组建了稳定的家庭。看着孩子一天天长大，曾经躁动不安的心渐渐趋于冷静，像老一辈的航天人一样，我深深爱上了东风，爱上了荒凉的戈壁滩。孔子说："一箪食，一瓢饮，在陋巷，人不堪其忧，回也不改其乐。"不光颜回做到了，东风人也做到了。"献了青春献终身，献了终身献子孙。"我就是其中一员。

从最初的不能适应到最后的不愿离开，是很多东风人的心路历程。一个原因是习惯使然。既然无力反抗，那就闭上眼睛做撞钟的和尚，习惯了，便不觉得有什么不好。还有一点，就是部队生活太容易让人沉沦，因为时时处处都充满"热闹"。虽然各人有各人的家庭，但大家上班一起工作，一日三餐在一个锅里搅勺，八小时之外仍然藕断丝连。十八大以后，晚饭后打篮球成为固定活动。

酒桌上喝酒要找对手，球场上打球要找队友，无形中，战友和战友就绑在一起，家庭和家庭也搅在一起。尤其在基层连队，干部和战士同工作，同吃饭，同睡觉，同娱乐。基层最盛行的娱乐活动就是打牌和打球，"一文一武"。这种生活会让人上瘾。长年在基层带兵的干部，往往都不喜欢一地鸡毛的家庭生活。说白了人生不就是这样？有几个人习惯寂寞而杜绝热闹？

我也跟大多数人一样被"热闹"一点点湮没，不知不觉从青年走入中年。如果说部队生活有什么隐忧的话，恰恰就在这里。因为部队的性质决定它是一个"喜新厌旧"的群体，铁打的营盘流水的兵，大多数人最终都会被淘汰出局。

平心而论，东风这个地方并不好：一是自然环境差；二是信息闭塞；三是交通不便；再加上常年承担试验发射任务，你敢说各类燃料以及雷达设备对人体没有损伤？只不过肉眼看不到罢了。人有时候就这么冷漠，自己眼睛看不到的东西，习惯于默认它不存在，至少会认为跟自己没有多大关系。这就是所谓的选择性失明吧？悲哀的是，我们的选择性失明，很多时候都反噬到自己。在东风多年之后，我们丧失了最重要的资本——年龄。激情已经燃烧为灰烬，而且，工作和生活中长年累月的因袭和重复，也僵化了我们的思想。在不缺吃少穿、不乏欢声笑语的日子中，我们沉沦了，我们习惯了。习惯是一种可怕的势力。当你习惯某一种固定模式后，即使有新的机会摆在面前，你也懒于尝试，或者说不敢尝试，因为尝试就意味着改变，改变有可能朝好的方向发展，也不排除遭遇更坏的处境。所以，进退走留之际，东风人表现出比城市驻军更大的恐慌——他们大不了终老一城，但东风不收留退役军人，要么从哪里来回到哪里去，要么另辟蹊径。

东风航天城不养老，我们只能凭一己之力找出路。战友们最终的落脚点，南至海南，北到东三省，西至新疆，东到沿海江浙地区，遍及数十个省份。放眼全国，应该没有哪支部队的退役军人分布得如此之广。"聚时一盘棋，散时满天星"，这句话似乎就是为东风人量身打造的。我也是在这种情况下，一路向西之后再向南，来到广东惠州。

定居惠州的战友不少。脱下军装以后，我们又变成了同事。闲暇之际回顾从前，大家都对那段激情燃烧的岁月充满怀念，话题总是少不了东风的人和事，零五区、十三区、眼镜烧烤、邓记米线等等，大家如数家珍般谈起前尘往事，偶尔也会聚焦东风时下的变化。在新中国蓬勃发展的大时代背景下，我们曾经的事业或许不值一晒，但对个人而言却意义非凡。我们把最青春的时光留在了戈壁滩，曾经盛开的生命花朵和枯萎后撒下的种子，终究会生根发芽，即使不能成长为倔强的胡杨，至少也是一株在弱水河畔与风沙和干旱抗争的红柳。"为什么我的眼里常含泪水？因为我对这土地爱得深沉……"这是东风人最真挚的心声。

这些年，我写了很多关于东风的文章，在朋友圈里很受欢迎。有一次，甘肃某出版社的负责人和我取得联系，"世界的敦煌，中国的酒泉"，时任甘肃省作协副主席叶舟写了一部《敦煌本纪》，把敦煌能挖掘的素材挖完了，他们便想从酒泉卫星发射中心挖点底料，做一本书。我给他提供了一些素材和有关书籍。不知他最后做成这件事没有。我从中受到启发，觉得别人都可以打东风的"主意"，东风人为什么不能自己写自己呢？

从 2020 年 10 月开始，我便着手写《一路向西》。每天来回奔波上班，两个小时都在路上，孩子又小，琐事极多，且是第一次驾驭长篇，捉襟见肘，颇感吃力，所以边写边在名著中寻章摘句，挖掘灵感。过去一年我读了 123 本书，其中 72 本是小说。这样写写停停，一直到 2021 年 11 月底，才勉强写完。

林语堂说，四十岁以后才可以尝试写长篇小说。他的《京华烟云》也是四十岁以后写的。我写《一路向西》时也年过四十，积淀了一些生活阅历，思想和年轻时候相比，发生了很大变化。写作过程中，我始终秉持一个理念：尽可能多写东风的人。因为东风的"事"不光中国人知道，全世界的人都知道。东风航天城在局外人眼中是伟大的，但东风人在生活中是平凡而渺小的。历史往往会铭记大人物，一颦一笑都记录在案。而那些跑龙套的，甚至候补龙套的，连个鞋印都很难留下。所以，我要尽可能着眼于东风人，尤其是一些微不足道的小人物。我记录了卖菜的孟老太太，在人工湖挖坑的民工，还有更多一闪而过的点号战士，等等。列夫·托尔斯泰说："幸福的家庭都是幸福的，不幸的家庭各有各的不幸。"其实，别人眼中的幸福家庭，也未必时时处处都如外表那么光鲜亮丽；而生活困顿的群体，也不尽是泪水多于笑容。在这个价值观遭遇冲撞和颠覆的时代，很多人都放弃了初心和使命，但仍有这么一个群体在默默坚守。无论世界如何繁华，我们都不该淡忘戈壁滩的苍凉，不该无视那些被风沙裹挟的灰头土脸的身影。

小说修改定稿的前一天，从酒泉卫星发射中心经酒泉到兰州的火车通车了，运行时长 12 小时 40 分钟。从此，不光清水到东风的内部铁路将退出历史舞台，连它的管理单位也面临肢解、分流。战友圈里报喜的信息铺天盖地。有一首歌叫《坐上火车去拉萨》，而对东风人来说，几代人盼望"坐上火车去吃面"的日子，终于盼来了。现在的东风人，周五晚从东风出发，周六早上到兰州，吃一碗多放葱花香菜、多放牛肉、多放油泼辣子、少舀汤的正宗牛肉面，再买返程车票，还能赶上东风城夜场烧烤摊的羊肉串。这种发自内心的喜悦和激动，局外人设身处地也无从体会。毕竟，情景可以模拟，情感无法作伪。

我由衷高兴。更让人高兴的是，在相关部门的宣传和推动下，《一路向西》有幸获得扶持，争取到出版面世的机会。在此一并致谢！

二十年来，我始终在故乡之外漂泊，"家"随着我的脚步一路迁徙，从武汉到东风，再到兰州、惠州。无论走到哪里，曾经拥有的军人身份都让我铭记，守土有责，脚下站立的地方就是我必须坚守的岗位……

一路向西再向南。下一部小说，可能就是《一路向南》。

2022 年 1 月 7 日 惠州

第一部

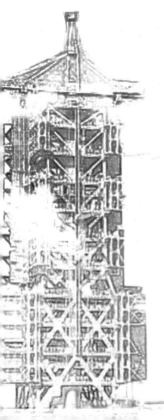

# 一

　　"呜——"火车一声悲鸣，长吁一口气，极不情愿地开始往前挪动。等到磨磨蹭蹭出站，已经上气不接下气，整个身体都在微微抖动。它大概搞明白了，拖着又长又沉的身子，消极怠工不但徒劳，而且更耗费力气。"呜——"它又叫了一声，这次是给自己打气鼓劲。吐出这一口恶气，身体一下子舒展了，在蜿蜒的轨道上越跑越快……

　　向阳坐在靠窗的位置，眼睛一直看着窗外。映入眼帘的是苍翠的山，灰蒙蒙的水。武汉天气热，拎着一个大箱子挤上车，衣服已经湿透了。车厢里空调的温度偏低，衣服贴在身上，反而有点冷。

　　火车一路向北，过孝感、信阳、驻马店、漯河、许昌……到了郑州，又转身向西，过巩义、洛阳、三门峡、渭南、西安，然后抵达宝鸡，再侧身往北，过天水、甘谷、武山、陇西、定西，这才到达终点站兰州。

　　窗外的景致像长轴画卷一样在眼前一幅幅展开。出了湖北，浓墨重彩的绿色渐渐黯淡，江河越流越细。火车过西安是凌晨，窗外温度比较低，车内空调的温度相应调高了，车窗上有一层淡淡的雾气。火车在宝鸡进站时，他下去买了一桶方便面，不由打了个冷战。过了天水，绿色越来越稀疏，山上偶尔能见到几棵树。到定西境内，一眼望去尽是黄澄澄的土山，一座挨着一座，高高低低，一直延伸到视线的尽头。他知道终点站已经呼之欲出了。

　　这条路他来来回回走了四年，实在太熟悉了。这么一想，觉得时间确实过得太快了，从他六岁那年第一次坐火车算起，十几年光阴一眨眼就挥霍殆尽了。那时候一过郑州，就走上了这条路，从一路绿色走到一路荒漠，越走越冷。他还时不时看看窗外，好奇地问这是哪儿呀？草和树怎么都不见了？它们都藏到哪儿去啦？爸爸笑着耐心地给他解释。妈妈则一言不发。她靠窗坐着，一手托着腮，另一只手平放在小桌板上，食指和中指交替，有一下没一下地敲着。

　　在第一次坐火车旅行前，他隐约记得，爸爸一年只回来一次。他不知道爸爸从哪里来的，只知道那里很远，很远。爸爸背着背包，拎着提包，每个包都鼓鼓囊囊，里面有很多新鲜好奇的玩意，有子弹壳做成的枪、坦克、飞机、大炮，还有好多好吃的，风干牛肉、巴旦木、大枣。他喜欢爸爸带回来的大枣，皮薄薄的，肉厚厚的，核小小的。爸爸说，是战友从和田带回来的。

有一年，爸爸把好吃的在他和母亲面前一样样排开，看他喜不自禁的样子，爸爸在他脑袋上掀了一把，说："还有呢！"——他蹲下去，从提包取出一顶红军帽，端端正正地戴到他的头上，用拇指和食指沿着帽顶捏了一圈，帽子变得有棱有角。爸爸退后两步，端详一会儿——"等一下！"——说着半蹲下身子，在提包里翻了半天，找出一枚鲜艳的五角星，把帽子取下来，把五角星别上去，又给他戴上，又用手捏了一遍——"这下好了！"

那几天他可神气了，戴着红军帽在伙伴间穿行，他像一阵风一样，他们都追不上他。等他累了，手扶着膝盖半蹲着喘气的时候，他们终于把他围在中心。有的小伙伴便跟他商量，给他一颗水果糖，让他把帽子借来戴一会儿。他不答应。便有人提高筹码，给他一块五毛钱的巧克力。好大的巧克力呀！姥爷瞒着妈妈给他买过。太好吃了！他觉得这五毛钱给他买来了世界上最好的味道！可是，他并没有把帽子借给这个伙伴，反而借给了之前出价一块糖的伙伴。

你神气什么呀？他心里想，你妈妈还不是跟我妈妈在造纸厂上班？你爸爸还不是一个售货员？我爸爸可是威风凛凛的人民解放军！更可气的是，他明明知道我爸爸在外地当兵，妈妈有时候抽不开身，就让姥爷来接我，可他偏偏说，向阳，你爸怎么那么老？看上去有五十多岁了。这会儿低声下气求我啦？哼！门都没有。

回到家，他兴冲冲地给妈妈说，今天伙伴们都想借他的帽子，他可神气啦。妈妈"嗯"了一声，转过脸去，抬起一只手抹了一下眼睛。

爸爸把他拉到怀里，笑呵呵地问："以后爸爸就一直陪着你和妈妈，不跟你们分开了。好不好？"

"是真的吗？当然好啦！"他踮起脚尖亲了爸爸一口。

"你在那个鬼地方待了十几年，还没待够？"妈妈哽咽着说，"现在又要祸害我们娘俩！"

"D城有什么不好？全中国的卫星，一大半都是从那里送上天的！没有我们，你们凭啥在家过好日子？"爸爸有点不高兴，嗓门越来越高，"再说了，D城现在的条件比你五年前去的时候好多了，你在老家吃的东西，那里一样都不缺。现在也开了超市，生活用品都能买上。"

"你看你这个熊脾气！"妈妈抽噎着说，"啥事都不跟我商量，就自己拿主意。我刚一动嘴，你就凶得像要吃人！我不去了！你爱带谁去就带谁去！"

"这不是在跟你商量吗？"爸爸走过去，一只手搭在她的肩膀上，"我不也是考虑你在老家一个人带孩子这么多年，不容易，心疼你吗？所以才想把你随调过去，咱们一家人在一块儿热热闹闹不好吗？再加上刚调营长，组织上这么重视，我咋好意思提出来说自己不干了，要回家哄媳妇？"

"谁要你哄？"妈妈扑哧笑了，"没良心的，娃都六岁了，你管过几天？回到家一天到晚都躺在酒桌上，家里油壶倒了都不扶，一说你，脾气还大得很！"

爸爸不好意思地挠挠头，笑了。

一过完年，妈妈就开始收拾东西，大包小包扔了一地，屋子里也被翻得乱七八糟。爸爸则穿着崭新的军装，腋下夹着大盖帽，拎着档案袋跑出跑进，有时候一整天都不见人。晚上回来，醉醺醺地往床上一躺，人事不省，一会儿便鼾声震天。

姥爷帮着妈妈收拾东西，一边摇头一边叹气。妈妈说："爸爸，你一个人就不要做饭了，食堂伙食也挺好，想吃了吃，不想吃了就下馆子去！你工资比我高一半，想吃啥、穿啥尽管买去，抠抠唆唆半辈子了，到老还是想开点！再等两年你退休了，我们就把你接过去。"

"你好好过你们的日子。"姥爷咳嗽了一声说，"我不用你管。人这一辈子，热闹有热闹的过法，寂寞有寂寞的活法。你们在，我觉得闹哄哄挺好的；你们一走，我也就换个活法。这十几年没有你妈，我不也慢慢习惯了？"——姥爷忽然眼圈一红，掉下两滴大大的眼泪——"老人的想法都一样，只要孩子们过好就行。我要想我外孙了，就请上几天假，到酒泉看你们去！"——说着扶了一下地板，慢慢站起来，又把两只手扶在膝盖上，半蹲着身子，长长喘了一口气——"老了，这才蹲了多大会儿？头晕的。"——又叹一口气——"你赶紧哄小阳睡，明天再收拾。向有勇不是还有几天假吗？不急！"——自己慢腾腾地走到屋里去了。

那时候很少有人坐卧铺车，爸爸给他和妈妈买的也是硬座票。济南火车站人山人海，挤得水泄不通。爸爸害怕坐车弄脏了新式军装，特意换了一身旧衣服。背上背着一个大背包，两只手各拎着一个大提包，脖子上还挂着一个编织袋。一进站，大家都疯了一样往前跑，爸爸喊了一声：把小阳抱好！抢着两个大包在前面开路，母亲抱着他紧紧跟在后面。好不容易挤到车厢前，人太多，门太小，好像一个人嘴巴太小，塞的食物太多，卡住了，吐不出来也咽不下去。爸爸冲过去，侧着身子把人往旁边挤，这才在门上给他们挤出一条缝，妈妈先把他塞进去，又侧着身子挤上车，一只手找个地方抓牢，再从车门里伸出一只手拉爸爸上车。等一家人刚坐下来，车也就开动了。还有很多人拎着行李追着火车跑，边跑边喊。列车员面无表情，"哐啷"拉上车门。追逐的人影被越落越远，渐渐听不到声音了。

　　当年他们也是在兰州下车的，因为要转车。这次他也在兰州下，也是要转车。本来，这趟车还要往前开，可学校里只把票买到兰州。这也不能怪学校，他们可能也不知道这些学生最终的落脚点在哪里。报到的纸条上面写的是兰州，那就到兰州吧。人生的旅程那么远，学校能呵护你多久？有一程算一程吧。

　　毕业那天，大家在俱乐部排队，等教导员叫名字。等听到叫"向阳"，他懒懒地答一声"到"，慢腾腾出列，领回一张三寸长一寸宽的纸条，上面写着"甘肃省兰州市××支局"，下面有一串数字，却不是联系电话，而是邮政编码。没有任何意外发生，一切都在意料之中。这就是他们要去的地方，信能寄到，人就能走到。

<h1 style="text-align:center">二</h1>

　　过了陇西，去上厕所的时候，看到相邻车厢坐着一个毛头小伙子，脚下放着他们学校发的制式迷彩提包，一看就是解放军军事学院的校友。他笑着问对方是不是军事学院的，对方说是。问对方哪个队的，说是五队。

　　"哦，难怪！"他说，"我十一队的，在你楼上。我叫向阳。"

　　"孟一昶。"对方笑了一笑，"被你踩在脚下四年的兄弟。"

　　又问对方是不是去报到，也说是。再问对方分到哪个部队，对方小心翼翼地从口袋里摸出一张纸条，和他的一模一样，再看上面的字，也一样！连那一串数字也没有一个不一样！他就告诉同学，下了车还要买票转车，继续往西走。同学不信，说：我不是到兰州了吗？我出发前问过了，有人告诉我部队就在兰州西站！

"我能骗你吗？"他笑笑，"我就是在 D 城长大的。这个地方是军事保密单位，地图上找不到，所以编了个兰州的邮箱掩人耳目。"

"啊？"同学瞪大了眼睛，"那个地方怎么样啊？"

"你应该有心理准备吧？"他说，"期望值不要太高哦。"

"我早猜到了。"同学低下头，掏出一个摩托罗拉手机，双手大拇指飞快地敲击按键，"妈的，本来我姐夫托人要了一个青岛海军的名额，分过去多好！离我们老家徐州也不算远。谁知道我被发配到边远地区了，另一个曾经给教导员当过勤务员的同学去了青岛。分配结果出来以后，我去找领导大闹了一场，但有啥用啊？赶紧给我姐夫打电话，已经来不及了，只好硬着头皮来报到了。唉，说来说去也怪自己，事先也没找人给领导打个招呼……"

"唉，"他也叹了一口气，"既然都已经成事实了，就想开点吧。想想我们那些被发配到新疆和西藏的同学，不少人老家都是内地的，也许这辈子就要终老边疆。跟他们比，我们还算幸运。D 城这地方我了解，虽然四周都是戈壁滩，但内部环境还可以，想买的东西基本都能买上，而且去酒泉的公路也修好了，四个小时就能到。你要待得无聊了，周末请个假，我陪你到酒泉玩去。"

"哦，"同学把眼睛从手机荧幕上挪开，看了他一眼，又低下头去了，"你怎么也分回来了？是你主动要求的吗？"

"呵呵……"他干笑两声。这句话正好戳在他的心上，一想起来就生气。爸爸向有勇前年军龄满三十年，从正团的位置上退休，但他有几个战友还在位，其中一个还在北京，比向有勇官大。只要向有勇跟战友开口，让他帮助协调儿子工作的事，估计他也不好意思拒绝。可是向有勇觉得，世界上最好的地方就是 D 城，铁了心想让儿子回来。自己待了半辈子还没待够，"献了青春献终身，献了终身献子孙"，向有勇倒执行得彻底！但向阳有什么办法呢？斗争了几番，到底没有能拗过倔强的老爸，只好卷起行李，再回到四年前出发的地方。

"这事说来话长了。"他尴尬地笑笑，"以后有空再跟你聊吧——马上到站了。咱们 7 月 6 号报到，今天才 2 号，还有好几天。这样吧，咱们下车以后在兰州玩上几天再走。你把你托运行李的单据给我，我把咱俩的行李转到清水去，顺便把火车票给你买上。这几天我就不管你了，咱们各玩各的，等我买好票了给你打电话，咱们 7 月 5 号火车站见。"

同学从上衣口袋里掏出学员证，打开，把夹在里面的行李托运单据取出来，递过来。他伸手去接，同学却没有松手。他笑了，说："我把 D 城驻兰州办事处的电话给你，你打电话确认一下吧。"

同学笑着摇摇头，把单据递给他，又把学员证收起来。车窗外刮起了风，灰蒙蒙的。土黄色的山连绵不绝，快速向后移动。不知为什么，他忽然想起了新疆的红柳烤串，串在红柳枝上的羊肉个头分布均匀，色泽相近，一阵哔哔剥剥的响声之后，老远就飘来诱人的香味。一想起羊肉他就忍不住咽口水。而火车外面呼啸而过永远也走不完的山，却让他一阵阵厌恶。

起伏的群山之间渐渐有了楼房，高的高，矮的矮，外墙上都落了厚厚的灰尘。还有几座大烟囱，直着脖子往外大口大口吐着黑烟。火车跑得越来越慢，越来越慢，仿佛是长跑运动员，一路奔波，等到接近终点，体力已经透支了，想要休息的冲动越来越强烈。

他知道终点站快到了。

爸爸给办事处打了电话，让他们派车来接。办事处的人给他打电话问火车车次和到站时间，他一口回绝了。世界很大，他的世界很小。从他出生到现在，有关他的一切，事无巨细，都搬上了爸爸的议事日程。他最讨厌这一点。他已经想好了，车到站，就近找个宾馆，把行李存好，步行到五泉山吃个占国牛肉面，就当午饭了。然后上五泉山转转，晚上再到正宁路喝碗羊杂汤，吃点烤串，回宾馆看会儿电视。接下来三天，把兰州享有盛名的几家牛肉面馆按照口碑顺序，一家接一家吃下去。想转了就转转，不想转了就回宾馆睡觉。反正刚领的两个月工资，差不多有两千，够他花一阵子。这岂不比让办事处的人盯着自己吃饭舒服？

他把孟一昶的托运行李单据收好，两人互留了电话，匆匆返回自己车厢收拾东西。车很快到站了。他肩扛手提，快速冲下车，出站，过马路往前走一百米，看见有家宾馆，就登记住下了。

票是5号晚上的，6号早上到。出了站，他们搭了一个三轮摩托车，15块钱。其实车站离他们报到的招待所很近，但没有别的交通工具，吃亏上当反正就这一回。当年他第一次到达这个车站时，有两个当兵的骑着三轮车等在这里。其中一个先骑着三轮车把他们送到招待所，另一个看着行李。到了招待所以后，那个兵再折回去拉行李。现在虽然还是三轮车，但毕竟由人力升级为电动了。他和孟一昶到了招待所，先登记名字，每人交60块钱住宿费。招待所派人带他们去车站行李托运处取行李、装车。

招待所还是跟十几年前一样，破破烂烂。还好，旁边开了两家农家餐馆。他们挑了一个新一点的进去。坐下，拿起菜单，孟一昶就笑了，"我点一个大漠风沙鸡,这肯定是最有特色的。"

"有没有长河落日鱼呀?帮我点上。"他也笑了。

吃完饭刚休息一会儿,就有人来叫他们出发。他们还要坐一趟火车,两点半准时出发,晚七点半到站。上车后他打了两个电话,先打给石小明,告诉他自己已经坐上火车,今天下午到D城。他让小明通知老旦,"胡汉三又回来了"。

小明兴奋得在电话里喊了起来,接着又是嘿嘿嘿嘿一阵坏笑,说:"我和老旦把屁股洗干净,等你!"他们在一个大院从小一起长大,他已经习惯了他们的风格。半年不见,晚上肯定又是一场恶战,更何况这次回来,以后就像小时候一样,只要想见面,天天都能见到。但他的笑声在电话中那么尖锐,那么刺耳,他不禁毛骨悚然,不由打了一个冷战。然后打给妈妈。告诉她不用准备晚饭,也不用来接。妈妈有点哽咽,搞得他心里隐隐有点内疚,没说几句就挂断了。

火车慢慢往前走。越走房子越少,树也越少,到最后连草都看不见,映入眼帘的只有沙子、石子。再往前走,隐隐约约地见到了几棵树、几间房。火车晃晃悠悠地停下了。有几个穿迷彩服的小伙子飞快地跑了过来,还有一个骑着三轮车,屁股离开座位,撅得高高的,两只脚一上一下,把轮盘踩得像风车一样。

"到站了吗?"孟一昶瞪大了眼睛。

"没呢,远着呢。"他笑着说,"这荒郊野外的,哪能容得下你这位高才生?这是一条内部铁路,连火车也是专用的,所以这条铁路平时全靠部队自己维护。部队就分散驻扎在铁路沿线。你看——"——他指着窗外——"那些树都是战士们自己栽种的。这条路上,每隔一段就有树,有树的地方就有房子,有房子就有人。人不多,有的驻点四五个,有的六七个。火车往外开的时候,就顺便把米、面、油也都带上,到每一个驻扎点就放下一些。今天大概是县城的配送点送来了蔬菜,就带到火车上,所以战士们骑着三轮车来取。——我爸——原来就在这个单位……"

"哦——"孟一昶侧身往窗外看了一眼,战士们已经往回走了。三轮车上果然有一些绿油油的蔬菜,几个小伙子勾肩搭背,身体不停地晃动,好像在聊着什么愉快的话题。于是孟一昶又低下头,两个大拇指飞快地摁着按键。

"这么忙啊?"他笑着问。

"你懂的——"孟一昶飞红了脸,"我要把一路的经历见闻告诉她……"

火车继续往前走。一晃树又没了。继续走,又看到树了。再往前走,树又不见了。近乡情更怯，但他的心里涌动的并不完全是激动、期待，反而纠结着一种说不清道不明的复杂。

车到站了。向阳隔着车窗一眼就看到了爸爸妈妈，妈妈眼睛不住地往这边打量。她弓着腰，像个六十多岁的老太太。爸爸穿着军裤，上身是一件短袖白衬衣，下摆扎在裤子里，腰板还是挺得很直。小明正在和他们聊天。他两条胳膊环抱在胸前，两只脚呈"稍息"姿势，不知道正跟父亲和母亲说着什么，不停地笑，一笑起来身体就像筛糠一样，连头发梢都在抖动。旁边还有一个人，垂着手，手里捏着一张 A4 纸，毕恭毕敬地站着。那个人向阳认识，是工兵团政治处的干事，姓冯。

一下车，小明就扑过来，给向阳来了个大大的拥抱，又在脸上狠狠嗫了一口，从他手里把包接过去，一溜小跑跑到他爸爸妈妈跟前，把包往他们面前一掼，说："叔叔，阿姨，不好意思啊，我先借小阳一晚，哈哈，你们先回！呵呵！"干笑两声，哈了一下腰，抬手示意，转过身拉着他就要走。

"稍等——我跟同学打个招呼！"他转头向孟一昶笑了一下。有个穿军装的中年人举着一张 A4 纸，最上面是一行小一点的字：解放军军事学院。下面是三个大字：孟一昶。

孟一昶把包放下，冲那个人敬了个礼。回头，举起手做了一个打电话的手势，大声说："电话联系！"就跟着那个人走了。

他也就摆摆手。又跑到父母身边，向爸爸旁边那个人说："冯叔叔，我明天来找你报到啊！"又对爸爸说："爸，我还有个大编织袋在车上，你找人抬回去。——妈，我先走了啊……"

小明把嘉陵摩托车油门轰得很大，几分钟就到了五区中心市场。市场北边地势稍高，有三四层台阶，拾级而上，是一排小吃店。小吃店后面是一座大院子，四周是略高一点的平房，除了几家商店、水产店，其余就是饭店了，这几家饭店以排档菜为主，价格比较亲民。市场南边也是平房，基本也是饭店，但面积更大，档次也高一些，价格当然更贵。市场中间，靠东是 D 城最大的菜市场，面积超过了一千平方米，顶上搭了一个简易棚，四周都是敞开的。靠西是露天烧烤摊。戈壁滩日照时间长，晚上七八点钟外面还很亮。这个时候菜贩刚打烊，烧烤摊续上了，一时人声鼎沸。老旦的饭店就在这边平房的最显眼处，"宇航大酒店"五个大字一闪一闪，很刺眼，让旁边几家饭店的招牌相形见绌。

老旦已经等在门口了。

# 三

老旦剃了个光头。

他头皮锃亮，小眼睛，大圆脸，唇上留了一撮小胡子。短袖汗衫领口开得很大，脖子上的粗金链子三分之二都暴露在外面。金链子往下，腹部高高隆起，像是起伏的丘陵，一直延伸到肚脐眼以下。

向阳扑哧笑了："你这二十年没变化啊。"

这话老旦不爱听。老旦本名叫李财担，他嫌俗，上初中以后自己改成李才旦。他从小长相显老，所以刚上小学就被人叫"老旦"。瘸子最忌讳别人说他腿短，老旦也一样。有个同学开玩笑说，别看老旦长得着急，再过五十年，大家都成老头老太太了，人家老旦还是七八岁时的样子。老旦急了，冲上去要跟人拼命，被看热闹的人拉开了。有一次向阳问他："大家叫你'老旦'，你是不是很在意呀？"老旦涨红了脸，把眼一瞪说："当然啦！我就想不通我老在哪儿啦？换成是你被人拿来开涮，你高兴吗？"

老旦走上去，两手搂住向阳的腰，迎面把他抱了起来，说："你不是也一样？还是瘦得像只猴！"向阳好像永远是这样子，精瘦精瘦的，黑色短袖T恤，牛仔裤，阿迪达斯运动鞋。唇上的髭须不浓，还是四年前高中毕业时的那副学生样。这半年好像白了点，也好像又长高了一点？或者是他老旦一直横向发展，把身高拉矮了？总之他得仰视向阳。他把向阳放下来。就这么一起一落，他已经上气不接下气了。肚子太大，害得腿也受累，走路往正前方迈腿时，总觉得像在爬坡，遭遇一股无形的阻力。久而久之，两条腿便不由自主向外开合，走起路来像只大螃蟹。有时候，老旦自己也有点嫌弃自己。这样一想，他心里有点不痛快，接着说："这年头，像我们在道上混的，没有啤酒肚，就像你们在部队混没有将军肚一样，弟兄们都瞧不起！"

老旦把向阳让进包厢。小明跟在后面。包厢已经有三个人了。老旦对小明说："去去去！你到后厨说一声，让抓紧上菜！"小明出去了，带上门。

老旦拽着向阳，让他挨着主位的客人坐下。向阳不肯，拉拉扯扯再三谦让，老旦急了。"客随主便，我的地盘我做主。来，给你介绍一下！"他指着主位的客人说，"这是孙哥！你们穿军装的认军衔，我们民间认地盘。在 D 城，穿军装的司令最大，不穿军装的孙哥最大！"强行把向阳摁在老孙左边，自己挨着他坐下。

"你别听他忽悠！"那个人笑了。他的左手自然下垂，手上戴着一只黑色的皮手套。他欠身和向阳握手，又介绍旁边两个人，"这是我的两个好兄弟，老刘是 D 城最大的超市——佳怡超市老板，老石是最大的烟酒店老板。"那两个也都站起来，分别躬身朝向阳伸出双手。握完手，老孙说："坐吧。"他们才诚惶诚恐地坐下。

小明进来了，在靠近门的位置坐下。服务员跟着进来，转动桌子，依次摆了四个凉菜，又进来一个服务员，盘子里端着另外四个凉菜，前面那个服务员转身出去，拿了两瓶五粮液，打开，把他们六个人面前的高脚杯倒满，两瓶酒刚好倒完。

服务员起热菜了。手抓羊肉、蒸鱼头。向阳看那个鱼头好大，十二寸盘子占得满满当当，就问："哪儿搞来的鱼头？这么大！"

"除了水库，D 城哪里还有这种大家伙？"老旦嘿嘿一笑，看了一眼老孙，"这是孙哥让人给弄的。你一个连职干部，享受的起码是师以上待遇啊。"

服务员上完菜，正要带上门出去，老旦冲她喊："等一下，去看李艳忙完了吗？让赶紧过来给我兄弟敬杯酒！——叫她把孩子也抱上。"

向阳瞪大了眼睛："你不是三月份才结婚？这才几个月，孩子都出来了？"

"呵呵！"老旦把光头皮挠得嚓嚓响，"现在不都流行奉子成婚吗？我也就赶个时髦啰。来来来，喝酒喝酒！还是老规矩啊，表达三层意思，三口喝完！第一呢，我的好兄弟向阳学成归来，欢迎！第二层意思，孙哥特产店开业，我还没有单独表示，祝贺！第三嘛，结识新朋友，不忘老朋友！黑白两道的兄弟们以后多多关照，感谢！"说着举起杯，挨个碰了一圈，仰起头，把嘴张大，杯子举到高过下嘴唇半寸的地方，一仰杯，把半杯酒倒进嘴里，杯不沾唇，滴酒不洒。

"好！"老孙喝一声彩，也如法炮制，喝下去一小半。老刘和老石也就皱着眉头，喝下去一大口。喝完，老刘张开嘴，把半条舌头吐到外面，往外哈气，好像是嫌辣，又灌了一大口水。

一个年轻女孩抱着孩子进来了，微微一笑，挨着老旦，在小明上首坐下。

她看上去不到二十岁，典型的娃娃脸，胖乎乎，白脸，大眼。见谁都是笑，笑的时候，左脸浮出一个浅浅的酒窝。向阳看了她一眼，她的眼睛是那么清澈，清澈得能照出他的影子。怀中的孩子睡着了，脸还没有他的半个巴掌大，估计出生也就两个来月。

老旦结婚的时候他刚开学，老旦没有通知他。事后，小明有一次给他打电话，说自己恋爱了，小明在电话里回忆他们的柔情蜜语，仿佛话筒这一边是他的恋人，肉麻的词一个接一个往外蹦。他浑身起鸡皮疙瘩，实在受不了了，就说你能不能说点别的呀？大老远打电话就光扯这个？你明知道我是单身，这不是拉仇恨吗？小明愣了一下，说啥呀？沉默了一会儿说，哦，对了，老旦结婚了。向阳说这么快，怎么也没听老旦提起过。小明坏笑着说，其实也不快，只是老旦保密工作做得比较到位，不过现在到了不得不解密的时候了。他现在才明白小明话里有话。想了一会儿，终于想起来了，这不就是老旦饭店的吧台服务员吗？之前见过几次。

老旦的饭店有八个包厢，进门左边，从 111 排到 333，右边从 555 延续到 999。平房的窗户小，开着灯也不觉得亮堂，而且八个房间只有六个窗户。条件跟军事学院的小菜馆差不多，但这已经是 D 城相当上档次的饭店了，平时要不提前打电话预订，那两个黑屋也都抢不上。向阳老笑话老旦的馆子不上档次，说唯一的亮点就是前台这个服务员。这说明老旦还是有眼光的。老旦笑笑，说女孩是天水的，一个熟人带过来让他给找个活，他就给安排在前台管账。

小明刚喝完酒，有点上脸，忍不住往女孩怀里看了几眼。"哎哎哎！干啥呢？"老旦拿筷子在桌子上敲了两下，"注意影响！"小明的脸又上了一层颜色，红得像酱茄子。

老旦说："差点忘了，这么好的日子，赶紧把你媳妇叫过来！让小阳认个亲！"

小明说："不知道她在不在？"

老旦："少瞎扯！今天是星期天，测量团的班车星期一、三、五早上八点半开，你以为我不知道？就你那个黏糊劲儿，我就不信了，你今天没见她，昨天也没见？"冲小明一摆手，"去去去！赶紧打电话去！"

小明讪笑着出去了，很快就进来了。"不好意思啊，她身体有点不舒服！"小明冲大家拱拱手，红着脸说。

老旦"啪"地一拍桌子，把女孩怀中熟睡的小孩都吓醒了，哇哇哭了起来，老旦皱了一下眉头，"摆什么臭架子！再去打电话，就说我叫她过来。"

小明的脸更红了，灰溜溜出去了。老旦便叫服务员，让在小明和李艳中间添一把椅子，再加一套餐具。

"你跟她熟？"向阳问。

老旦嘿嘿一笑："不熟！"

"那你这么大面子？"

"嘿嘿！鬼怕恶人么——"老旦笑的时候，眼角往下耷拉，嘴角也往下耷拉，腮帮上的肥肉也跟着往下垂，看起来像是在哭，"我见过她两次，上次请小明和她在我店里吃过一次饭。扭扭捏捏的，让喝酒，不喝！让吃菜，又挑这挑那。就这，小明还拿着当宝贝，觍着脸又是赔礼，又是道歉。我实在没忍住，就臭骂了一顿，把她给吓哭了。"

老旦端起酒杯跟他碰了一下，抿了一小口。老孙跟老刘和老石也正聊得热乎。老旦就压低声音说，这女孩她爸跟小明他爸是同年兵，当了几年志愿兵，没有提干，最后就退伍回老家了。他听说小明他爸虽然是个士官，但同年的战友提干好几个，有的还在位子上。恰好他姑娘去年大学毕业，估计这种二本院校也不好找工作，就缠着小明他爸，让想办法把姑娘给招到 D 城来。这事后来就成了，姑娘穿上了军装，分到了测量团。后来老头就跑到 D 城来答谢，一来二去，两家接触越来越多，小明就把人家给看上了。人家死活不同意。小明缠着不放手，闲着没事就骑上自行车往人家单位跑，三十多公里路呢，每次去还背个大背包，塞些巧克力呀，方便面呀，威化饼呀，杂七杂八的。没过多久，单位传得沸沸扬扬，姑娘脸上挂不住。加上她爸时不时施加压力，说姑娘不同意他就上吊。她只好同意和小明来往。

女孩来了。黑黑的，瘦瘦的，穿着也很朴素，身上散发着浓郁的乡土气息。进门叫了声"旦哥"，又朝大家点了点头，便挨着小明怯怯地坐下，低着头一言不发。小明站起身，右手举起杯，介绍说女孩叫周芷汀，又给女孩挨个介绍在座的客人。女孩点头微笑。小明左手拉了一下女孩，她顺势端着茶杯站起来。小明说："第二杯我就起个头！按照旦哥的意思，祝贺孙哥！小周不会喝酒，我这杯酒就代表啦！"

"哎哎哎！"老旦站起来说，"急啥？我三杯酒还没提完呢。"——他端着杯子站起来——"第二杯酒，祝贺孙哥啊！"——又看了一眼小明，慢慢把目光移到旁边的周芷汀身上——"你是装的吧？甘肃女人哪有不会喝酒的？小明，你不要给我省酒，旦哥我不缺酒！"

"不不不！"芷汀红着脸，双手在胸前乱摇，嗫嚅道，"我真不会喝酒！不好意思——"

"不能喝就算了，"老旦打断她，"省得回家给小明告状，说兄弟我粗人一个，不懂得怜香惜玉。咱们喝！呵呵——"仰脖张嘴，把剩下的酒倒进去一大半。

"兄弟们都出双入对啦。"老旦坐下，放下酒杯，不无感慨地说，"想想小时候咱们天天一起玩，这才几天呀！我都成娃他爸啦。"——他转头看着向阳——"咱们兄弟三个，只剩下你单身啦。不过话说回来，没出息的人才早结婚，你不要着急，男人把事干大了，漂亮女人就会在身后排成队尽你挑。——可惜，龚欣玥跟着她爸去北京了，要不你俩配成一对也挺好——"

向阳刚夹起一块羊肉，没夹稳，肉又掉到了盘子里。他觉得脸上火辣辣的，大概是酒上头了。就又夹起那块羊肉，正要往嘴里喂，一抬头看见周芷汀正目不转睛地盯着他，他的脸更红了。

# 四

向阳和龚欣玥、老旦、小明同岁。

四个人中，老旦最大，其次是龚欣玥、向阳、石小明。他们四个人的父亲年龄差不多，军龄也差不多。欣玥的父亲升职最快，四十二岁就调了正师，在D城某部当了两年师长，然后平调到北京，一年后又升了副军，听说去年已经调正军了。向阳的父亲终老在正团位置上。小明的父亲没有提干，士官一直干满三十年，去年也退休了。老旦的父亲当兵最早，退伍也最早。退伍时，D城公安局正好招职工，他又换了一套公安的警服。十年前，老旦的母亲因乳腺癌去世了。过了四年，老旦的父亲又患上肺癌，扛了不到一年，也甩手走了。老旦在这个世上再没有亲人了。

他们四个人中，向阳的成绩最好。D城小学每个年级有三至四个班，每个班三十多人，到了初中就缩减成两个班，每个班不到三十人。升到高中以后更少，毕业季应届生能维持四十人就算不错了。铁打的营盘流水的兵。不光是军人在随着时间流动，每一个军人身后的家庭也跟着军人一起流动，从五湖四海汇集而来，若干年后，又流向四面八方。

逐渐流失的学生中，有一个就是龚欣玥，不过人家是去了更好的地方。高一还没上完，她就跟着父亲去了北京。欣玥刚到北京前两年，他们四个人还经常通电话。她说自己总觉得北京不如 D 城，路也不熟，人也不熟。放了学回家，大多数时候都是一个人待在屋里。后来电话就越来越少了。不光是她和他们三个，就连他们三个之间，联系也不如从前密切。高中毕业后，向阳上了军校，小明没考上大学，又想办法上了 D 城专科学校，两年后毕业，被安排在 D 城工商银行。只有老旦高中没毕业，捣鼓着开黑车、贩菜，忙得不亦乐乎，平时也见不着人。人和人一旦空间上产生距离，时间一长，慢慢也就淡了。

几个人坐到一块儿，杯里的酒一口一口喝下去，往事一点一点浮上来。向阳说起上中学那会儿，有一天早上自习时间都过了，好多学生和老师围在教学楼前不肯进去，喧嚣声很大。校长来得晚，在后面大声喊"都几点了还不进教室"，总务主任赶紧一溜小跑过来，在校长面前嘀嘀咕咕，校长皱着眉头，朝主任一摆手，大声说，先进教室上课！老师和学生们立即作鸟兽散。原来，教学楼前牛顿、爱因斯坦、居里夫人、钱学森等六位科学家的半身雕像本来是浅灰色的，一夜之间，六位科学家都变成了大红脸——有人用油漆把雕像的脸部刷成了红色。

校长非常生气，安排总务主任打电话到 D 城公安局报案。不到十分钟，公安局行政治安科的科长带着几个人来了，其中就有老旦的父亲。学校里没有监控，一时无据可查。问门房大爷，大爷说每天晚上都有人进进出出，有的来打篮球，有的来跑步。一直都没怎么管过。十几年都是这么过来的，从来都没出过乱子。这不用问，肯定是哪个调皮学生捣的鬼，他建议公安局在学校出了名的几个捣蛋鬼中挨个排查，肯定能找出来。公安局的人又到 D 城的几家五金店和装潢店，挨家挨户调查，看最近有没有给哪个学生卖过油漆。调查进行到一半就结束了。当天晚上，老旦的父亲领着两个施工队的工人，提着立邦外墙漆，把六尊半身雕像全都漆成了白色。这一来，倒比原来更漂亮了。

老旦脸红了，说："小阳，你这人不厚道啊。当学生那会儿，谁还没一点糗事？你忘了你给龚欣玥写信的事啦？人家还是懵懂少女呢，你就有胆祸害她！怎么样？要不要我揭你老底？"

"打住打住——"向阳倒了小半杯酒，和老旦两口子碰杯，"喝酒喝酒，拿酒堵上你的臭嘴！"想起这事，向阳心里就不自在。上初中那会儿，班上男女同学的书信满天飞。差不多每一个女生都收到过老旦的"情书"。据说几个关系好的女同学私下碰头，发现老旦写给她们的信内容完全一样，就是正文部分与签名的字体笔迹不一样。后来才知道这些信都是老旦唆使小明写的，老旦自己只签个名字。报酬是一封信一包华丰方便面。小明也不知道是从哪本小说上抄来的，东抄一句，西抄一段，连里面的专用名词和名字都没有变，"狂风啊，请暂停你的脚步！水流呀，请不要发出声音！给我一点时间去寻找萨尔伽，请你们把我的呼喊传遍大地的每个角落！"信的内容都在班上传开了，每次老旦一走进教室，就能听到整齐而有节奏的集体朗读声……

向阳于是给欣玥写了一封信。在信中，他回味六岁那年刚到 D 城，欣玥像大姐姐一样呵护着他，不让老旦和别的小孩欺负他。她像天使一样的微笑就这样永远保留在他心底。信写得很长，他花了好几个晚上才完成。他不敢直接给欣玥，课间乘她不在，悄悄地塞进她的书包。欣玥拿到信不知道怎么办，红着脸交给母亲，母亲看得乐不可支，说没想到这孩子平时不太吭声，倒蛮有心的。晚上老龚醉醺醺地回来，她一边倒蜂蜜水，一边就把这事当笑话说了。老龚当时是师参谋长，呼声很高，接任师长已是板上钉钉。官大了脾气就大，再加上喝了点酒，掏出电话就打给向勇。向有勇是当时团参谋长，呼声也很高，是调工兵团团长的不二人选。他正在酒桌上喝得尽兴，一看是师参谋长电话，大气也不敢喘，抓起自己的鄂尔多斯外套，一路小跑往师参谋长家去。

师参谋长住在六区。那是一个独立的院子，D 城人都把它叫作二号院。院子里有十几栋二层小楼，前后两排，排列得整整齐齐。每栋小楼分成两户，每一户沿着楼前和楼侧圈起了一小片菜地，后面是一个小小的院子。向有勇一进大院，门卫本来靠着值班室的门和里面的战士聊天，赶紧站直敬礼。向有勇摆摆手，没有还礼，就往后面一排去了。进了门，喊了一声"参谋长"，立正站在门侧。

师参谋长红着脸，半仰在沙发里，蓝格子睡裤褪到肚脐眼以下，无袖白汗衫掀到了胸部，光溜溜圆鼓鼓的肚皮高高凸起。师参谋长两手交替，把肚皮拍得梆梆响。"老向，过来坐，过来呀，站那儿像什么样子！"师参谋长摆摆手说，"这又不是在单位，别这么拘谨，咱哥俩谁跟谁呀。"——他冲在一旁光顾着傻乐的老婆嚷嚷——"赶紧给老向倒茶呀。"说着打了一个很响很长的饱嗝，屋子里全都是酒气。

"晚上没喝点？"师参谋长问。

"喝了，几个中级班同学——"向有勇依言在师参谋长对面的木质沙发上坐下，双膝合拢，上半身挺得笔直，微微侧身，转向师参谋长这边。

"哦，这会儿还没散场吧？"

"散了，散了——"向有勇的额头上沁出了汗珠。

"也没啥事，咱们好久没在一起坐坐了——"

"是啊……参谋长你工作太忙了——"

"不至于！多年战友成兄弟，咱们还是要多走动，有来才有往嘛。你不常来，我也不好意思常去，时间一长都生分了——"他从沙发扶手上拿起那封信，丢给向有勇，"你看，咱们还不如孩子们呢！他们这才叫亲密无间呀。"

向有勇欠身起来，弓着腰，双手把信接过去，毕恭毕敬地坐下，小心翼翼把信纸取出来，很快翻了一遍，脸一阵红一阵白。看完，把信扔在沙发扶手上，站起身啪地双脚脚后跟一靠，敬了一个标准的军礼，说："首长放心，我回去一定好好收拾向阳这小子，让他长点记性！"

"别别别！在家里就随意一点，我们都是便装，不分大小，还敬什么礼？"师参谋长连连摆手，停顿了一会儿又接着说："你别误会我的意思啊，我是觉得孩子们挺好玩的，你也好久都没有到家里来了，就给你打了个电话，——小阳这孩子文采不错呀！比我们小玥强多了。"

向有勇羞得满脸通红，恨不得找个地缝钻进去。师参谋长又絮絮叨叨说了一会儿话，酒精开始发挥作用了，他揉了揉眼睛，打了个哈欠，这才发现向有勇一直站着，又让他坐下。向有勇明白这是要送客了，连声说不了，首长早点休息。把信随便折了一下，又敬了个礼，便倒退着往外走。师参谋长夫人送他到门口，说："老龚喝多了，你别理他！"他笑笑，匆忙逃走了。

向有勇一进家门，扯着嗓子喊儿子。妻子李爱月埋怨他："你干吗？脸红脖子粗的，要跟人拼命呀？"向阳从房间里出来，一看父亲黑红色的脸变成了酱紫色，就知道没好事，垂着手站在房间门口，也不吭声。

"你真长本事啦！捅娄子捅到老子顶头上司那里去了！"他从裤子口袋里掏出信，揉成一团，丢到向阳的脸上，"看看你干的好事！"

向阳弯腰把信拣起来，捏在手里，不知不觉滴下了眼泪。母亲给父亲倒了杯水，把他劝到沙发上坐下，又连连给儿子使眼色，朝门的方向使劲努嘴。向阳便进屋把门关上了。夫妻俩坐下来。向有勇气呼呼把事情的来龙去脉一五一十说给妻子。

"你俩是多年的老战友了，他官当得再大也不能不念旧呀。孩子们一块儿长大的，还不许闹着玩呀？再说了——"妻子扑哧一笑，"我觉得这两个孩子挺般配，又知根知底——"

"你不了解老龚这个人。"向有勇打断她的话，"这就像下象棋一样，同样是高手，有人能看三步远，有人就能看五步，还有人能看七步。就拿我来说吧，我要是能拼个正团就谢天谢地了，可人家老龚眼看着要调正师了。你以为他调个正师就完事啦？人家的心野着呢，瞄的是副军、正军。人和人的差距大着呢，别看两个孩子一块儿长大的，你儿子压根儿就入不了老龚的法眼。我告诉你，他给女儿瞄准的绝对不是师以下干部的子女。我劝你别剃头挑子——一头热，趁早把你这个念头打消了。"

因为这事，向阳和欣玥别扭了好长时间。即使现在想起来，向阳心里仍不能释然。老旦喝得高兴，嚷嚷着要给欣玥打电话，掏出诺基亚手机就拨了过去。说了一会儿又把电话给小明。小明没说两句，老旦就把电话抢过去，"好啦！"他说，"最重要的人物往往都是最后一个出场，你和小阳聊吧。"他把电话给了向阳。

"你回去了？"

"嗯……"

"分到哪个单位了？"

"还能去哪儿？工兵团呗！"

那边扑哧一笑："向叔叔真有意思，这是想让你接他的班呀。"

"行啦行啦，别哪壶不开提哪壶吧。对了，你怎么样？单位定了吗？"

"我——准备继续读研呢。"

"哦——"

"挺想你们的——"那边幽幽地说，"真羡慕你呀，又回到了自己长大的地方，又和一起长大的伙伴朝夕相处了。"

"你说这话我不爱听。"向阳淡淡地说，"我给你讲个故事吧。"

"呃？……"

"说是有一年，一群大学教授假期到农村采风，青山郁郁，溪流淙淙。空气中的负离子含量达到了每立方厘米八万个。这群老头们逸兴遄飞，觉得山里是世界上最好的地方。这时候他们看到有一个老头在溪边放羊，他们非常羡慕他，认为老头是世界上最幸福的人。有人走过去跟老头攀谈。老头形容枯槁，耷拉着脑袋，好像很不开心，他十分不解，便问老头：大爷，我们见你身在福泽之乡，依然眉头紧锁，难道你也有不开心的事，有未达成的愿望吗？老头说，愿望当然有，就是实现不了。他们认为这是一个不知足的老头，就问他的愿望是什么。老头说：我不想放羊了，我想到城里，去过城里人的日子。"

"讲完啦？"那边问。

"讲完了。"

"你这是变着法骂我呢？"

"我哪敢呀？"他说，"我是说你站着说话不腰疼。你在大城市生活，要风得风，要雨得雨，自己偷着乐就算了，干吗还拿我们艰苦边远地区的人开涮？好啦，不跟你聊了，我和老旦他们喝酒了。"他挂断了电话。

# 五

向阳被分配在后勤处。

政治处冯干事带着向阳办完报到手续，把他领到后勤处处长办公室，给刘处长简要作了介绍。刘处长赶紧站起来和向阳握手寒暄，让座。处长又拿起电话，让财务股股长到办公室，把向阳领到财务股去熟悉环境，冯干事留在处长办公室。

刚报到前几天，股长只是让向阳熟悉单位一日生活制度，并没有给他安排工作。向阳还是按照父亲的要求，每天提前半小时上班，打扫卫生、烧水、倒茶。下班总是最后一个离开办公室。股长请示处长，计划安排在周五给向阳接风。处长又去请示团长，问他是否参加。团长恰好周五有安排，周六、周日晚上也都排满了，便让安排在周日中午。然后又把冯干事叫到办公室，让他跟向有勇联系一下，邀请向有勇一并出席。

周五下午，孟一昶打电话过来，说被分配在保障团服务中心。他吃完晚饭想出来转转，已经跟服务中心主任请好假了，问向阳有没有空。向阳说，好哇，正好陪你熟悉一下 D 城的环境。又在电话里叮咛,最好穿上长袖长裤。

他们约好在 D 城礼堂门口会合。六点半下班,向阳就骑着父亲的二八式自行车先到了。七点整,孟一昶骑着自行车来了,他穿了一件紧身短袖、阿迪达斯黑色短裤,大臂和胸部绷得紧紧的。

向阳一看笑了,说:"你没按我要求着装呀?"

孟一昶说:"我正奇怪呢,是不是这边昼夜温差太大,所以你叮咛我穿长袖长裤的?我觉得还行呀,一点都不冷。"

向阳说:"算了,我先留个悬念吧,谜底一会儿再揭晓。你才来一周就买自行车啦?"

孟一昶说:"没有,借我们主任的。不过是得买一辆自行车,报到的时候是有车来接,几分钟就到了,没觉得有多远,一骑自行车才发现不近,恐怕有三公里吧。"

向阳说:"应该差不多。没有自行车确实不方便,改天我陪你去买一辆。这边和内地有时差,这个季节晚上七点多钟太阳才落山,天黑怎么也得九点钟了。乘着天亮,我带你先熟悉一下环境,天黑了咱们就吃烧烤去。"他们沿着礼堂门前的大路一直往前走。向阳一边骑车一边向孟一昶介绍 D 城的历史。

五十年代后期,还在朝鲜等待回国命令的志愿军某兵团忽然人间蒸发,连亲人们都不知道这些战斗英雄去了哪里。两年后,我国研制的近程地地导弹在西北戈壁滩上空腾飞,D 城开始走进人们的视野。大家这才知道,那支英雄部队之所以从战场悄悄撤离,原来是接受了更加光荣艰巨的任务。到现在为止,这座兵城已经创造了中国航天史上的十个第一。向阳说,如果孟一昶有兴趣,工作日可以请上半天假,他带孟一昶到 D 城历史展览馆去看看,了解一下 D 城的发展历程。两人骑车绕过东边的环岛,再往东走,就是 D 城的郊区了。他们又折回来。D 城路从东往西,南边依次是一区、二区、三区,北边依次是四区、五区、六区。区与区之间界限分明,排列整齐,像严阵以待等待检阅的部队。

D 城路上的行人越来越多。D 城流传一句笑话,说到了晚上,男人和女人分别出发,走向两个世界:男人喝酒,女人疯走。男人喝酒也很有特点:地方小,风沙大;人老实,不说话,只听小酒刷刷下。不把别人喝好,就把自己喝倒,所以不醉不散场。所以马路上见到的大多数都是女人。她们三三两两,并肩而行。天渐渐黑了。蚊子黑压压的,铺天盖地而来。有的人手里执一根带叶的树枝,有的人拿一件衣服，有的人持一柄塑料袋做成的拂尘，不停地在前胸后背来回甩打。

向阳说："蚊子睡醒了，出来找吃的了，咱们赶紧走吧。"

孟一昶光着两截小臂、两截小腿，头上，脸上，胳膊上，腿上，瞬间铺满了一层蚊子。他一手扶着自行车把，另一只手不停地拍打，刚在裸露的大腿上拍了几下，又马上拍扶车把的胳膊，然后又到脸上乱抓，把脸打得啪啪响。老远看过去，明明就是在扇自己耳光。他们一路飞驰，骑到五区的烧烤摊上。那里人声鼎沸，乒乒乓乓全是碰杯的声音。向阳问老板有没有花露水，老板连声说有，很快送过来了。向阳递给孟一昶。他把瓶子倒过来，把花露水往胳膊上、腿上倒，一边倒一边抹。抹完了，低头一看，两条腿密密麻麻全是被蚊子叮的包，数了一下，大概有六十个。

向阳把花露水拿过来，笑着说："这下知道我为啥让你穿长袖长裤了吧？我裹得这么严实，也被蚊子叮了十几个包。"

老板在桌子旁边点了一支蚊香。他们要了四十串烤羊肉、二十串烤羊肚，炒了一盘胡辣土豆片，要了一扎啤酒，边吃边聊。向阳说，别看 D 城的餐饮整体上不得台面，但"四大菜系"还是很有特色，即"测量团的草、特供团的蛋、水库的鱼、勤务团的羊"。它们都属于就地取材，"草"是野菜宴。六十多种野菜，全是战士们自耕自种，都属于无公害绿色蔬菜。"蛋"是珍禽蛋。大的有鸵鸟蛋，次大的有鹅蛋、火鸡蛋，小的有鸽子蛋、鹌鹑蛋，可以满满当当摆一桌子，当然也有品类丰富的珍禽宴。"鱼"是全鱼宴。水库的鱼都是野生的，在一眼望不到头的湖里自由自在、肆无忌惮地生长。据说当年清淤的时候曾经捞到一米多长的大鱼。光一个鱼头，十寸的盘子都摆不下。配菜有清蒸鱼、炒鱼肚、煎鱼尾、鱼丸汤、拌鱼皮、鱼肉馅饺子等。"羊"是全羊宴。戈壁滩的羊迈着四方步，"饥餐中草药，渴饮矿泉水"，肉质鲜美，且无腥膻味。"四大菜系"不仅风靡 D 城，连京城都震动了。那些在城市中把视觉和味觉涮得寡淡的远行客，一走下飞机，闻着味儿就找到了地方。可惜的是，它们更多时候都出现在官方接待的桌上，很难走进寻常百姓家。不过，五区露天烧烤摊上的羊肉串也是一大特色，跟江城武汉的羊肉串压根儿不在一个档次。

早先，五区营业时间没有限制，可以通宵达旦。D 城喝酒有规矩：要把别人喝好，先自己喝倒。有人便率性而为，一直喝到第二天早上，拿一瓶啤酒漱漱口，直接去上班。他们倒自在，但周边的居民深受其害。半夜两三点，醉鬼们在大街上相互搀扶着结伴而行，又是唱歌又是扔酒瓶子，扰民不浅。后来上峰下了死命令，相关单位必须在晚上十二点准时给烧烤摊拉闸断电。但仍然有不知深浅的摊主不执行命令，十二点以后，还打着手电在烧肉。

孟一昶听得很专注。听向阳说的同时，孟一昶一会儿就低下头双手飞快地摁动手机按键，一会儿点头微笑，一会儿又摇头叹气。

向阳问："给谁汇报工作呢？"

"我女朋友。"孟一昶红着脸抬起头说，"她分到了空军后勤部。结果报到以后，就被下放到通州仓库去了。仓库又偏，晚上一下班，单位的人都坐通勤车回去了，就剩值班员带几个战士。一栋大楼里黑咕隆咚的。唉——"

"那你们俩以后怎么办呀？隔这么远——"他忽然想到了欣玥。

"还能咋办？就多打打电话呗。我想考研考出去，上几年学，毕业的时候再想想办法，看能不能分配得离她近一点。"

"既来之，则安之呗。我都在这儿生活十几年了，这不又回来了？说不定还得像我爸一样，在这儿待一辈子。"

"呵呵，"孟一昶苦笑了一下，"在这鸟不拉屎的地方，有钱都花不出去，想娶媳妇都找不上。待着有什么劲儿呀？我今天跟主任请假时，想下周去酒泉转转。主任说我才来一周就不要到处乱跑了，再说他也做不了主，干部离开D城，要团里主要领导审批。他建议我先踏踏实实干上一两个月，然后再打请假报告，利用周末去一趟。听说坐班车要四五个小时呢，有那么远吗？"

"正常情况下是要四个多小时。现在路修好了，好走多了。以前动不动就要走上一天。"向阳说，"我爸经常把他和战友去酒泉的事当笑话讲给我们听。那时候他是小车司机，还没有提干。有一次，他开车带着副连长和司务长去酒泉接人，顺便买点副食品。这两人车瘾都大，就把他赶到后排去。司务长先开，副连长坐副驾驶。开着开着迷路了。副连长就把司务长训了一顿，说伙夫到底不如军事干部。他们两人是同年兵，关系很好。他们下车撒了泡尿，休息了一会儿。副连长把司务长赶到副驾驶座，自己开车。司务长毕竟官小一点，也就没吭声。副连长开了将近两个小时，还是感觉有点不对路。几个人又下车，一看他们撒的尿还没干呢。司务长这下得理不饶人啦，说伙夫不认路还情有可原，只要把伙食保障好就行。军事干部不是专门学过军事地形学吗？怎么军事素质跟伙夫一个样？这不是给全连战士挖坑吗？副连长臊了个大红脸。"

孟一昶也笑了。

# 六

向阳停好自行车走到家门口，刚好碰上冯干事从家里出来，他打了个招呼。冯干事说："回来了？我刚给团长汇报了一下，周日中午魏团长给你接风，想请团长一起参加。"向阳哦哦了两声，说不用了吧。冯干事笑了一下说，你不用管，都定好了，赶紧回吧。

向阳家是两室一厅的团职楼，70多平方米。这栋楼有些年月了，还是水泥地，房间内墙漆有些发暗，有的地方都脱落了。屋里陈设也很简单，木质沙发是十几年前向阳和妈妈来了以后买的，餐桌是单位的三斗桌，餐椅是普通的靠背椅，电视机、冰箱也都有些年月了。这十几年搬家好几次，家具家电也跟着他们几进几出。D城就是这样，大家想着迟早有一天要脱下军装，公家房子要交回去，买太贵的家具，退役时舍不得扔，带回去又麻烦，所以能凑合就凑合。一凑合就是十几年，或者更久。有些家具已经倒手好几次，再贱卖出去还是会有人接盘。房子时间一久，其他都还好说，关键是下水不好，向阳家又在一楼，厕所动不动就堵。因为选楼层这事，向有勇没少训妻子李爱月。当初选房时，向有勇在副团职干部里排名比较靠前，但李爱月说，原来在老家，单位分的就是一楼，平出平进习惯了，觉得还是一楼方便，反正有问题找公务班解决，一打电话就应声而至。这两年来，给公务班打电话还是一如既往，但公务班来的速度明显比以前慢了。李爱月就发牢骚说，人走茶凉，这凉得也太快了。现在到处翻修房子，你知道自己要退休了，也不申请一套翻修的新房？以后通下水的活就轮到你头上了。向有勇不胜其烦，说这还不都是你选房没眼光，非要选一楼。李爱月说，后天不是魏团长请你吃饭吗？你把房子的事给他说说，让给调整一下呗。向有勇说，还调整房子？你刚才没听小冯说，机关下通知说退休干部要尽快移交地方，这套房子都不一定保得住，你还想美事？见儿子进来，李爱月不吭声了。向有勇便把话题转移到儿子身上，说："你上班没几天，怎么这么多事？天天在外面喝酒，你爹妈想跟你一起吃顿饭，是不是也要提前三天预约？"

向阳说："你又不是不知道，才旦认识的人多，天天张罗场子。我们一块儿长大的，他叫我，我能不去？今天本来是准备陪你们吃饭的，我们一起来报到的校友又让我带他转转。我现在长大了，参加工作了，也有自己的交往圈子，你们尊重一下我好不好？"

向有勇说："你去我不反对，尤其是你跟校友一起。但我觉得你毕竟是军人，才旦是老百姓，再加上他这个人交际广，和三教九流的人都有来往，你还是要和他保持距离，别影响你个人发展。"

向阳说："爸，你这话我就不爱听。才旦他爸和你是一个战壕里的战友，他爸活着的时候你们关系有多好，我和才旦关系就有多好。人家老爸殁了，他凭自己的能力在 D 城闯开了一片天地，我觉得人家比我强。再说了，我一个新兵蛋子，不当官，手里也没权，他会把我怎么着？"

"行啦行啦。"向有勇不耐烦地摆了摆手，"我只是给你提个醒，你也长大了，这些事你自己把握处理吧。到了新单位，还是勤快一点，眼快，手快，心快，嘴不要快，啥事多做少说。刚小冯来家也跟我讲了，他给你们刘处长也说了你的情况。刘处长是我把他从铁路沿线的驻点调上来的，这小子脑子活，能吃苦，你要跟他多学着点。"

"我的事你让我自己慢慢琢磨行不？"向阳有点不大高兴，"我们军校同学都是挤破头往大城市走，光北京就分配了十几个。你说你好歹让我留在兰州也行，非要把我弄回来。你看，你现在退休了，我回来不一样没靠山？"

"北京有啥好的？"向有勇声音很大，"我就不喜欢北京！一出门满大街人头攒动，看着就心烦。D 城有啥不好？空气好，人也朴实，你看看我们那些转业回去的战友，都让地方的风气带坏了。我倒希望你能像我一样，在这儿干到退休。"

李爱月说："老向，你这人就是一根筋，小阳说的也没错，你看看机关有多少人上蹿下跳往北京折腾，当时就给你说找找老龚，他都是军职领导了，这点事对他来说算个啥？你不愿意求人我知道，但为了孩子你不能低个头吗？"

"你懂个啥？"向有勇一甩手进屋了。

周日中午的饭局安排在老旦的宇航大酒店。向有勇一家三口提前十分钟到。刘处长和冯干事已经到了。刘处长起身让座，向有勇便在次位坐下，李爱月挨着他，向阳挨着李爱月。刘处长掏出手机给团长魏君矗打了个电话。五分钟后，魏君矗进来了，隔着桌子就朝向有勇伸出手去，笑容满面地说："团长最近好吧？有一段时间没见你了。"——又转过头，拉长了脸——"刘处长，你是老后勤了，接待经验应该很丰富呀，你怎么让向团长坐在这儿呀？"说着就把向有勇往主位让。向有勇执意不肯，两人推让再三，魏团长才在主位上坐了。

冯干事开了两瓶 53 度的五粮液，把魏团长、向有勇、刘处长和向阳面前的高脚杯斟满，又开了一瓶解百纳干红，给李爱月倒了一杯。服务员上了四个凉菜，两荤两素。魏团长举杯说，一直想请老团长聚聚的，基层部队事多，分不开身，恰好向阳分配到了自己父亲战斗了几十年的单位，借这个机会宴请老团长一家，表达三层意思，一是老团长数十年如一日，在工作岗位上兢兢业业，他代表工兵团对老团长表示感谢；二是欢迎向阳回到 D 城全家团聚，人生掀开新的一页；三是祝愿，祝愿老团长身体健康，祝愿向阳在工作岗位上大展鸿图。碰杯，自己先喝了一口，然后对冯干事说："上热菜。"服务员早端着盘子等在门口了，推门进来把几样菜摆上，不外是手抓羊肉、油焖大虾、毛血旺等。

一杯喝完，酒又添满。魏团长站起来说："刘处长，小冯，你俩也把酒端起来，咱们一起敬我们的老领导！刘处长，小向现在是你的部属，你得多关心爱护呀，你人脉广，看看哪个单位有分配来的女大学生，给小向介绍一个！"——他跟向有勇碰了一下杯——"老向，家里有什么事尽管跟我说，靠山吃山，靠水吃水，何况你现在还是咱们工兵团的退休干部嘛，我们有义务搞好保障！刘处长，你要到老领导家里多走动——"刘处长连声称是。

李爱月主动跟魏团长碰了一下杯，说："我有个事得给说一下，老向他不好意思张嘴，我就厚着脸皮说啦——"向有勇狠狠剜了她一眼："就你事多！"李爱月不理他，喝了一口红酒，简要地说了房子的情况，说这房子已经住了十年了，也该刷刷、修修，当然，最好能给调整一套翻新的房子。

魏团长眉头微皱，抬手指着刘处长说："这件事交给你落实！下来研究研究相关政策，要合情合理，妥善处理。——喝酒喝酒——"

"咚咚——"有人敲门。紧接着门被推开了，老旦探进来半个脑袋，笑嘻嘻地说："团长好！向叔叔好！"就走了进来。他一手拿着高脚杯，一手拎着一瓶五粮液，给自己倒了小半杯，弓腰走到魏团长身后，双手捧杯，满脸堆笑说："团长，敬您一杯，感谢光临！"

魏团长正夹起一筷头亮晶晶的粉条一样的东西，整个盘子里的菜像铁丝一样拧成一疙瘩，他抖了抖，抖不开，筷子举在半空，停顿了一会儿，又把它丢回盘子里，说："才旦，你这鱼翅是拿粉条冒充的吧？"

"我哪敢？"老旦嘿嘿一笑，"这是我让水产店专门从兰州海鲜市场进的，货真价实！"

"你小子！肚子里盛的全是花花肠子，别以为我不知道！"魏团长站起来，转过身跟老旦碰杯。他俩的个头差不多高，肚子也差不多。魏团长头发多些，脸瘦些。喝了点酒，脸黑里透红。他把酒喝完，转身坐下说，"我说得没错吧，老向？李才旦是你看着长大的，这个你比我有发言权！——老刘，小冯，你俩干坐着算怎么回事？不给你们的老领导敬杯酒？"

刘处长正在夹菜，把筷子一丢，端起酒杯过来了，冯干事也跟着过来了。向有勇也就举杯站起来说："这不合适！直接领导不敬，始终是块心病！我带着你俩跟新领导敬杯酒！"说着走过去和魏团长碰杯去了。

魏君萧晚上有安排，想早点结束战斗，连连给刘处长使眼色。向有勇也看在眼里。酒过三巡，向有勇主动提出散场。回去的路上，向有勇嘟囔说："魏君萧才当了几天团长？一口一个'老向'，'老向'是他该叫的？"

"叫你'老向'犯法啦？我看你纯粹是神经过敏！我一天叫你多少遍'老向'，按你的意思在家里我也得叫你'团长大人'？"李爱月不满地说。

"别人叫可以，他就不能叫！老子当团长的时候他还是个小营长，哪次见了我不是屁滚尿流？他说我是老刘和小冯的领导，意思我不是他的直接领导啦？"向有勇越说越来气，越来气嗓门越大。

"行啦！"李爱月用胳膊肘戳了他一下，"你现在是退休干部，人家是在职领导，县官不如现管，人家说话就是比你管用！你还是把你的臭架子收起来，人家现在管着你的宝贝儿子呢。另外，有功夫生这闲气，还不如把刘处长追紧一点，看房子的事有没有希望！"

"你想得倒美！"向有勇说。

# 七

进入九月中旬，气温渐渐回落，蚊子也少了，胡杨的叶子也开始泛黄了。西北自然条件的恶劣和大漠戈壁的干涸锻造了胡杨的坚韧，所以，它的生命力特别顽强：活着，千年不死；死了，千年不倒；倒下，千年不朽。胡杨的叶子也很奇特，同一棵树上的叶子有好几种形状，有的细细长长，像柳叶；有的是椭圆形的，边缘部分像锯齿；有的有点像枫叶，尤其是到了深秋，叶子被秋色染成金黄色，看上去跟枫叶一般无二。胡杨树有个别称叫三叶树，是不是得名于此呢？

到了九月下旬，胡杨的叶子全部变成金黄色。这时候，你在弱水河畔漫步，仰起头看，天上一片云都没有，碧蓝碧蓝。慢慢把视线收拢到近处，一片金黄在天和地之间铺陈开来。到了黄昏时，太阳光直射过来，金黄色的叶子又把太阳光反射回去，剔亮剔亮。再慢慢低下头看，泛黄的弱水河倒映着蓝色的天空和金色的胡杨，绚丽的色彩随着水面微微荡漾。

他们两人沿着弱水河畔缓缓骑行。孟一昶有一个索尼卡片相机，每走一段，两人就把自行车停下，孟一昶跑前跑后拍照，又让向阳再给他拍几张。后来，两人索性把自行车锁上，步行向前。

孟一昶大为感慨，说："真是太美了，没想到这么荒凉的地方，竟然有这么美的景致！我都有点喜欢上这地方了。"

向阳说："D 城四季不是很分明，热半年，冷半年。这个季节最舒服，不热不冷。你可以让你女朋友过来啊！空军机场有北京直飞 D 城的飞机，两个多小时就到了。"

孟一昶苦笑着说："她不肯来，我邀请过她很多次了。唉，距离是爱情最大的敌人。有了距离，就产生了矛盾。现在我们俩老说不到一块儿去，说多了就吵架。我本来想国庆节请假去北京，和她见个面，陪她几天。但是十月份有航天试验任务，我们主任说国庆节可能不放假，在外休假的人也要召回来。我就给她说，让她国庆节坐飞机到 D 城。她不愿意来，却说是我不想去看她，自己在找借口。妈的，烦死了……"他狠狠地吐了口唾沫。

向阳说："你要是能考上研究生最好啦。毕业以后再想想办法分到北京，你们就有机会在一起啦。"

孟一昶笑笑："能等到那一天吗？等到了那一天再说吧。"

向阳一下子忙起来了。不光是他，整个D城的人都忙起来了。一周前，D城的最高领导——司令和政委联名给参加此次航天任务的官兵写了一封信，信中说："任何一个细小的疏忽，都有可能造成无法挽回的损失；任何一个局部的失误，都有可能造成全局的被动失利。"压力由前沿参试部队传导到二线保障部队，又从保障部队顶层往下层传导，D城的每个角落都感受到了空气中的紧张氛围。

压力传导是有原因的。原来，在航天发射任务进入六十天倒计时，一切按部就班进行的时候，远在南美的巴西运载火箭在发射平台爆炸，发射架坍塌，致使20多人遇难。兔死狐悲，物伤其类，大家心里难免蒙上一层阴影。而到了倒计时四十天时，D城在任务测试中又出现了一点小意外，火箭一级4台发动机超过最大摆幅，火箭内发生碰撞。上上下下，从操作员到领导，都被吓蒙了，斗志和士气都滑落到低谷。这事连总部首长都惊动了。就是在这种情况下，D城最高领导才联名写信，向每一名参试官兵吹响战斗的号角。

大家的斗志重新被点燃。从上到下层层部署，工作任务也被层层分解，每个环节都有明确的责任人。一时之间，大家仿佛又回到承包责任制阶段。向阳和一名军需股的干部在服务中心定岗，负责保障工兵团参试官兵夜餐。两人全天候待命，跟着战士们一起择菜、洗菜、切菜，晚上轮流回家，二十四小时保持手机畅通。

进入十月，天气明显变冷。往年这个时候，D城的游客络绎不绝，很多人慕名而来，专程参观这座著名的兵城。但今年是特殊时期，从酒泉通往D城的道路开始管制，必须有D城相关部门制发的通行证才能通行，大部分外来车辆都受到限制。客流量也随之下降。

发射任务倒计时第三天，向阳也领受了新任务，他被抽调到师机关协助做接待工作，定位在被征用的空军宾馆。晚上，他给孟一昶打了个电话，问最近工作怎么样。电话那端人声嘈杂，孟一昶只说了一句"忙死了，我这会儿正带人包包子呢，等下要去送饭，先不说了"，就匆匆挂断了电话。向阳知道，这几天很多人差不多是被焊在自己的岗位上，饭来了，扒拉两口，经常是超过二十四个小时不能合眼。脑子里那根弦已经绷得紧紧的，只有等到任务结束才能彻底放松。

倒计时第二天，向阳拿到了接待手册。空军宾馆总共要接待近百名高级干部，接待工作由机关一名师职干部统筹。向阳负责保障其中六名干部，每两人安排一个标准间。向阳按照要求，领来洗漱用品和拖鞋，放在房间的指定位置。

D 城各单位的大型客车、中巴车全部被征用，由 D 城最高指挥机关统一调度，最终分配给空军宾馆三辆豪华客车。晚上七点，车队出发到七十多公里处的空军机场去接机，向阳负责其中一辆车。飞机原本八点降落，因为与随后一架航班的班次时间比较接近，结果那架航班先到了，这架飞机就一直盘旋在空中。直等那架航班落地，人走完了，清场完毕，才接到落地的指令。这些来参观发射的干部在北京会场已经拿到了接待手册，等到他们坐上指定车辆时，已经九点半了。

D 城的昼夜温差很大，正午时分，气温大概十几摄氏度，晚上会降到零摄氏度。领导们从北京风尘仆仆地赶过来，因为时间紧迫，连晚饭都没有来得及吃。他们穿着西装外套，里面一件薄薄的衬衣，从北京上飞机时还是初秋，一下飞机立即掉进严冬的冰窟窿，一个个在车上冷得瑟瑟发抖。后排有人喊："小伙子，把空调温度调高一点，风调大一点！"开车的三级士官双手紧握方向盘，回过头来微笑着说："首长，已经调到最大啦！"

向阳他们把各自负责接待的领导依次送到房间，明确了时间要求，交代相应的注意事项，并告知宾馆在一楼大厅准备了自助晚餐，需个人自行前往排队就餐。大厅里到处都是人，乱哄哄的。据说市场上有几个商贩得知担负接待任务的宾馆晚餐非常丰盛，他们奔走相告，约了几个关系好的，一下班就抓紧回家，换上干净整洁的衣服，结伴到接待宾馆打牙祭。空军宾馆还好，毕竟接待的都是高级干部，个个气度不凡，再加上年龄也大些。气质不佳、形象差的商贩们在门口觑了又觑，大多数自惭形秽不敢进来。设在新训团的大食堂就遭殃了，人满为患。当天晚餐本来按八百人的分量准备，结果就餐人数达到一千三百多人。后厨工作量骤然加大，厨师们忙得晕头转向，在零摄氏度左右的操作间里汗如雨下。商贩们吃饱喝足了，一抹嘴走了。那些真正被邀请来的客人，动作稍慢一点的，等到肚子咕咕叫，才想起来该补充能量了。过来一看，餐台上的盆盆罐罐个个都是底朝天，只好筒着手，哆哆嗦嗦，不停在餐车前来回走动、跺脚。他们在与商贩的竞争中汲取了教训，下一餐，开饭前一个小时，就在门口排起长长的队伍，每个人的胸前也都挂上 D 城为他们定制的嘉宾通行证。商贩们兴冲冲地过来，见情形与上一次不同，弄清原委之后，一个个灰溜溜地走了。

这个时候，发射场上灯火通明，一切准备就绪。凌晨两点钟，随行医生依次叫醒熟睡中的航天员。他们按照国际惯例，在各自住过的房间门后，用黑板笔签上自己的名字，以及此时此刻时钟指向的精准时间。他们一起来到客厅，在这个房间的最后一道门上分别写下名字……

　　向阳他们在宾馆大厅的椅子上坐着打了个盹。戈壁之夜的寒冷孤独而深刻。一阵阵冷风从四面八方的缝隙中钻出来，钻进衣服的缝隙，钻进皮肤的毛孔，把极致的寒冷紧紧贴在你的肉体和触觉深处。向阳一下子惊醒了。时间差不多了，他们分头行动，叫醒客人，告知他们在宾馆门口登车的准确时间，叮嘱他们务必准确核对所乘车辆贴在前窗大玻璃上的顺序号。

　　夜空很暗。宾馆大院的灯把夜色照得朦朦胧胧。朦胧中依稀看到零落的雪花从天而降。即将出发的车辆按着顺序号依次排开，发动机的轰隆声很大，车后的排气筒颤栗着排出一股股浓烟。院子里到处都是人，车前车后有人在不停跑动，还有人扯着嗓子大声讲话，嘴里呼出的气在空中都凝成了冰。

　　向阳在车上清点人数。旁边有一个人问他："小伙子，还有大衣吗？"向阳瞥了一眼，那个人很苍老，稀疏的白发在头皮上微微抖动。他把西装的领子翻了过来，这样可以把领口掩得严实一些，他的双手抱在胸前，身体不停地抖动。向阳跳下车，跑到站在台阶上指挥的组长跟前，问他还有没有大衣，有一位首长实在冷得不行了。组长瞪了他一眼，说："这会儿乱得像打仗一样，不光人要统一调配，备用的大衣也都征用了，上哪里找去？衬衣也没有一件多余的！"向阳又回到自己车上。那人不时朝他投来求助的目光，向阳不敢直视他，悄悄把头低下了。

　　D城所有道路上能亮的灯全亮了。黑夜像一张硕大无比的巨口，把所有杂乱无序的光束都吞噬了，零落的雪花在灯影里来回扭动。灰色的公路上，车一辆挨着一辆，像蚂蚁一样缓慢爬行。交警在通往发射场的各个路口疏导指挥。显而易见，他们的业务非常生疏，只好手脚并用，鼓足腮帮吹哨子。幸好所有车辆的前进方向一致，行进的速度虽然慢一点，但至少不会拥堵不前。

　　向阳他们来到看台时，离发射还有两个多小时。看台上已经坐满了人。第一排放了一排桌子，桌子上放着姓名牌，椅子的靠背上搭着一件军大衣。天慢慢亮了，寒气在阳光的催促下一点点褪去。看台上不时有人走动、拍照。前方语音控制室随时播放发射任务进展的消息。到了发射前半小时，开始清场，所有技术人员撤出发射区域，只有航天员被孤零零留在火箭顶端飞船的舱体之中，一个人承载着一个国家的期望，去面对和承受来自茫茫太空的压力。最后时刻终于到来了，零号指挥员的口令清晰而准确：

"10——9——8——7——6——5——4——3——2——1——点火——"

瞬间，脚下的大地开始剧烈抖动，一阵巨大的轰隆声随之而来。在看台正前方约三公里处，浓烟四起，火光从箭体四周喷射出来，在熊熊而起的火焰之中，火箭托举着飞船腾空而起，随后是一阵哗哗啵啵的响声，无数碎片像瓦片一样纷纷坠落。火箭拖着长长的"尾巴"，越飞越高，终于消失在云端。看台上的人齐刷刷站起来，"成功啦！"他们大声呐喊，像一群快乐的孩子。"成功啦！"一时之间有上万个声音在呼喊，整个 D 城沸腾了，所有人都沉浸在胜利的喜悦之中……

# 八

星期五晚上，孟一昶给向阳打电话，说是周末待在宿舍也没有什么事，要不就约同年来的几个战友一起出去玩吧。有一次师里组织所属各团开会，向阳和几个肩膀上还别着红肩章的年轻干部坐在一块儿。一看就知道是今年才分配的，感觉很亲切，就互留了电话，后来约着一起吃了一顿饭，孟一昶也参加了。这一段时间因为航天试验任务的关系，大家没有再见面。既然孟一昶主动提出来，向阳爽快答应了。两人便商量，既然要出去玩，反正大家都有自行车，不妨早点出发，走远一点，带上点吃的，中午就在外面野炊，晚上再回来一起吃晚饭。两人最后敲定的地点是狼心山。

D 城有两个出入口，一个在西南角，这是 D 城最主要的出入口，可通往酒泉市；另一个在东北角，通往内蒙古额济纳旗。这两个出入口都设了检查站，有战士驻守，必须持通行证和个人证件，经检查符合要求才能放行。狼心山距 D 城约三十公里。去狼心山，东北口的检查站是必经之路。孟一昶担心单位不给开通行证，有点为难。向阳说，这点事情难不倒我这个老 D 城人，出入的事情交给我。孟一昶很高兴，说既然你把最大的难题都解决了，我也就利用职务便利，让服务中心食堂的战士给大家准备点吃的。我也顺便把我的吉他背上。好久都没有弹过了——主要是因为没有听众，晚上害怕影响战士们休息，恰好借这个机会开个个人演唱会。一切商量妥当，便由向阳联络参加人员，确定人数以后通知孟一昶，按人头准备干粮。

最终成行的有十个人。向阳打电话给孟一昶，说："你的吉他一定要背上啊，到时好好表现！这次你有听众啦。上次你见过的信息团五朵金花，除了一个要值班，吕晓琳、苗迪心她们四个人都要去，另外还有我们单位和医院的两个同年，到时候再给你介绍。对了，我的好哥们石小明也要带女朋友去，他说 D 城的犄角旮旯没有他不知道的，可以给你当个向导，顺便蹭饭。"

第二天早上八点半，大家准时到达集合地点。孟一昶背着吉他，自行车后座上用背包带捆着一个大纸箱子。几个女孩子每人都背着一个背包，大小不一，颜色各异。到了检查站，因为向阳事先已经找人打过招呼，负责检查的战士核对了每个人的证件后就放行了。

一出检查站，笔直的一条公路往前延伸，路两旁没有植被，大大小小的石子散乱在戈壁滩上。一阵强劲的风吹过，骑车的人也被吹得不停摇摆。石头满地乱跑，石子被刮到空中，和着细碎的沙尘，不时拍打行人的面孔，像刀割，更像针扎。这个季节，戈壁滩上的温度已经降到零摄氏度左右，俨然已是冬季。男士们只有石小明戴了手套，女孩也有一两个没有戴手套，手指都麻木了，耳朵也冻得生疼。大家冻得直哆嗦，没有人肯多说话，都铆足劲往前蹬车子。

望山跑死马。戈壁滩一眼望不到头，视线没有遮挡，他们在集结点已经远远看到狼心山了，它有点像神话中二郎神杨戬的三尖两刃刀，一座主峰呈三角形，矗立在前方不远处，旁边是相对矮小的侧峰。在公路上骑了大半个小时后，抬头仰望，它仍然不远不近。大家只好鼓足劲继续往前骑。好在太阳越升越高，气温也往上攀升，脸上、手上、脚上有了暖意，情绪随之高涨。孟一昶负重最大，却越过大家骑到第一位，其他人紧紧跟在他身后排成一列。偶尔有车经过，又刮起一阵风，大家的身体也跟着摆动。

狼心山终于近在眼前了。他们把自行车推进离路边不远的胡杨林。几乎是在一夜之间，胡杨的叶子都掉光了，剩下光秃秃的枝丫在风中摇曳。沙地上有一层薄薄的落叶，踩上去软软的，自行车的车撑支撑不住车身，他们就任由自行车横七竖八歪在地上。孟一昶把背包带解开，缠在自行车后架上，抱着纸箱，在林间找了一个相对平坦的地方，把纸箱放下，打开，取出一卷塑胶棚膜，展开，铺平，大家七手八脚，找来一些粗树枝，把棚膜连接处的缝隙压上，又把纸箱盖上。大家坐在棚膜上休息。孟一昶这才把吉他从背上拿下来，靠着树小心翼翼地放好。

几个女孩也把包取下来，每个人的包里或多或少都有些零食，巧克力、威化饼、小袋装的鸡爪、豆干等等。大家说说笑笑，吃了一点零食，聊了一会儿，便起来四下里走动。林子旁边有一座很大的沙丘。爬到沙丘上，视野很开阔。沙子很细，很软。这时候是正午，躺在沙丘上，身子下面暖烘烘的，太阳照在身上热乎乎的，特别舒服。

向阳忽然想起有一年，他、欣玥、老旦、小明和班上几个同学及家人到这里野炊，欣玥的父亲和他的父亲有事没有参加，最后是欣玥的父亲从单位派了一辆大客车，载着他们一路过来。沙丘的北面是弱水河的分支，河水很浅，才没过小腿。他们就把鞋扔在河滩上，光脚跑到河里玩。几个男孩在河滩上打滚，弄得满身都是泥沙。欣玥怯怯地不敢过来，老旦就跑到她背后，一把把她推倒，拽着她的脚脖子，拖着她在河滩上走了好长一段。欣玥哇哇大哭，跑去告诉她的妈妈，她妈妈就带着她去找老旦的父亲。老旦的父亲当着她们的面，从拣来的枯树枝中顺手拣起一截粗一点的，劈头盖脸就打老旦。老旦用两条胳膊护住头，左闪右躲，到底还是被结结实实打了十几下。

过了一会儿，羊肉炖好了。掀开锅盖，香气四溢。清炖羊肉的做法极简单，水开以后，将上面的沫子打掉，再加一把盐，半把姜，几节葱段，大火烧开，再文火炖一个小时，即可入口。有一句顺口溜形容戈壁滩上的羊："迈的是四方步，吃的是中草药，喝的是矿泉水，拉的是六味地黄丸。"戈壁滩干燥，羊肉不腥不膻，肉质鲜美，尤其是带一点肥油的肋条，入口即化。那种味道让人难忘。向阳在武汉上学那几年，每逢放假要返回，他总觉得无趣。但他一想到羊肉的味道，就不由得流下口水。

那天，大人给孩子们一人盛了一碗肉。大家吃得特别高兴，欣玥忽然问："李才旦呢？"大家这才发现老旦不见了。慌了神，四下里去找，可就是找不到他。欣玥吓得放声大哭。老旦的父亲却大大咧咧地说，别管！说不定他自己回家去了。大家听他这么说，也都不把这事放在心上。吃完饭已经是下午四点多了，大家酒足饭饱，收拾东西返回。

老旦的父亲一进门，傻眼了，家里还是跟他们早上出门时一样，冰锅冷灶，满屋萧然。老旦的父亲慌了，四下里给邻居、同事以及老旦的同学家长打电话，问有没有见过老旦。消息很快传遍 D 城，公安局的同事来了，熟悉的战友来了，楼上楼下的邻居也来了，整个 D 城被翻了个底朝天，可是老旦仿佛从人间蒸发了。夜半，老旦的父亲精疲力竭地回到家里，面对空荡荡的屋子，缀满红血丝的眼睛不由自主地流下了泪水。

　　一直到第二天下午，一辆从特供团前往 D 城办事的吉普车把老旦载了回来。他的衣服被划破了，头上、脸上、身上全是土，又饿，又渴，嗓子干得连话都说不出来。是这位司机先看到老旦的。他摇摇晃晃地沿着路肩往前走，脚上像戴着镣铐一样，每迈一步都要付出很大的努力，风一吹就要倒下去。车开到他身旁的时候，司机和带车干部才发现这个人竟然还是个孩子，问他要去哪儿，他说要回 D 城，就把他带了回来。他死活不告诉这名干部自己是谁，家在哪个区，只让他们把他送到公安局去。到了公安局门口，这小孩说了声"谢谢"，就打开车门跑了，这名干部就跟着下去，看着他跑进局长的办公室。局长又把他带到一楼，让治安科的科长联系老旦父亲，并亲自送老旦回家。局长说："告诉老李，别打孩子！他要敢再动这孩子一个指头，我跟他没完。"原来，老旦被打以后，心里委屈，一个人赌气爬上狼心山，钻进了山后的防空洞。他说，他本来还想再待几天，可是洞里太冷，又黑，还没有吃的。想着好汉不吃眼前亏，还是回家吧，大不了再被父亲狂扁一顿，但起码衣食住行有保障。不过，如果能有办法不受皮肉之苦，当然最好不过了。一路上他就想，父亲很凶，得搬出一个比父亲更凶的人，才能镇住父亲。

　　他做到了。

# 九

　　向阳和孟一昶他们把鞋脱下来提在手里，袜子塞进鞋兜，像冲锋陷阵的战士一样呼喊着，从沙丘上冲下去，把鞋扔在河边的沙地上。几个女孩子也顾不得矜持，一起光着脚在河滩上追逐打闹，清脆悦耳的笑声在旷野上飘得很远，很远。小明始终围绕在周芷汀身边，寸步不离。他把自己的鞋丢河滩上，手里拎着芷汀的鞋，背着她的包，时不时把鞋夹在腋下，又是给她拿水，又是塞零食。

周芷汀爱理不理，拒绝多于接受。

大家在河滩上疯够了，一个个拎着鞋回来，围成一圈坐在棚膜上。每个人身上或多或少都沾了些泥浆，有人脸上、头上也沾了不少，相互指着哈哈大笑。孟一昶把纸箱打开，一个接一个往外拿一次性饭盒，有十几个，摆得满满当当。打开，有泡椒鸡爪、卤牛肉、凉拌猪耳、凉拌肚丝、煎炸小鱼、酱萝卜干、拍黄瓜、拌凉皮、洋葱木耳等等，很是丰富。他给每个人发了一双一次性筷子、一个一次性塑料碗。女孩子们也把各自带的零食拿出来分享。

小明啃了一个鸡爪，兴冲冲地跳起来，跑过去把靠在树旁的吉他包拿起来，打开，把吉他拿在手里，吉他包扔在一边。"哥们，借你吉他一用！"他扭头对孟一昶说，"我给大家助助兴。"说着就站在树下弹了起来，一边弹一边唱，唱的是任贤齐的《对面的女孩看过来》：

> 对面的女孩看过来
>
> 看过来　看过来
>
> 不要被我的样子吓坏
>
> 其实我很可爱
>
> 寂寞男孩的悲哀
>
> 说出来　谁明白
>
> 求求你抛个媚眼过来
>
> 哄哄我　逗我乐开怀
>
> …………

小明一边唱，一边不时觑周芷汀。芷汀漫不经心地吃着东西，自始至终都没有看小明一眼，好像她并不知道他在看她，更不知道他这首歌是唱给她听的。一曲终了，大家都使劲鼓掌。

几个女孩子异口同声地说："石小明！来一个！"

向阳、孟一昶、杨彬彬和王卓仁便跟着起哄："来一个，石小明！"

小明有点讪讪的，看着芷汀，不觉把脸红了。

孟一昶站起来跳出圈子，一边鼓掌一边喊："叫你唱，你就唱，扭扭捏捏不像样！"

吕晓琳也站起来接话："像什么？"

几个女生大声说："像绵羊！"

吕晓琳又说："像什么？"

几个女生又喊："像姑娘！"

孟一昶又接着喊："一二三四五……"

其他几个男生喊："我们等得好辛苦！"

吕晓琳又喊："一二三四五六七……"

女生这边又喊："我们等得好辛苦！"

孟一昶接着喊："一二三四五六七八九……"

男生女生一起喊道："还要我们等多久？"

孟一昶又喊道："呱叽呱叽！"说着把手举过头顶，大家都跟着他把手举过头顶，很有节奏地一起鼓起掌来。只有芷汀低头默默不语。

小明的脸直红过耳根。他不唱了，跑过来把吉他塞给孟一昶，回到芷汀身边坐下。杨彬彬和王卓仁又把孟一昶推出圈外。

向阳喊道："孟一昶，来一个！"

吕晓琳也像刚才孟一昶那样把双手举过头顶说："呱叽呱叽！"

大家便跟着一起鼓掌，芷汀也笑起来，跟着一起鼓掌。

"好吧！那我就献丑啦！"孟一昶用手轻轻拨动琴弦，美妙的旋律立即倾泻而出，"我唱一首许巍的《故乡》，献给我们这些远方的游子！"——他笑着指着向阳说——"不包括你和小明啊！"

天边夕阳再次映上 我的脸庞

再次映着我那 不安的心

这是什么地方 依然是如此的荒凉

那无尽的旅程 如此漫长

我是永远向着远方 独行的浪子

你是茫茫人海之中 我的女人

在异乡的路上 每一个寒冷的夜晚

这思念它如刀 让我伤痛

总是在梦里 我看到你无助的双眼

我的心 又一次被唤醒

我站在这里 想起和你曾经离别情景

你站在 人群中间 那么孤单

那是你 破碎的心

我的心 却那么狂野

你在我的心里 永远是故乡

你总为我独自守候 沉默等待

在异乡的路上 每一个寒冷的夜晚

这思念它如刀 让我伤痛

总是在梦里 我看到你无助的双眼

我的心 又一次被唤醒

我站在这里 想起和你曾经离别情景

你站在 人群中间 那么孤单

那是你 破碎的心

我的心 却那么狂野

总是在梦里 我看到你无助的双眼

我的心 又一次被唤醒

总是在梦里 看到自己走在归乡路上

你站在 夕阳下面 容颜娇艳

那是你 衣裙漫飞

那是你 温柔如水

　　他的声音有点沙哑，有点低沉，歌声和琴声在同一种情绪里滑翔，有一点忧伤，也有一点感动，是一种完全不同于许巍的味道。向阳记忆中和故乡有关的画面不多，其中一个是父亲出生的乡下，他从未见过那么奇怪的地貌——纵横交织的沟壑深浅不一，像在乡下生活的爷爷脸上的皱纹。他去乡下时是冬季，四周都是光秃秃的，连一棵绿草都看不见，跟荒凉的戈壁滩似乎没有太大区别，那种颜色让他不由想起乡下爷爷的脸。关于故乡的另一个画面，就是他六岁以前生活的造纸厂的家属院。向阳忽然想起父亲背着大包小包，带着他和母亲离开济南的那个遥远的下午。火车站挤得水泄不通的人群，进进出出匆匆忙忙奔跑的身影，还有火车声嘶力竭呼喊之后吐出的滚滚浓烟，这一幕幕画面在眼前越来越清晰——那是故乡刻在他脑海中最后的场景。他知道孟一昶唱这首歌，怀念的不仅仅是遥远的故乡，还有天各一方那个向阳并不知名的恋人。那个鲜活的身影，也跟着缓缓流淌的时光之河一起流淌，流淌，流过孟一昶的心田，流过孟一昶的记忆，把山盟海誓渐渐流成了远山淡影。他记得欣玥离开 D 城前的一个晚上，他和她、老旦、小明一起喝了不少酒，欣玥抱着他的脖子，半开玩笑半认真地说："如果咱们到了三十岁，我未嫁，你未婚，咱们就都将就一下，搭伙过日子吧。"当时只觉得是一句玩笑，笑笑也就过去了。一直到上大学，读到北岛的诗《波兰来客》：那时我们有梦＼关于文学＼关于爱情＼关于穿越世界的旅行＼如今我们深夜饮酒＼杯子碰到一起 ＼都是梦破碎的声音。他忽然又想起欣玥的话，禁不住流下眼泪。如今，眼前的歌者声音里也渐渐带出哭腔，他唱不下去了。高高大大的吕晓琳竟然也湿润了眼眶，其他几个女孩子怔怔地站在原地。大家都忘记了鼓掌。

小明拉起芷汀的手，说咱们去爬狼心山吧。大家回过神，一致说好。孟一昶收了吉他，那个叫苗迪心的女孩把剩下的荤菜分类装好，从包里取出几个塑料袋，把菜装进去，袋子系好，又把垃圾收到一个袋子里，再把棚膜上的树枝拿开，掸掸上面的沙子。大家一起动手，卷起棚膜，把剩菜和棚膜都装进纸箱。孟一昶又把纸箱捆到自行车后座上，背上吉他。衣服上的泥沙都干了，轻轻一掸，干净如初。大家推上自行车，苗迪心拎着垃圾，一起走出胡杨林。路边有一个堆放垃圾的地方，她把垃圾丢掉。大家又骑上自行车往狼心山而去。

黑河干流流到 D 城，水势已经很弱。它像一个年迈的老人，步履沉重而迟缓，它在荒凉的戈壁上一路跋涉，依依不舍穿过茫茫戈壁中的绿洲——D 城，缓缓流淌，流淌，又回到荒凉的旷野。在狼心山脚下，这一条干流的脉搏已经极度微弱，却还是一分为二，一支汇入东居延海，一支汇入西居延海。沙丘后面的那条河，就是其中一条支流。风太大，自行车立不稳，他们便把车子放倒。孟一昶仍然背着吉他，和大家一起上山。狼心山海拔不高，有人工砌成的台阶通往山顶，拾级而上，半个小时就到了。站在山顶望向四周，高高低低很多小山，肩挨着肩，脚并着脚，山是灰黑色的，戈壁滩是土黄色的，在湛蓝的天空下界限分明。风越来越大，一阵沙尘暴袭来，漫天遍野都是这种土黄色，分不清哪里是山，哪里是戈壁。风里裹挟着沙子、石子，空气中弥漫着浓重的土腥味，吹得人睁不开眼，张不开嘴。整个世界已经浑然一体，所有的人都在沙尘中迷失了方向。

向阳大声说道："大家跟上我，赶快到防空洞里躲一躲吧。"——他一只手在额前搭起凉棚，另一只手伸向身后——"拉着我，别走散了！"弓着腰往前走。

有一只温软的手递到向阳的手里，指尖冰凉。他顾不得多想，牵着那只手往防空洞而去。阳光被沙尘暴遮住了，防空洞里一点光线都没有，什么也看不到。他松开那只手，两只手摸着墙壁往前走。大家都进到洞里，有人把手机屏幕打开，一个个人影在幽暗的微光里来回晃动，仿佛鬼影一样，"咣当"一声，紧接着是一声尖叫，有一个女生踩到了什么东西了。

"没事！"向阳大声说，"这里面有之前留下的锅碗瓢盆，大家不要怕！"他想到当时老旦像个鬼一样，躲在这个黑咕隆咚的洞里，不知道是怎么挨过那漫漫长夜的。洞里有锅碗瓢盆，可惜没有火，加之戈壁滩上光秃秃的，也没有野果子、野菜可供采摘，否则，以老旦的性格，肯定还要再躲上两三天。这样老旦才能更深刻地体味报复父亲的快感。这么想着，向阳不由笑出了声。突然，背后伸出一只手，在黑暗之中握住了他的手。指尖冰凉。

# 十

孟一昶打电话说，单位派他去河北接兵，下周一到新训团报到，培训一周，周末就走。向阳心里一动，都说接兵是肥差，前些年有些干部为了捞这个肥缺，专门托人找门路。看来这几年D城征兵工作还是比以前规范多了。

"外面的世界可不像D城这么淳朴，你可要把握好自己哦。"向阳开玩笑说。

孟一昶没有接话。过了好一会儿，他说，他跟女朋友分手了。"山盟海誓终究还是败给了时间和距离。"他的声音有点哽咽，好像是哭了。

向阳不知道该怎么安慰他，就说想开一点吧。

"我有啥想不开的？没有我，她不会嫁不出去！没有她，我也不会打光棍！"他说，"一段新的恋情马上就要拉开序幕了！"

"是吗？"向阳有点吃惊，"你又瞄上谁啦？"

"我的新朋友，你的老朋友！"孟一昶说，"就是上次跟我们一起去玩的苗迪心。"

"你不是才见过她两次吗？"

"两次怎么啦？一见钟情知道吗？第二次见面就应该是缘定三生了！我相信我的感觉不会错！"

"要不要考虑考虑？"向阳说，"你不是和女朋友刚分手？是不是该冷静冷静？还有，你不考研啦？"

"还冷静个毛线啊？"孟一昶说，"你又不是不知道，D城一年才能分配几个女军官？狼多肉少，一堆光棍等着下手呢。我这一次出差要两个多月，如果不提早动手，等我十二月底回来，恐怕就只能去参加婚宴喝别人喜酒了。"

向阳说："我还是觉得你的决定太仓促了。"

"你没谈恋爱，你不懂！"孟一昶说，"我谈恋爱是为了遗忘，只有爱情才能医治爱情留下的创伤。"——他好像在抽烟，吧嗒吧嗒吸了两口——"你的任务就是帮我看好她，如果她身边出现别的男人，第一时间打电话向我汇报。晚上胖子鱼火锅城见！我跟她约好了，我掏钱，你给我送行！"

他把电话挂了。

胖子鱼火锅城在六区师部办公楼的斜对面。老板是个胖子，炝锅鱼做得特别好。饭店面积不大，大厅一百多平方米，外加三个小包厢，叫"火锅城"多少有点唬人的意思。D城郊区有一家王胖子大盘鸡，老板也是个胖子，大盘鸡的味道绝对是D城一绝。王胖子后来把饭店搬到九区邮政局后院，有十几间包厢，改名"王胖子大酒店"，并且在饭店招牌上印上了自己的肖像。可惜饭店没开多久就倒闭了，本人只好回到郊区继续卖大盘鸡。而胖子鱼火锅城没有这一番曲折，生意一直很好。

向阳六点四十分到火锅店。大厅里已经坐满了人，好多人都是下班直接来赶场的，军装都没有换。孟一昶也穿着军装，显得英气勃发。他正侃侃而谈，苗迪心穿着一件黑色呢大衣坐在他旁边，时不时微笑点头。他在他们对面坐下。苗迪心个子挺高，短发，微胖，小眼睛，皮肤倒是很白，但算不上漂亮。她跟周芷汀完全是朝两个相反的方向发展，芷汀矮、瘦、黑，虽然五官端正，眼睛大，但有黑眼圈，一脸菜色，穿上军装不但无助于提升气质，反而像是刚从战火纷飞的前线撤离下来的。而苗迪心脱下军装，顿失英姿飒爽的气质，变成了一个最普通不过的女孩子。

"你们聊！我去给你们打点调料。"她站起来，拿起向阳和孟一昶面前的调料碗，"你们俩没什么忌口吧？"

"随便，大老爷们有啥忌口的？"孟一昶说。

"好，那我就每样调料都打一点！桌子上有醋，你们需要的话自己加。"

孟一昶要了一份炝锅鱼，点了一些涮菜。苗迪心一边煮菜，一边用公筷往两个人的碗里夹。他们两人开了一瓶银剑南白酒，给苗迪心要了一罐杏仁露。孟一昶简单开场白，说自己要去河北，临走时请大家给他送行。如果大家要带什么东西，打电话给他说一声。

向阳笑着说："在酒泉买东西的时候，一定记得要砍价。"

孟一昶问："为什么？"苗迪心也好奇地盯着向阳。

向阳说："你没听人说过，D城人一进酒泉，整个酒泉市场都要哄抬物价？"他们两人都摇摇头。

向阳说："劳动节、国庆节一放假，酒泉的宾馆至少涨价一半，外地来酒泉旅游的能有多少人，大多数游客还不是D城来的？"

孟一昶问："酒泉人怎么知道我是D城人？买东西又不需要军官证。"

"嘻！"向阳说，"咱们走到哪儿人家都能看出来。你没听人说，D城军人有三大特征：黑乎乎、胖乎乎、傻乎乎。人家背地里都叫咱们'三乎'干部。"——向阳干咳了一声，自己先笑了。孟一昶和苗迪心也相视一笑，苗迪心脸一红，低下了头——"据说前些年有外地人到D城做生意，觉得满地都是钱，真跟捡钱一样，所以给家里亲朋好友拍电报，邀请他们也来D城发展，电报内容就六个字：人傻钱多速来。"

"这不就是歧视嘛！"孟一昶愤愤不平地说，"来来来！喝酒喝酒！咱聊点别的，不说这闹心的事了。"

不知不觉就谈起了爱情。一致认为在解放军军事学院，最难的事儿不是应付考试，也不是每天下午一个五公里跑，而是轰轰烈烈谈一场恋爱。孟一昶说，俗话说，当兵三年，看到老母猪都觉得眉清目秀。部队女生资源太少，加上部队对男女关系又讳莫如深，抓得太严，谈恋爱也整得像搞地下工作。向阳就接着往下说，有一次他们队有两个男同学在图书馆假山旁抽烟，忽然纠察来了，其中一个同学把烟一扔，撒丫子就跑。有一个纠察追了上去。剩下几个纠察就把另一个同学扣在那里，然后挨个登记刚刚惊散的几对鸳鸯。过了一会儿，追人的纠察气喘吁吁地回来了，指着这个同学，问刚才跑掉的那个女同学是哪个队的，叫什么名字？这个同学一再申明他只是在抽烟，没有谈恋爱。纠察不信，这个同学急了，就说你们见过有跑得这么快的女生吗？纠察这才不说话了。说着，向阳忽然问孟一昶，抓到的几对野鸳鸯是不是有你啊？孟一昶的脸色都变了，赶紧给向阳使眼色，又在桌子下面用脚踢向阳的小腿。向阳知道说漏嘴了，就跟孟一昶碰杯喝酒。

苗迪心哧哧地笑了。她问向阳，听说很多年前，D城的首长为了解决官兵的婚姻问题，专门到内地征了一部分女兵，然后让男女兵分别按个子高矮，面对面分别站成一排，然后举行集体婚礼。有这事吗？

向阳说，这就有点张冠李戴了。是有这么回事，但说的不是D城，而是新疆建设兵团。五十年代初，有二十万驻疆战士响应毛主席的号召，"把战斗的武器保存起来，拿起生产建设的武器"，在新疆垦荒戍边。你想，垦荒可不是一天两天能完成的，战士们得长期驻守，怎么才能创造拴心留人的环境？那就是要让他们找到家的感觉，有了家，心才能安顿下来。为了解决战士们的婚姻问题，就从湖南征召了八千多名女兵进疆。这个"八千湘女上天山"的故事在全国反响很大，后来又从山东等地征了上万名女兵。但愿不愿意扎根、想不想结婚，女兵们是有自主权的，按大小个排队领媳妇就有点传歪了。其实当时全国的情形都不乐观，新疆建设兵团确实很苦，但D城组建初期也好不到哪儿去，这座新城在戈壁滩上拔地而起，从朝鲜战场撤回来的某兵团也付出了很大的代价。听我爸说，他当兵以后就参与过开挖D城水库这项大工程。那种"千人一杆旗，万人一把枪"的场面太壮观了，至今难忘。

"你爸妈是不是也是组织指定的婚姻啊？"孟一昶坏笑着说，"别介意，开玩笑的。"

"少瞎扯！"向阳有点不高兴，"我爸和我妈是战友介绍的。"

"哦——"孟一昶说，"那就是先结婚再恋爱了？"

"你老扯我爸妈干啥？你啥意思？"向阳跟孟一昶碰杯，喝了一口酒。二十块钱的酒到底不咋的，有点上头，耳朵都变成红色了。

"好啦好啦，不说了。"孟一昶忽然转头问苗迪心，"你读过《围城》吗？"

苗迪心点头。

向阳以为他又要说那个著名的段子："结婚仿佛金漆的鸟笼，笼子外面的鸟想住进去，笼内的鸟想飞出来；所以结而离，离而结，没有了局。"或者是说爱情像"被围困的城堡，城外的人想冲进去，城里的人想逃出来"。但是不是。孟一昶问的是，苗迪心怎么看待唐晓芙这个人，以及她那一句著名的话——"我爱的人，我要能够占领他整个生命，他在碰见我以前，没有过去，留着空白等待我——"

苗迪心显然熟读《围城》，对于这个问题，她肯定早就用心思考过。所以她既没有低头用脸红掩饰内心的恐慌，也没有张口结舌不知所云。"唐晓芙是一个完美的理想主义者。其实我们女孩子大多数都会有这种想法。"她不假思索，微笑着对他说，"但是，理想的爱情很难在婚姻中找到落脚点。反而是张爱玲的一句话更能打动我，'也许爱不是热情，不是怀念，不过是岁月，年深日久都成了生活的一部分——'"

向阳和孟一昶面面相觑，没想到她会给出这样一个回答。向阳心想，那会儿他和孟一昶聊到军校谈恋爱时，他不小心说漏嘴了，孟一昶有点尴尬，刻意掩饰过去了。看来当时她已经心知肚明，他们还以为她没有察觉呢。现在既然这么回答孟一昶的问题，说明她完全可以接纳他的过去，而孟一昶这顿饭的用意和心思所在，已然在她的意料之中了。向阳忽然有一种感觉，觉得这两个人真有可能走到一块儿。是啊，爱情何必非要搞得像躲猫猫一样，你猜我，我猜你，这样开门见山不也挺好吗？也许不会成功，但至少不会错过。他忽然有点替自己悲哀，觉得自己太缺乏孟一昶这种勇气了。他有一股想成全他们的冲动。散场时，他们两人勾肩搭背走出来。孟一昶大概是想起了伤心往事，有点酒不醉人人自醉的意味，既纠缠于过去，又无限憧憬未来。他用力拍了拍孟一昶的肩膀，引用了一句《百年孤独》中的话："'别错过机会，人生比你想象的要短。'自己把握吧，兄弟。"

# 十一

吃完晚饭，向阳就到屋里去看书了。他不愿意待在外面。有时候他也想陪着父母坐下来聊聊天。父亲退休以后，心境仍然停留在两年前，除了关心自己老单位的人和事之外，他找不到别的话题。刚开始向阳还按照他的要求，把自己知道的事无巨细，一一给他汇报。父亲便在旁边一一点评，时不时夹着几句牢骚，几句脏话，接下来就是一副居高临下的姿态，告诉他什么事情应该怎样做。他要是表达不同意见，父亲就气不打一处来。慢慢地向阳就不愿意和他聊天了。

母亲关心的话题永远只有一个，单位今年分来几个女军人？长得怎么样？

什么地方的人？家里兄弟姐妹几个？隔壁林处长爱人说她侄女明年也要分配到D城，还带来了一张照片。向阳不等他们说完，转身进屋，直到饭摆上桌，母亲喊他两三遍才出来。父亲严格遵守部队的规定，吃饭的时候绝对不多说一句话。锅碗瓢盆撤下桌，他才会发表言论。向阳就抓住机会，一吃完饭立马进屋，不给他们议论他的机会。

这时候手机响了一声。

他漫不经心地打开，是周芷汀发来的信息：我在你家楼下。

他吓了一跳，赶紧回信息：你要干吗？

她回信息很快：你下来，要不我上去。

屋里很热。D城的供暖周期很长，从十月中下旬一直持续到来年四月初。这个时候立冬已过，小雪就快到了，室外已经降到零下十摄氏度左右，出门就必须裹得严实一点。向阳只穿着秋衣秋裤，他麻利地把自己裹了起来。父亲正在厨房洗碗，一边洗一边嘟囔，母亲正在拖地，时不时回嘴，两人就你一句我一句叮叮咣咣地呛了起来，声音越来越大。向阳说了一句"我有事出去一趟"，带上门径直往外走，母亲在身后说"你一天到晚怎么那么多事呀"。他已经从二楼下到一楼了。

周芷汀就在门洞口不停走动，不停搓手。她穿着厚厚的连帽羽绒服，羽绒服帽子打了起来，在帽子边沿一圈毛领的包围中，只剩下一张很小的脸，脸上又捂着大口罩，露出大大的眼睛，睫毛上结了霜，一上一下眨个不停。她的眼睛很有特点，黑眼球特别大，走近她的时候，眼中映出的人影也特别大，特别清晰。这让他不由自主地想起小时候见过的水井。走到井边，他也能看到自己的影子，随着水面的涟漪来回晃动。但他并不知道那一井水有多深，就像现在看不透周芷汀的眼睛掩盖着怎样的心思。

"我知道你不想让我来找你，"她说，"可我还是忍不住来了。"

"你有事吗？"

"没事。非得有事才能来找你吗？"

"那倒不是——"

"那不就行啦？"

"我觉得——太冷了。要没有什么事，咱们就回吧。"

"说说话——不行吗？"他的双手本来插在羽绒服兜里。她说着话就把一只手伸进他的臂弯。他像触电一样把手从兜里拿出来，跳开了。她的手没有依靠，垂下去了。她咯咯笑了,上半身很有节奏地晃动。"害怕我吃了你呀?"她还在笑。其实她这么贸贸然来找他,也是想了很久才作出的决定。她为此行准备了好多话。如果第一步他默许了,她可能会诉说她的不幸,甚至会憧憬她的另一种爱情。可是他干脆利落地甩掉她的手,倒让她不知所措了,话不知该从何说起。

但他也因为失礼,反而有点不好意思。她往前走,他就跟上去。慢慢地两人便并排走在一块儿了,中间隔着两拳的距离。她没有戴手套,也跟他一样把手插在羽绒服兜了。两人慢慢地走,慢慢地走,谁也不肯打破沉默说第一句话。

两人从工兵团家属楼所在的十四区出来,穿过铁路公园,又拐到主干道上,一直往南走,走到D城礼堂门口。"唉,"她叹了口气,"你忙吧。我回去了。"说着加快脚步,往东边保障团的方向走了。

他有点过意不过,又追上去,和她并排走在一起,两人挨得近了一些。"你真的没事吗?"他问她。

"你觉得呢?"

"我不知道。"

"那你应该知道,一个女孩子主动来找一个男孩子,是下了多大的决心吧?"

他的心里一震。他想起欣玥离开D城前的一个晚上,差不多也是这个时候,她给他家里打电话约他下楼散步,两个人就这样肩并肩在街上走了很久。他知道他们从此天各一方,再要见一面都很难,心里有一股莫名的悲伤。那一刻,他觉得自己有很多话要说,可是不知道从何起头。后来一直走到她家楼下,她说:"向阳,我后天就走了。明天在家收拾东西,就不跟你道别了。有空来北京玩!"说完,她转身跑了,头也不回。他就一直呆呆地站在原地,目送她上楼,然后是"咣"的一声,门关上了,然后她屋里的灯亮了,然后她走近窗前,拉上了窗帘,在帘内留下一个淡淡的人影,然后,她从窗边走开了。他的泪水不知不觉就流了下来。

难道她也是鼓足勇气才来找他的吗?这样想着,怔怔地,眼圈有点发热,不由自主停下了。

周芷汀扫了他一眼,抿嘴一笑,说:"你想起谁啦?还流眼泪。"

他回过神来了,没有接话,继续往前走。她便走快几步跟上他。"我知道你喜欢一个女孩。"她说,"我听石小明说过,她叫龚欣玥,对吧?听说你们是一块儿长大的。虽然你们现在不能在一块儿,但我还是挺羡慕她的,起码这么多年来，一直还有一个人牵挂她，为她流泪。而我，就只能自己为自己流眼泪。"——她有点哽咽——"算啦，不说这些啦。"

"对不起——"他看到她的眼泪流下来了，有点慌，不知道该怎么办，"我惹你伤心了。"

她扑哧笑了："你哭你的，我哭我的，咱们两个流的是不相干的眼泪。"

他也就笑了。

"其实，我很后悔到 D 城来。我上的大学不好，既不是 211，也不是 985，确实不好找工作，这是实际情况。石叔叔托关系把我招到 D 城来，穿上了军装，拿到了比我的同学高两倍的工资，我也确实很感激他。可是——"她突然哭了起来，"可是我也恨他！他改变了我的命运，也绑架了我的自由。如果我留在老家，即使我出去打工，即使我找一个不成才的老公，那我也认了，起码这一切是我按照自己的意愿选择的。现在，他们强加给我一个男人，就算他再优秀，再有钱，我从心里不乐意！更何况——"

她觉得自己有点失态，停顿了一会儿，等情绪慢慢稳定下来，又接着说："哪个女孩不是把爱情的梦编织得五彩斑斓？哪个女孩不是在尘埃里仰望自己的白马王子？可是我没想到，我的梦醒来，眼前却是石小明这张笑星脸！爱情是要讲眼缘的。没缘法，怎么看就怎么别扭！"

"小明人挺好的。"他说。他想起张爱玲小说中的一句话："念过小学堂的嫁给念过中学堂的，念过中学堂的嫁给念过大学堂的，念过大学堂的嫁给念过洋学堂的，念过洋学堂的只有嫁给洋人了。"女孩理想中的对象，不光个头要比自己高，事业上也应该比自己更有成就。可是……这样的话对小明是不是太不公平呢？向阳觉得，这个时候他应当站在小明这边，"我们从小一块儿长大，他这个人我了解，虽然他是个职工，没什么远大追求，但心实，对谁都好。"

"我知道，"她叹了一口气，"他对我是真好，我也挑不出毛病。可我就是不甘心……"她转过头，目不转睛盯着向阳，"哪个人不是这样呢？你喜欢龚欣玥，却没有和她在一起，你甘心吗？"

"呵呵，"他干笑两声，"我和欣玥不是你想的那样，我们根本没有走到那一步。你想想，她去北京的时候我们都只有十六岁，只不过……只不过一个从小一起长大的朋友，突然之间说走就走了，心里肯定会难过……"他这么说，其实脑海里浮现的却是一幕幕儿时相处的画面。她像姐姐一样呵护他，可能也是因为他们都是独生子女，他特别渴望有一个姐姐，而她总是把他当弟弟。放学的时候，她总是等着和他一起走。那还是上小学的时候，有一次，语文老师让同学们背课文，欣玥先背完了，他还没有背下来。老师就把他留下来了。她站在教室门口，小声说："那我走啦。"他没有吭声。"我真的走啦！"她又说了一遍。他的眼泪哗哗地流了下来。她朝他摆了摆手，走了。他跑到教室门口，她忽然回头，莞尔一笑。她竟然又回来了。这么想着，他忍不住就笑了。

"你看你——"芷汀爽然而笑，"你的眼睛已经泄露了你的秘密。"

他怔住了。

两人越说越合拍，渐渐有了笑声，也不觉得冷了。时间已经很晚了，路上一个人都没有，路灯忽然熄灭了。她下意识往他跟前靠了靠，他没有躲开，两人肩挨着肩又走了一会儿。月光很冷也很亮，两人的影子在月光下十分清楚。他们两个人之间还有一点距离，两颗心之间的距离更远，可两个瘦瘦长长的影子却没有距离，拖得长长的，并行着往前走。不觉绕到五区市场的东门，测量团的宿舍就在东边，大门口的灯还亮着，远远看到有一个穿羽绒服的人，在宿舍楼前来回走动。他把双手举到嘴边，不停地哈气。灯光下，他呼出的气凝成一团团雾。

周芷汀忽然停下了。她不说话，向阳也不吭声，两人默默站了一会儿。还是她先打破沉默，侧过身对他说："向阳你回吧。谢谢你陪我说了这么多话。"然后很大方地把右手从羽绒服口袋伸出来，伸到向阳的胸前。向阳伸出手，轻轻握住了她的指尖。指尖很凉，像是握住了几根冰凌。

"那天在防空洞如果冒犯到你，还请原谅！"说完她走了。

# 十二

在单位晃荡了几个月，向阳终于上岗了。之前的出纳休产假，她的工作便顺理成章落到向阳手里。业务倒不复杂，只是每天经手的事情多。服务中心和几个食堂隔三岔五来借钱，他开一张空头支票，盖好章，负责采购的战士拿着支票，到副食店或熟食店选好要买的东西，让老板算好价钱，现场在支票上填好数字，再让老板在支票存根上签字盖章，他们再把存根拿回财务股交账，再打一份相应数额的借据。现金业务比较繁琐，有些没有在银行开户的摊贩，都要用现金结账，还好基本是小额开支。发工资就比较麻烦，义务兵全要发放现金，有一部分职工也是现金，出差的、休假的战士都要退伙食费，也是现金，工兵团兵多，职工也多，这项支出不小。他和管生活费的助理员各带一个战士，扛着两个大皮箱去银行抬现金。好多单位都在排队领钱，留给他们的时间不多，钱只好一捆一捆数，捆数能对上就行。等回到办公室，领钱的人都已经排好长队了，大家都很高兴，说说笑笑，办公室又小，吵得人脑袋疼。向阳又是新同志，一紧张手底下就不利索，别人一催，更紧张，紧张就难免出错。幸好都是小错，全当少吃一顿烧烤。第二个月就慢慢熟悉了。

但新业务又来了。领导要用钱，有时候会通过处长、股长把话传给他，有时候就直接打电话给他，他只好填上一张白条放进保险柜。钱出去不怕，一般都安排解决。怕的是有时候在酒场上，或者是一些特殊场合，临时要用钱，电话就打过来了，去还是不去呢？一个新同志，总是不去也不合适，可一旦开了头，后面该怎么收场呢？没办法，先给股长汇报，股长不同意他就不同意，县官不如现管嘛。

向阳受家庭环境熏染多年，脑袋瓜子总会在关键时候灵光一现。烦的是父亲，这些事免不了通过母亲的嘴巴传进他的耳朵。他脸憋得通红，眼白都是红的，跟喝醉了一模一样，扯着嗓子就喊：这帮兔崽子现在怎么都这样？你可把自己摘干净了！别没事惹一身骚！他的话向阳不爱听，却从中悟到凡事要留个心眼，于是随身携带一个小本，随时记录"某年某月某日，某某某取现金××元，股长同意"等等。当然，这个小本属于绝对隐私，老爹都不能过目。

能者多劳，股长见他工作仔细，也少出错，工作的担子就越压越重了。向阳二十四小时电话开机，随时待命。星期六早上还在睡梦中，就被电话吵醒了。迷迷糊糊中，手伸到被子外面，从书桌上摸到尚在跳动歌唱的手机，高高举到眼前，眯缝着眼睛看，是冯干事。心里踏实了，摁下电源键，它不再响了。又接着睡。人就是这么奇怪，年轻的时候事情多，需要更多时间来处理，却总是睡不醒。老了，事情也少了，可以把时间更多地安排在睡眠上，却总是睡不着。

电话又响了。一遍遍响，肯定是有事。他坐直身子，把电话拿过来接通："干吗不接电话？赶快带上五万元，到老牛家！老牛家你知道吧？"电话挂了。

他一头雾水。老牛他倒是认识，前些日子常常去他们办公室，来时口袋里揣一沓发票，掏出来扔在股长办公桌上，然后旁若无人地坐下来，点支烟，自己给自己倒杯水，一坐就是一天，什么时候拿到钱，就笑嘻嘻走人。实在等不到，报完账签好字，向阳就把钱送到他家里去。一来二去，熟门熟路。

办公室管生活费的史助理常和老牛开玩笑打嘴仗："老牛，你这事办得好呀。"

老牛眼一瞪："啥叫办得好？"

史助理说："转业滞留的几个人，天天被请去谈话，还要扣工资，你滞留了一年又一年，第一年单位出面给你协调工作，安置好了，你不去报到。第二年又滞留，又给你协调工作，你又不去报到，今年又要改自主择业。一天班不用上，工资一分不少拿，调职也没落下。这还不叫好？"

老牛说："好啥好？你以为我光折腾你们呀？折腾最累的人是我！第一年不是特殊情况吗？济南不安置家属，你说老婆跟着我跑了半辈子，临末连个工作都没混上，我每天回家吃她做的饭，我好意思张嘴？第二年不是想着再熬一年还可以再调高一职吗？再说了，兰州工资太低，想来想去还是自主择业划算一点。后半辈子还长着呢！你都不为自己考虑，还有谁替你考虑？其他几个人扣工资关我啥事？各人凭各人本事罢了。"

史助理就凑过来，老牛给他发根烟，他接了，把老牛嘴里的烟要过去，对个火抽上。又问："那你是怎么做到的？给我也传传经。"

"找人呗！"老牛说。

"找谁？"这回是史助理瞪大了眼睛。

"当然不是找你啰。"老牛吸一口烟，慢慢眯上眼睛，等半天，鼻孔慢悠悠喷出两股烟，这才把眼睛睁开，"谁官大找谁！谁说了算找谁！"

"司令？政委？"史助理冷笑道，"难道找他们去？"

"可不？"

"他们……能理你？"

"你坐在他家里不走，你说他理不理？"老牛很瘦，个子很矮，两颊无肉，眼睛也小。可就是这一双小得只剩一条缝的眼睛，此刻迸射出无比坚定的光。他摸出一烟盒——是一包五块钱的蓝盒兰州烟，在木质沙发扶手上磕了两下，取出一支香烟，用食指轻轻弹了几下，拿嘴里的烟头对火，把烟续上。

"首长没请你吃饭？"史助理笑嘻嘻地问。

"有一次首长想撵我，说老牛啊，你看也不早了，我们要吃饭了。我就说，没事，首长，你吃你的，我坐在旁边就行。一会儿饭端上来，首长说，要不你也过来吃点？我说，我不吃，首长，我看着你吃。"说着，老牛自己也笑了。

下一次老牛来办公室，是某个星期一。单位星期一、三、五发放蔬菜，都是连队战士自己种的。品种比较单一，无外乎辣椒、茄子、西红柿、黄瓜等等，差不多每次都是这几样，天天吃便觉得腻歪，有人干脆扔掉，有人送给收垃圾的，也有人到市场上低价处理给卖菜的小贩。一会儿，老牛拎着菜来了，正好看到军需股的给养助理员在财务股，径直走进来。

"我找你讨个说法啊！"他说，"为什么别人的袋子里装三根黄瓜，我的袋子里只有两根？"

给养助理员被搞蒙了，想了一会儿，说："你有没有仔细看一下，是不是你的两根黄瓜比较大，别人的三根黄瓜比较小呢？"

"这个我倒没注意。"老牛说，"只要不把转业干部和在职干部区别对待就行。"说完走了。

向阳最近一次见老牛，是国庆节前单位发福利。一个干部发一桶5升的金龙鱼色拉油，一袋10公斤大米，5斤鸡蛋。上午一上班，服务中心的司务长就让司机把车开到单位大院，几个战士把油、米、蛋卸到地上，以股、室为单位分发，用粉笔在地上写清标明，按编制序列一字排开，东西码得整整齐齐。分配完毕，大车开走。各股、室的干部、职工自己来领。大多数人是用自行车驮走，车筐里放着色拉油，后座上架着大米，一手扶自行车把，一手拎鸡蛋。大家推着自行车，三三两两，笑容满面，单位大院热闹得像菜市场。到了下午，老牛拎着鸡蛋气咻咻地来了，朝对门办公室觑了一会儿，还是进了财务股。

"处长不在？"他问。

史助理给他倒了杯水，请他坐下，自己也在他旁边坐下，掏出自己的"黑兰州"香烟，给他发了一支，又掏出打火机给他点上。问他找处长啥事。

"我就是想找处长讨个说法，这摆明了不尊重转业干部嘛。"老牛吧嗒吧嗒抽烟，吐纳的频率极快。

"咋啦？谁敢不尊重你？"史助理问。

"你看！"老牛从裤兜里摸出一个小型弹簧秤，把装着鸡蛋的塑料袋挂在弹簧秤上，提得高高的，"这明明是三斤八两嘛。领东西签字的时候我可是仔细看了，写的是发五斤鸡蛋。"

史助理出去了。很快，拽着军需股股长进来了。股长耐心给老牛解释，母鸡有大有小，就像女同志个头有高有矮，体形有胖有瘦。母鸡生出的鸡蛋也有大有小，生孩子也是这个道理，这种现象在医院妇产科也很常见。所以此次发鸡蛋，并没有严格按照重量发放。供应商用纸盘把鸡蛋一盘一盘摞起来送来的，所以发的时候也是用纸盘发的，每人一盘。盘子是正方形，横竖都是五个坑，一个坑一个蛋，总共 25 个。如果不信，可以数一下看看是不是 25 个。

"那你们发的时候就应该说清楚嘛！说发 25 个鸡蛋就行了，干吗要说发五斤？这种不必要的误会完全可以避免嘛。"老牛把弹簧秤收了，把烟掐了，用手掸掸裤角，拎着鸡蛋出门走了。

向阳想了想，觉得冯干事办事一向稳重，应该不会随随便便让他拿钱，再说了，如果是他个人要用钱，也不会让拿到老牛家里去。斟酌再三，觉得还是给股长打个电话请示一下。股长是个烟鬼，据说只要睁着眼睛，嘴上的烟就不熄火。他早上起床，一睁开眼，先摸索着把烟点上。据说他单身时，有人看见他洗澡的时候也叼一根烟。

向阳的电话响了好一阵才接通，看来股长也是在补觉。他在电话里沉默了好一阵才说话，估计是抽上烟了，这才有了精神。股长也拿不定主意。

"这样吧，"他说，"你再请示一下处长。老牛的事，他应该知道。"

向阳就把电话打给处长。只响了一声就通了。

处长在电话里跳脚："咋回事？我跟冯干事陪团长在牛队长家呢。带上钱赶紧过来。"说完挂了。

向阳不敢怠慢，迅速起床，简单漱口，蘸水抹一把脸，穿着军装，跑步下楼蹬上自行车到单位，打开保险柜，数好钱，用军用挎包装了，背好包，骑上车就往老牛家跑。

去年 D 城新建了两栋师职楼，老牛调职以后是专业技术七级，也争取到了三室两厅的新房。老牛家里陈设极其简单，厨房锅碗瓢盆全无，几个房间空空荡荡，客厅里连一张凳子都没有，四把椅子支着一副床板，铺着军需库房领来的褥子，连床单都没有铺，褥子上放着一床叠好的卫生被。床脚地上放着一部电话。老牛的老婆坐在床上，垂着头抹眼泪，团长坐在她旁边，和她保持二十厘米的安全距离，笑吟吟地说些安慰的话。冯干事和处长两人保持立正姿势，笔直地站在团长身后。

向阳把五万块钱取出来，递给冯干事，冯干事又递给处长，处长双手送到团长跟前，团长又双手送到女人跟前。

女人看也不看，说："放那儿吧。"

团长就把钱放在她身旁。"你看，"他说，"组织上对牛队长还是很关心的嘛，知道他身体不好，所以专门组织召开了党委会，形成一个意见，给牛队长补助五万元医药费。这个报告我们已经呈到师里了，师首长也很重视，强调一定妥善处理，不要让转业离队的干部寒心。我们团领导毕竟还是牛队长的娘家人嘛，有空就要常回来看看。"

"你们当领导的就是会说话，"女人哭着说，"我知道你们恨不得把我们老牛一脚踢出去！我们一到地方报到你们就遂了心了，还哪会管我们的死活？也怪老牛不争气，身体要好好的，谁还愿意赖在这鸟不拉屎的地方看你们的脸色！不过话又说回来，老牛在 D 城当兵半辈子，工作上没日没夜的，现在身体不好，还不是当兵糟蹋的！"

"是是是——"团长笑着说，"老牛为团里做出的贡献我们都是有目共睹的，这一点也得到了师首长的肯定。你转告老牛，请他放心。只要他今年不再提出滞留，按时到地方报到，你们的家庭困难我们绝对不会坐视不管！"

"你说了算？"女人抹抹眼睛，抬起头盯着团长，脸上是一副惊讶的表情。

"我说了不算，总有说了算的人吧？"团长握紧拳头，仿佛在给自己加油鼓劲，"这件事我立马向师首长汇报，师首长做不了主，我再向 D 城一把手汇报！"

"你这么一说我心里基本踏实了。"女人说，"那我就按你们的要求，下周就到兰州报到上班去。老牛我也给打电话，让他病情稳定了就抓紧回来，这马上年底了，该办的手续抓紧办！"——她忽然想起了什么，迟疑了一下——"但是——如果去地方报到了，你们说的话不算数了怎么办？"

"怎么会……"团长脸红了，咳嗽了几声，"组织上都向你们做出保证了——"

"你得给我出个东西，盖上公章，按上手印！"

"…………"

"你们要觉得为难，也没关系！我给老牛说一下，让他先不要着急出院——"

"行行行——"团长打断她，"没问题没问题，小冯，现在就去办公室拟个材料，送过来让嫂子过目，没问题的话就盖上章，拿过来我签字……"

# 十三

年终岁尾，事情排着队往前赶，大家一个比一个忙，很多没有技术含量的事就落到了向阳头上。师机关有助理员要搬家，电话打给股长，股长再打给营长，让安排好公差。"向阳你带人去一趟，认认门。"股长说。军级机关在礼堂组织召开大会，每个股室要出四个人，财务股只有财务室和结算中心两个办公室，向阳所在的财务室有四个人：办公室负责人席会计、管生活费的史助理、出纳刘助理和他。席会计说："向阳你去吧，你最年轻，多年媳妇熬成婆，我们都是这么过来的。"团里要下基层部队调研，很多事情都是现场办公——基层提出的困难，只要是力所能及的，现场要求有回应，财务室要派一名助理员参加。席会计又说："向阳你去吧，到基层熟悉熟悉情况。"为了省时间，向阳早中晚饭一般都在单位食堂吃，吃完饭就上办公室。正课时间处理工作以外的事，晚饭后才正儿八经处理分内的工作，这样才不至于积压当天的工作。回家的时间也不确定，有时候是晚上十点多，有时候十二点多，有时候也会熬到凌晨两三点。

D 城昼夜温差大，且和内地有两个小时的时差。冬季早上七点半出早操，外面还是黑咕隆咚。大家穿着保暖衣、毛衣，外面套着迷彩大衣，仍然抵挡不住寒意。手套的每一个指节都像冰窖，实在没有勇气把手指伸进去，只好收回来攥成拳头。头上虽然戴了皮帽，但大多数时候，带操的指挥员都不会下达放下护耳的口令。脸上像被揭掉一层皮，冻得火辣辣的，还有耳朵，已经感觉不出它的存在。脸是最风光的身体构件，耳朵是脸最忠实的守护者，脸平日里出足了风头，耳朵听够了美言，这时候也该受受冷遇，尝尝人间冷暖。好不容易熬到九十点钟，太阳公公姗姗来迟，还没暖和多久，太阳公公匆匆忙忙下班了，不到晚上七点天就黑了，气温骤降到零下十几摄氏度。

向阳这天不到晚上十点就把工作处理完了，心里无比轻松，哼着小调出了办公室。从暖气房里热烘烘地出来，瞬间从夏季掉入冬季。月光倒是分外皎洁，毫不吝啬地倾泻在地上，映出他孤零零的影子。整个 D 城仿佛都冬眠了。他一路小跑回家。刚到门口，门洞里出来一个人，背光，他没有看清是谁。

"小阳回来了。"那人跟他打了个招呼，是冯干事。

"哦！"他应了一声。

冯干事已经匆匆忙忙地走了。

向阳记得《围城》有一段话："在大学里，理科学生瞧不起文科学生，外国语文系学生瞧不起中国文学系学生，中国文学系学生瞧不起哲学系学生，哲学系学生瞧不起社会学系学生，社会学系学生瞧不起教育系学生，教育系学生没有谁可以给他们瞧不起了，只能瞧不起本系的先生。"在部队又何尝不是这样？军事干部瞧不起政工干部，认为政工干部就是开开会动动嘴皮子，没有一点技术含量；政工干部也同样瞧不起后勤干部，觉得种种菜喂喂猪做做饭的活，从乡间雇几个老农，一切整得妥妥的，干吗还要在这些人身上浪费军装和军费？后勤干部没有人给他们瞧不起，只好在同行里面寻找可以鄙夷的角色。最后，大家公认二炮炊事员最应该被人瞧不起。向阳自然知道后勤干部的尴尬，但从内心来说，他也跟军事干部一样，不认同政工干部，所以对冯干事没有多少好感。每次见到冯干事，都是神色匆匆，一副神秘兮兮的样子，不知道在忙些什么。在单位待得久了，才知道他是真忙，虽然业务只占他工作中很小的一部分。

刚进楼洞，他觉出了异样。向阳家在一楼左首，部队的家属楼没有防盗门，是一爿薄薄的木门。人在屋里说话，外面听得清清楚楚。最近不知怎么回事，这个楼洞的夫妻们轮流吵架，先是三楼吵架，再是二楼，现在轮到一楼。最凶的是二楼左首那家，两口子白天吵架不说，晚上睡到半夜起来还要吵，吵一会儿再接着睡，睡醒了还是吵。有一次向阳碰到他们，发现两口子也都五十多岁了，男的头上日月可鉴，女的白发苍然。大概是孩子不在身边，不吵架嫌寂寞了些。向阳父母显然受到感染，最近频频内战。责任主要在父亲，在家里和在单位一个样，动不动就训人。多少年来，母亲一直忍气吞声，但现在慢慢尝试着反抗。

"我说话你当放屁是不是？"父亲的声音很大。

"我没当放屁！"母亲说，声音不大，但语气很坚定，跟以前大不相同，"但我也不当圣旨。"

"啪——"应该是父亲把茶杯摔了。父亲不太会控制情绪，心情不好就要找酒喝，一沾酒就会发脾气，一发脾气就爱摔东西，不分贵贱，拿起来就摔。这个时候谁也劝不住，越劝火气越旺，好像理全让他占了。母亲于是一边抹眼泪，一边去阳台上拿扫把收拾。

"摔吧，"他听见母亲冷笑一声，语调跟往日大不相同，"把能摔的都摔了，能扔的都扔了，搬家的时候还能少搬点——"

向阳敲门，没有人来开门。他从裤裥上取下钥匙，自己把门打开。地上到处都是玻璃渣子。果然是父亲摔了杯子。他双手叉腰站在客厅，气咻咻地喘着粗气，脸涨得通红。母亲则坐在沙发上，端着杯子，轻轻吹开浮在水面的茶叶，呷一口，再轻轻吹一口。

"你们这是干吗？"向阳问。

父亲站在原地，一声不吭，目光投向母亲——是掩饰不住的愤怒。他这两年老得很快。前年退休时，只是两鬓有些白发，星星点点，现在头发有一半都白了，剩下的一半正在由黑色变成灰色。从脸部开始，肌肉贴着骨骼慢慢下滑，原本上扬的眉毛也耷拉了。原本轮廓明显的胸肌腹肌都堆到了腰和肚子上，军人的英气已经荡然无存。母亲把茶喝完了，又从茶几上拿过烧水壶添满，小口细品。她知道他在瞪她，可是她没有一点要屈服和让步的意思。父亲的威信已经不在了，过去那种说一不二的气势从他身上渐渐消散了。反观母亲，她跟以前相比，却像换了一个人。她比年轻时更瘦，皱纹也更多，可是步履更加轻盈，这得益于她晚饭后雷打不动的两小时散步。她的身体和心态并没有要老去的意思。在向阳的记忆中，她一直都是唯唯诺诺，在这个家里，父亲说什么就是什么。一件事情，如果要等到他提高声音来说第二遍，那真的就是山雨欲来，黑云压城了。当然，她也是一个完全独立的个体存在，对很多事也有不同于他的看法，但他在这个家中就像一座山，她只能仰视，却无法撼动。所以，她表达不同意见的唯一表现就是，等到执行完父亲的指令后，一个人躲进屋里，悄悄地抹眼泪。父亲还要跟进来，不依不饶地训斥：一天到晚就知道抹眼泪，你在这个家里受了多大委屈？而现在，父亲的嗓门越高，她施予的反作用力就越强。一个家庭中，夫妻双方无形的角力是此消彼长的。向阳忽然感到一丝悲哀，他从父亲身上看到，原来一个人居高临下的气质并不是自身修炼的，而是所处的位置给予的。

事情果然与冯干事有关。母亲喝完茶，起身到阳台上拿来扫把和簸箕，一边打扫卫生一边跟向阳絮叨。冯干事说，最近上面发了一个文件，要求干部退休三年之内必须移交到地方。D城高层决心很大，要求各单位不惜一切代价，必须按期完成任务。工兵团是兵员大户，退休干部最多，其中职务最高的就是向有勇。D城分管老干部工作的副政委语重心长地说："退休干部移交，D城看工兵团，工兵团看向有勇。要是能把向有勇顺利移交到地方，移交其他干部估计阻力不大。如果工兵团都能完成任务，其他单位还有什么可说的呢？"

冯干事说，首长们考虑得非常周到，经过常委会研究特批，给第一批移交地方的退休干部每人补助三万元安家费。当然，那些不配合工作的干部不在照顾范围之内。冯干事接着说，错过这个村就不会有这个店，往后肯定不会有此类优抚政策。再说了，向团长党性强，觉悟高，工兵团上下有口皆碑。这也许是向团长军旅生涯的最后一笔，也是最关键的一笔，写好了，人生圆满；写不好，满盘皆输。希望向团长能够理解工兵团党委班子的难处，配合做好退休干部移交工作。

"冯德风一看就不是个好东西！"母亲说，"三角眼，癞痢头。眼珠子一转就是一个鬼点子。让一下——"——她用扫把碰了碰向有勇的脚。他又瞪她一眼，坐到沙发上去了——"你真是瞎了眼，还费心把他从清水调上来，人家现在有新主人了，就把你一脚踢开。他这种人，就只配在那个鬼地方吃沙子——"

"你……你……"向有勇气得直哆嗦，说不出一句话。

"我什么？本来还盼着跟你住新房子呢，这可倒好，这间烂得像猪圈的窝都保不住了。你看看人家老牛，单位把他像个爷似的供着，住上新房不说，缺钱了打一个电话，冯德风就屁颠屁颠拎着钱送到家里去……"

"你拿我跟他比？他是个什么东西？没有底线，没有廉耻——"

"行行行——你有底线，你的面子比啥都金贵！"李爱月打断他的话，"我也不跟你瞎掰扯了，赶紧想，什么时候回去买房，难道准备扛着行李睡马路？"她随调到 D 城以后，原先厂子里分给她的家属楼上交了。九十年代初分房，自然没有她的份。她的父亲倒是有一套两居室的房子，当初掏了一万块钱，就归到他名下了。回到山东，也不至于没有地方住。但是，女婿住老丈人的房子，于情于理都说不过去，更何况李爱月还有一个弟弟。虽然老人多年来一直独居，儿子儿媳也就春节、中秋节和老人的生日才上门，但按照老家的规矩，即使他们一年到头都不踏进那套房子一步，继承权也轮不到她李爱月。还有，李爱月离开老家快二十年了，向有勇离开老家定西时间更久，父母十几年前先后故去，老家只有一个哥哥，联系不多，老家的亲戚多年都不走动，年轻一代早就忘记了他们的存在。老家，对他们而言是一个完全陌生的世界，故乡，也变成一个遥远而沉重的概念。

两口子吵完了，在向阳的调停下，终于心平气和地坐下来商量。向有勇的意思是，山东就不想去了，毕竟人生地不熟，他人生曾经有过的辉煌都会被掩盖。

再说了，对甘肃人来说，到女方的家乡定居，无异于入赘，向有勇拉不下这个脸。而且在D城这么多年，两人也很适应甘肃干燥的气候和饮食。所以思来想去，还是觉得兰州是首选。D城到兰州安家的战友不少，很多现在还保持联系，想小酌两杯时，好歹能找个伴。

李爱月表示赞同。她也不想回到山东去，人情来往的繁文缛节颇多，她本来就不热心，现在更生疏了，所以她更愿意关起门来过自己的日子。父亲年龄大了，独居也不是长计，她现在也退休了，有了自己的房子以后，可以把他接过来。诗人说："相看两不厌，唯有敬亭山。"幸亏看的是山，如果是老妻，恐怕就没有这种心境，两口子整日相对，相互看多了，除了更怀念过往的青春，也会更觉得眼前这张老脸可憎。家里多一个老人，三个人在一起，就会减少这种尴尬。何况向阳的姥爷也好酒，早晚吃饭都得喝上二两，这一点和向有勇高度一致。两人也很能聊得来，可以互解寂寞。

商量好了，向有勇就打算立即行动，年前去兰州把房子的事情搞定，年后就开工装修，然后搬家。他不是那种拖泥带水、惯看别人脸色的人，更不愿意低声下气求人。他向有勇这辈子最不愿意、也最看不起的事就是跟人讨价还价，既然人家铁定心往外赶他，晚走是走，早走也是走，何必落别人的闲话呢？

但是，说起来容易，真让他走，还真有些割舍不下。他五十出头，三十多年都抛在了大戈壁滩上。这里的一草一木，都见证过他的成长与辉煌，空气中也融入了他的汗水与气息。如今，他就要与这一切告别了。这么一想，不觉滴下泪来。李爱月伸出手，按在丈夫的手背上，眼泪也顺着脸颊滚涌而下。

向阳从未见父亲流过眼泪，这是生平第一次见他红了眼圈。向阳心里有一丝不忍和难舍，不由得泪水湿了眼睛。但不知为什么，这一缕情绪很快就滑过去了，他忽然觉得心里无比轻松，仿佛这是他许久以来一直期盼的结果。

# 十四

孟一昶从河北回来了。

他给向阳打电话问在不在家。向阳说在。他又问了楼号，说："你等我一会儿，半个小时就到。"不到半个小时，就有人敲门了。一开门，差点没认出来。孟一昶穿着一件黑色羽绒服，戴着部队发的皮帽，皮帽护耳上结了霜，眼睫毛也结了霜。至少有三天没有刮胡子，胡碴子上也结了霜，白晃晃的。他手里拎着一个编织袋，看上去十分臃肿。等到进门把羽绒服脱下来，发现原来臃肿的不是衣服，他整个人胖了一圈。

"你这一趟没少喝兵血呀。"向阳忍不住笑了。

"啊？"孟一昶没反应过来。客厅里堆满打包好的纸箱，高高低低大大小小，有二三十个，塑料袋、书、照片、衣服扔得到处都是。卧室里传出撕扯胶带的声音，开合柜门、抽屉的声音，不断有东西掉到地上。"咋啦？鬼子进村啦？"孟一昶问。

"别提了，先进屋，一会儿再说吧！"向阳带着他往自己的房间走，路过父母的卧室，李爱月恰好抬起头来。

"阿姨好！"孟一昶站直身子，恭恭敬敬地打了个招呼。

"哦，你好！"李爱月站起来，掸掸身上的灰，"小阳，是你同学呀？给倒杯水，你看这家里乱的，都没个下脚的地方。"

"我给你提过的，我的校友孟一昶，刚从河北接兵回来。"向阳说。

"哦，是小孟呀。到小阳屋里坐，外面太乱了。"李爱月把卧室门带上，出去洗手了。

向阳的屋里也很乱，一张桌子堆满了书，书里也扔着几个箱子，里面胡乱地塞着些衣服。孟一昶将袋子放下，把里面的东西一样一样地往外拿，有一挂檀木手串，一方小小的石砚，一个二十多厘米高的沙漠玫瑰石头，还有一块拳头大小的新疆彩玉，另有几块大小、高低不一的木化石，造型很独特。向阳很喜欢，拿着把玩了半天。

"是你买的？"

"还用得着买？"他说，"太多了，也太重了，压根带不了，我就挑了几样好看一点的。"

"这一趟应该收获不小吧？"

"你别吓我！"他说，"我一个新兵蛋子，人家给你真金白银你敢要？再说了，家访时我也看了，有好几个新兵家里也不宽裕。做父母的也都不容易，送孩子当兵的费用，一年能不能挣得回来？我估计大多数家庭都够呛。咱们还是心软呀，看着家长扛着大包小包堵在宾馆里不走，没办法，就象征性地留下几箱烟酒。——对了，你家里这是咋回事？要搬家？"

向阳简要地说了移交的事。他一直认为父亲太过专断，一天到晚都在发号施令，别人绝对不能违抗，更不能质疑。有时候，他很希望有一个人能治治父亲，压压父亲的气焰。现在，父亲终于被人压制住了，他反倒有点同情父亲，为父亲感到不平。但是，如果真要父亲像老牛那样去闹才能保全利益的话，他反而更无法接受。他也知道，父亲绝对不会变成老牛，所以，像现在这样忍气吞声倒也好。有些事，理儿就是那个理儿，谁都懂，但并不是谁都能做得出来。有的人是不屑，有的人是不能。

他叹了口气："我爸从把我和我妈接过来那天起，就铁了心要在这儿待一辈子，没想到，这个时候却被赶走了。你说这能不让人心里憋屈吗？"

"我觉得——"

"但憋屈有什么用？现实摆在面前，路还得往下走。"孟一昶刚准备接话，向阳没有理会，就打断孟一昶自顾自地说下去。他从来没有像现在这样有这么多话要说。他说，他和母亲一直都对父亲不满，他们原本在城市里生活得好好的，是父亲把他们从家乡连根拔起，一路载到这"天上无飞鸟，地上不长草。风吹石头跑，氧气吃不饱"的戈壁滩上。父亲把他们的命运全部绘入自己的人生版图。高考，本来是他改变自己命运轨迹的一次机遇，可惜自己没有考好，只好由父亲一手把他推进军校。本来，四年之后他还有一次改变命运的机会，又是父亲断绝了他的希望。父亲是准备终老于此的，但为什么他也必须成为牺牲品？"献了青春献终身，献了终身献子孙"，难道他只配成为祭品？从这一点来说，他恨父亲，可是看到父亲为他自己精心绘制的人生蓝图瞬间就被人撕成了碎片，他又禁不住为父亲惋惜。这个世界真的无公平可言。

他不由潜然泪下。

孟一昶拿出手机，给向阳看了一条短信：

要像孩子一样

开心就笑

不开心就等会儿再笑

是苗迪心发给他的。

"烦恼都会过去的。"他说，"你爸妈现在去城市生活，这也不是坏事。你不是一直向往城市生活吗？这不就是一个很好的机会？——你知道苗苗为什么给我发这条信息吗？"向阳忽然愣住了，呆呆地看着他。他狡黠地笑了一下，"这个过程慢慢再给你汇报啊——知道她为什么给我发这条信息吗？"

"你在博取她的同情？"

"什么叫博取同情？你这话太损啊！"他大声嚷嚷，"我是在向她剖析我的灵魂——我把我失恋的事告诉她了。"

"哦，那我说对了嘛。她的反应是……"

"她答应做我女朋友了。"

"你放弃考研了？"

"考个毛线！"他迫不及待地说下去，"我给你说，这段时间在外面出差，我跟好几个读研究生的师兄聊，多多少少了解了一些。知道吗？即使我考上研究生，按照目前部队的规定，毕业以后必须回到原部队，除非能找到过硬的关系。我估计，我们待在这儿怕不是一年两年的事了。所以——"——他用手捂着嘴巴，咳嗽了两声——"还是扑下身子，准备打持久战吧。"

"我总觉得你转变得太快了。"向阳说，"我不太好接受。"

"什么叫我转变得快？"他再一次提高嗓门，"是现实逼着我这样做。"

"随便你怎么说吧。"向阳说，"你喜欢她吗？"

"什么叫喜欢？什么又是不喜欢？"孟一昶说，"我爱我原来的女朋友，她也爱我，即使分手时，她也是这么说的。可是，我们却只能分手。"他沉默了一会儿，又打开手机，翻出一条很长的信息念给他听：

人生就是一场找寻爱的旅程，在这场旅程中都会遇到三个人：第一个是你最爱的人，第二个是最爱你的人，第三个是共度一生的人。

首先会遇到你最爱的人，然后体会到爱的感觉；因为了解被爱的感觉，所以才能发现最爱你的人；当你经历过爱人与被爱，学会了爱，才会知道什么是你最需要的，也才会找到最适合你，能够相处一辈子的人。

但很悲哀的，在现实生活中，这三个人通常不是同一个人。你最爱的，往往没有选择你；最爱你的，往往不是你最爱的；而最长久的，偏偏不是你最爱也不是最爱你的，只是在最适合的时间出现的那个人。

"还记得苗苗那天说的那句话吗？"他悠悠地吐出一口气，慢慢说道，"'也许爱不是热情，不是怀念，不过是岁月，年深日久都成了生活的一部分。'我和苗苗，都是彼此在最合适的时间出现的那个人。"

"祝你幸福！"向阳说，"不，是祝你们幸福！"

"会的。"他说，"我对她有信心，她对我也一样。"

# 十五

春节不知不觉来了。

每当这个时候，向阳多少还是有一些感慨的。来 D 城之前，如果单位能走开，父亲春节都会休假回家。他五岁那年，父亲带他和妈妈到定西乡下陪爷爷奶奶过年，乡下的新年可比城里有趣多了。有个顺口溜：二十三，祭灶官；二十四，扫房子；二十五，磨豆腐；二十六，蒸馒头；二十七，杀公鸡；二十八，贴窗花；二十九，封粮口；三十，退蹄儿；初一，蹬脚儿。腊月二十三，奶奶把家里所有的坛子罐子都搬到院子里，把水缸里的水都舀空，让父亲帮她把水缸也抬到院子里，把这些家伙什儿洗涮干净，再用干净的抹布擦一遍，然后搬到太阳下面，排列整齐。干完这些，奶奶又戴上一顶没有医院标识的医生帽，用一条五六十年代影片中常出现的围巾把头脸裹得严严实实，找来一根竹竿，上面绑一个小扫帚，把屋里平时打扫不到的死角都扫一遍。蜘蛛网、灰尘网在扫帚的扫荡下，纷纷扬扬坠落下来，落在人的头上、脸上、身上。有一股陈年的霉味、油烟味、呛人的灰尘味扑面而来。

爷爷也不闲着。一大早就去买黄纸，请阴阳先生写几张符表，带回来，给大门门楣中间贴一张，各个房间门楣中间贴一张，灶台正中间的墙上贴一张。再拿一个蛇皮袋，里面装上麦秸秆，把袋子口扎上。他一手拎着袋子，一手持香，大踏步走到灶台前，把袋子扔到地上，再数出三支香，捏在手里，把其余的香放在灶台上，从口袋里摸出打火机，把手上的香点着。灶台两个锅之间的空位，奶奶已经放了一个碗，碗里盛满了小麦。爷爷双手持香，毕恭毕敬地作两个揖，把三支香插在碗里，跪在蛇皮袋上，恭恭敬敬地磕一个头，又站起来作一个揖，再跪下去磕一个头，站起来作一个揖。灶神爷面前的香火味从灶台上慢慢散开，散开……一会儿，整个灶房都是这种浓浓的香，冲淡了霉味、油烟味、灰尘味。

很多地方用卤水点豆腐，但老家用碱土点豆腐。腊月二十四，跟着爷爷到山里去挖碱土。山是荒凉的，树的叶子都掉光了，光秃秃的，树干的颜色向山的颜色无限靠拢，视野所及，全是灰蒙蒙的景象。他分不出来哪些是碱土，哪些是黄土，但爷爷分得出来。至于碱土的土质是否符合要求，肉眼便无法区分。爷爷用食指撮一小撮放到嘴里，咂巴咂巴嘴，"不好！"他摇摇头说。他们就接着找。终于找到比较满意的，他又咂巴咂巴嘴，"不错！"他点点头，给指尖上沾一点土，伸到向阳嘴边，"你也尝一点！"向阳就伸出舌头舔了下，"呸呸呸！太涩啦！"他使劲吐唾沫。爷爷就笑了，一笑，脸上的皱纹像奶奶筐箩里线轱辘上缠着的线头一样，拧成一疙瘩。这种泥土的涩味，也成为向阳记忆中新年的味道之一。

回到家，父亲已经帮着奶奶到村里磨坊磨完了豆子，屋里是一股豆瓣的腥味，它不比鱼腥味淡多少，却不容易让胃反感。这种味道一直要弥漫到腊月二十五、二十六，新做成的豆腐一块一块在案板上码得整整齐齐，豆腥味变成了另一种味道。

接下来几天，有油饼出锅的油味儿，包子、馒头在笼屉中飘出的面香味儿，鞭炮阵阵的刺鼻味儿，辣椒的呛味儿，花椒的麻味儿，等等。

还有各种动物的声音。公鸡鸡冠子歪在一边，一边尖叫一边颤抖，在母鸡的簇拥下慌不择路，四下里乱撞。狗汪汪乱吠，帮着主人围追堵截。一会儿，鸡歪着身子横尸刀下。父亲一刀剁下鸡头，丢给在一旁流着哈喇子的狗，狗再汪一声，叼起鸡头蹿回狗窝去了。父亲叫母亲给大铝盆里倒半盆开水，然后把死鸡摁在水盆里。鸡毛被烫软了，一薅就是一把，很快就把鸡毛拔光了。一股浓烈的腥味瞬间占据嗅觉的每一个角落。

到了除夕，就是各种菜味儿，鞭炮味儿，白酒味儿，呕吐味儿；笑声，鞭炮声，碰杯声。正月里都是年。初二以后，邻居开始互相串门，拜年，喝酒，向阳和爸爸妈妈被轮流请到各家。每家的味道都不一样，菜味不一样，酒味不一样，人的体味也不一样。

新年其实就是一种味道。从腊月二十三小年开始，每一天都各有各的味道。这种味道鼻子和嘴巴最了解。如果把一年三百六十五天的每一天都取样一种味道，哪一天是除夕，哪一天是春节，鼻子一闻，嘴巴一尝，绝对能准确无误地分辨出来。初五一过，回城的回城，务工的务工，年味就淡了。向阳也跟着爸爸妈妈回到姥爷所在的城市，年味淡得只剩下一种味道——饭店里年夜饭千篇一律的味道。再往后，年味越走越远，年的味道均摊在三百六十五个普通的日子里。它不再是一种仪式。

D 城的年味介于城市和乡村之间。在那个火热的年月,邻居之间这道门有时候可有可无。喝多了,也许走错门在别人家的沙发上躺一夜;孩子玩耍过了饭点,在别人家的饭桌上多吃一顿也无妨;打升级三缺一,推开门拽你过去凑数更无伤大雅。同事之间也如此,一切的一切都没有严格的界限,人与人之间的交往只遵从于一个规律——投缘。

腊月二十三以后,五区菜市场要举办展销会,为期两天。D 城各团后勤团队亮出了家底。蔬菜销售大厅里,各个单位摆开地摊,打起条幅,展台上摆满了生肉、蔬菜、熟食、点心,还有水库的鱼,红的,绿的,黄的,白的,黑的,紫的,让人目不暇接,连特供团几只干瘦的鸭子也在笼子里探头探脑凑热闹。蔬菜销售大厅外面,五区市场东门和西门的露天摊场被划给了 D 城的个体商户。有卖水果的,有卖日用品的,有卖玩具的,有卖花炮的,还有卖对联、“福”字的,簇拥在一起。D 城能出门的人都来了,怀里抱着的,手里拖着的,肩并肩,脚挨脚,大呼小叫,几千张甚至上万张嘴在同时开口说话,D 城人的语言被拧到了一个频道上。

春节当天晚上八点,照例在 D 城大礼堂前举行盛大的焰火晚会。在 D 城身居要职的显贵,只要没有休假或者实在推不开的要务,基本都会出席。无数朵烟花,拖动长长的尾巴,呼啸着拔地而起,一路向上攀爬,直到筋疲力尽的那一刻,泄气似的一声巨响,身体被炸成齑粉,轰然而散,所有的雄心壮志都化为尘埃。而这只在瞬间绽放的美丽,让驻守天河的群星也黯然失色。那一夜,星河是寂寞的,欢乐只在人间。

初二初三两天是团拜会和游艺会。团拜会有点像民间的社火,而节目种类单一,活动场地相对固定,一般都在 D 城体育馆举行。第一场是 D 城官兵的专场,再往后就对 D 城的家属孩子们开放。游艺会的人气更旺。D 城各团在礼堂门前的广场上支起简易棚,把抽奖、套圈、掷飞镖这些民间的娱乐活动搬到了军营。也卖票,也收钱,两元钱一张票。但是大多数人只能中末等奖,领一袋洗衣粉或一包抽纸、一支牙膏。也有人花了不少钱,结果连一袋洗衣粉或一支牙膏都没抽到,前一天又喝了酒,隔了一夜,酒气散得差不多了,勇气多多少少残留着一点,便歪着脖子在那里跺脚骂娘。几个熟人来把他劝开了,“走!喝酒去!”这样被簇拥着走了。

有人私下里说,单位这些小兵们脑袋瓜子灵光着呢,大奖都提前被操盘者控制在手里,等非同一般的熟人或者重要人物出场,悄悄给他塞一张。打开一看,哇！不是自行车就是洗衣机，还有可能是电视机或者冰箱。但观众仍然一片惊叹：你看，人家的手气就是不一样嘛！

向阳家里比往年冷清很多。他们知道年后要把房子交出去，一切从简，年货采办得极少，只在大门上贴了一副对联。除夕当天，冯干事来过一次，带来一千块钱慰问金。向有勇婉言谢绝，让他转达给团长和政委：心意已领。公家的钱也要精打细算，还是留给最需要的人吧。笑呵呵送冯干事出门。

冯干事红着脸，唯唯诺诺而去。

他前脚刚走，李爱月就发牢骚："你钱多扎手？送上门来为什么不要？你不要，别人绝对不会高看你一眼，只会说你傻！"

向有勇一声暴喝："你懂什么？我不要别人高看一眼，但我也不想让人矮看一截！我向有勇宁可穷死，也不拣这一千块钱便宜。"

李爱月见他较真了，便不吭声。

正月里也少有人上门。才三两年时间，单位的人像割韭菜一样，旧的一茬去了，新的一茬又长出来了；老的一拨走了，新的一拨又来了。和向有勇并肩战斗过的战友，很多都已经转业回到地方。其余几个不是退休待移交，就是今明两年面临退休或退役，几个老货打电话约酒，说得抓紧喝呀，喝一顿少一顿。再不抓紧喝，过两年移交到地方，天南海北，要见一面都不容易，恐怕只有一顿嗝屁时的报丧酒好喝了。向有勇十分来气，说："你们爱和谁喝就和谁喝，爱喝几顿就喝几顿，我没空，也没心情，我要帮着老婆孩子先把家里的陈年粮食吃完！"李爱月笑笑，以为丈夫随便说说，没想到向有勇还真大门不出，二门不迈，一天三顿饭都在家吃。

向阳和母亲跟着父亲到D城十多年，大多数春节都在D城。过去向有勇忙得不亦乐乎，不是和基层部队战士在一起过年，就是和战友们在酒桌上，一家三口人还真没有几次能坐在同一个饭桌上。这一个春节，过得平静而安详。向阳每顿饭也都陪父亲喝上几盅。向有勇也不发火了，常常和老婆孩子拉些家常，说些淡话。房子已经买好，战友们也帮着找好了装修公司，过完年上班就准备开工。家里东西也都收拾得差不多，除了打包带走的，剩下的该送人就送人，该扔掉就扔掉。向有勇这个时候终于展现出他果断刚劲和豁达大度的一面，他把春夏秋冬的军装各留一套做纪念，把三十年军旅生涯中获得的各类奖章、证书都压到箱子的最底层。这个家里，除了向阳的军旅元素之外，已经看不出向有勇从军的痕迹。对他而言，一切荣耀都已成为过去，他将坦然面对新的生活。

多年以后，D城的年味也越来越淡，逐渐被城市同化成一种味道，甚至比城市的味道还淡，因为它没有饭店里年夜饭的味道——很多饭店支撑不下去，只好关门大吉。还能勉力维持的饭店，老板也早早给员工放假，各自回到各自的城市或乡下，与亲人团聚，再去努力营造那浓得化不开的年味。向阳忽然回想起和父亲母亲在D城度过的最后一个春节，一切仿佛都有预兆似的，他们虽然比别人更早领略年味的冷淡，却也更快适应了繁华过境后的寂寞。

# 十六

正月初六，小明要结婚了。

初三下午，小明带着周芷汀，拎着一箱牛奶、两瓶千年汉武御酒登门拜年。芷汀脸上施了淡淡的粉，也描了眉，涂了口红，头发也是精心做过的。黑色的紧身裤，乳白色的羊皮羽绒服，黑色的兔皮翻领，满面含笑。完全是一个即将出阁的成熟女人的风范。小明也比之前稳重了，他摊开请柬，双手递上。芷汀随后递上喜包，内有瓜子、花生、喜糖、两包烟——一包红双喜、一包黑兰州。在D城，这个档次不算低了。

向有勇家里全是纸箱，没有下脚的地方。他有点尴尬，想让他们坐下，却无处可坐。小明显然已经知道向有勇移交的事，站着说事，并不多问。他一再申明，向叔叔一家三口都必须到场，说话的时候眉毛都笑弯了。送完请柬，就急匆匆要走。李爱月留饭，小明已经等不及，拖了芷汀的手就往外走。向有勇让向阳送他们。

开了门，一股寒气迎面而来，向阳倚着门说了一声"祝贺"，芷汀回过头，红着脸道一声"谢谢"，就被小明拖走了。

李爱月说，小明这孩子真长成大人了，他可是和小阳同岁呀。说着拿眼直觑向阳，怪兮兮地笑。向阳只觉得脸上一阵阵发烫，好像被她窥透了心底的秘密，慌不迭逃回自己的屋里，把门关上。

向阳屋里陈设极其简单，进门左边靠墙放着一张单人床，右边靠墙是衣柜。门对面是一只两开扇窗户，还是老式的木框。窗下是一张书桌，书桌的一端和床头相连。顶上是老式的日光灯，还是老旧的拉线开关。四面白墙，床上方贴了一张乔丹的挂画，龇牙咧嘴，吐出半条舌头，一手持球，跃起在空中，以泰山压顶式冲向篮筐。书桌上原来堆得乱七八糟的书都收到了纸箱里，衣柜也都腾空了。等父母一走，他也就要搬到二区的单身宿舍去了。生活了十几年的地方，属于自己的东西竟没有几样，书最多也就一两百本，换洗的衣服各季不过两三套，再有就是新发的军装了。床是从单位营房股借来的，即使不用还回去，自己也搬不走，即使搬走，也没有地方可放。衣柜也是借的，本来是简易的木质资料柜，中间有几层隔板，可以把衣服叠好放进去。书桌和椅子也是借的，只有桌面上铺的台布是自己花了二十块钱，在六区综合市场买的。台灯也是自己买的，可以带走，还有就是那个六寸的相框了。他把它拿起来，是四个十五六岁孩子的合影，三男一女，站在D城中学门前。那是龚欣玥离开D城前一周照的。老旦和欣玥一左一右站在中间，他挨着老旦，小明挨着欣玥。她的个子和老旦差不多，短发，圆脸，大眼，身材略显丰腴。不知道当时为什么会这么安排？照片上只有老旦在笑，小明把脸侧向欣玥，好像正在讲话，欣玥显然听到了他在说什么，但也知道对面正有人举着相机给他们拍照，表情在模棱两可之间。他呢，则是一脸极不情愿的样子。看来，当时他对老旦占据了自己的位置非常在意。这么说，他对欣玥这种若即若离的感觉真的可以和爱情挂钩？他不知道，心里怅然若失。想来想去，还是决定给欣玥打一个电话。

"正月初六小明要结婚了。"他说。

"该死的小明，"欣玥在电话里大声咋呼，"这么大的事都不告诉我，还把我当哥们吗？"当年他们四个人总是以哥们相称，常常忘记欣玥是一个女孩，欣玥似乎也忘记了自己的性别。只有他始终恪守性别的界限。他觉得她的声音怪怪的，微嗔，又显得惊讶。而话的余音里，还掺杂着一股说不清道不明的失落。

两人沉默了一会儿，其实也就是十几秒，可在电话里，时间仿佛被抻长了几十倍。最终还是他先开口："我替你把礼搭上吧。"

"也行。"她说，"你把卡号告诉我，到时候我汇给你。"

"这么见外干吗？又没有多少钱！"他说，"去北京你请我吃饭！"

"没问题！"她立即接话了，他能在电话里感受到她的情绪，"什么时候来呀？"

"还不知道呢。"他有点泄气。

"你可别跟小明学！"她扑哧笑了，"结婚的时候别忘了告诉我！"

"我？……"他笑了，有点自我解嘲的意味，"我的对象在哪儿，连我自己都不知道呢。再说了，谁肯嫁给我呀？"他忽然想起那年他们之间的约定，到了三十岁，如果男未婚女未嫁，便约为婚姻。他想跟欣玥开个玩笑，话到嘴边，却不好意思说出口。这种话，看起来像个玩笑，可真的要抛出去，先不管对方怎么想，他自己就不会把它当成单纯的玩笑。

"看你说的！"她咯咯笑了，"满大街都是两条腿的人，其中一大半都是女人，就看你想找个什么样的。"

"那是北京。"他说，"D城你又不是不知道，大街上的成年女性，百分之九十以上都名花有主。"

"哈哈哈哈……"她笑得更厉害，"几年不见，没想到你变幽默了。让老旦给你介绍一个，他人缘广，鬼点子多。"

"老旦……我好久没见过了。"

"你们离那么近，十一路车，也就五分钟车程……"

是哦，欣玥说得没错。学生时代，他们上学在一起，周末在一起，假期也在一起。问他们一个月见了多少面，他哪能说得清楚？但如果他们几个人哪一天没见面，他一般都能说清楚。老旦绝少生病，如果没有到校，一定是犯了事，被父亲在家关了禁闭。第二天老旦到校之前，老旦的糗事就在学校里传开了。所以这种特殊的日子反而更容易让人记住。就像一个常常帮助别人的人，他做了多少好事不一定有人记得，但某件事上他没有施以援手，别人却记住了。

平心而论，他不愿意回D城工作，但想到D城的人和事，还是觉得很亲切。只身在外，他也常常想起他们四个人一起度过的无忧无虑的日子。现在，领了工资，没了羁绊，本该是自由飞翔的时候，可是他突然觉得没有了自由。他和老旦在同一个城市，不，D城算不上城市，顶多是一个村的规模，他们又住得那么近，可以说低头不见抬头见，可粗略一算，竟有两个月没有见过老旦了。不光老旦，和对门的邻居也常常十天半月没有照面。见一面真有这么难吗？

"见一面真的不容易。"他幽幽地说，"在同一个屋檐下都这样，更何况……"他停住不说了。


婚礼在D城第二招待所举行。D城的宾馆中，第一招待所一般用于官方接待，不承接私人婚宴等大型活动。第二招待所就亲民一些，又有一个很大的宴会厅，加上包厢，可以摆得下四五十桌酒席。小明父亲虽然只是个士官，又退休了，但在 D 城年深日久，积攒了不少人脉。这次光请柬就买了几十打，且老早就放出风去，免得多年不联系的熟人接到"红色罚款单"感到意外。喝喜酒毕竟是皆大欢喜的事，且是一对璧人登门邀请，怎么好意思驳人家面子？所以，发出去的"罚款单"基本都不落空。第二招待所大厅的四十张桌子坐得满满当当。

司仪是工兵团政治处尚干事。向阳对他很有好感，由他而知会说话和爱说话是有区别的：爱说话的人，不分场合、时间，只要睁着眼，就口若悬河，滔滔不绝，绝不给别人插嘴的机会；而会说话的人大多数时候都是一个倾听者，需要他开口的时候才会开口，一旦开口，就把别人变成了倾听者。

尚干事一身深灰色西装，大红色领带，黑色皮鞋能照出人的影子，身材笔挺地站在台上，他接过话筒扑扑吹两声："尊敬的领导，各位来宾，各位亲朋好友……"雄浑的男低音漫过，流遍大厅的每一个角落。

向阳和老旦坐在前排过道右侧，一人手里拿着一个礼花筒。左侧坐着几个穿军装的人，身板挺得最直的那个是测量团政委。还有一个穿警服的，双手扶着膝盖，向阳认得那是公安局的局长。银行的人也有好几个，穿着工装，看样子是银行的领导。个个正襟危坐。

老旦笑着把嘴巴凑近向阳的耳朵，说："你们部队的人尽搞这套，把一个喜庆的婚礼搞得像开会，一个人在上面讲，一堆人在下面竖着耳朵听，大气都不敢喘，掉根针都听得见。"司仪正在致辞："今天，一对新人将携手走进婚姻的殿堂，开始他们共同的幸福生活……"

向阳不以为然地说："结婚不就这样？正儿八经的大事，怎么能嘻嘻哈哈？你也结过婚，难道你结婚时，来宾都跟赶集一样吵吵闹闹？"司仪抬手看了一下表，说："吉时已到！我宣布，结婚典礼正式开始。亲爱的朋友们，激动人心的时刻到了，让我们以热烈的掌声有请二位新人闪亮登场……"

"我？"老旦"切"了一声，"我没结过婚！我要结婚就搞个中式的，弄顶轿子把老婆抬过来！越热闹，越乱，才有结婚的感觉！"

在恢宏的婚礼进行曲中，西装革履的小明牵着身着白色婚纱的芷汀，在男女傧相的陪同下，踩着红地毯款款登场。

"呃？"向阳愣住了，"骗鬼的话，你连孩子都有了，还说自己没结婚？"

"嘻！她才十九，年龄不够，我现在属于无证驾驶——"老旦只来得及说一句，新人转眼间已走到跟前，老旦推了一把还在发呆的向阳，"赶紧！放礼花呀——"

向阳回过神，拧开礼花筒，扑扑两声，五彩纸屑纷纷从天而降，落在新郎新娘的头上、身上。小明侧身把左手举到新娘头上，纸屑落在他的手背上。新娘轻轻抬头，朝他嫣然一笑。向阳不禁看呆了。

婚礼在司仪的引导下有序进行。新人交换戒指、互相表白，测量站政委上台证婚，新人敬茶。向阳只觉得脑袋晕晕的，像刚刚做完一个很长的梦，挣扎在入睡和清醒来的边缘，一时分不清现实和梦境。有人来引导领导们进入包厢。老旦拉着向阳，也去了提前安排好的包厢。小明把他们和老旦媳妇李艳、孟一昶、苗迪心、吕晓琳还有小明单位的四个小伙安排在一个小包厢。老旦嚷嚷着喝酒，大家就举杯。银行的几个小伙子格外主动，敬完老旦又敬向阳和孟一昶。苗迪心不喝酒，吕晓琳每次举杯，都只轻轻抿一口，颔首而笑，别人怎么劝也不肯喝下去。老旦已经有了酒意，大声嚷嚷要碰杯。李艳倒了一大碗开水，把奶瓶放在开水里温了一会儿，刚送到小孩嘴里，小家伙便大口吸吮。

她怯怯地对老旦说："旦哥你少喝点！"又对向阳说："向阳你劝劝旦哥，一天到晚都醉，这样下去把身体糟蹋了。"

向阳已经有了酒意，红着眼对老旦说："老旦你少喝点！"

老旦正把一小杯酒送到嘴边，"吱"地吸到嘴里，红着脸对李艳说："你少叽歪！"又对向阳说："开饭店的哪有不喝酒的？领导来了你不得敬一杯？"

正说着，男女傧相陪着一对新人进来敬酒了。周芷汀端着托盘，里面放了三个小杯，小明把酒倒满。周芷汀说："旦哥，我们给你敬三杯酒！"

"给小明把酒倒上，让他陪旦哥喝三杯！"老旦摇摇晃晃地站起来，拿了一个高脚杯，倒了小半杯递给小明，重重地拍他的肩膀，"你小子，有福气！"再拿一个高脚杯，把三杯酒全倒进去，跟小明碰一下杯，一口喝完了。小明红着脸回头看了一眼身后的男傧相，扬了扬手中的杯子。男傧相的脚跟还稳稳地站在地上，下半身轻微晃动，上半身已经在左右摇摆了。他一手捂在嘴上，另一手连连摆动。小明皱了一下眉头，还是把酒喝干了。

新娘又端着酒款款走到向阳身旁，向阳摇摇晃晃站起来要端杯，老旦拦住了。"不行！"他说，"新娘子这次得喝一杯！"说着就给两个高脚杯里倒了大半杯酒。

"她不会喝酒——"小明伸手要夺老旦的杯子，一只纤手伸过来，隔开小明的手，从老旦手里抢过杯子。向阳抬头一看，正是周芷汀，他愣住了。

老旦把杯子递给向阳，芷汀飞快地碰了一下他的杯子。"谢谢你，向阳！"

她浅浅一笑，"祝你早日找到心上人！"一仰脖把酒倒进嘴里。

向阳怔了一下，把酒喝了，胃里翻江倒海，刚吃下去的东西直往上漾，混着一股难闻的酒味，感觉像马桶塞住了，又不小心摁下了冲水按钮。他一屁股坐在椅子上，身体直往后仰。

"小心——"他听见有个女孩喊了一声，嗖地蹿过一个身影，椅子被人扶住了。接着是小明扯长喉咙叫了一声"芷汀"，"咚——"有人重重地栽倒在地上……

# 十七

向阳趴在招待所的餐桌上睡着了。

孟一昶和苗迪心就坐在旁边聊天，等他醒来。向阳直到下午五点才醒，脚底发飘，走不稳，孟一昶架着他回去。喜宴早散了，人还没有走完。有一个穿军装的人正和一个穿警服的人在招待所门口扭成一团，穿军装的使出很大的劲把那人推开，气呼呼地把上衣脱了，露出光膀子，冲上去又跟那人扭打在一起。向阳虽然浑身乏力，但神智还不昏乱，这两个人他都认识。苦于没有力气上前劝解，也知道这个时候劝也白劝。但这并不妨碍两人第二天酒醒之后的兄弟感情。他低声对孟一昶说了一声"快走"，深一脚浅一脚往前挣扎。

立春已近，在内地，万物已经开始复苏，D城仍然是零下十几摄氏度。风通过领口、袖口、裤角，往身体的每一个角落里钻，感觉像是刚刚领受完活人剥皮的酷刑，身上的每一寸肌肤都火辣辣地疼。

走过银行的十字路口，往北一百米左转，已经看到向阳的家了。左首家属区的楼房改造工程尚未完工，楼房四周虽然用彩钢板围起来了，但外面还有零星的砖块和建筑垃圾。有个别捡垃圾的大叔大婶经常在夜深人静之际溜进去，常常有意外收获。

迎面来了一个人，像风中的树叶一般飘移不定。慢慢走近，向阳一看是师机关主管营房工程的老胡，勉强抬手打个招呼。老胡好像也看到他了，也准备抬手打招呼，突然人不见了。向阳吓了一跳，以为眼花。让孟一昶扶着他，三步并作两步赶过去。四下里一看，发现老胡不小心被建筑垃圾绊倒了，跌坐在树沟里。孟一昶松开向阳，下去把他扶上来。老胡满脸是血，连声说"没事没事"。他们准备走开，老胡忽然一声惊呼："我的假牙！兄弟快帮我找找！"孟一昶又跳到树沟里，扒拉了半天，终于找到了。老胡拿到嘴边，"扑扑"吹了两口，装上，挥手作别，摇晃着去了。

到家门口，向阳一只手扶着孟一昶，在绿化池边上慢慢蹲下，把食指和中指伸进嘴里，在舌根处狠命抠了几下，喉咙涨得难受，胃里一阵阵恶心，嘴里瞬间爆发了泥石流，呼啦啦一泻而下，滔滔汩汩，在干枯的草木间翻腾滚涌，一股热烘烘的臭味扑鼻而来。孟一昶也受了感染，丢开向阳的手，蹲在一边大口呕吐。

孟一昶吐完，用手背抹抹嘴，说："你这是演的哪一出？别人结婚，你把自己灌醉也就算了，非得拉上新娘子。今天晚上新郎只好睁着眼睛等天亮，你让人家情何以堪？"——向阳胃里一阵抽搐，难受得直摆手——"幸好吕晓琳人高马大，把你扶住了，要不你就和新娘子倒在一块了。"——他挤眉弄眼，一脸坏笑——"石小明结婚，你倒先和新娘洞房了。"向阳气得直骂他不讲道义，不懂"朋友妻，不可欺"的道理。跳起来要打他，脚下一滑，栽倒在地上。

李爱月已经做好晚饭了。向有勇坐在沙发上闷头抽烟。向阳前脚进门，向有勇就数落他闹得太不像话，把新娘子灌得酩酊大醉，最后被抬到公安局的警车上送回家。年轻人一玩嗨就不知道自己是谁了，闹这么大笑话，不到半天D城就传遍了。孟一昶见形势不好，借口明天要上班，立马开溜，李爱月留饭，劝不住。

向有勇这时候有点不好意思，站起来说："小孟，我没说你啊，不好意思。来来来，先吃饭——"孟一昶连说不了，带上门，一溜小跑走远了。

向阳气呼呼地，也没吃饭，进屋倒头睡下。李爱月敲门叫他，他不理。一会儿，听见李爱月和向有勇在客厅拌嘴。年前，两人在举家搬迁到兰州这件事上达成一致，向有勇充分展现出他当年雷厉风行的作风，很快就把房子的事搞定，连装修公司都联系好了。李爱月依稀看到了当年让她倾慕不已的那个高大形象。夫唱妇随，着实欢快了一阵子。到了过年，屋里到处都堆着东西，天天面对像垃圾场的家，想着不久将人去楼空，怎么能有好心情？更何况外面那么热闹，家里却异常冷清。只好没话找话说。话一多就有漏洞，有漏洞就有纷争。李爱月大道理讲不过向有勇，但她会拿向有勇的烟和酒说事：年龄大了，烟要少抽，对肺不好；酒也要少喝，对胃不好。再者，酒量下降以后，酒风也跟着倒台，越不能喝越想喝，一喝多就指桑骂槐，发表不满言论。向有勇听了自然来气，活到五十岁，其他的爱好都被家庭生活消磨殆尽了，只剩下烟和酒，它们比老婆陪伴自己的时间还长。再说了，年轻时候老婆也没有对他抽烟喝酒有过质疑。这不是摆明找事吗？导火索一点燃，引爆就是必然。向阳发现，吵架就像吸鸦片烟，会上瘾，一上瘾就会不定期发作。吵架的病也会传染，就像旁观者看到你过足烟瘾后飘飘欲仙，难免心生羡慕，你不必拉他下水，他也会想方设法跳进去。楼上的住户，过年期间儿子回家，一家老少欢天喜地，把年过得浓墨重彩。初五儿子一走，积压的怨气被揭开了盖，家里再次硝烟弥漫。这会儿，楼上的两口子从客厅转战到向阳头上的这个卧室，男的声音刚高上去，女的就迅速盖过去，男的再高，女的再盖。男的只恨自己没有帕瓦罗蒂的大嗓门，气得在屋里来回踱步，大概是抄起了一根棍子，又不敢贸贸然动手，把铸铁暖气片敲得咣咣响。铁不愧是最优秀的传播介质，向阳立即就感受到了楼上剑拔弩张的氛围，有点担心他们会出乱子。在客厅里拌嘴的向有勇和李爱月也听到了，慌不迭跑进来。

弄明白是怎么回事后，向有勇笑眯眯地出去，边走边说："这个老何，几十年了还是老样子，光说不练。"

李爱月跟在后面不依不饶："你还想动手咋的？向有勇我告诉你……"

两个人絮絮叨叨回卧室了。

向阳却睡不着。他真不明白，半辈子夫妻怎么会变成这样。刚结婚时，吵架也许是因为彼此不熟悉，毕竟，恋爱中人都是盲目的，只看到对方吸引自己的一面，没有仔细研究在洋溢着幸福的笑脸之下，还潜伏着诸多让人难以容忍的缺点，所以，只好在婚姻中展开拉锯战，慢慢消磨彼此的棱角。多年以后，一方终于奠定了自己的位置，但这位置又并非一成不变，就像一只正在茁壮成长的猴子总是试图挑战猴王一样，夫妻之间的角力也是此消彼长。

老了呢？老了以后为什么还在吵？大概是怕寂寞吧。这么一想，举案齐眉的夫妻，感情其实最不稳固。夫妻之间如果那么客气，时不时就要说"对不起"或者"谢谢"，那跟陌生人有什么区别？寂寞了，吵吵也无妨，起码可以知道对方的想法。这个时候，做儿女的劝也不要劝，听之任之吧，他们会和好的。向阳忽然觉得，父亲和母亲感到寂寞了，还有个争吵和发泄的对象，可自己又该向谁诉说呢？被关在这荒漠之中，生活枯燥，没有正常的消遣，少年人的情感往哪儿搁呢？小明即使不结婚，他们之间也没有多少话可说了。而孟一昶，刚刚把自己的情感从遥远的北京隔空取来，又迅速把它安放在另一个女孩的心上。可说话的朋友本就不多，现在又少了一个。

很意外，吕晓琳突然打电话来了。他的心怦怦一阵乱跳，接起来，声音都在抖。她问他是否好些，看他白天醉得不像样，有些担心。他说没事，听孟一昶说，要不是她，自己后脑勺着地就摔下去了。

她哧哧地笑了，说："你们肯定在编排我，说我又胖又高，要是周芷汀，不要说救人，自救不暇呢。"

他仿佛做贼被人揭穿似的，连说"没有"，赌咒发誓以表清白。

"算了吧。"她悠悠地说，"自己本来就又高又胖，别人要说就说呗。"

他不否认。大多数男人都喜欢娇小玲珑的女孩，这样才能显示出自己的优势，以便紧急关头挺身而出，英雄救美。这是一种心理上的优势。大家这么看重这种优势，好像也能把它带进家庭似的。但让人扫兴的是，家庭中的发言权并不会跟身材成正比。这么说来，男人比女人还要虚荣？也许吧。个子矮的男人，一般都不愿意娶比自己更矮的女人，男高女矮和女高男矮一样是标配。这样，两个男人走在一块儿，矮个子会仰起头用眼神挑衅高个子：你比我高又怎么样？我媳妇比你媳妇高！就像阿加西对桑普拉斯说的一样："我打网球打不过你又怎么样？你媳妇打网球也打不过我媳妇！"

两人就这样漫无目的地瞎聊。一会儿说到大学生活，一会儿又说中学时代，一会儿又扯彼此的家庭。吕晓琳跟向阳一样，也是军人世家。父亲多年前转业回原籍山西。跟向阳不同的是，她有一个弟弟，是父亲转业以后偷生的，没有上户口，寄养在老家，直到十岁才带到身边，以侄子的名义抚养，这两年才把户口办妥。有了弟弟，父母把本来用在她身上的一点心思也转移了。她高中毕业没有考上大学，当兵三年，考了军队大专院校。当兵的时候，她认识了一个男孩，处得很好。他和她同一年考上军校，可惜不是同一个学校。毕业以后，他被分配到了广东台山。相思日长，相见日短。"君住长江头，我住长江尾，日日思君不见君，共饮长江水。"可是，触目所及唯有茫茫戈壁。

她忽然不往下说了。

他知道她一定在黯然流泪。唉，她总算还有一个哭泣的对象，自己眼中有泪，可是该流给谁看呢？欣玥吗？她会不会耻笑自己自作多情？不知沉默了多久，话筒对面还是没有声音，他不知道该如何打破沉默，于是就不说话，心想对面那个女孩此刻在想什么呢？吕晓琳短发，眉毛很细，很黑，墨似的一笔，细长眼睛，顾盼生情，嘴巴小巧玲珑，笑起来时嘴角微微上扬，古典美中略带腼腆，给人一种很温暖的感觉。但把这样一副长相嫁接在高大的体形上，又给人另一种感觉——坚毅、果敢。没想到她的心思也那么细腻。又过了不知多久，电话那一端传来均匀的呼吸声，女孩子睡着了。向阳看了一下时间，凌晨三点，正是梦最深沉的时刻。她会梦到谁？自己会不会出现在她的梦里？而梦的颜色在他周围一点一点褪去，酒劲完全消散了，他越来越清醒。

# 十八

向有勇托战友就近租了一套两居室，计划过完正月十五，和妻子一起动身，前往兰州装修房子。后勤处按照向有勇提出的要求，定做了三个包装皮——一种适合火车运输的木箱。冯干事又在指定时间派车带来七八个战士，给包装皮里铺好塑胶棚膜，七手八脚地把要带走的东西搬运装箱，用棚膜裹好，再钉上包装皮盖子。向有勇用毛笔在箱体写上"清水—兰州"。几个小伙子连叉车也不用，两个人站在车厢尾部，地上四个人，一人抬包装皮的一个角，中间两个人负责举高，几个人喊声"一——二——三——起——"包装皮被轻轻举起，车上两个人便往车厢拽，下面几个人往里推。一会儿工夫，装车完毕。冯干事带着小伙子们站成一排，齐刷刷敬个军礼。向有勇的泪水打湿了眼眶，他穿着便装还了一个标准军礼。战士们跳上车走了。

家里空荡荡的。除了向阳屋里没有动，其他有必要搬走的东西都已经搬走了。洗衣机和冰箱都是二十世纪的产物，本来也该陈列进历史展览馆，恰有预备结婚的同事，要买点二手家具，向有勇就做主送人了。小伙子感念不及，非要给五百块钱，向阳不要。人家便带着未过门的媳妇买了两瓶"河套王"白酒、一箱牛奶，上门表示感谢。向有勇不好意思，坚持要留人家吃顿饭，几个人喝了一瓶酒。吃完饭，又回赠两个小板凳和一部分灶具，两个人又连声道谢，高高兴兴地走了。这一来，客厅里只剩下一张三斗桌和几把椅子。原来放冰箱的位置空出一片雪白的墙面，和周围形成鲜明的对比。它像一个被时光遗忘的少年，眼睁睁地看着家人和朋友被岁月一点点剥蚀，一点点老去。它们老得都忘了记忆，而它却储存了所有回忆。一家人的情绪不由受到感染。

晚上吃饭，向有勇开了一瓶茅台。向阳说："都说市面上的茅台没有真的，咱爷俩与其喝假酒，还不如整一瓶河套王。"

向有勇不高兴："胡说！这是当年我陪着副司令去贵州茅台镇亲自订的，首长给我奖励了一箱。还能有假？"

李爱月破天荒地拿来一只碗，让向有勇给她也倒半碗。她说："跟你过了半辈子，还没陪你喝过酒，今天我也破个例！"

向有勇大概是想到了周芷汀，皱了皱眉头说："你瞎凑热闹！你们山东女人吃饭都不上桌，你倒蹬鼻子上脸，喝起酒来了。"

李爱月说："你这个人最没意思，你天天喝酒，醉成那个熊样，我说过啥？我一口还没喝你就乱叫！放心，我以前喝过酒，半斤不成问题。"

向阳拿过瓶子，给李爱月倒了半碗酒，李爱月用围裙抹抹手，端起碗和他们碰杯。一家人有说有笑，过年那几天气氛也没这么好过。

向有勇有了酒意，语重心长地说："小阳，给你说个事。你知道，我这辈子最不愿意求人、看人脸色。如果前些年我稍微变通一点，现在肯定也坐上副师的位子了。唉，说起来惭愧，工兵团前几任团长，没有不提升的，到了我这儿，断顿了，我给团里丢脸了。算了，这事已经过去了，就不说了。对你，我心里有点内疚。"

向阳很奇怪地看着他，不知他要说什么事。向有勇举杯跟向阳碰了一下，李爱月也端起碗喝了一口。

向阳勇接着说："你毕业前，你妈也跟我说过，让我找你龚叔叔，把你分到北京去，进不了北京，兰州也行。"李爱月嘴里含着酒，来不及咽下去，两个腮帮子鼓鼓的，拼命点头，证明这事她确实说过。

向有勇白了她一眼，又接着说："我呢，当时想着 D 城虽然环境差，但是人熟，工资又高，再加上——"——他用手捂住嘴咳了一下，脸红了——"说实话我不太喜欢城市，人多，车多，看着就心烦，空气又差，连个蓝天都见不着。D 城空气多好啊！"——他仰起头，眼睛里涌出无限向往——"我本来想，退休了就在 D 城待着吧。等你成了家，有了孩子，帮你带带孩子。起码一家人不分开。你看我，当兵一走就是几十年，你爷爷奶奶得病我也照顾不上，等人不在了，后悔也来不及了。过了那么多年与家人分居的日子，我实在熬不住了。

说实话，我也有个比较自私的想法，一心想把你留在身边。唉——现在你来了，我和你妈却要走了。"向有勇拿筷子的手抖得厉害。李爱月伸过左手，按在他的手背上。时间仿佛又回到了二十多年前，她再次被他的深情打动。他把筷子放下，用左手轻轻推开妻子的手。李爱月很幽怨地看了他一眼，把头转到一边。向阳知道，常年饮酒的人都有这个毛病。父亲有几个战友，手抖得连筷子都拿不稳，半天夹不起菜，好不容易夹起来，又喂不到嘴里，任凭筷子在眼前晃。就像那个古老的寓言：给驴子眼睛之前、唇吻之上挂一串胡萝卜。美味明明就在眼前，眼睛看得到，嘴巴却吃不到。但他们嗜酒成瘾，即使这样，一旦看到斟满的酒杯，他们仍然两眼放光，重燃斗志。

"我想来想去——"向有勇又说，"工兵团毕竟是架子小，大多数人干到副营职以后，基本就到头了。D城这个地方很安逸，人待得久了，斗志也就被消磨完了。'人往高处走，水往低处流。'所以还是要趁早打算。你现在年轻，有冲劲，有机会到机关的话，还是尽量争取。"

向阳怔怔地看着向有勇，他已经猜到了父亲的用意。看来，父亲又要自作主张替儿子规划人生了。向有勇果然是这么说的："你也工作半年了，应该知道工兵团的机关，难进，更难出。师机关的刘科长，当年是我把他从工兵团推荐到师里的。当然，后来是他靠自己的努力当上了科长。我相信这些年来，他对我还是很认可的。你的事我给他说了，他答应先借调你到科里帮忙。至于团里这边会不会让你走，到时候刘科长会出面做工作，他跟魏君蒿是老乡，关系不错。我估计应该问题不大。"向有勇避开儿子的目光，转头跟李爱月碰杯。

李爱月喝了一口酒，说："小阳啊，你爸说得没错。我们都五十岁的人了，就你一个宝贝疙瘩，这么做还不都是为了你？你要听你爸的话，过几天去找找刘科长。东西你爸都给准备好了。"——李爱月起身，到卧室拎来两瓶五粮液和两条软中华烟——"你把这个带上，再看着买点水果啥的。"

大概是酒精的作用，向阳只觉得在身体各个部位流动的血液渐渐汇聚到脸上。他的脸憋得通红。从小到大，在他人生的每一个紧要关头，都是由父亲替他做出决定。他不得不承认，大多数时候，父亲都是对的。但从内心来说，他并不愿意接受这个事实，包括这次。如果父亲不找刘科长，他可能也会想办法跟师机关的人接触。虽然向有勇出面，可能会让他少走很多弯路，但他的自尊心让他无法容忍这个过程。他一口把酒喝干，转身进屋了。

向有勇和李爱月走了。

戈壁滩仍然是肃杀的冬天。柏油路面又冷又硬，有水渍的地方都结了冰。你慢腾腾地踩上去，它急匆匆地把你推开，一不小心就是一个趔趄。到处都是光秃秃的，行道树上没有一片叶子，枯树枝在风中瑟瑟发抖。零零落落几个路人在缓慢移动，也像枯枝在风中摇摆。该走的人都已经上车，百无聊赖，透过车窗玻璃四下张望，呼出的气在玻璃上结了一层薄薄的冰，外面的世界也随之朦胧。

送行的人不少。冯干事来了，石小明和周芷汀来了，小明的父母也来了，向有勇的战友们有几个得到消息，也赶来了。向阳停好自行车，把行李箱取下，放到大巴的行李仓，又到售票窗口，把提前订好的票买上。芷汀面带微笑，很大方地跟他打招呼，倒是他略显尴尬。向有勇和几个战友一一握手，右手握住，久久不松开，左手互相拍着战友的手背，似有千言万语，却一句话也说不出来。

大家都老了。其实，也不过五十岁左右，可一张张脸孔像跟肌肉剥离了似的，松松垮垮，眉毛和眼角都跟着耷拉了。向阳记得，有一天母亲跟父亲聊天，说老向你这两年老得太快了，脸都皱皱巴巴的。向有勇还真拿镜子看了看，叹口气说，你不想想，戈壁滩年平均降水量四十毫米。一个苹果放在外面，不到三天都蔫了，人怎么能耐得住风刀霜剑的摧残？

老战友握完手，有的主动跟他拥抱在一起。向有勇把头靠在战友肩上，轻轻拍他的背，像拍熟睡中的孩子。他的头顶光闪闪的，有点像鸡蛋壳，四周是稀疏的灰白头发。都说D城水质碱性大，重金属超标，人容易掉发脱发。有一年，据说北京来的水质检测专家检测出D城的水含有放射性物质，整个D城陷入恐慌。各个单位纷纷买来水罐，装到卡车上，开车到三十公里外一个新开掘的水源地去运水。这样持续了个把月，大家都不胜其烦。高层又请了知名专家来检测，最终结果是——水质符合饮用水标准。人们又继续吃原来的水。生活又回到从前的熟悉模式，可是男人们脱发的趋势却止不住。向阳参加过好几次会议，从后排向前看去，自主席台而下，稀疏的灰发，还有浓密的黑发，斑驳着许多秃瓢，像南美的足球场，很多处绿植被踩秃了，露出土黄色的地皮。一望而知哪些是新面孔，哪些是老面孔。

当然，也很容易区分哪些人身份高贵，哪些人仅是一般干部。有一次，向阳接待副团长的同学，两人见面格外亲热，大力拥抱之后，同学就说："半年不见，你的头发又多了。"副团长老大不高兴，说："你这话不吉利！现在的形势是头发越少，官当得越大。我就知道你嘴里没好话！"还有一次陪团长接待副师长和他的同学，大家推搡着都不愿意上坐，副师长说：按发型坐！说着自己先坐了主位。大家再无异议。

向有勇抬头看了一眼天空，是跟青海湖一样的颜色。当年刚到 D 城，走下火车，湛蓝的天空连一片云也没有，他只来得及说了声"好蓝的天"，就被队伍挤着往前走了。一晃三十多年过去了，这蓝色还是一成不变，让人多么难以割舍！

"送战友，踏征程……"送行的人中不知谁起了个头，唱起《驼铃》。几个半大老头便跟着一起颤巍巍地唱：

> 送战友，踏征程。
> 默默无语两眼泪，
> 耳边响起驼铃声。
> 路漫漫，雾蒙蒙。
> 革命生涯常分手，
> 一样分别两样情。
> 战友啊战友，
> 亲爱的弟兄，
> 当心夜半北风寒，
> 一路多保重。
> …………

这些年来，向有勇不只一次在月台给老兵送行，从《驼铃》一路唱到《老班长》，跨过了好几个时代，人换了不知多少茬。有时候，泪眼蒙眬中，觉得自己也被裹挟在人群中，极不情愿地踏上了返乡的列车。而这一次，真的要告别了。他老泪纵横，哆嗦着嘴唇道一声"珍重"，携了妻子的手，落荒而逃，一头钻进车里，两只胳膊搭在前排座位上，把头埋进臂弯，呜呜地哭了。

# 十九

向阳没有调进师机关。

向有勇打电话告知他后，他首先是懊恼，其次才是沮丧。他后悔不该听父亲的。如果在真才实学上败给竞争对手，即使遗憾，起码不会让人看低自己。现在，给人送了礼，最后还被拒之门外，心里越想越不是滋味。他在电话里对父亲没有好声气，说了几句就挂了，然后他给刘科长打了个电话。

"呵呵，这个——"刘科长咳个不停，大约是受了风寒，又干笑几声，"之前我给向团长说过，现在调人手续比较麻烦，要考核、选拔。嗯，工兵团机关干部缺编很严重。"——他又咳了一下——"嗯，对，你还年轻，有的是机会，在基层待着不是坏事，年轻人就应该多摔打摔打……"

向阳郁闷到极点，根本没有心思听他废话。这次人还没调走，事已经在工兵团传开了，不知道是谁多嘴。调不走倒在其次，关键是领导都知道他无心留在团里，这让他怎么在团里做人？……刘科长等不到回应，又说："我等一下还有个会，就先不跟你多说了啊。小向，有空来办公室坐！哦，对了，找个时间过来我家一趟，把东西带回去——"

寒冬终于过去了。为了应付冬天，熊躲进洞里，蛇选择冬眠，人穿上羽绒服，戴上棉帽，给屋里装上暖气。叶子和花无处躲藏，只好将自己抽丝剥茧，把或宽阔或高大的身躯压缩成一根根线条，一个个碎片，挤进羸弱的树干，挤进板结的泥土。它们终于等来了春天的苏醒，在光秃秃的树枝上窥视一番之后，挣扎着向外伸展躯干。它们从一个点开始生长，从一条线开始舒展，绿色终于站上了树干，攻克了枝头。D城人也脱下厚重的防寒衣，把皮帽换成大檐帽，露出皱皮起皱的脸和干裂的嘴唇，迎接春回大地。

但D城的冬天还没有完全过去。三月底停止供暖，接下来的二十天比较难熬，一早一晚，温差比较大，这恰是人意志力最薄弱的时候。深夜，被窝还是凉的，筛糠似的钻进去，好不容易焐热乎了，又要起床。屋里寒气森森，四肢瞬时冰凉。

寒气一直钻进向阳的袖管、裤管、袜子。他在办公桌前坐下，还是觉得冷。没有人跟他说话。谁和谁之间也不多说一句话。冬天太冷了，一张嘴冷空气就往嘴里钻，钻进去就往下扎根，除了吃饭，他们都把嘴巴闭得紧紧的，两男两女就这样僵持着。他有事出去了一会儿，回来时，管生活费的史助理不在，担任会计的老大姐和刚休完产假的出纳刘助理正把脑袋凑在一块儿窃窃私语。看见他进来，老大姐的话戛然而止。她半张着嘴巴，眼睛停止转动，仿佛被孙悟空施了定身法。刘助理屁股没有离开椅子，两手抓着椅子的座板下沿，欠身，连人带椅子一块挪回自己的位置。

办公室面临人事调整。之前刘科长一口应承，说三月初就借调向阳到机关，让向阳提前跟单位沟通，避免到时候工作交接出现空当。向阳便把这事通报给股长。股长拉着一张脸说，通知没到之前，还是踏踏实实把工作干好。私底下却已经着手安排了。刘助理产假快结束了，再让她干回老本行顺理成章。站在他的立场考虑，他并不愿意让女同志接手出纳。这项工作不好干，首先嘴巴要紧，不管耳朵里兜进去多少话，也不管是小道消息还是官方言论，更不要管别人怎么议论和发表见解，自己绝对不能多说一个字。这方面对女同志来说是非常严峻的考验。再者，出纳工作随机性强，有时候半夜一个电话，也得爬起来。股长有过这样的经历，他也是从财务各个岗位上一路摸爬滚打，才熬到今天这个位置。那时候，团长不找处长，也不找股长，直接给他打电话。团长知道他是司机出身，给他特批了一辆车，就停在他家楼下。团长的指令很简单，带多少钱，到什么地方。提心吊胆地过了好几年，还好没有出乱子。团长后来高升了，下一任团长履新，他顺利调整到生活费岗位，然后轮转到会计岗位。等到向有勇从副团长顺利过渡，当上团长后，他也顺理成章地出任股长。现在，后勤处处长的任期将满，如果运气好，这将是他的下一站。他知道向有勇对自己很认可，所以也想帮向阳一把。可是，有人的地方就有斗争，很多人无力发动对外战争，便热衷于挑起内斗。一个财务股七八个人，倒分成两三股势力，几个女同志，哪个都不是省油的灯，他一个也惹不起，只好在她们之间虚与委蛇，巧妙周旋。

中午十二点五十分下班。不到十二点，刘助理回家给孩子喂奶了。十二点二十分，席会计回家给老公孩子做饭去了。史助理凑过来问："小向，听说你要调机关了。"

"没有啊——"向阳心里咯噔一下，真是哪壶不开提哪壶。疮疤还没有好，这句话无疑又撒上一把盐。

"机关人多口杂，啥事还是多留个心眼。"

史助理的目光很真诚。他当战士时,一直在服务中心做主食,踏实、勤快,在 D 城组织的几次后勤系统技能比武中表现不俗,观看比武的几位首长的目光都聚焦在他身上。他被选为标兵,到好几个单位去指导加工主食。在大家的强烈呼吁下,工兵团的服务中心不得已对外开放,每天下午四点到五点销售主食。四点钟不到,服务中心门口就排起了长队。后来,上面给工兵团三个提干的指标,团里便拨给他一个名额。他在后勤学校学了三年司务长,回来又在服务中心当了几年司务长,再抽调到财务股当出纳,管生活费,真正一步一个脚印。向阳和他一起相处快一年了,也比较认可他。

"唉,别提了,这事已经黄了。"向阳叹气说。向阳把自己知道的情况都告诉了他。临末,有点愤愤不平的意思,觉得自己被刘科长耍了。

"问题估计不是出在刘科长身上。"史助理说,"算了,你也别多想。你还年轻,去机关有的是机会。"他起身到门口看了一眼,把门带上,又坐到向阳跟前,压低声音,"那个——"——他朝旁边的位子努了努嘴——"她小叔子去年刚调了师政治部主任,你不知道吗?你们年轻人,大概不关心这些……"下班时间到了,他走。

下午,向阳到银行办完业务回来,办公室两个女同志正站着聊天。不知聊到什么高兴事,年轻的刘助理一手捂嘴,咯咯地笑。那样子有点像吃东西呛住了不停地咳嗽,她的胸部和喉部都在剧烈起伏,红晕从脸上直漫过额头,显得异常妩媚。年长的席会计纵声大笑。她双手环抱在胸前,两脚呈稍息姿态,整个身体像是与笑声发生了共振,抖动的幅度很大。

"小向,听说你很快要调到机关啦?"刘助理问他。

"我怎么听说是机关不要你啦?"向阳还没来得及回答,席会计紧接着又说了一句。

他想起史助理的话来,心里腾起一股无名之火,狠狠地盯着席会计,说:"我调不调走关你什么事?皇帝不急太监急。"话一出口,他有点后悔,觉得这话说重了。

果然,席会计气得浑身发抖,脸红脖子粗,指着向阳大声说:"向阳你怎么说话的?什么叫不关我的事,我是办公室的负责人,你空出一个坑,我得想办法填上。"——她把身子转向他,柳眉倒竖,杏眼圆睁,对视他的目光——"你一个新兵蛋子,嘴里不干不净,团长都不敢对我这么说,你——你——"她靠前那只脚不停抖动,带动整个身体跟着抖动。向阳没有接话。她又扬了扬头,那意思好像是说，我就是要刺激你！你不服气？不服气你能把我怎么样？一副挑衅的姿态。

向阳的气势渐渐弱了下去。他回到自己的位置，默默翻开银行现金日记账本，又把结算凭证拿出来，逐一进行登记。手底下忙碌着，脑子里却一片空白，一刹那似乎很多事都纷至沓来，细细梳理却一件也拎不起来。两个女同志，刘助理见势头不妙，挟着包，贴着门脚悄悄走了。席会计气势汹汹地去了处长办公室。她的嗓门很大，一字一句都听得清清楚楚，说着说着她就哭了起来，声音是那么尖锐，越过走廊，再拐进财务办公室，刺穿向阳的耳膜，在他的身体里快速游动，一直把这种尖锐扎在他的心上。他只觉得心里一阵阵发紧，是疼痛的感觉。时间好像在耍性子，往前走一小步，又往后退一大步。他就这样一点点煎熬着自己。

席会计大放悲声，楼道里仿佛开进来一辆救护车，那种让人毛骨悚然的悲鸣迅速传遍每一个角落。处长轻轻把门关上了。他在办公室小声说着什么，声音越来越低。过了一会儿，哭声渐渐平息了。席会计不时发出爽朗的笑声，处长也就跟着笑几声。又过了一会儿，席会计打开门出来了。"刘处长，我先下班。"她哼着《红梅赞》的调子，高跟鞋轻快地踩着迟钝的地面，笃笃笃下楼去了。

旁边的座位有了响声，史助理站了起来。向阳很奇怪，他进屋的时候竟没有留意到，这个座位上还有一个人。两个女人高声说笑的时候，席会计在办公室咆哮的时候，当然也丝毫没有顾忌到那个人。而他一直悄无声息埋头坐在那里，当然也不会在意别人无视他。他就像一个潜伏的暗哨，等到敌人走开，危险彻底解除以后，才伸出头来，舒活筋骨。

"唉，老席就是这个德性。"他走过来拍拍向阳的肩膀，叹了口气说，"你这性子也太直了，得磨一磨。你跟她较个什么劲呀？我给你说，她还巴不得跟你吵一架呢。你一跟她吵架，你就算把把柄落在她手里了，接下来她就要去找处长，找团长，找政委。她唯恐天下不乱！这种人你惹不起！所以能忍还是忍忍吧。"

几天后，处长把向阳叫进办公室，说今年的选调工作已经结束了，以后有机会再争取吧，当务之急是把手头的工作干好。业务上有困难，多向几位老同志请教。做人做事，一定要谦虚低调。而且……处长略一沉吟，又接着说，一定要注意团结。财务股就三间办公室，七八个人，不要让人说三道四，弄得股长也没有面子，他这个处长也不好当。向阳心里很不痛快，明明是……他想据理力争。处长不接他的话，低下头忙自己的事。向阳站了一会儿，处长还在忙。向阳只好转身出去。处长抬起头，叹口气，摇了摇头。

# 二十

吕晓琳没有按时打来电话。

自从上一次深夜长谈之后，两个人的距离一下拉近了。因为那天晚上听着电话睡着了，她第二天晚上又打电话表示歉意，这样一聊又到了深夜。向阳觉得，人家毕竟是女孩子，相对矜持一些，现在主动打了两个电话，就像别人请你吃了两次饭，你怎么都得回请一顿吧？于是到第三天晚上，他又打电话给她，又聊到十二点。由单位的琐事说到个人的私事，在电话两端一点点追溯过去的时光。两人渐渐无话不谈。向阳知道她有男朋友，她也并不特别避讳。女孩子在爱情面前总是特别敏感脆弱，本来是说高兴的事，笑着笑着就哭了。那么高高大大、英气逼人的一个人，没想到也如林黛玉一样多愁善感。

向阳挂断电话，在床上翻来覆去睡不着。他想着自己跟欣玥在一起时，总是她在说，他在听。她讲了好久，发现他没有一句回应，就停下来。

他说："怎么不讲啦？"

"我以为你没听呢。"她笑了，接着又滔滔不绝地讲了起来。

跟吕晓琳打电话，也是她说得多。有一次她问："怎么从来没听你说起自己的情感史呀？"

"我没有——"他有点尴尬，脸都红了。幸好是在电话里，她看不到他脸上的变化。

慢慢地，打电话就成了一种期待，成了每天必须完成的一项工作，成了入睡前的一项仪式。吕晓琳先要和男友煲电话粥，一直聊到十点半，然后洗漱，上床找一个舒服的姿势躺好，再给向阳拨电话。向阳在电话那一端已经迫不及待了，他在屋里走来走去，时不时掏出手机看。他已经把他们认识以来的这段日子从头到尾梳理了一遍，任何一个细节都没有错过。可是，几个月的时间，串成记忆只有短短的一会儿，他一连回味了好几遍，还是不到她和他约定的时间。仿佛经历这些事情的时候，是用脚步来丈量，而回忆时，却是乘着飞机去旅行。

但今天不知怎么回事，早过了约定时间，她还没有打来电话。翻看了几页书，全然没有心思。越想心里越烦，想起有一次请客还剩了半瓶酒，取出来咕嘟咕嘟灌了几大口，脱衣上床，睁着眼睛躺下了。

昏昏欲睡时，电话响了，他吓了一跳，迷糊中以为是部队紧急集合的哨声，嗖地跳下床，蹬上裤子。电话还在枕边执着地响着，蓝色的荧幕一闪一闪。哦，是吕晓琳。

她哭了。

她说，她和男朋友在电话里大吵了一架。他们两人几乎没有一天不吵架，每次吵完，都是他主动道歉。今天他大概是喝醉了，越说越激动。她劝他少喝点酒。他声音很大，说你以为我爱喝呀？领导叫你去吃饭你能不去？去了坐在桌上，别人敬酒你能不敬？敬了这个，那个你好意思不敬？你敬别人酒，别人回敬你能不喝？她说行啦行啦，你这人我知道，狗改不了吃屎，但还是常有理，做啥事理由都是一套一套的！眼不见心不烦，我也懒得管你！你爱喝多少喝多少，喝死拉倒！他在电话里就火了，粗声大嗓地说，你啥意思？不想跟老子谈了早说，你咒我是几个意思？吕晓琳也很生气，说你喝多了我好心劝你，你不听就算了，脏话不离口，先去把嘴巴擦干净再来说话。她就把电话挂了。过了一会儿他又打来了，这回冷静多了。他说，现在跨军区、跨兵种调动难度太大，如果两个人这样继续下去，就算结婚，也是长期两地分居。现在还好说，可以休分居假，有了孩子怎么办？也是这样来回两地奔波吗？两头跑倒不怕，关键这种日子要到什么时候才是个头？想了好久，觉得这样下去也不是办法，长痛不如短痛，分手算了。她的眼泪下来了。其实她也早料到有这一天，内心却不愿意接受这种结局。爱情如果这么容易就向现实低头，当初那些山盟海誓还有什么意义？岂不是太苍白了吗？

"你敢过来陪我喝酒吗？"她幽幽地说，"我一个人喝不下去了。"

他听她的话说得颠三倒四，应该已经有了酒意。又这么晚了，怎么好意思跑到单身女性宿舍去？他原本想拒绝她，又觉得人家毕竟是女孩子，直接拒绝不太礼貌，正想着该怎么说，脑子不知道受什么鬼指使，嘴里突然就冒出一句话："有什么不敢？我陪你！"说完以后，连自己都吓了一跳。

向阳搬到单身宿舍有两个月了。那套房子本来可以再住一段时间，但向有勇不愿意拖泥带水，既然不能长住，就早点腾空交出去，省得让人家背后说三道四。向阳也觉得自己一个人住那么大房子太空旷，痛痛快快地办了移交手续，搬到二区的单身宿舍。

吕晓琳住的是单位的宿舍，走路过去大概五分钟。路灯已经熄了，星星也不知道躲到哪里去了，街上黑咕隆咚，连个鬼影都没有。向阳心里本就忐忑，又在深更半夜出门，感觉像去做贼，身形飘忽不定。手心里捏着一把汗，蹑手蹑脚进了女生宿舍大门，四下里张望了好几回，迟迟不敢迈出第一步。楼道里静悄悄，只有公共卫生间里有一点亮光。可那束光仿佛长出了无数触角，沿着墙壁从四面八方攀援而来，一起把触角搭在向阳的身上。他觉得自己就像置身在舞台中央，聚焦了所有的光线和焦点。

他来到吕晓琳告诉他的房间门前，轻轻敲了一下。他心里忐忑极了，想着万一吕晓琳喝多了，随口说一个房间号，开门的人如果不是她，如果陌生女孩紧张过度，喝一声流氓，他情何以堪？又该怎么办？是呆立原地举手投降，还是不顾一切掉头就跑？

这几十秒像几个世纪那么漫长。等到一身奶油色睡衣的吕晓琳打开门时，他已经汗流浃背，浑身如筛糠，几乎要瘫软在地了。吕晓琳扑哧笑了，把一只手架在他的腋下，扶他进屋，一手拽过椅子，拉他坐下。

房间极其整洁。一桌，一椅，一床，床对面是个布衣柜。房间色调极素，白被，白枕头，连床单也是白色的，只床下一双拖鞋是粉色的。靠床头的书桌，桌面用米色桌布包了起来。床上放着半瓶18块钱一瓶的牛栏山二锅头和两个纸杯。

"你还真喝呀。"向阳惊魂未定，一手放在胸前，安慰那颗急剧跳动的心。看吕晓琳的样子，应该是喝了不少，可是神情自若，全无醉态，短发一丝不乱，睡衣扣子扣得整整齐齐，端庄样儿一点不失。

"什么意思啊？"吕晓琳的脸白里透红，"难道喝酒是你们男人的专利？"

"是呀！"向阳心情放松一些，"喝酒是男人的专利，所以男人高兴喝醉，不高兴也喝醉。哭才是女人的专利，所以女人高兴哭，不高兴也哭。"

"哦！我明白了。"她笑着看了他一眼，"那我想问一句，你好兄弟结婚那天，你喝得烂醉如泥，是高兴呢，还是不高兴？"

向阳唰地脸红了，无言以对。

"好啦，不逗你啦。"她从抽屉里取出一副扑克牌，"干坐着没啥意思，咱们两个斗地主吧！谁输谁喝酒。"斗地主本来是三个人的游戏，吕晓琳提议还是按三个人的玩法发牌，多出来的牌还是扣在桌上，反正谁也不知道那些牌是什么，这样玩才有悬念。吕晓琳坐在床沿上，向阳坐在椅子上，两个人挨得很近。她嘴里呼出的气息还没来得及在空中飘散，就飘到他嗅觉之内，扑鼻而来一股微微的清香，混着淡淡的酒气。他从未如此接近过一个女孩，不觉心醉神迷。他们并排坐着，一直玩到三点多钟，一瓶酒有一大半让向阳喝了。向阳酒量一般，又熬到深夜，不觉睡眼惺忪。

吕晓琳也累了，哈欠连天。她用手在自己的嘴上连拍了好几下，说："我累了，向阳你回吧。"

"哦，"向阳应声站了起来，木然向门口走去。到了门口似乎想起什么，一回头，正和她深情款款的眼神碰在一起。她的眼里噙满泪水。他迟疑了几秒钟，很快躲开她的目光，伸手去开门。

"等一下！"她抢在他之前打开门，探出脑袋侦察了一圈。她的手正好碰在他的手上，他好像被蝎子蜇了，赶紧把手抽走。她回头对他说："没人，走吧！"

他怅然若失地走出去。她在身后低声说："向阳，谢谢你。"

# 二十一

端午节快到了。吕晓琳建议向阳到席会计家里去一趟。向阳说，凭啥？她是我同事，又不是我领导，我干吗厚着脸皮去讨好她？吕晓琳说，不要这么想，就冲人家年龄比你大，资格比你老，在业务上能当你师父，你拜访她也不为过。再说了，两个人天天在一个屋檐下共事，吹胡子瞪眼睛搞得像仇人一样，你不嫌别扭啊？

到了星期六下午，向阳硬着头皮给席会计打了一个电话。

"小向，你这么客气干吗？过来吧，我在家呢。"她在电话里笑出了声。他都能想象出她的表情，不由从心底鄙视她。向阳花了两百多块钱买了一盒非常精致的粽子，又买了点水果，骑着自行车去了她家。

席会计住在五区的师职楼。一进门，向阳呆住了。家里一尘不染，每个房间都无比亮堂。家具是欧式风格，以米色系为主，餐桌和茶几都是大理石台面，沙发是皮质的，造型是时下流行的"L"型——单人沙发和三人沙发拼在一起，外加一张贵妃椅。坐上去软软的，跟向阳家用了十多年的木质沙发完全是两种感觉。客厅窗帘也是两层，一层是米黄色遮光棉麻，一层是白色轻纱。窗帘朝两边拉开，像侍立在两旁温文尔雅的侍女。透过明亮的大玻璃，一眼就能看到蓝天白云。沙发后面的墙上挂着一幅放大的半身黑白艺术照，照片中人瘦长的瓜子脸，浓浓的眉毛，大大的眼睛，高高耸立的鼻子。乍看竟有几分神似英国女演员奥黛丽·赫本。他不觉得惊呆了。

"席会计，这是你吗？"他问，瞥了一眼正从他手里接过月饼和水果的她。她系着围裙，戴着套袖，手上湿漉漉的，手背上还沾着几粒大米。头发胡乱挽在脑后，脸也下垂了，微微浮肿，眼角爬满了皱纹，看上去有点灰头土脸。她笑的时候，皱纹也跟着蠕动，像爬动的蚯蚓。

"这是二十岁时候照的。"她爽然而笑，脸颊微红，"小向，你坐！"她把月饼和水果放在餐桌上，倒了一杯水给他，拎着水果进厨房了。

过了一会儿，她用一个盘子盛着水果端了出来，又进去端了几个剥好的粽子，拿了一双筷子，说："小向，你尝尝，有肉粽、红枣粽和豆沙粽，我每样给你剥了一个。"她又进屋了。

一会儿她出来了。围裙脱掉了，套袖也摘了，头发重新梳栊了一遍，脸也洗过了，擦得香喷喷的，整个人的精神面貌完全不一样了。"小向，你这么客气干啥？"她说，"前几天我还想着，马上过节了，你一个人过节有啥意思？不行后天端午节就到家里来吃饭。"

"没事，席会计。"向阳说，"我们几个同学约了一起吃饭，不麻烦你了。"

"有啥麻烦的？多炒两个菜的事！"

"不不不——真的不用，我们已经定好了。——席会计，你年轻时候这么漂亮啊！"

她咯咯笑了，进屋取来一个很大的影集。第一页是一张合影，男的一身戎装，架着一副金边眼镜，颇有儒将气度，女的白色婚纱曳地，亭亭玉立，粉面含笑。

"这是我和我们家先生的结婚照。"她说。

翻到下一页，是一个梳着两条大辫子的高瘦女孩，垂着头，两手捻弄着自己的辫子。一页页翻下去，那个姑娘剪断长发，穿上了军装，之前的青涩消失在肥大的军装里，她变得英姿飒爽。接下来有十几页都是黑白艺术照，和墙上的照片应该是同一时期照的。再往后，照片中人的瘦长脸颊渐渐丰满，脸部的线条开始下垂，身材越来越臃肿。她老了。

她说，梳着大辫子那张照片是她十八岁当兵前照的，这是她当兵之前仅存的一张照片。后来，她离开山水明媚的米脂，来到寸草不生的戈壁，从军当了一名卫生员。那时，有一本小说在大家的手上传来传去，小说中的每一个人物大家都耳熟能详。那本小说叫《钢铁是怎样炼成的》。因为小说的女主人公叫冬妮娅，而她叫席娅妮，大家便戏称她"西妮娅"。这个绰号不胫而走。一时之间，大家争相到第一门诊部来看她这位"西妮娅"，追求她的人排起了长队。她不为所动，她知道自己的"真命天子"还没有出现。

后来，照片中的这个小伙子来了。那时候他还是连长，陪着一个不小心砸伤了脚的战士来处理伤口。他对战士爱护有加，照顾得非常细心。而且对她也是彬彬有礼，不像别的小伙子那么轻佻，口无遮拦。走的时候，他连声说"谢谢"，既没有像别人那样索要电话号码，也没有问她的姓名，只一个微笑，转身就走了。倒是她怅然若失。

几个月后，新兵团成立，她被抽调到卫生队，他恰好也被任命为新兵某连连长，两人在食堂不期而遇。他肯定还记得她，一见面，脸就红了，腼腆一笑，匆匆走开。是她找机会主动问他的名字。三个月后新兵团解散，他们互留电话，回到各自单位，慢慢有了联系，波澜不惊，一路走进婚姻。

她说，他是一个事业心很强的男人。谈恋爱时，他们一周最多只能见一次，他匆匆而来，匆匆而去，每次都是她陪他走到连队门口，目送他回去，再自己孤零零地回到宿舍。他们结婚快二十年了，除了她坐月子之外，他也很少陪她。前些年在基层，他隔一周回来一次，现在当了一个师级科研单位的总工程师，整天又泡在办公室搞研究。他顾不上家，顾不上孩子，他也常常忘记她的生日，更不会记得他们的结婚纪念日。但她情愿牺牲自己的事业和精力全力支持他，这些年，他已经拿下两项国家专利。她为他取得的成就而自豪。

她说，有一年她往楼上扛东西，不慎扭伤了腰，疼得动不了。那时候正是试验任务攻坚阶段，他已经整整一周没有回家了。她知道他的工作地点不允许带电子设备进入，就打了他的专属座机，结果是别人接的。那人说，总师四十八小时都没有合眼了，这会儿正好是工作间隙，他在沙发上眯一会儿。要不等总师醒了，给她回过来？她说不必了。又给股长打电话，股长派来小车，让司机把她背下去送到医院。她越说越激动，脸涨得通红，接着又是一连串咳嗽，她站起来倒了一杯水，喝了几大口，不小心又呛着了，她连忙把杯子放下，水都洒到了茶几上，她使劲自己拍了拍胸脯，咳嗽慢慢平息了。向阳看到她眼里噙满泪水，不知是不是因为呛着了。

"你看，给你东拉西扯说了这么多。"她讪讪地，又叹了口气，"唉，好久都没有人跟我好好说话了。小向，你吃个粽子——"她用筷子叉着一个肉粽，硬塞给他。向阳只好接了。肉粽中的肥肉已经化成肉汁，渗到米中，吃起来软软的，腻腻的，很香。

"小向，你还年轻，今年没有调到机关，不要遗憾，以后机会多得是。"她习惯性地朝四周扫了一圈，往他跟前靠了靠，压低声音，神秘兮兮地说，"我小叔子在师里当政治部主任，到时候我给他说说……"——又朝四周看了一眼——"我觉得你最好还是活动活动，往军机关调。调到师机关有啥意思？就算当上科长，也就是个正营职，更何况科长也不是那么容易当的。军机关可就不一样，至少能混个副团吧？"

"哪会……那么容易？"向阳迟疑了一下，他不知道她出于什么心理，是在试探他，套他的话，还是真的想帮他，"现在往师机关调都那么难——"

"没事，这事包在大姐身上。"她拍着胸脯说，"我让我小叔子给你落实这事，他毕竟在师机关，接触领导的机会多。"

向阳有点不知所措。时间不早了，他觉得自己该回去了。席会计察觉到了，她抬手看了看表，说："我儿子快补完课了，我得给他做饭去！吃完饭晚上还有课，初三孩子的时间太宝贵了。"

临走，席会计用网兜给向阳装了十几个自己包的粽子，又硬塞给他一盒茶叶。向阳懂得礼数，知道这盒茶叶价值不菲，至少比自己送的粽子贵两倍。他心里怪怪的，明明是给人送礼，结果收回来的比送去的更多。记得上军校时，有一次，一位室友家里有急事，要请假回家，便向值班的学员队队长请假。队长口头同意，并向教导员打电话报告情况。教导员说，学员请假离队是多大的事？学员大队党委不研究，怎么能随便批假？教导员是正营职干部，队长是副营职干部，教导员官比队长大，资历又比队长老，队长当然得听他的。同学在宿舍气呼呼地骂娘。另一个室友便给他支招，让买点水果去教导员家里坐坐。他花了三十块钱，买了点水果，去教导员家里请假。教导员十分和气，说，家里有事可以理解。队里有队里的规矩，但也不是不讲人情。老人的身体耽搁不得，你就早点动身，至于程序，学员队会逐级报大队党委研究审批。同学一回宿舍就嘲笑说，他算把教导员看透了，一个堂堂的正营职领导干部就值三十块钱！向阳当时也认为教导员太掉价了。可是现在看法不同了。他觉得，教导员看重的未必是那点微薄的礼物，他只是不想让别人染指乃至动摇他的权威罢了。而席会计呢？

# 二十二

不知什么原因，吕晓琳忽然跟他疏远了。连续两天，她都没有主动打电话，向阳忍不住回过去，淡淡聊了几句，她推说有事，就挂断了。恰好最近手上工作比较多，晚上经常加班，他也没有时间去找她。好不容易挨到周五，中午向阳给吕晓琳打电话，问她有没有空，晚上一起到六区小肥羊火锅店吃饭。

"向阳，不好意思啊。——我男朋友昨天过来了。"她沉默了。向阳心里咯噔一下，忽然有一股不好的预感。"这些天一直没有给你打电话，是因为我们一直在纠缠。我们都坚持不下去了……"——她有点哽咽——"既然要分手，我们都觉得还是当面把话说清楚。他跟单位请了一周假，昨天刚到。我们也商量着晚上请你、孟一昶、苗迪心和石小明小两口一起聚聚。要不你帮着订个地方，我们结账就行。你看要不要订在老旦那里？"

"你看吧。订哪儿都行！你想好地方，我帮你订就行。今天是周末，还是尽量早点订地方，太晚的话可能就订不上了。"向阳把电话挂了。他心里别提有多别扭了，他以为吕晓琳和那个人已经彻底撇开了，也以为自己已经取代了那个她曾经心心念念日夜牵挂的人，现在他终于明白，这一切不过是自己的一厢情愿。他给孟一昶打电话，说到自己和吕晓琳，他用的也是她口中的这个词——"我们"，孟一昶便取笑他说："咦，没想到你不吭不哈，动作倒挺快！什么时候合二为一变成'我们'的？老实交代！"他弄了个大红脸，不好意思地说："去去去，别瞎扯！"吕晓琳和他通话，也是一口一个"我们"，可是他知道，这个"我们"没有他的份儿，这个曾经让他感到亲切的词语，这会儿只会让他感到疏远和绝望。

他没有给吕晓琳打电话。下午刚上班，她发信息说，房间订好了，就在老

一路向西

090

YILUXIANGXI

旦的店里，111包厢，晚上七点。他不想出现在那种场合，他害怕自己应付不来。但直接拒绝她，好像又没有一个恰当的理由。再加上孟一昶和石小明都知道他和吕晓琳的关系，如果不去，摆明是心里不痛快嘛。这样想着，一时神思散乱，不知道该怎么回她。

刘助理不在，史助理悄无声息忙手中的工作。席会计把椅子往他跟前挪了挪，一只手遮着嘴巴，低声问向阳："小向，你是不是谈恋爱啦？"

"没有——没有啊——"向阳脸唰地红了。

"别骗我了！"席会计扑哧一笑，脸都红了，"我们都是从你那个年龄过来的，啥事没经过？"——她伸手把额前刘海捋一捋，露出两只大而有神的眼睛——"看你最近工作心不在焉的样子，记账凭证都编错了好几个，这就说明不是恋爱了，就是失恋了。"

她转头看了看史助理，见他还在埋头工作，又继续说："不过呀，小向，时代不一样了，现在的年轻姑娘也跟我们那个时候想法不一样了。大家都说，D城的女孩找对象，基本条件是'三大'——大城市，大学生，大个子。'三缺一'的小伙子只能靠边站！现在的人怎么都成这样啦？你说我图我们家老易啥啦？他家在农村，三代人恨不得穿一条裤子。上了家谱的先人，没有一个身高满五尺。到了他这一代，出了个特例，就是他！不过也才一米七二嘛！我都一米六八了，和他出门，连高跟鞋都不敢穿，不就是为了维护他的自尊心吗？你们男人呀，不管自身条件怎么样，都希望女人永远比自己矮半头，这样他就可以俯视她……"——她不好意思地笑了，端起杯子咕咚咕咚喝了几大口——"现在女孩子呀，让人越来越搞不懂了。你就拿咱们单位那几个女孩来说——谁知道还是不是女孩——她们哪来的自信？要气质没气质，论长相没长相，她们哪一个比得上我年轻的时候？可就这样，男朋友换了一个又一个，走路的时候脑袋都仰到天上去了……"她越说越急，越急脸越红，一串一串的话语像火车站台上排起的长队，迫不及待地涌向车厢狭小的门洞，急于上车的乘客们只恨车门太小，成串的话也恨死了主人的樱桃小口。

向阳有点走神，茫然看着眼前的嘴巴一开一合。他完全插不上嘴，话说回来，即使她留给他说话的机会，他也不知道该说什么。他忽然想到欣玥，她是不是席会计口中那种势利女孩呢？应该不是。可是，她会漠视相貌、学历、家庭出身、社会地位这些差异吗？恐怕也不见得。那吕晓琳呢？相处了几个月，她从没有问起他的家世。但不打听就意味着不必了解、也不在乎吗？也不见得。

他觉得她不是那么简单的一个人。两个人在一起时，有些事他明明已经拿定了主意，跟她商量，她总是说："随你。"他兴冲冲地就要执行下一步计划，她却又慢悠悠地说："不过……"然后列出一大堆理由。到最后，连他都觉得自己的想法太不成熟，没有理由不放弃。后来，他发现实际上没有几件事遂了自己的心意。但是，所有这些不遂心的事，好像做最终决定的人都是自己……

席会计还在絮叨。她说起十几年前，老易的母亲身患重病，她如何鞍前马后，做饭煎药。农村人邋遢，老太太家锅台上的灰有一指厚，盆里结的垢痂都是三十年前的。她把灶房里里外外洗刷了三遍，倒出去的污水在院子里汇成了一条黑河，滔滔汩汩。老易的侄子拿毛笔蘸着写大字。老易的弟媳妇脸上油黑锃亮，她送给她一瓶洗面奶，教她洗脸。她脸上洗下来的黑油至少有二两，油汪汪地浮在脸盆里的水上。老易他爹一看二儿媳妇大变样，咂巴着烟锅嘴说，咱农村媳妇脸也能洗得跟城里人一样白嘛。

史助理哧哧笑了。席会计这才意识到，除了她和向阳之外，还有第三个人。她不说话了，转过头剜了史助理一眼。史助理把桌子的资料收好，站起身说："下班了，我先走了。"席会计一抬手腕，喊了一声："坏了，我儿子都到家了。"拎起手包急匆匆走了。

及至到了饭店，已经迟了。座中只剩下一个位置，就在吕晓琳的旁边。她紧挨着一个粗眉大眼的男人。那人坐在上首，右边依次是孟一昶、苗迪心、周芷汀、石小明。向阳别别扭扭地坐下。

"就差你了，我们还以为请不到你呢。"吕晓琳笑吟吟，可话里分明有嗔怪的意思。她指着自己旁边的那个人说："这是我战友任敬明，我给你说过的。"

任敬明起身，隔着桌子，把右手从吕晓琳的面前伸过来，向阳欠身握住他的手。他的手掌很粗糙，却很有力量，向阳觉得自己的手指像被钳子钳住了。他微微一笑，迅速把手抽回去。向阳仔细打量了一番，面前这个人个头跟自己差不多，但更壮实一些，面相也更老成，胡碴子根根可见，在脸颊和下巴上排列得浓密而有秩序，透射出一股成熟男人的气质。向阳不由自惭形秽。

按照部队惯例，三杯过后大家互敬。任敬明不停地给吕晓琳盘子里夹菜，石小明也把周芷汀面前的盘子装得满满当当。孟一昶站起来和任敬明碰杯，苗迪心又往他的盘子里夹了一块羊肉。

任敬明很健谈，大家说说笑笑，气氛很好，四个男人，不觉两瓶酒下肚了。任敬明对吕晓琳说："开酒！"

吕晓琳笑着说："差不多了吧？"

任敬明拉长了脸："叫你开你就开，没酒咋的？"

吕晓琳就起身又开了一瓶酒递给他。

任敬明接过酒瓶，咕嘟咕嘟把面前的高脚杯倒满，端着杯子站起来说："几位兄弟，不瞒你们说，我这次从广东过来，主要还是为我们两个人的事。"——说着看了一眼吕晓琳，吕晓琳的眼里浸满了泪水，深情地望着他——"我们两个人好了六年。六年啊，时间不短啦，按理说，早到了谈婚论嫁的年龄。可实际情况你们也都知道，我在广东，她在甘肃。"——吕晓琳伸手拉他的手，他顺势把她的手攥得紧紧的——"我本来想，能不能把她调到广东去。唉，努力了一年多，瞎子点灯——白费蜡！跨军区、跨兵种调动太难了。谁让咱们寡妇睡觉——上面没有人呢。"——他呵呵笑了——"现实就这样，咱们再不情愿，也必须面对是不是？干脆，就谁也别耽误，拉倒算逑！来来来，兄弟们，我敬大家一杯，我喝干，你们随意！"——一仰脖，把一整杯酒倒进嘴里，咂巴咂巴嘴，把杯子放下，用手背抹了一下嘴——"小吕呢，我就托付哥几个了。看你们都成双成对，我也不想让她落单，你们几位女同志要发挥优势，帮她抓紧物色！来，我给几位女同志再敬一杯！小吕，你陪一下！别扭扭捏捏的，你又不是不能喝！"——他给自己倒了小半杯酒，又给吕晓琳倒了半杯酒。几个女孩都站了起来，他一一碰杯——"来来来，几个男爷们也意思一下。"

大家又举杯，碰杯。

"老任你放心！这事包在我们身上。"孟一昶看着向阳，挤眉弄眼地说，"D城这地方狼多肉少，一定让晓琳放开眼，可劲儿挑。是不是，向阳？"

向阳没有接话，跟石小明碰了一下杯，问："老旦忙啥呢？还不过来跟兄弟们喝酒？"

"这你就不知道了吧？老旦又开了一个店，就在十三区。不过呢，不是饭店……"石小明笑嘻嘻地，端着杯子凑到向阳跟前，朝向阳眨巴眼睛，一脸狡黠地说，"他开了一家KTV。吃完饭一块儿去喝啤酒唱歌，怎么样？"

"就你是万事通，知道得最多！"芷汀白了小明一眼。

"不说啦不说啦！喝酒喝酒！"小明嘿嘿一笑，跟向阳碰杯，大家一起喝完坐下。

孟一昶带着苗迪心给大家一一敬酒。敬到向阳跟前，压低声音，笑嘻嘻地说："小阳，你的心上人今天有点意乱情迷呀。"——苗迪心拽了一下他的胳膊——

"小迪你别管，这是我们兄弟之间的事！"——他一手举着杯子，一手揽着向阳的肩膀，两人朝后退了几步——"兄弟，给你说句实话——你的心上人，我觉得是匹烈马，以你的性格，恐怕不好驾驭呀。"——他和向阳碰杯，两人一饮而尽——"天涯何处无芳草，何必偏在信息团找？你是在D城长大的，你的人脉比我广，我相信你一定能找到更适合自己的。"

"喂喂喂！你们两个嘀嘀咕咕说啥呢？"老旦推开门，摇摇晃晃地走了进来。他端着一高脚杯白酒，挨个敬了一遍，拽着向阳，走到吕晓琳身后，拿着酒杯戳戳她的肩膀说："小吕，给你敬杯酒，我兄弟就托付给你了。出了问题我找你！呵呵。"

吕晓琳红着脸，给自己倒了小半杯白酒——跟老旦杯中所剩的酒一样多，冷笑了两声说："我有这个义务吗？"说着举起杯一饮而尽。

老旦有点没意思，正要走开，吕晓琳叫住他，笑吟吟地说："旦哥，你把酒喝完呀，你这杯酒转了一圈了，到我这儿还不收尾？"

老旦脸一红，把酒喝了，额上汗如雨下，显然已经不胜酒力了。吕晓琳放下杯子，又给自己倒了满满一杯酒，拎着瓶子给老旦倒酒。老旦的手抖得厉害。吕晓琳比老旦高出大半头，老旦肥硕，而她挺拔而结实，完全是一副居高临下的阵势。老旦脸上的汗珠滚滚而下。他仰起头看吕晓琳，她仍然一脸笑意。老旦不觉在她的面前渐渐矮了下去，而她显得越来越高大。她举杯和老旦碰杯，说："旦哥，我回敬你一杯！"皱了皱眉头，一口喝完，眉头慢慢舒展开了。

老旦一笑："咱们就不喝了吧？先把客人照顾好——"笑着就往后缩。

吕晓琳一把拽住他。"旦哥，别走！"她笑着说，"你喝酒怵过谁呀？你是不愿意跟我们女人喝咋的？我可不像芷汀那么好说话！"

老旦满脸通红，进也不是，退也不是，硬着头皮把杯中酒喝了，一扭头，哇地喷在对面墙上。

吕晓琳笑笑说："向阳，你扶旦哥出去休息吧。"说完坐下，跟任敬明有说有笑，似乎什么事情都没有发生过。小明见吕晓琳喝酒爽快，笑嘻嘻地端着杯子过来凑热闹，这时候正猫在她身后。一见这阵势，吓得吐了吐舌头，蹑手蹑脚回到自己的位置。周芷汀柳眉倒竖，正拿眼睛剜他。小明干笑两声，悄无声息地挨着周芷汀坐下了。

# 二十三

　　早上起床，向阳很不舒服。前一夜喝多了酒，醉醺醺地回来，一头栽倒在床上。半夜，冷得直哆嗦，床板又冷又硬，身边又摸不到被子。醒来，才发现自己躺在水泥地板上。扶着床爬起来，头重脚轻，又找不到水喝。惶急中摸到手机，夜里忘了充电，自动关机了。打开台灯，找到充电器。手又抖得厉害，试了四五次，才把充电器的一头插进手机，焦急地等着开机。荧幕闪了好几次，终于亮起蓝色，闪过五个未接来电，孟一昶打了两个，吕晓琳打了三个。再一看时间，六点五十了，离出操还有十分钟，来不及洗漱，套上迷彩裤，趿着黄胶鞋，抓起迷彩上衣，一边往外跑一边拉拉链。路上一个人也没有。他上气不接下气，一路跑到单位门口，仍然一个人都没有。这才恍然大悟，原来今天是周六。向阳狠狠在自己脑门上凿了两个暴栗。一路小跑回到宿舍，把鞋一甩，扑倒在床上，用被子蒙了头呼呼大睡。

　　也不知过了多久，书桌上的座机响了。向阳把手伸到被子外面，把话筒拽到耳边，懒洋洋地"喂"了一声。

　　"还没起床？"是处长打来的，"中午在宇航大酒店订一桌饭，有首长和机关领导参加，标准高一点！再到服务中心拿上一箱五粮液。早点过去，你也要参加。"

　　向阳"哦"了一声，处长已经把电话挂了。拿起手机一看，已经十一点了，没想到这一觉睡了这么久，赶紧起床洗漱，搞好个人卫生，骑上自行车到服务中心，找主任批了一箱酒、四包黑兰州烟，打好欠条。主任又抽出一条黑兰州烟，用一个黑塑料袋装了，笑嘻嘻地说："你留着抽吧。抽完了就来拿。"

　　"我不抽烟！"向阳说。

　　"不抽烟就先留着，等学会了再抽。要么，就带给老团长抽。"主任拍拍他的肩膀，"代我向老团长问个好！"

　　到了酒店，老旦正在后厨吆五喝六，满脸通红，一身酒气，一望而知宿醉未醒。老旦一见向阳就嚷嚷："那个臭娘们，把老子灌醉了。老子在D城混社会十几年，还没吃过这种亏！"——说着不怀好意地笑了——"小阳，这小娘子性子很烈，我怕你降不住！"

"去去去——别瞎扯！"

"有啥不好意思啊？听小明说，你俩好得跟一个人似的。女人嘛，就那么回事！不要觉得你占了她便宜，那娘们人高马大，我还害怕你吃了暗亏呢！你看你，瘦得皮包骨头，脸蜡黄——"手伸过来捏向阳的脸。

"去去去！越说越不着调！"向阳臊得脸通红，"赶紧给我安排房间，中午有机关领导！"

"几个人？多少钱标准？"

"坏了！"向阳一拍脑门，"我忘问了。"

"中午包厢还比较紧张。这样吧，我把最好的包厢留给你！777房！现在领导忌讳多，讲究什么'七上八下'，所以我就把房间号牌调整了一下，这个房间能坐十二个人，人少的话就撤下几张椅子，大家坐开一点。菜你放心，人到齐了，我按人头给你配菜。在D城，只要是带'长'的领导，谁好哪一口我都门儿清，保证把他们伺候舒服，绝对不让兄弟你下不了台。"

这一点向阳深信不疑。别看老旦二十六个英文字母都认不全，但并不代表他记忆力不好，工兵团从基层的排长、连长算起，到机关的股长、处长等等，少说也有百十人，没有老旦叫不上名字的。推而广之，整个D城，很多跟老旦有过来往的人，即使只见过一面，或者只说过一句话，下一次他就能说出在什么地方、因什么事打过交道，甚至在电话里就听出对方的声音。他热情，却不敷衍，这也是很多人都喜欢跟老旦打交道的原因。

老旦把向阳领到包厢，向阳把四包烟和一箱酒放下，又把装一整条烟的塑料袋交给老旦，嘱咐他先替自己保管。问起老旦新店的生意。老旦嘟囔了一句：狗日的小明，咋就是一头母猪呢？嘴长话多，有事就哼哼，没事就乱拱。老旦开始絮叨，一肚子苦水往外倒。新店开在十三区。KTV在D城来说，尚属于新事物，门前的霓虹灯闪烁不定，里面的灯光忽明忽暗，阵阵幽香扑鼻而来。灯光明灭之际，影影绰绰有几个女子，露出白森森的牙，仿佛《聊斋志异》里的狐女。大家不由望门止步。老旦说着就火不打一处来，张口就骂：招徕的几个女孩子，笨得跟算盘珠子似的，不用手拨就不动，拨一下也就动一下。本就是一张血盆大口，还时不时以青面獠牙示人。客人逃跑不及，还哪有心情坐下喝酒？饭店赚的钱，全滚到里面去了。

客人陆续来了。老旦说："你先到包厢里坐一会儿，我要招呼客人啦。"

迎着客人们走出去，又是点头哈腰，又是发烟，吆喝着让服务员把客人们分别领进包厢。

向阳刚到包厢里坐下，老旦便推开门，作出迎客的手势，连声说"请"。一位个子不高的年轻女人先走了进来。短发，方脸，穿着入时，高跟前的鞋头很尖，鞋跟很高，很轻，随着她的脚步重重点在地板上，颇有不堪重负的意味。她双手插在裤兜里，右手腕上挂着一个极精致的黑色手包。女人乜斜着向阳，哼了一声，意思跟他打过招呼了，然后一屁股坐在主位右边第三张椅子上。

老旦跟在女人身后走了进来。

"这位是政治部宣传处的吴干事！"老旦对向阳说。又指着向阳对那个女人说："这是工兵团财务股的小向。"

吴干事"嗯"了一声，头也不抬，掏出手机，两个大拇指飞快地在键盘上摁个不停。

"客人什么时候到呀？"她问。

向阳愣住了，意识到她是在跟自己说话，嗫嚅道："我——我——也不知道——"

"我估计你也不知道。"女人冷笑一声，"我来问吧。"——她仍然没有抬头，大拇指飞快地敲动手机键盘——"才刚毕业？"

"嗯——哦不——去年——"向阳说。

吴干事在发信息，没有理会。嘴角忽然抽动了一下，露出浅浅的微笑。

老旦问："吴干事，几位客人呀？包厢要不要调整？"

"九位十位的样子吧。不用调整，够宽敞。"她说。

老旦出去了。不一会儿，老旦又领进来一个穿军装的年轻人。他看上去三十五六岁，个子不高，油腻腻的黑发呈四六分，大概是用啫喱水定型的缘故，头发都成块状，板结在头上，像西北久旱难逢甘露以至龟裂的土地。他嘴角歪叼着一根烟，吧嗒吧嗒，嘴巴张合幅度极大，可那根烟就像粘在下嘴唇上，看上去摇摇欲坠，可就是处累卵而不惊。他腆着大肚腩，长袖衬衣扣子扣得歪歪斜斜，领口以下的两个扣子都没有扣，一望而知里面穿着大红色背心。双手插在裤兜里，裤腰带系在肚脐眼以下十厘米处，衣服下摆有一半扎在裤子里，一半散落在外面，红色内裤的边缘都露了出来。绿色军裤油腻腻的，似乎从来就不曾洗过，能照出人的影子，裤裆垂到膝盖以下，裤角堆在脚踝处，一圈一圈呈螺旋式上升，黑色皮鞋上满是尘土，掩盖了鞋的本色。

"这位是宣传处的郑干事。"老旦笑嘻嘻地对向阳说，"郑干事是D城有名的才子。这是工兵团财务股的小向——向阳。我的发小，好兄弟！"

"不敢当！鄙人郑才学！"他说。把右手从裤兜里拿出来，举到与脸同高的位置，郑重其事地看了看手掌，把手放下，在大腿处狠命搓了几下，这才伸出去跟向阳握手。向阳赶紧向前跨一下，双手握住他伸过来的手。他的手掌肥厚，掌心汗津津的。向阳把手缩回来，立即闻到自己手上有一股呛人的烟味。一转头，看到吴干事一脸嫌弃，把脸转到一边，继续发信息。

"听说这次来的是一位全军闻名的作家，叫什么顾铭，说实话我还真没听说过。"郑干事大咧咧地在下首椅子上坐下，跷起二郎腿，"是骡子是马，拉出来蹓蹓才知道，今天鄙人倒要跟他好好讨教一下。老旦，这里你不用管！你忙你的去！"

老旦又说了一连串"好"，转身带上门出去了。

"小郑，"一直忙着发信息的吴干事这时抬起头说，"我能不能给你提个意见呀？"

郑干事愣了一下，做了一个"请"的手势，说："请讲！鄙人洗耳恭听。"

"你别生气呀。"吴干事一只手遮住血一样鲜红的樱桃小口，扑哧一笑。

"看来话里有话呀。好吧，我不生气。"

"你能不能把你裤子提高一点？"

吴干事说完话，低下头继续玩手机。

"不行！"郑干事一声断喝，脸涨成猪肝色，"鄙人太胖，裤子提得太高，无形中会对肚子产生压迫感，肚子不舒服，压力就会往上传导，胃也跟着不舒服，胃里不舒服，鄙人嘴里能说好话？到时候鄙人看着谁都来气，不轻不重地敲打几句，惹得大家都不高兴。那鄙人还不如让个人形象受点委屈好了。"

"你还没结婚，要注意个人形象！"吴干事没有抬头，小声说。

"怕什么？鄙人丢的是党的人，又不是丢自己的人！"郑干事的脸憋成了酱茄子，"知我者谓我心忧，不知我者谓我何求。"

"来了来了！两位处长陪着首长过来了。"老旦推开门进来，气喘吁吁地说。

吴干事立即从座位上弹起来，直杠杠地出去了。郑干事双手插在裤兜里，迈着八字步跟在后面。向阳跟在郑干事身后，三步并作两步往外走。

几个人簇拥着一个高个子中年人走过来了。高个子中年人，深蓝色西裤，白色长袖衬衣，下摆扎在腰里，一尘不染。笑吟吟地，一边说话，一边健步如飞。身后四五个人几乎都是小跑——其中有工兵团魏团长和后勤处刘处长。几位跟随者头上热气腾腾,脸上都是汗珠。高个子中年人气定神闲,像是一位得胜的将军从战场上解救回来一批被俘的战士。很快走到眼前。吴干事站得笔直,叫了声"司令"。郑干事腆起肚子,敬了一个标准军礼,中气十足地喊道:"首长好!"

首长用手指戳戳郑干事的肚子,笑着说:"你小子,几天不见,肚子又大了一圈。"

郑干事双脚"啪"地一靠,又敬一个军礼,说:"报告首长,最近多读了几本书,长了两公斤才华。"

"你小子少跟我油嘴滑舌!走走走,进去说。"首长拍了拍他的肩膀,径直往里走。

坐定,首长指着自己右边的一位客人——那人看样子快六十岁了,精神矍铄,皮肤也白,一望便知不是 D 城人,说:"老顾是我多年的老朋友了。著名军旅作家!哎,你上次送我的那本书,'青春'什么来着?不好意思,我还没看……你知道,我喝酒还可以,念书不在行。呵呵——"

"《我的青春永不凋落》——"作家说。

"对对对!你的青春不凋落,我的凋落了。哈哈——"首长朗声而笑,依次往下介绍,"纪检处任处长,你们见过了。"

坐在作家下首的任处长欠身:"这次参加总部会议,有幸经首长介绍,认识了顾老师。我叫任杰,任意的任,杰出的杰。"

"宣传处章处长——"

首长左边的客人站起来说:"顾老师你好,我叫章杰,没有章法的'章',不杰出的'杰'。"

顾老师正低头喝茶,一口茶喷在杯子里,身上也星星点点,从桌上抽出几张餐巾纸擦拭。向阳想笑,硬是绷住了,赶紧走过去,把茶杯拿走,换了一杯茶。魏团长呵呵一笑,朝章杰竖了竖大拇指。任杰红着脸讪笑。吴干事抬起头,瞥了章杰一眼,抿嘴一笑。郑才学大笑了几声,朝左右看了看,又不笑了。后勤处刘处长正襟危坐,好像什么事都没有发生过。

"你小子,就是会说话!"首长笑了,"这是我们有名的'机关二杰',任处长姓'任',可办案时既不任性,也不随意,一是一,二是二。章处长嘴巴厉害,笔杆子比嘴巴还厉害。这位是工兵团魏团长,D 城团级领导里面最牛的一位，手底下管着两千多号人，打群架可以找他！哈哈——"依次往下介绍。

# 二十四

首长是年初从京城空降到 D 城的副司令位置上的。向阳以前见首长，不是在电视里，就是在大礼堂的主席台上。一两千人的大会场，坐在后排向主席台远远望去，只能看到每个人的轮廓。首长排在第三位，肩上的军衔黄澄澄亮晶晶。首长正襟危坐，上身纹丝不动。而首长一旦脱下戎装，立即就换了一个人，谈笑风生，笑容满面，一点架子都没有。

首长这次带着纪检处处长任杰去北京参加会议，与顾铭不期而遇。会上，有五名全军优秀干部分别作事迹汇报。接下来，他们还要到全军各地巡回作报告。他们的事迹材料，专门有一个创作团队负责打磨。这个团队有将近二十人，顾铭是负责人。他带领自己的团队，陪着五名干部在西直门一家内部宾馆整整住了两个多月，逐字逐句推敲稿子，一遍又一遍彩排，才有了事迹报告会上声情并茂的效果。

他听说首长提升到 D 城任职，欣喜万分。他说，D 城名声在外，在航天史上树起了一座丰碑。但他知道，每一个英雄，表面上风光无限，实际上却忍受了常人不能忍受的痛苦。歌功颂德的人有的是，他不必再锦上添花。他是一个作家，作家的责任就是把英雄还原为平常人。这几年他一直埋头研究军史，想创作一部军事纪实文学，苦于找不到切入点。跟首长一番长谈之后，他决定从 D 城入手。

首长简单地介绍了 D 城的情况，接着说："老顾不好意思啊，我才比你早来 D 城半年，很多情况都不熟悉，所以我安排任处长，让他提前跟章处长联系，把行程给你安排好。老章是老油条，D 城有几家公共厕所他都知道。哈哈——老章说，要了解 D 城，第一站就是工兵团，工兵团管着两百多公里的军内专用铁路，沿线有五十多个？咦，三十多个还是五十多个？老魏？"——首长扬了扬手中的杯子——"老魏，你别光顾着吃！要集中注意力听讲，及时举手回答问题！"

"是——司令！"魏团长盘子盛着一疙瘩鱼翅，又伸筷子去盆里夹，结果一下子夹起一长串，他抖了几下，抖不下来，看了看左边的任杰，又看了看右边的郑才学，想找他们帮忙，可任杰双手放在膝盖上，认真听首长讲话。郑才学也夹了一口菜，高高举在眼前，没有人搭理他。他有点尴尬，想都夹到盘子里吧，放不下，放回去吧，又不甘心，毕竟筷子是自己用过的，说不定有人嫌弃，一时拿不定主意，呆呆地，忘了回答首长的问题。

"老魏你别急，吃完还有！"首长笑吟吟地说，"你先回答我的问题。"

魏团长红了脸，把鱼翅放回盘子，毕恭毕敬地答道："是，司令，工兵团铁路沿线一共有三十五个驻点。章处长已经把您的指示向我传达了，我也把顾老师的行程给简单规划了一下，我陪同他到几个大一点的驻点去体验生活，收集素材。"

"不不不！"顾铭摆手说，"我这人最不喜欢让领导陪同，你找一个熟悉情况的同志——带'长'的不要——陪我就行，我喜欢自己到处走走，随便看看，走到哪儿是哪儿。当然，基层生活必须要体验。"

首长狡黠地看了章杰一眼，章杰会心一笑，说："我给魏团长说，顾老师是司令的老朋友，千里迢迢风尘仆仆来到 D 城，一定要让顾老师度过一段最难忘的时光——"

"得得得——我说了不要人陪。"他端起酒杯跟首长碰了一下，"首长，你就别为难你的部下了。"

"呵呵呵，好，听老顾的。章处长，魏团长，你们按老顾的意思办，把行程安排好！老顾酒量好，到了 D 城，不能让客人受委屈！"章、魏二人连声称"是"，把面前的高脚杯倒得满满当当，踅到顾铭身后，顾铭起身，喝了半杯，两人把那杯酒都喝干了。"任处长，老顾专程把你从北京护送到 D 城，你不表示一下？"

任杰脸红得像涂了一层红色油漆，端着半杯酒，摇摇晃晃站起来，用手抹了一下嘴，说："首长，不好意思，我实在是不能喝，你看我都过敏了……"撸起袖子，胳膊一片红，一片白，分布得非常均匀。

"喝酒怕三种人——"顾铭也站起身，把杯子拿到眼前一晃，酒似乎比任杰少些，他又把杯放下，添了一些酒，"喝酒怕哪三种人呢？一是红脸的。指的就是任处长这种人，呵呵——二是带药片的。就是那种一上桌就说身体不舒服，这种人最可怕，往往到最后，大家都喝得差不多了，他就突然冒出来，摞倒一大片。还有一种——"——他瞟了一眼专心吃菜的吴干事——"还有一种就是扎小辫的。当然是指巾帼英雄啦,我看咱们吴干事酒量肯定不一般!嘿嘿——"

"顾老师太抬举我了!"吴干事冷笑一声,"既然您这么抬举我,我也不能不识抬举呀。"说着,右手拇指和食指、中指轻轻捏着杯托,慢慢抬到眼前,轻轻晃动,杯里红色的液体随之晃动,她把杯子送到嘴边,轻轻扬头,很优雅地把半杯红酒倒入口中。放下杯子,倒了一点水,涮涮杯子,把水倒掉,满满当当添了一杯酒,"我敬顾老师一杯!先干为敬。"——一口喝完,缓缓坐下,用手捋捋额前刘海,做出一个"请"的手势——"顾老师,您请!"

顾铭是个光头,头上寸草不生,油光锃亮,这会儿连头皮都变成了红色。他端着杯子,缓缓送往嘴边。

"哎哎哎,老顾,再给你添一点,添酒添福——"首长站起来,撸起袖子,腕上的手表闪闪发亮。他一手拎起瓶子,一手硬生生把顾铭端酒的手拽过来,把酒添到杯身五分之四的位置。他比顾铭高出整整一头,看上去至少有一米八二,身材健硕,气度不凡。一头蓬松的黑发,显得英气勃勃。而且,他是那么和蔼可亲,永远都是一副乐呵呵的样子。向阳不由被他深深折服。而顾铭在他面前,永远只能仰视。顾铭没有推托,痛痛快快把酒喝了。喝完,又是挤眼,又是皱眉,整个五官抽搐在一起,仿佛喝下去的不是美酒,而是一杯毒药。刚坐下,忽地又站起来,一手捂着嘴,急急忙忙往外走。首长在顾铭身后微笑着向吴干事竖起大拇指。吴干事嫣然一笑。向阳正准备跟上去,刘处长一个箭步,上前搀扶住顾铭,两人深一脚浅一脚出去了。

一箱酒即将告罄,刘处长给向阳使了个眼色。向阳会意,出门打电话让再送一箱。章杰举杯给任杰和魏君矗使了个眼色,三个人端起酒杯一起走到首长身后,毕恭毕敬地站着。

"咱们自己人还喝?"首长说的同时,却站了起来,和两个处长、一个团长碰杯,"老顾是个文人,难免有点个性,他怎么说就怎么办吧。——不过,写文章跟做人是两回事,文人也都是说一套做一套。老顾他爸原来是我爸的部下,退休的时候至少也是正师了吧?我都记不清楚了。老顾虽然是个技术干部,但天天在首长们面前晃来晃去,说上十句话,说不定首长们就会听进去一两句。你们做事别让人落下话柄……"

"是是是——"三个人异口同声。

"你们几个平时工作忙，不用老跟着，但是要把行程安排好，他要下基层体验生活，这个要求我们完全可以满足嘛，也让北京人看看我们戈壁滩的生活有多苦。老魏——"他拍着魏君甍的肩膀，"重头戏在你这里，安排一个熟悉情况的干部，要机灵一点的，带着他把铁路沿线的部队驻点都走一走。"

"是是是！"魏君甍点头如捣蒜，"我安排后勤处处长带着小向一起陪顾老师……"——魏君甍看了向阳一眼。向阳赶紧站起身，保持立正姿势——"小向是老团长向有勇的孩子，他在 D 城长大，旮旯角他都门儿清，而且对咱们部队，尤其是工兵团的情况比我还熟悉……"

"嗯！"首长点头微笑，"后勤处处长跟不跟都无所谓。——才学！你花花肠子比较多，你和小向陪着老头多转转，把他哄得开心一点！人老了，都喜欢听好听的，你就多夸夸他，随手敲个快板，唱个京剧，把老头也编排进去。我知道这是你强项，唱词张口就来。"

郑才学从座位上嗖地弹起来，一个箭步跨到首长面前，左手掸了掸右边衣袖，右手紧接着掸了掸左边衣袖，然后两只袖子一甩，右手扶着膝盖半蹲下去，左膝点地，左手手掌触地，清脆响亮地喝一声"嗻——"吴干事双手抱在胸前，看着郑才学，鼻子里轻哼一声。

"你小子！"首长笑着伸出食指，指着郑才学，不停地晃动，"跟谁学的这一套？任处长——"——转向任杰——"你看人家章处长，身边一男一女，一文一武。你至少也得配齐哼哈二将吧？"

"首长别提了！"任杰大吐苦水，"我手底下就一个干事，派到新疆去了。我现在是光杆——"——他停顿了一下，"司令"两个字没有说出口——"开会、写材料、办案，忙得脚不沾地。"

"一个萝卜一个坑，你把参谋干事的活包圆了，那还要参谋干事干什么呀？既然你那么喜欢跟参谋干事抢活干，那为什么还要当领导？"首长拉长了脸，"我从北京过来以后，就发现 D 城很多领导都喜欢加班，自己加班不算，还要让手下陪着。让人不理解的是，他们都把加班当成好传统，好像下了班不加班就对不起谁似的。我倒有点不以为然。八小时以内能完成的工作，干吗非要拖到八小时以外？我知道，很多领导干部都不愿意回家，在单位可以吃五喝六，在家里是不是没有人供他使唤呀？说不定还要自己动手做家务。人嘛，还是要换位思考，你不愿意回家，并不代表别人也不愿意回家。——任处长，你的工作思路要调整调整。你好好物色人选，如果选调工作有困难，你告诉我，我来给政治部做工作！你把酒喝了！"

任杰也连声说"是是是"，把酒喝完了，眉头拧成一疙瘩。

刘处长扶着顾铭进来了。一坐下，顾铭便冲吴干事双手抱拳："还真让我说中了！首长，D城藏龙卧虎，名不虚传，吴干事更是女中豪杰呀！不过，我这报应来得也太快了，呵呵，呵呵呵——"

这一顿午饭直吃到红日西斜。任杰第一个退场，起身到首长身旁，耳语一番，首长摆摆手，他赶紧退出去了。又聊了一会儿，大家的情绪越来越高，嗓门也越来越大。首长举腕看了看表，转头继续和顾铭说话。

章杰看了一眼郑才学，他正和魏君蕭站在一边，举着杯子拉拉扯扯。吴干事做了一个手势，蜷起食指、中指和无名指，大拇指指向耳朵，小拇指指向嘴巴。章杰会意，微微一笑，点了点头。吴干事出去了。刘处长也跟着出去。他们俩很快就进来了。

首长说："老顾，今天差不多了吧？回宾馆休息一下，晚上继续？"

"差不多了，差不多了！"顾铭点头如捣蒜，连声说，"晚上就不劳首长陪同了，给我弄点稀饭就行。"

"车要了吗？"首长问。

"车已经到了，司令。"章杰看着吴干事说。

首长举杯站了起来，大家也都齐刷刷地站了起来。

"我就不多说了。"首长喝完杯中酒，"希望D城之行能给老顾留一个深刻的印象。撤！"——魏君蕭没有站稳，扑通一声又坐到椅子上。首长皱了皱眉头，不耐烦地摆摆手——"刘处长，你把老魏扶回去！"

刘处长扶着魏君蕭出去了。工兵团的车停得远远的，司机在宇航大酒店门口探头探脑，见刘处长扶着团长出来，三步并作两步，抢过来扶着魏君蕭，踉踉跄跄往停车的位置走去。首长的专车停在五区市场南门路边。市场门口有几个大石墩子，车开不上来，这已经是最近的位置了。司机坐在车上埋头玩手机。向阳过去拍了一下车门，叫了声"班长"，说首长来了。司机侧头看了一眼，果真是首长出来了。他把手机往驾驶座侧门的储物格一扔，跳下车站在车门边，半掩着车门，头转向首长走来的方向。

"老顾，我一会儿还有事。你坐我的车回宾馆。"首长又转头对郑才学说，"才学你送老顾回去。章处长，好好计划一下，让老顾一定不虚此行。有困难就找我。"

"感谢首长！给首长添麻烦了。"顾铭握着首长的手说。然后紧紧握住章杰的手，左手拍了拍他的手背，"章处长，好酒量！"

顾铭最后和吴干事握手，竖起大拇指说："女中豪杰！强将手下无弱兵！"

郑才学打开轿车右后门，把顾铭扶上去，关上车门。再打开副驾驶右前门，跌跌撞撞爬到副驾驶座上。首长挥手作别，正欲转身走开，郑才学又打开车门，跌跌撞撞地下来，双手抓住首长的手说："哥哥，今天小弟没有把你陪好！"松开首长的手，双手合十，默念两声"罪过，罪过——"——又一次紧紧抓住首长的手——"改天兄弟我请客！就咱兄弟两个，好好喝上一顿！哈哈！"——松开手，扒着车门勉强爬到座位上，冲司机一摆手——"开车！"小车一溜烟，不见了踪影。

章杰的笑容僵在脸上，脸涨得通红。他垂手而立，一眼敬畏地看看首长，像一个做错了事的孩子，在等待一场劈头盖脸的训斥。首长摇摇头，笑了，转身大踏步往市场东门走去。章杰鹄立一旁，一脸崇敬之情，凝视着他离去的背影，直到他消失在拐弯处。

章杰转身，对吴干事说："小吴，你要有空，就陪着顾老师转转。没空就算了，你自己定。——小向！你等一下就到 D 城宾馆去吧。我给你们魏团长说过了，陪好顾老师就是你近期的工作。你记一下郑干事的电话，配合好他的工作。他的手机是 ××× ——"

向阳依言在手机上存了电话号码。把他们送走，进到包厢，把桌上的烟和酒收了，再到前台签单。老旦把烟递给他。

"行呀，哥们！"他嬉皮笑脸地说，"你的机会来了。"

# 二十五

向阳一大早就赶到 D 城宾馆。顾铭已经起床了，门开着，他正在屋里练拳。他穿着一身大红色的练功服，在白色的地板上刮起一阵红色的旋风，像舞台上的飞天。及至收势，气喘吁吁，头上、脸上全是汗，光秃秃的头顶是粉红色的，脸是绛红色的，大概是宿醉未醒的缘故。

"五十而知天命，不服老不行啊。"他说。到洗手间拿了毛巾出来，把头上和脸上的汗揩一揩，"我像你这个年纪的时候，能喝两斤白酒。有一年到沿海某集团军采风，军里的常委们车轮战，想把我撂翻，我愣是挺过来了。人嘛，不打不成交，那个首长退休以后回到北京，住处离我家不远，时不时还请我过去喝两杯。他的很多老部下现在还在职呢。"——顾铭坐到床边，喘息未定。他把毛巾丢在床上，拧开一瓶矿泉水喝了几口——"小伙子你坐！小郑小伙子不错，是个人才！昨天晚上在我房间聊到十二点多才走。他对清史相当熟悉，说起野史和宫闱秘事，如数家珍。你要向他学习，年轻人嘛，就要活泛一些。尤其在大机关，工作很大一部分就是协调，闷葫芦可不行。"

　　向阳坐直身子，连连点头。正说着，只听走廊里有人高声大嗓地喊："哥哥，不好意思，喝多了，起晚了！"顾铭微微一笑。只见郑才学阔步走了进来，还穿着昨日那身军装，一张大红脸，一身酒气，径直走到顾铭面前，一屁股坐在床上，拍拍他的肩膀。

　　"还是你宝刀不老啊！小弟我酒量有限，海涵！海涵！"郑才学双手抱拳致意，"今天小弟我就和哥哥坐而论道，不喝酒，呵呵！"

　　顾铭毫不介意。向阳很奇怪，仅仅一夜之间，他们仿佛已经结为生死之交，异常亲密。郑才学到外面喊了司机，几个人去小餐厅吃饭。吃完早餐，驱车前往四十公里之外的老发射场。郑才学坐在副驾驶，转头向顾铭介绍老发射场的辉煌历史。

　　一出检查站，司机猛踩一脚油门，呜的一声，车速指针嗖地蹿到一百码以上，车身猛地一晃。顾铭吓了一跳，把车门上方的把手抓得紧紧的。

　　"老顾你别紧张！"郑才学纵声大笑，"D城城区限速20公里，好好的车都跑坏了，司机兄弟们也很憋屈，得让他们宣泄一下。"

　　戈壁滩一片土黄，望不到头。一条青灰色柏油马路，像一条游动的蛇，把戈壁滩从中剖开，向两边无限延伸。一会儿，忽然起风了，眼前黄沙弥漫，看不清远处的景象。司机放慢了速度。

　　郑才学转头说："常言道：龙行有雨，虎行有风。贵人出行，风雨相伴。哥哥，你真是个人物！看来今天这场风是专为哥哥你刮的。"

　　向阳差点没忍住笑出声来，心想你可真会瞎掰，戈壁滩上三天两头刮沙尘暴，难道天天都有大人物来？转头看顾铭，顾铭头靠在座椅头枕上，双手抱在胸前，微闭双眼，面带微笑，身体随着汽车微微起伏，显然很受用。

　　郑才学又说："我们脚下的这片热土，最早生活着五百多户蒙古牧民。

二十世纪五十年代末，因为 D 城选址于此，牧民们拖儿挈女，一路西迁，到了如今的额济纳旗。别看这块土地寸草不生，鸟从天上飞过，都不愿意抛洒它那珍贵的粪便，可是你知道不可一世的匈奴人失去它以后有多伤心吗？'亡我祁连山，使我六畜不蕃息；失我焉支山，使我嫁妇无颜色。'鄙人曾有幸在祁连山脚下工作过一段时间，不为跟随历史的脚步，只为追寻历史的足迹。知道焉支山在哪儿吗？距此地四百余公里，对古代骑兵而言，不过一天的行程……"他仿佛好久都没有这么痛快地演讲了，被圈禁的语言滔滔汨汨，不择地而出。

老发射场如今已经废弃了。相比于新建的发射场，这个塔架要小很多，也很简陋，但这里是中国航天事业的起点。1970 年 4 月 24 日，东方红一号卫星便从这里腾飞。卫星进入预定轨道之后，《东方红》的乐曲从太空传到了世界各地，中国成为世界上第五个独立研制并成功发射人造地球卫星的国家。20 天以后，东方红一号卫星停止发射信号，《东方红》乐曲停播，卫星的使命完成了，它的工作寿命也结束了。但它仍然停留在浩渺的太空，目睹中国在太空创造着一个又一个奇迹。

参观完发射塔架，战士带着他们继续往前走。不远处是一个鼓起的小山包。战士说，这是一个地下指挥控制室，"两弹结合"试验就是在这个控制室中操作完成的。他们走到控制室门口，战士上前打开厚重的铁门，一股冷风迎面而来，他们打了个寒颤。

控制室距离地面约有六米，进门处是一个很长的坑道。战士带着他们沿着台阶一直往下走，走了有百十米，终于来到控制室。这时候，外面艳阳高照，戈壁滩上的太阳灼得人皮肤生疼，里面却是凉爽的秋天，身上一阵阵发冷。控制室相当逼仄，只有八平方米左右，陈列着许多老旧的仪器，一个简单控制台，还有几台十二或者十四英寸的黑白电视机。墙上悬挂着周总理的批示：严肃认真、周到细致、稳妥可靠、万无一失。

战士正准备解说，郑才学拦住他。郑才学十分得意地说："鄙人来替你解说。你那一套说辞，都是鄙人过目，亲自敲定的。——'两弹结合'试验，不像我们想象中那么简单轻松。为什么呢？首先，因为它是一场空前的试验，成功的概率有多大，谁也不敢保证。而一旦失败，核武器的威力我们都听说过。地下控制室离核导弹不足 160 米，生还的概率非常渺茫。

"所以，我们一方面要确保试验成功，另一方面则要把损失降到最低。发射的最后时刻，进入到控制室的只有七个人：第一试验部政委高震亚、参谋长王世成、发射二中队分队长颜振清、技术助理员张其彬、加注技师刘启泉以及控制台操作手佟连捷、徐虹。这就是后来人们熟知的'航天七勇士'。但在当时，他们的家人并不知道他们从事的工作有多危险。'航天七勇士'是真的把脑袋拴在裤腰带上了。操作员徐虹只有二十二岁，他流着眼泪说：'我不是党员，感谢组织对我的信任，如果我牺牲了，希望组织追认我为党员，我的全部津贴就是我的党费……''人之将死，其言也善。'这个小伙子——不！这个老前辈的话，绝对没有一点作秀的成分。

　　"为了防止发生意外，控制室准备了能够维持一个星期的饮用水和食品，安装了氧气再生设备。你可能无法想象，我们如今在控制室，感觉非常凉快，但当时各种设备通电以后，室内的温度达到了 40 摄氏度。就是在这样艰苦的条件下，试验最终获得圆满成功……"

　　郑才学的声音抑扬顿挫，讲得声情并茂。顾铭深受感染，他的眼睛湿润了。手在口袋里抠唆，不知道在找什么。郑才学适时递过去一小袋餐巾纸。顾铭颤抖着手，把纸抖开，擦了擦眼泪。

　　"他们太不容易了！你们太伟大了！"他的声音也在颤抖，"我要把这一切形诸文字，让全中国、让全世界都知道在这片热土上，有这么一支默默无闻、无私奉献的队伍！有多少人，每天都在斤斤计较房子太小，工资太低，总觉得党和国家亏待了自己。我觉得，应该让他们都到 D 城来生活一段时间，让这里的蓝天净化一下他们肮脏的灵魂！"

　　顾铭激情澎湃，高举双拳，歇斯底里地大喊大叫，那架势就像站在露天广场的高处作就职演讲的美国总统。向阳不觉受到了感染，仿佛自己就是为领袖呐喊助威的人群中的人员。曾经，他也这样仰望自己的父亲——那个山一样的男人。向阳以为，父亲的高度，自己一生也难以企及。可是，当他从军校毕业，正式开启自己的人生之旅时，父亲却从人生的最高处跌落，退休在家，变成一个最普通不过的人，他的头发在变白，他正在走向老年。可眼前激情澎湃的顾铭，再一次唤醒了他对父亲深深的敬仰……

　　午饭安排在特供团服务中心。D 城距最近的县城 150 公里，距最近的地级市 230 公里。前不着村，后不着店，只能立足自身丰富饮食。特供团的珍禽宴名列 D 城"四大菜系"之一，而珍禽宴最有特色的是珍禽蛋，一个盘子里大大小小有十几种蛋，最大的是鸵鸟蛋、鸸鹋蛋，最小的是鸽子蛋、鹌鹑蛋，不大不小的有鹅蛋、珍珠鸡蛋、鸭蛋、鸡蛋等等，像是一盘蛋的全家福，从高祖一直挨到辈分最小的。珍禽蛋有一个冠冕堂皇的名字：万弹齐发。但到了民间，被传得不伦不类，戏称为"一群混蛋"。

一路上，顾铭和郑才学两个人抢着说话。语言和语言碰撞在一起，像拳头和拳头怼在一起，像子弹和子弹尖对尖。谁的力量足，谁的当量大，谁就会进一步向前，另一个就只有退缩的份儿。两个人争得面红耳赤。

顾铭大声说："你这话不对！"

郑才学说："是吗？"低头沉思一会儿。接着，郑才学说："你的信息出处有误！"

顾铭不敢接话，喃喃地说："难道是我记错了？或者，我的老师没有经过考证，也是道听途说？"

俄尔，两人又拊掌大笑，啪地一双掌相击，郑才学转头摁住顾铭的双肩："哥哥！你到底高我一筹！"

顾铭大力把他双掌卸下："兄弟，你也不赖！"两人双手紧紧握在一起，纵声大笑，颇有惺惺相惜的意味。

郑才学说："一会儿吴卿那娘们也来，还带着孩子。今天弟弟替哥哥报仇！"

顾铭大摇其头："此言差矣！好男不跟女斗。何况她和我有主客之分，我是客，她是主，岂能以客犯主？"

郑才学说："哥哥怕了？"

顾铭怒不可遏，说："我怕过谁？"

到了特供团，离午饭还有一段时间，郑才学让特供团的后勤处处长带着一起转转。这里是 D 城的动物王国。大多数人去特供团，都是为了溯源而上，找寻产蛋的动物。特供团养殖的动物不下二十种，有鸵鸟，鸵鸟的祖先鹋鹋，还有梅花鹿、珍珠鸡、贵妃鸡、火鸡等。鸭子和鹅是散养的。鸭场旁边有一个水池子，鸭子吃完了食，或者下完了蛋，便三五成群，结伴在池边徜徉，一看到有人来，就争先恐后地扑腾到水里去了。

吴卿在一个年轻女孩的陪同下，带着孩子在池边赶鸭子。她的儿子五六岁，瘦瘦的。鸭场的围栏不到一米高，孩子非要进去拣鸭蛋，拗不过，她就把孩子抱起来放进去。他高高兴兴地跑过去，拣了一只鹅蛋。那只守蛋的鹅生气了，直着脖子追着他跑，一边追一边叫，孩子吓得哇哇大哭。那个女孩赶过去，把鹅赶走了。鹅尖叫着往前跑了几步，见人不来赶它，就远远站着，板着脸，盯着孩子手里的蛋。

　　他们走了过去。后勤处处长说，这个女孩是后勤处的助理员郭纪芬。她看上去大概二十岁，个子不高，圆圆的脸，两颊微微有些雀斑，一双大大的眼睛，睫毛很长，脑后梳蓬松的马尾辫，一件淡粉色的衬衣，浅蓝色牛仔裤。处长向大家介绍她时，她的脸红了，仍然彬彬有礼，微笑着向每一个人点头。

　　绕过养殖场，有一片梨园，穿过梨园，前面路旁有一个很大的铁笼子，形状像鸟笼，有四五米高，直径也有三四米。里面有一大一小两只猴子，较小的那只只有一只爪子。后勤处处长说，当年他们去买猴子时，本来只打算买一只，看到这只猴子只有一只爪子，动了恻隐之心。猴子的主人也说，把大的带走，估计小的也活不久，更何况它只有一只爪子，指望它也挣不上钱，干脆就半买半送吧。所以他们又加了一点钱，把两只都带了回来。一转眼五六年就过去了。

　　吴卿家的孩子特别喜欢那两只猴子，拿郭纪芬带给他的零食逗猴子玩。那只大猴子也很识逗，一会儿扒到笼子边上，一会儿又攀援到笼子的顶端，身子灵巧，行动迅速。大猴子吃东西很挑，吃两口就掼在地上，或者直接朝小孩扔过来，零食的残渣都掉到了笼子外面。惹得孩子哈哈大笑。女孩把掉在地上的零食一一捡起来，放在离小猴子比较近的地方。小猴子好像很怕那只大猴子，试探着要跳过来拿吃的，又迟迟不敢下手，试了好几次，见大猴子并不中意这些零食残渣，才欣然跳过来，用仅有的一只爪子小心翼翼取食。

　　向阳和老旦、小明、欣玥来过这里不知多少次。向阳记得，那时候这里还是一座专门用来储存火箭燃料的仓库，并非一个独立的团级单位；那时候天也很蓝，天空中一朵云彩都没有；那时候也有鸵鸟，也有鸸鹋，也有火鸡，但那时候没有猴子；那时候很多东西都没有，但那时候的乐趣好像比现在还多。那时候，他们也常常会回想遥远的过去，就像现在他回想那时候度过的欢乐时光一样。看到眼前的女孩，他忽然有些迷离，他想起了过去的那一刻，时间在这一刻仿佛停驻不前。眼前这一刻和记忆中那一刻都镶嵌在更久远更广阔的时间背景中。

　　处长说，D城能提供给孩子们的去处不多，到了节假日，特供团也对外开放，专门开设从D城发往特供团的班车，军人凭证件、家属凭D城的有效身份证件就可免费乘坐。首发站是D城礼堂，行程约十公里，时间大概半个小时。

　　吴卿叹了口气。

　　"我们被圈在笼子里，时间久了也就习惯了，可怜的是孩子。"她说，"特供团动物园的动物种类有限，大人们看一遍，大概没有人想来看第二遍。但这个动物园对孩子们的意义不一样，每次都仿佛是第一次来到这里，每次都是尽兴而来，兴尽而去。"——她抚着孩子的脑袋，孩子抬起头，一双又黑又大的眼睛无比清澈——"我儿子常常问我：'妈妈，咱们什么时候才能搬到一个地方呀？'我问什么地方呀？他说：'一个可以吃麦当劳的地方。'每次听孩子这么说，我心里都特别难过。我儿子今年六岁，什么也不懂，每天就在门口玩土，看着人心里难受。我不想让他玩土，可把他叫回去，你又能让他干什么？

"我今年35岁了。在城市里，到了这个年龄，工作中肯定都是业务骨干，人际网也织好了，正是大展鸿图的好时机。可在部队，我已经是不再年轻了，顶多再干两三年，就得考虑转业。即使你不想转业，单位也得赶你走。可是，我拖家带口，上有老下有小，到了城市里，又要开启全新的生活。我没有房子，工作岗位很可能也是完全陌生的。我真担心自己适应不了，可如果不硬着头皮去适应，又该何去何从呢？"

# 二十六

特供团备了满满当当一桌子菜，大雁、珍珠鸡、鸭、鹅一样不少，鸵鸟蛋、鸭蛋、鹅蛋、鹌鹑蛋样样俱全。禽肉都是家常做法，不适宜清炖，即以红烧为主，蛋类都是水煮。几个人喝了两瓶青稞金酒，便乘车返回。吴卿也带着孩子一起搭车，就不劳特供团再派郭纪芬带车去送了。

一上车，顾铭又是大发感慨。"真没想到，荒芜的戈壁滩上还有这样一座人间乐园，一座孩童的天堂！"他一边说一边啧啧赞叹，又拍拍郑才学的肩膀，"才学老弟，你孩子多大了？"

"我？"坐在副驾驶的郑才学没有回头，身子轻微地晃了一下，"呵呵，鄙人一人吃饱，全家不饿。你说鄙人孩子多大了？"

"小郑你也该考虑一下个人的事了。"坐在后排的吴卿接话很快，"你今年三十二了吧？在城市里你是钻石王老五，在D城你就是一个大龄剩男。再不出手，姑娘也都让别人挑得差不多了，剩下的怕也挑不出像样的了。呵呵呵呵——"她捂着嘴笑，声音是那么尖锐，在这狭小的空间里格外刺耳。

郑才学没有吭声，身子剧烈地抖动着。

"哎，特供团那个小郭怎么样啊？"吴卿伸手拍了一下郑才学的肩膀。正在他的肩膀上沉睡的灰尘蓦然惊醒，纷纷跳了起来，在空中飞舞。"咦！你这衣服多少天没洗啦？"——吴卿用手使劲扇动凑到鼻子和嘴巴跟前的灰尘——"脏死了！你也真该找个对象了！哎！你觉得小郭怎么样啊？我问了他们处长，小姑娘刚毕业，才二十二岁，长得也挺漂亮的，又懂事。不行我让后勤处处长给你介绍一下？"

向阳心里凛然一惊。他对那个女孩印象很好，听她这么一说，觉得年龄上的差距先不说，外在气质的区别也太大了。但是，爱情这种让人捉摸不透的东西，说神圣也很神圣，说庸俗也够庸俗。王八眼对上绿豆，又有什么道理可言？

"漂亮？哼——"郑才学瓮声瓮气地说，"再漂亮的女人，在鄙人眼里，也不过是一堆碳水化合物！"

"你这是对女人有成见呀。"吴卿有点愤愤不平。

"什么成见？鄙人对女人向来敬而远之，从无成见！"郑才学一字一顿，似乎有点咬牙切齿，"再说了，婚能随便结吗？鄙人以为，一个人一生只该结一次婚，所以一定要找准人。不过——"——他叹了口气——"世道不同了，人心不古！先结婚也行，结完婚不行了再离婚……"

"你——你这还叫人话吗？"吴卿气不打一处来，"我懒得和你说！你压根儿就没法跟人正常交流！"

"才学老弟！"顾铭语重心长地说，"我也不赞同你说的话。你遍读史书，应该知道，大到国家，小到家庭，都讲究一个稳定。怎样才能稳定？阴阳相合而已。所谓天地间，都属阴阳二气所生，或正或邪，或奇或怪，千变万化，不过阴阳顺逆。自古皇帝掌前朝，皇后理后宫。试问祸患如起于后宫，皇帝何能独断朝纲？经营人生和管理国家，责任虽有大小之别，道理却有异曲同工之妙。有了家庭，人生才是圆满的。我近来研究易学，更深信阴阳之理——"

"得得得——"吴卿打断他，"这些高深的大道理留着你们俩回到房间慢慢讨论，你明白告诉小郑，到了结婚的年龄就该找对象不就行啦？兜这么大圈子累不累呀？"

"话也不能这么说！"顾铭摇头晃脑，"徐志摩言：'我将于茫茫人海中求我唯一灵魂之伴侣……'这固然是书生的迂腐之见，但志同道合者组建的家庭总比临时拼凑的家庭生命力更为顽强。"

"谢谢二位！"郑才学转身，冲大家一抱拳，"你们的良苦用心鄙人知道，但鄙人也有言不由衷的苦处。唉，其实，不瞒你们说——"——他用他那独特而深厚的男中音轻声唱道——"情难自禁，我却其实属于，极度容易受伤的男人——"

郑才学唱歌，多多少少带有部队特色，调子不一定拿得准，但是嗓门绝对够高。懂得欣赏的人会认为他很有激情，不懂欣赏的人却觉得他在制造噪音。一曲未了，吴卿的儿子便双手捂住耳朵，大声喊道："我不要听！我不要听！吵死了。"

郑才学好不尴尬，不唱了。他清了清嗓子，似乎下了很大的决心，终于开始讲他的故事。

他在大学里交了一个女朋友，她比他低一个年级，是他的师妹。不管在哪里，师兄和师妹总是会擦出火花，而在大学里，他们相遇的地点也是千篇一律——图书馆。在故事里，师兄和师妹都有一个美好的开端，终了往往是劳燕分飞。电影《东成西就》里王祖贤扮演的师妹和张国荣扮演的师兄如此，小说《笑傲江湖》中的师兄令狐冲和小师妹岳灵珊也如此。这大概就是宿命吧。他说。

他签了国防生，毕业以后被分配到 D 城测量团。他费尽周折，甚至找到 D 城的最高军事首长，经过一番生动活泼、紧张有趣的演说，终于说动了首长，答应等他的师妹毕业时把她招过来。

师妹毕业以后，如约而来，也分在测量团。他带着她到政治处报到，又陪同干部干事把她护送到办公室。他巴不得让所有人都知道，这个女孩已经跟自己缘定三生。在现实面前，在各种荤素搭配的玩笑中间，师妹飞红了脸，低头默默不语，只一心捻弄自己的衣角。

她是他到手的猎物，他们的感情已经牢不可破。这么坚固的感情，让山盟海誓都相形见绌，难道还会有意外吗？是的。现实最终给出了肯定的答案。现实的残酷在于，它打了你的左脸，你转过脸去，把右脸暴露在它的面前，你以为会博得它的同情，可实际情况是，它无动于衷，反而再狠狠给你一记耳光。

师妹去了新训团军训。三个月中，一到周末，只要工作上能走开，即使走不开，他也会想办法找各种理由走开。他会骑上自行车，沿着柏油路穿过茫茫戈壁，骑行两三个小时，把最温热的方便面和最甜腻的巧克力送到她面前。师妹脉脉含情，在他的面前轻启樱桃小口，用最锋利的小门牙一小口一小口轻轻咬动巧克力。

他说："师妹，别舍不得吃，师兄的工资供得起你。"其实，师妹的工资并不比他低多少，但只要他们在一块儿，所有的花销他全包了。

师妹把吃剩的半块巧克力轻轻推到他面前，说："师兄你尝一点，特别好吃！"

他坚定地摇摇头："师妹，我看着你吃。你吃了，一样融化在我的心里。"

军训结束，她回到了单位。她晒黑了，也变瘦了，手都皲裂了。他抓起她的手，送到自己嘴边，用胡茬子轻轻触动。

"你看，你也不多用点护手霜，手都皲了。我不是给你买护手霜了吗？"他说。

"师兄你别这样！"她轻轻地把手抽回去说，"别人看见多不好！"

他一愣，说："别人？别人不是早都看过了吗？别人要是不嫌腻歪，就让他们多看几遍呗！也给这些光棍解解馋！哈哈！"

"我想……"师妹垂下头，声音小得只有自己才能听见，"咱们以后还是尽量保持距离——这样不好——我还是一个女孩——别人知道你对我这样子，我以后……"她不说了。

他如五雷轰顶，颓然向后倒去，"登登登"退了好几步。这是在室外的球场上，不是在办公室，身后没有椅子，他收势不住，一屁股坐在了地上。另一个球场上，正在打球的几个小伙子不约而同地把目光投向这一边。他屁滚尿流地爬起来，连屁股上的土都没有掸，跑了。

师妹果然另结新欢了。军训期间，她认识了一个男孩。他后来见过那个男孩，确实一表人才，梳着分头，鼻子上架着一副金边眼镜，又高又瘦，人长得白净。他自惭形秽，表面上祝师妹与梦中人白头偕老，背过身却一口唾沫吐在地上，骂那个男孩长得像汪精卫，一看就不是好人！这话有错吗？没错！戏里就这么演的，白脸的都是奸臣！

师妹很快就调到 D 城主城区的一个单位，进技术室当了工程师。师妹走的那天，他也走了。他一个人在茫茫戈壁上漫无目的地乱走，他不知道自己要到哪儿去，也不知道自己要走多久。他就这样一直不停地走，不停地走，直走到日落西山，走到夜幕四合，按他的想法，他要走到天之涯、海之角，走到那两块古往今来有多少对情侣海誓山盟的石头跟前，他要问一问，它们见证了这么多盟誓的情侣，究竟有多少对"执子之手，与子偕老"？如果两块顽石明知道这个誓言未必应验，为什么不当场戳穿这哄人的把戏？

天越来越暗，四周一个人都没有，连动物的叫声都听不见。他的心里有点发毛。都说戈壁滩有狼，不知是真是假？可是，现在只能硬着头皮往前走了。他筋疲力尽。也不知道过了多久，远方有两束强光直射过来。他遮着眼睛，无法直视，心里到底还是有些害怕。《聊斋志异》中不是有一篇《花姑子》吗？书生夜晚迷路，忽见灯光，以为有灯火处必有人家。谁知道那是一条巨蛇，双眼如灯，最后书生差点惨死在蛇的手里，幸好有情人舍命相救。想起来真吓死人了！是不是自己也遇上蛇妖啦？

灯光越来越近，渐渐听到汽车的轰鸣声。原来，单位的人见他终日未归，担心出了意外，连夜四处找寻，总算把他找到了。领导知道他的爱情发生变故，也没有训他。他此后好几天没有上班，也没有人记他缺勤。

唉，一晃十年过去了。如今的师妹，不仅已经嫁作他人妇，且已"绿叶成荫子满枝"了。

"你们说，这样的爱情都靠不住，还有什么样的爱情能再次打动鄙人？"他转头问他们，泪光盈盈。"'问世间，情为何物，直教生死相许？天南地北双飞客，老翅几回寒暑。欢乐趣，离别苦，就中更有痴儿女。君应有语：渺万里层云，千山暮雪，只影向谁去？'呵呵，'但见泪痕湿，不知心恨谁？'呵呵呵——"他不知在笑还是在哭，听着让人毛骨悚然。

"你又来！说着说着又没有正经了！"吴卿白了他一眼，把孩子紧紧搂在怀里，"别怕，宝宝，叔叔又犯病了。"

"哈哈！'别人笑我太疯癫，我笑别人看不穿'。我不跟你一般见识。"

"我也是为你好，你爱听就听，不爱听就拉倒。"

"同样的话，经你的嘴一说，就变得不堪入耳。鄙人也是掏心窝子给你说几句话，你就来一场瓢泼大雨！切——"

"你看看 D 城每年能招几个女军人？你还不着急，别人挑剩下的都轮不到你！"吴卿边哄孩子边说，"工兵团就是有名的'和尚团'，找个对象你知道有多困难？——对了，小向在这儿，你问问他。是不是，小向？"

"对对对！"向阳赶紧点了点头。

"逗你玩呢。"吴卿扑哧一笑，"你一个小毛孩子，懂个啥？"

# 二十七

下午参观新发射场、航天员接待站、D城历史展览馆。历史展览馆中午不开馆，航天员接待站和新发射场的战士也要午休。他们先送顾铭回房间，向阳和郑才学又把吴卿和孩子送回家，向阳再送郑才学回宿舍。两人宿舍楼相邻，郑才学说，喝完酒多说话，有助于解酒。两个人中午也没睡觉，郑才学打开话匣子，滔滔汩汩倾泻了一个多小时。看着时间差不多了，又把车要过来，直接去D城宾馆。顾铭有睡午觉的习惯，中午又沾了酒，一觉睡到下午三点。起床以后，直接去新发射场，约二十分钟车程。郑才学呼呼大睡，鼾声雷动。到了新发射场，叫也叫不醒。顾铭说，算了吧，让他睡会儿，他也累。

新发射场所在单位早就安排了一位营长，带着他们先到垂直总装测试厂房。测试厂房高九十三米，是亚洲最高的单体建筑。火箭箭体都是在这里完成吊装，飞船或者卫星也是在这里组装测试。这是一项浩大的工程。一切安排就绪，火箭矗立在活动发射平台上，经由转运轨道，垂直运输到发射塔前。临发射前再加注燃料。厂房距离塔架1.5公里，运输时间差不多要三个小时。

新的发射塔高一百零八米，塔内有防爆电梯、航天员逃逸滑道等设施，以备不时之需。发射塔架上设有固定平台和可升降的工作平台，供科技人员对飞船、火箭进行发射前的最后测试、检查。

顾铭感慨了半天。说，新的发射塔无疑令旧发射塔相形见绌，但旧发射塔作出的贡献却震惊了世界，没有它，中国的航天事业也无从腾飞。顾铭拍着几个值勤战士的肩膀，十分动情地说："小伙子们，好好干！你们身在其中，不知道你们从事的是一项多么伟大的职业！"又和营长握手，并留了电话，告诉营长到北京一定要找他，他给营长介绍几个北京的朋友，让营长给他们好好上上课。

"人要知足！他们是身在福中不知福呀！"顾铭最后说。

到了航天员接待站，顾铭兴致顿无，到房间里走了一圈就出来了。站长给他介绍门后航天员的签名时，他说："这有什么好看的？他们我都熟，想要签名随时找他们。"出门时，扫视了一圈，说："真没想房间这么小，床也小，大个子都躺不下。"

他们紧接着走进会见大厅。会见大厅是一座圆形建筑，有一条狭长的通道把接待站的客房和会见大厅连接在一起。站长请他坐到航天员坐过的椅子上照相。

"不照啦！"他说。

一道玻璃墙从地板延伸到天花板上，和会见大厅的墙壁围成一个椭圆形独立空间，航天员出发时就在这里和国家领导人告别。玻璃外面是国家领导人站立的地方。大约执行任务前五小时，航天员从客房走过这个狭长的通道，从侧门进入这个独立空间，与国家领导人告别。国家领导人站立的地方，地上都做了标记，最前排地上贴着乒乓球大小的圆形红纸，上面印着一个黄色的"1"。顾铭扫视了一圈，目不转睛地盯着地面最前排的数字，啧啧叹道："这个位置好！"

到了历史展览馆，郑才学还在睡觉。向阳到值班室登记完毕，陪着顾铭进去。展览馆前厅陈列着在 D 城发射的大型卫星、飞船模型，这就是所谓的中国航天史上的十个第一——第一枚地地导弹、第一次导弹核武器试验、第一颗人造卫星、第一颗返回式卫星、第一枚远程运载火箭、第一次"神舟"号飞船试验、第一次载人航天试验等等。顾铭简单看了看，就沿着导引标识往前走。展览馆的信息资料非常完备，从五十年代到如今，历史脉络十分清晰，且保留了很多第一手历史资料。顾铭走马观花看了几眼，说："各地的展览馆都大同小异嘛。"很快就来到最后那一组照片前——D 城历任军事政治主官放大的头像，照片中的人一身戎装，精神抖擞。他指着照片上的几个人，"这个我认识，这个我也认识。"他兴奋得脸颊泛红，仿佛他们是他在异乡邂逅的久违的老友，他目不转睛，兴致勃勃地说："这个首长在北京工作时，我们经常一起喝酒。真没有想到，他干了这么大的事业！"

参观完上车，郑才学终于醒了。"班长，走！发射场！"他冲着司机大声嚷嚷。大家都嘿嘿笑，默不作声。"怎么？难道你们去过了？"他瞪大了眼睛。

"老弟你这一觉睡得好！你安排的景点，我们全都去过了。晚上在哪儿吃饭？"顾铭看了一下表说，"还不到五点，是不是有点早？"

郑才学讪讪的，说："晚上请你到 D 城水库，品尝全鱼宴。既然时间还早，就去坐坐船也行。恰好吴干事想带儿子坐船。"

向阳给吴卿打电话。她说，她这会儿在农场，文场长恰好也在，晚上陪着一起到水库吃饭。先到农场来吧。

到了农场门口，有两个战士迅速跑过来，一前一后打开车门，立正、敬礼，顾铭颔首微笑，和他们分别握手。战士的双手紧紧握住顾铭伸出的右手，很久才松开，然后领着他们直接去了牛奶加工间。

场长远远迎上来，把他们领进牛奶加工间。吴卿和孩子正在喝酸奶，场长给他们每人拿了一盒酸奶，插上吸管。顾铭喝了第一口就连声称赞，说是口感非常好，比在大超市买的要好喝。场长非常高兴，给他们一一介绍牛奶、酸奶的加工程序，声称切实做到无污染、纯绿色。农场有奶牛两百多头，基本能满足 D 城军民的日常用奶需求。

参观完奶牛场，又去了猪场。猪场大门正对着的是一条笔直的路，两边都是猪舍。右边最前排的猪舍单独隔出来一间。战士带着他们走进去参观。这一间猪舍相当豪华，都是粉白的墙面，里面也非常干净，几乎没有什么臭味。有十几头体形健硕的肥猪，体重大概都在三百斤以上，整整齐齐排成横队。战士走进去，拿搅猪食的钢筋分别在每头猪的后腿上敲了一下。那十几头猪哼哼着，吃力地扬起前腿，先把一条前腿搭在食槽上，又把另一条腿搭在食槽上方的栏杆上，随后另一条腿也跟着搭上来。

顾铭不由笑了，说："猪也能被驯化！小伙子本事不小啊！"

那个战士得意地笑了。

顾铭又问："这些猪什么时候杀？"

战士一本正经地说："首长，这些猪不能杀！"

"为什么？"顾铭愕然。

"把它们杀了，你们来看啥？"

顾铭一愣。场长立即狠狠剜了战士一眼。战士低下头不敢吭声了。

出发去水库餐厅时，顾铭和吴卿及孩子坐场长的车。一个战士把一提兜酸奶放到了后备厢。郑才学和向阳坐一辆车。郑才学一上车就破口大骂："奶奶个熊！看来我们吴大干事又缺奶了。呵呵呵，一会儿给文大场长建议一下，直接给吴大干事配一头奶牛，想喝的时候，就像《废都》里的庄之蝶，直接钻到牛肚子底下喝新鲜的，哈哈——"

远远就看见水库了。如果从高处鸟瞰，东风水库处在戈壁滩包围之中，犹如明亮晶莹的眼睛，湖面微微荡漾，正如眼睫毛上下不停眨动。极目远眺，湖面是灰色的，微微泛绿，一眼望不到头。远处浅水滩上，有一群鸭子在嘎嘎叫，来回追逐戏水。码头上有几个人在悠闲地钓鱼。场长带着大家从他们身后走过去。

有几个人站起来跟场长打招呼："老文，又来视察啦？"

"场长，这次没给你打招呼，不好意思啊！"

场长大踏步从他们身后走过去。"没事，你们忙你们的！"他摆摆手说。

码头有两艘游船，一艘新的，一艘旧的，每艘大概能坐二十个人。新的那艘舱里设有雅座，上面还有一个观景台。船体有三个大字——"江南号"。快艇和"江南号"游船在劳动节、国庆节，也售票。在这方狭小的天地，孩子们缠着大人，让他们陪着自己一起开动脑筋，挖掘属于自己的快乐，尽力把童年装扮得同外面的世界一样缤纷多彩。有时候顾客太多，拿着钱也买不上票，只好找内部人员打招呼。在 D 城就是这样——钱绝对不是万能的，没有钱也并非万万不能。很多事情，花钱不一定能摆平，但托人情就可以轻松搞定。

这也是向阳、老旦、欣玥、小明的乐园。在 D 城，大家抬头不见低头见，看谁都脸熟。老旦天生有过目不忘的本领，乘船玩过几次之后，把战士们的名字都记住了，"李班长、王班长"张口就来，管船的战士一时半会儿想不起来什么时候见过他，见他对自己如此熟悉，料定又是某个领导的孩子，乐得免费搭载一程。

他们上船坐下，战士送来水果和饮料，还有一些农场特有的蔬菜——五彩西红柿和乳瓜。西红柿只比鹌鹑蛋略大，有绿的，有红的，有黄的，还有红黄相间的，真正五彩斑斓。小乳瓜吃起来又脆又甜。顾铭又是赞不绝口，认为比北京的苹果好吃。他的兴致极高，胃口也好，一口气吃掉了三四根乳瓜，又抓起两三个小西红柿，全部丢进嘴里。西红柿的鲜嫩的汁子顺着嘴角流了下来，他用手背抹了一下，继续大嚼大咽，似乎吃进嘴里的不是蔬果，而是热腾腾香喷喷的大肉，嘴角流出来的是鲜美的肉汁。

场长见客人吃得高兴，自己也高兴，话渐渐多了起来。他说，这个水库原来叫作"五一水库"，1960 年 4 月开建，花了两年时间才建成。水域面积约 8.5 平方公里，库容量约 1800 万立方米。早期的水库是东风人一镐头一镐头挖出来的。那时候还没有几部像样的工程机械，主要靠肩扛手刨，硬是以双手完成了不可想象的艰巨任务。现在的人恐怕很难想象，当年几千人舞着铁锹和镐头，在戈壁滩挖水库的壮观景象。但这都是真实发生过的。到了二十世纪八十年代，又有过一次大规模清淤，全民皆兵，赤膊上阵，据说曾经清出过一米多长的大鱼。

水库水多，蚊子也多。尤其到了晚上，蚊子全家总动员，疯狂扫荡地面的有生力量。那些执着的渔民，不得不在酷暑之中把自己裹得严严实实，只露出两个眼珠，甚至眼珠也要藏在镜片后面。傍晚，水库边上渔民队列整齐，秩序井然，在静谧的夜里，放竿，收竿。有人满载而归，有人守了几天几夜，依然颗粒无收。但是，他们各有各的乐趣，你无须羡慕他的灿烂，他也不会嘲弄你的寂寞。

餐厅就在水库边上。登岸后进到餐厅，一桌别开生面的全鱼宴渐渐铺陈开来，凡是美食能用到的烹饪方式，清蒸、红烧、油煎、水煮，都有机会大显身手。凉菜有凉拌鱼皮、煎炸小鱼等，热菜有爆炒鱼肚、红烧鱼块、腊鱼尾、红烧鱼头等，汤有鱼丸汤，主食是鱼肉馅饺子。鱼身上除了腮之外，其他部位都不嫌多余，尽力给现有食谱继续添砖加瓦。光一个鱼头，十寸的盘子都摆不下，而鱼肉馅的饺子，在东风找不出第二家。顾铭大快朵颐，连呼痛快，频频举杯。

"老文，咱们兄弟俩谁年长？"顾铭搂着场长的肩膀问。他两个头差不多，发型也像，体形上场长更敦实一些。

"我属牛，今年四十四。应该是我大吧？"

"那你比我小多了！"顾铭略显尴尬，"我属兔，整整大你十岁！你是弟弟，哈哈，喝酒喝酒！"

"呵呵，戈壁滩上的人都长得有点着急！你们大城市的人要多担待！"场长自我解嘲。

"正团几年了？"

"四年啦！船到码头车到站啦。"场长悠悠地说，"再坚持两年，把孩子送出去，我也就该'向后转'，准备自主择业啦。"

"把孩子送出去？是指考大学吗？"顾铭一脸诧异，"你该上班就上班，想转业就转业，跟孩子有什么关系？"

"这也是我们Ｄ城的一大特色啰。"吴卿接话道，"我们有自己独立的幼儿园、小学、初中、高中，都是部队内部管理。Ｄ城官方有个规定，夫妻双方只要有一方是军人，转业时，如果孩子已经读到高一，就可以在Ｄ城考点参加高考；如果读高二，就可以考某名校的预科班，用一年时间补强基础，第二年进入大学一年级学习，毕业后一样可以拿名校毕业证。或者，也可以报考军内子女大专班，就是上军校。预科班和大专班的录取分数都比较低，一般比二类本科录取线低30%左右。这也算是一项照顾性政策。大家都想沾政策的光，我也想坚持到把孩子送入大学再转业，可惜我孩子太小了，我怕熬不到那一天……"

"哦，明白了。"顾铭说，"这一点我同情你们，当然，也更敬重你们！来，我敬你们一杯！"——说着端着酒杯站起来，和大家一一碰杯——"你们知道吗？在北京，家长们都在琢磨怎么把孩子送往国外。但在这里，你们想的却是怎样把孩子送进大学。同一个世界，不同的地域，差别太大了。"

"这就是格局！"郑才学又喝得满脸通红，煞有介事地说，"领袖已经下了结论——'人有多大胆，地有多大产'。格局将决定你想象的空间。"

# 二十八

星期一早上七点半，火车从D城准时发车。这列火车只有两节卧铺车厢，工兵团已经提前给顾铭、郑才学、向阳三人安排好了铺位。随行有一位姓祝的工程师，他在铁路沿线各个驻点总共干了二十三年，向有勇退休前一年把他调回机关。谁知这人倔得很，逢人就说机关工作就是坐在办公室玩文字游戏，编一些连自己也不信的鬼话，背后没少对人发牢骚。弄得向有勇哭笑不得。等到魏君肃履新，又把他下放到基层。这次他恰好坐这趟车返回驻点，单位便安排他给顾铭当向导。

D城有个不成文的说法：虽然大家都是兄弟部队，但因为工作分工和性质不同，自然也要区分三六九等。习惯上，雷达、遥测、光测、通信、发射等与试验任务关系密切的单位被尊称为"一线"，后勤单位与勤务保障单位则被纳入"二线"。工兵团是典型的"二线"单位。工兵团这条铁路与D城同龄，横亘在戈壁滩上已经有半个世纪。我国发射的第一枚导弹、第一颗卫星、第一枚运载火箭、第一艘试验飞船等等，都是由这条铁路运送到发射场的。

列车运行会造成钢轨变形，存在安全隐患。在铁路沿线驻守的部队，主要承担巡道工作和铁路日常维护。另外专门有人负责对钢轨作探伤检查，更换有损伤的铁轨。这是一门技术活。祝工程师接手这项工作以后，带着三个战士，背上干粮和水，推着超声波钢轨探伤车，一毫米一毫米向前推进。他们一天大概只能检测十公里，晚上一般就近宿在沿线的驻点。现场工作中，不确定因素很多，错过饭点是常态，甚至有时候不得不在戈壁滩上露宿。还有，天气是他们最大的敌人，他们经常遭遇沙尘暴。沙尘暴有时候非常吓人，戈壁滩上又没有遮挡，刮得人都站不稳。有一次，一个巡道的战士被沙尘暴卷走了，最后在三十五公里之外，被一名当地群众救起。现在一说到这事，那个小伙子仍然惊魂未定，有点劫后余生的意味。好在祝工程师沿着这条铁路走了二十多年，还没有被卷走过。粗略计算，这些年他大概走了有四万两千多公里。他近乎完成了三个半红军长征，这是他一辈子的荣耀。他说。

"你一定非常喜欢自己的工作啰？"顾铭低着头，在笔记上飞快地记录。

"说不上。"他不停搓着双手。

"不喜欢怎么能在一个岗位上干这么久？"

"咋说呢？"他搓搓衣角——上面有点油渍，沾了沙尘，脏兮兮的。"打个比方吧！我老婆是我们老家的，我俩是别人撮合的。结婚以后，差不多有十年，一直都是两地分居，一年到头，两人在一起的时间也就一两个月。我在点号工作，她随军以后，我没有两地分居假，在一起的时间好像比原来还短。路远是一方面，另一方面，在部队和一群光棍待习惯了，老爷们心里敞亮，不像女同志，小肚鸡肠，啥事都计较，有事没事就拿些东家长、西家短的事斗嘴，我听着就来气。孩子又小，不是哭就是闹，我又不会哄，烦得够呛，还不如周末待在连队，和战士们打打牌呢。嘿嘿嘿……你看，我的生活就是这样子。我结婚二十年了，从来没有对老婆说过一次'我爱你'，说不出口！对我老婆，我说不上喜欢。如果上天给你一个机会，你愿意重新选择一个老婆吗？有的男人可能愿意，但我不愿意，而且也没往这方面想过。说不定娶个年轻老婆，还不如现在过得自在呢。那工作呢？我想，工作也是这个道理，你换一个工作，就一定比现在好吗？"

他摸摸上衣口袋，又摸摸裤子口袋，摸出一盒七块钱一包的红兰州烟，把烟盒倒过来，在手心磕了两下，几支香烟的黄色滤嘴从烟盒里探出了头，他抽出一支送到嘴边，叼上，又把烟盒送到顾铭面前，"首长，来一根！烟不好，嘿嘿——"顾铭说不要，他又递给郑才学。郑才学抽出一支叼上。又送到向阳面前，向阳摆手不要，他就把烟收起来了。郑才学掏出打火机，自己点着，又给他点上。他吧嗒吧嗒抽了几口。"其实，我们上一任团长也跟我谈过话，要调我回来。我没同意，谁知道他就直接把我调回来了。你说这人——"——他抽烟的频率明显加快——"再大的领导，你也不能这么干吧？"

"领导也是为你考虑。"顾铭说，"这工作不容易干！年龄大了，换个清闲地方养老，也是对的。"

"为我考虑就应该尊重我的意见！驴不喝水还能强按头？"他瞪大了眼睛，黑黝黝的脸变成了黑红色。嗓门也一下子提高了，把顾铭和郑才学等人吓了一跳。"我是他接过来的兵，多少年的关系了！他对别人可以滥用职权，对我就不行！你们知道吗？我在机关工作了一个多月，回家跟老婆干了好几架。这还不都是因为他？这个老向，让我怎么说呢？不过，老向这人能力水平不见有多强，但有一样优点——不贪！"

向阳惊讶得瞪大了眼睛。他没有见过祝工程师，估计祝工程师也没有见过他，否则，祝工程师应该不会当着儿子的面说父亲的不是。祝工程师讲这番话时，顾铭手托着下巴，脸上毫无表情，显得非常严肃，郑才学却用一种很奇怪的眼神时不时看向阳儿眼，似乎想笑，却忍住了没有笑出声。向阳觉得他还不如笑出来，这种忍俊不禁的样子更像是种侮辱。假如父亲听到这番话，不知将作何感想？想到这里，向阳不由一阵悲哀。他记得父亲退休的时候曾经说过，他在工兵团三十年，最引以为豪的，就是为基层办了一些实事，尤其是大大改善了铁路沿线部队的居住环境和饮用水，解决了部分官兵与家人两地分居的难题。从父亲的立场来说，他肯定觉得自己是对的，但是，你不能指望所有人都说你好。其实，不光是父亲，包括任何一个人，都别想赢得所有人的赞美。甚至有时候，赢得一个人的赞美都是那么困难——尽管你觉得已为他倾其所有，可是，他并不领情。因为你辛勤付出换来的，也许并不是他所需要的，它在他眼里的价值等于零。更何况，父亲这个人一向刚愎自用，从来都听不进去别人的意见，他高高在上，随心所欲地进行赏赐，这些东西，本身又有多大意义和价值？

车到了第一个驻点，他们下车了。驻点一个干部带着两个战士，推着三轮车，把他们的随身行李装上，带着他们前往驻点。从硬座车厢下来两个穿军装的年轻小伙子——这是工程师三人团队中的另外两个人，祝工程师安排他们去拿探测装备。祝工程师与顾铭一行简单告别后，马不停蹄，带领团队整装出发了。

这个驻点有个大院子，七八间营房，中间是半个篮球场。院子周围稀稀落落地栽了几棵树，院子后面是一块菜地。这里有一个年轻的少尉，带着三个士官和三个义务兵。一日的生活很简单，早上起床，一个士官带着一个义务兵准备早饭，其余几个人或队列训练，或绕着院子小跑几圈，然后回去洗漱、吃早饭。吃完早饭休息半小时，一个士官带着一个义务兵去巡道，沿着铁路一直往前走，一边走，一边检查铁轨是否有故障，顺便把散落在铁轨中间的石头、垃圾清理干净。一直走到下一个驻点，跨过铁路，沿着铁轨另一边原路返回。一来一去大概需要三个小时。回来恰好赶上吃午饭。没有巡道的几个战士，由军官带着去菜地干活，种一些常吃且易于生长的蔬菜，比如辣椒、茄子、西红柿、小白菜。夏秋季节，这些菜都吃不完，可到了冬天，驻点战士的餐盘里很难见到绿色。火车从 D 城带过来的，主要是主食、调料和一些肉类，蔬菜很少。大多数驻点陆续配了冰箱，但仍有一些驻点没有冰箱，肉类和菜蔬都是自然存放，偶尔变质是免不了的。好在驻点的战士大多数都是些农村兵，家境不见得好，大鱼大肉供着已经谢天谢地了，何况肉食还没有腐烂得难以下咽，不至于吃坏肚子。

今天的小炒肉明显不够新鲜，厨师又是自学成才，一抬手，半瓶酱油差点倒个底朝天。他又信奉好厨子一把盐的黑暗料理哲学，谁知他个头不高，但手掌奇大，一只手轻松抓一只篮球。他也知道自己手大，把盐抓在手里，又抖了抖，细小的盐粒像漫天飞雪一样从指缝滑落，他这才把剩下的盐撒进锅里。可这道菜的含盐量已经严重超标了，用土话说，打死卖盐的了。这些战士们习惯了厨子的重口味，倒不以为然，一个个吃得津津有味。郑才学端起菜送到嘴边，咧着嘴，一副嫌弃的表情，到底还是吃了。顾铭眉头紧锁，忽然问双手放在膝盖上、迟迟没有动筷子的厨师："小伙子是山东人吧？"

小伙子坐直身子，一下子睁大了眼睛，兴奋得脸都红了，说："首长，你——咋知道的？俺济宁的！"

"吃出来了。"顾铭冷冷地说。

这一顿饭吃得不愉快。大家都看出来了，厨子也看出来了，他知道首长这时候一定惜字如金，"表扬"已经不是暂时迟到，而是永久缺席了。他战战兢兢地坐了一会儿，也不敢动筷子，刚好少尉吃完了饭，他赶紧端着碗进厨房盛饭去了。盛完饭，又去端了一盆西红柿鸡蛋汤，然后就回到厨房，再也没有露脸。

吃完饭，少尉带着顾铭等人先参观了战士宿舍。宿舍有三十多平方米，很简陋，水泥地面凹凸不平。里面摆了四张高低床，被子都是标准的"豆腐块"，三张下铺床上的被子已经洗得发白了，一看就知道是三个士官的。床底下，刷牙缸子、军用皮鞋、迷彩鞋、拖鞋一字排开，摆得整整齐齐。牙刷头朝上，靠着牙缸右侧，牙膏则靠向左侧。从宿舍出来，少尉又带着他们去菜地。菜地有一亩大，几个战士撸起袖子在那里干活。顾铭背着手走过去，他们都放下工具，立正站立，异口同声地喊"首长好！"顾铭摆摆手，颔首微笑。

也没有什么可转的地方。顾铭提议到下一个驻点去。可是没有车，少尉就安排一个士官骑着三轮车，载上行李，让顾铭坐在行李上，郑才学和向阳跟在后面。士官骑得很慢，向阳勉强还能跟得上，郑才学跑得上气不接下气，汗水把迷彩服都湿透了，裤腰带也跑松了，浮在肚脐眼上一上一下。

"妈呀！我们这是要去飞夺泸定桥呀！"他说。

顾铭忍不住，笑着说："老弟，你别把裤子跑掉了。"

"不怕！"郑才学气喘吁吁地说，"在戈壁滩上裸奔不违法。我的这一副家伙什儿兄弟们都齐全，没人稀罕！是不是，班长？"

骑三轮车的士官回头笑笑，没有吭声。

下一个驻点与这个驻点并无两样，六七个人，三五间房，一两亩地。当然也有不同，这个驻点连三轮车也没有。顾铭看了大摇其头。驻守的战士介绍说，他们这儿算是条件不错了。下一个驻点只有一名战士，是个三级士官，他的妻子带着孩子长期陪他住在这里。顾铭听了，坚决要求到下一个驻点。那个战士只好推上三轮车继续赶路。

两个驻点之间没有公路，战士推着三轮车，沿着铁路一步一步往前走。下午三四点钟，烈日如火，炙烤着铁轨和沙地。茫茫的戈壁滩上没有树，甚至也没有草，只有一些零零星星的土黄色骆驼刺。脚踩在沙地上，连鞋都要被融化了，裸露在外的皮肤被晒得生疼。几个人都是大汗淋漓，彼此交流着绝望的眼神，连说话的力气都没有了。

走了一个多小时才到达驻点。这个驻点只有三四间屋子，屋前有几棵树，都被一圈矮矮的砖墙围在里面。有两棵树中间扯着一根细铁丝，铁丝挂满了花花绿绿的衣服，其中一棵树的树干上挂满了玉米，地上有晾晒的辣椒、豆角、茄子。一个晒得黑乎乎的小孩，上身只穿着一件大红色的短袖，光着屁股满院子乱跑，他高声阔气地叫喊着，为自己跟跄的步子助威，鸡嘴似的小鸡鸡轻轻晃动着。此情此景，看上去更像是一户农家，而非军营。

这名军嫂才二十出头，穿得花里胡哨，两个脸蛋红彤彤的。一见来了生人，连额头也变成红色了。士官穿了一条迷彩裤，上身套着一件黑色 T 恤。他抬手准备敬礼，大概是觉得自己穿着便装，有点不合适，又把手放下，双手不停地**揉搓裤缝**，手指尖微微抖动。

军嫂准备的晚饭也很简单，洋芋糊糊面，一碟拌黄瓜，一碟拌洋葱。她有点不好意思，解释说是这个驻点小，每周三火车才会送一点菜。碗也只有四个，顾铭他们四个人吃，士官坐在旁边看。大家都饿了，一人吃了两碗面条。军嫂刚给这个盛好，那个又吃完了。跑前跑后，忙得不亦乐乎，孩子也跟着跑，不小心绊倒了，哇哇大哭。她抱着哄了一会儿，孩子还是哭。军嫂气得用一只胳膊把他夹在腋下，照着光屁股蛋子狠狠打了几巴掌，孩子哭得更厉害了。军嫂抱歉地笑笑，抱着孩子出去了。

顾铭不知道这儿只有四个碗，一边往嘴里扒拉面条，一边说："小伙子，你也吃呀！别跟我们客气！"

士官红着脸说："首长，你先吃。等你们吃完我再吃。"

吃完饭，送他们的士官推着三轮车回去了。顾铭问起这名士官工作和家庭的一些情况。他嘿嘿笑了，放下碗，来回不停地搓动双手。

"说啥呢？我就是一个普通战士，一天到晚也就在铁路上蹓弯，好像也没有什么好说的。"他说。

"介绍一些你自己的情况。你爱人什么时候来部队的？"顾铭问。

"快两年了。"他说，接着陷入沉思，足足有两三分钟，这才抬起头，坐直身子，双手放在膝盖上，收敛笑容，换上一副严肃的表情。

"报告首长，我叫王宏业，男，甘肃庆阳人，现年二十九岁……"

他慢慢打开了话匣子。他守护这条铁路已经整整十年了。之前，他们这个驻点有三个人，四年前，有两名战士换到别的驻点去了，这里只剩下他一个人。他养了一条狗。早上，他煮上两包方便面，再加两根火腿肠。给自己盛一碗，再给狗盛一碗。吃完饭，收拾停当，他就背上工具包，扛上铁锹，带着狗一起巡道。顾铭要看他的工具包。他出去拎进来，里面是铁锤、扳手、道钉。他解释说，这些东西是维修铁路用的，之所以扛着铁锹，是清理风刮到铁轨上的沙子。

他背着工具，带着狗沿着铁路一直往前走，直到碰上下一个驻点巡道的战士，双方交换巡道牌，他再沿着原路返回。中午就搞上两个菜：一荤一素。把米饭和菜拌在一起，他一碗，狗一碗。无聊的时候，就跟狗说说话。狗一听到他说话，就端端正正地蹲在他面前，时不时汪汪叫上两声，好像能听懂他的话。一个人，一条狗，相依为命，倒也不嫌寂寞。

可是，有一天他午睡醒来，发现狗不见了。他慌了，每年都有新兵蛋子吃不了苦，想各种办法当逃兵，有假装喝农药的——其实喝的是洗衣粉水，有装病的，有信佛教的，还有人晚上偷偷往外跑，但戈壁滩那么大，又没有路，黑咕隆咚哪里是尽头？人都跑不出去，狗又能比人聪明到哪儿去？他沿着铁路往下一个驻点走，走出十几公里，没有找到狗，只好回来。天黑了，院子里空荡荡的，连个鬼影也没有，他的心里也空荡荡的。他一个人躺在床上，夜静得一丝声响都没有，他的心里有点发毛，翻来覆去睡不着。好不容易挨到第二天，早饭也没有吃，就出发去巡道。巡道结束，他又沿着铁路，朝另一个方向出发，去找他的狗。天天如此，整整找了半个月，连一根狗毛都没有找见。

"这个死狗，竟然比人还耐不住寂寞！"他苦笑了一声。

大概半个月后，三十多公里外的另一个驻点的战士，巡道结束返回，一路捡石头玩，拣到了几块沙漠玫瑰石，很漂亮，他就离开铁路，一直往前面的山跟前走，希望能有意外的收获。他在离山不远的地方发现了那条狗，它已经死了。在茫茫的戈壁滩上，一只鸟都飞不出去，更何况是一条狗？

后来，团领导大概也是考虑到，像他驻守的这种单兵驻点，生活很不方便，决定组建夫妻维护点。他跟妻子商量，她竟然愿意过来，于是就迅速办理手续。一个多月后，妻子拎着大包小包，背着一岁多的孩子就来了。她来了以后，两人日出而作，日落而息。妻子从老家带过来一些蔬菜种子，两个人就在院子后面开发出一小片菜地，种上了黄瓜、西红柿、茄子、辣椒、豆角、卷心菜。蔬菜成熟的季节，他们一家人吃不完，巡道的时候还给别的驻点也带一些。

孩子闹了一会儿，睡着了。军嫂把他放在另一个屋里，进来收拾碗筷。顾铭问她在这里是否习惯，生活上有什么困难。她说："习惯是习惯，在老家也是种地。就是孩子一天比一天大，在老家，人家都把孩子送到幼儿园去了。可在这里我往哪儿送呀？也没有小孩子陪孩子玩，他都快三岁了，除了会叫爸爸妈妈爷爷奶奶，话都不会说。我想——"——她憨憨一笑，看了一眼端端正正坐在一旁的丈夫——"我想带孩子回老家上学。可是，我们娘俩一走，把孩子他爸一个人留在这儿，谁给他做饭吃呀？衣服脏了谁给洗呀？嘴闲了谁跟他谝闲传？他又不抽烟！"

# 二十九

顾铭不愿意在驻点久留，跟郑才学说了。郑才学让向阳给单位打电话，得知第二天早上十点半有轨道车经过。于是他们决定第二天乘坐轨道车前往下一站。

军嫂安排他们休息。被褥也不齐全，只好把他们小两口的被子匀出来一床，军嫂换了一床新洗的被套，又翻出两床旧褥子，铺了一条干净的床单，还有两件军大衣，权且当作被子。大衣只能盖到膝盖以上，戈壁滩昼夜温差大，脚丫子露在外面，凉飕飕的。周围一片死寂，连虫鸣声都听不到。顾铭嫌太安静，睡不踏实，拉着郑才学聊天。他说，这才是体验生活呀。睡到这个硬床板上，他就想起上中学那会儿闹"文革"，自己也跟着全国搞串联，常常吃不饱，睡不好，就跟这几天的日子一样。但那时候豪情万丈，心思压根儿就没放在吃喝上，浑身上下都有使不完的劲儿。干事业就需要有这个劲头。这几天的生活虽然苦，但他觉得自己的心还是年轻的。他一个人叽叽咕咕，只顾着自己说话，郑才学听得不耐烦，白天又出了一身臭汗，累得四肢酸软，听着听着就鼾声渐起。顾铭还在唠叨，郑才学翻了个身，用大衣蒙了头，自顾自睡了。向阳也困得睁不开眼睛，也跟着睡了。

一觉睡到大天亮。戈壁滩的清晨有点凉，但空气清爽。碧空万里，连一片云彩都没有。顾铭大口大口地呼吸着，像饿红了眼的乞丐，好不容易挣得一个馒头，又像在水底憋气突破极限的游泳健将，刚在水面上探出了头。

"都说北京好，到底好在哪儿呀？"他闭上眼睛，一副很沉醉的样子，"一年三百六十五天，三百六十天都是雾霾，比口臭还有杀伤力！"

"这个好说！"郑才学笑嘻嘻地递上一支烟，顾铭不要，他就自己点上，"到时给哥哥带上几瓶空气，想念 D 城的时候就拿出来嗅嗅！或者，打个飞的直接从北京飞过来，小弟我全程陪同！"

军嫂做好早饭了。浓稠的小米粥，雪白的馒头，热气腾腾。三个菜：一个凉拌黄瓜，一个青椒土豆丝，一个豆豉炒肉片。豆豉黑乎乎稠乎乎的，品相实在不好。

"豆豉是我自己做的，首长您尝尝！"军嫂红着脸说。

肉片是隔年的咸肉，有点出油了。但豆豉非常美味，咸、鲜、辣。顾铭一连吃了三个馒头，吃得满头大汗，连呼过瘾。

轨道车到了。士官换了一身迷彩服，带着爱人，爱人抱着孩子，把他们送到铁路边。他向顾铭等人敬了个军礼。顾铭点点头，握手道别，正准备走，好像又想起了什么，下意识地摸了摸上衣口袋，忽然怔住了，手停留在口袋的位置，皱了一下眉头。郑才学一个箭步抢上去，从裤兜里掏出钱包，数出五张百元大钞，塞到小孩的怀里。

"首长的一点心意！"他说。

顾铭看了他一眼，微笑着点了点头。郑才学走到向阳跟前时，朝他挤眉弄眼，那意思好像在说，怎么样？鄙人还是高你一筹吧！向阳也是由衷佩服。郑才学一手遮着嘴巴，凑到向阳耳畔说："回去把这一笔钱给我报销了。"

小孩把小手伸到怀里，抓起钞票，两只手晃动着，不停揉搓。军嫂在他背上轻轻打了两下，他哇哇哭了。她把钱夺过来，交给丈夫。士官双手捧着钞票，对顾铭说："首长，谢谢你！这钱我们不能要！"

"不用客气，年轻人！这是我应该做的。"顾铭说完就走了。

D城的火车星期一、三、五发车，除非遇有紧急试验任务，列车才会调整发车时间。如果临时要下部队，单位就单独派一辆轨道车。工兵团的轨道车实际就是一辆机械传动的轻型机车，根据下部队的人数，可以灵活增加车厢。车厢的配置根据乘坐人员的身份而有所区别，如果是一般办事员，就加一节硬座车厢，如果是工兵团常委一级，则加一节卧铺车厢。这一次，因为只是营房股营房例行检修，人数不多，所以没有加挂车厢，只出动了一辆机车。

车上有四个人，除了司机，还有后勤处的副处长、营房股股长和一名营房助理员。三个人正在斗地主。郑才学让他们又加了一副扑克，他、顾铭和副处长、营房股股长四个人玩炒地皮。营房股的助理员在一旁倒茶递水。轨道车的好处在于可以随时停车。正走着，"嘎"的一声，司机拉闸停车了。由于惯性，几个人不约而同地晃了几下。其他几个人倒不在意，顾铭唬得脸都变了。

原来，司机发现铁轨上有一只兔子，脑子一热，就拉闸停车，跳下车去抓兔子了。兔子也没想到，这鸟不拉屎的地方，突然会有人从天而降，呆了，等到反应过来，已然来不及，刚跳了两步，就被战士直接扑在身下。战士一手拎着兔子，兴冲冲地跳上车。副处长气得破口大骂："你找死呀？你怎么开车的？

你不知道车上有首长？"司机吐了吐舌头，不敢吭声，用绳子把兔子拴好，放下手闸，车又缓缓往前走了。

轨道车一直开到九连连部。这里有十五六个战士，生活条件也比较好，午饭有六七个菜，其中一道菜就是炖兔肉。连长和指导员陪着喝了两瓶酒。顾铭情绪很高，也不午睡，问有没有人会打够级。打够级需要六个人，六副牌。在部队，山东籍的战士几乎没有人不会打够级。连部的山东籍战士有四五个，个个都是此中高手，在他们的带动下，大家全都学会了。连长喊来两个老兵，再加上他和指导员、郑才学，几个人热火朝天地玩了起来。

顾铭起身要上厕所。因为这里只有公共卫生间，向阳便跟出去带路。卫生间紧挨着战士宿舍。门开着，向阳朝里看了一眼。屋子不大，靠墙的两边，一边摆着一张单人床，中间靠墙并排放着两个床头柜。床上的军用被子叠得整整齐齐，其中一床被子已经洗得发白了，另一床被子还是深绿色。有一个战士坐在放深绿色被子的床边的小凳上，床上摊着一本书。他一手托腮，另一只手在翻书。顾铭上完厕所回来，也注意到了，就走了进去，把那本书拿起来——是卡耐基的《人性的弱点》。

战士吓了一跳，赶紧站起来。顾铭示意他坐下，战士不敢坐。顾铭坐在他的床上，又示意他坐下，他挨在凳子的边角处，端端正正坐好，双手放在膝盖上。

顾铭问他当兵几年了，说是三年。又问他是否想家，回答说想。"本来今年过年准备休假呢！"他说，"可是……"他忽然眼圈一红，眼泪扑簌簌地掉下来。

"小伙子，你怎么啦？好好的你干吗哭啦？"顾铭大为惊讶。

"没事，首长。"他用袖子揩掉眼泪。

"我看你还挺爱学习，爱学习的人有思想。"顾铭说。

"首长，我是有些事想不明白，所以想多看看书，希望能从书里找到答案。结果我越看越糊涂。"

"那你说说看，"顾铭说，"你有什么事想不明白。我是作家，说不定能帮你解答一下。"

"首长，您真的是作家？"战士激动得站起来，朝顾铭敬了个礼，"我上学时也想当个作家，可惜没当成！我今天终于见到真正的作家啦！"

"你坐下说，坐下说。"顾铭笑着摆摆手。

"首长，我今年可能就要复员了……"战士依言坐下，目光中的喜悦渐渐消失了，变得神情黯然，他苦笑了一下，"我实在想不明白自己到底做错了什么。人性真是难以琢磨。"

"怎么回事？你不是才当了三年兵吗？要走也得满五年呀！"

"唉！"他叹了口气说，"我成功是因为一件事，失败也是因为这件事。"

"那不就是一件事吗？"

"是一件事，但也不是一件事。"他说，"同样的场景，同样的人物，唯一不同的是——时间。"他再一次坐直身子，清清嗓子，似乎下了很大的决心。

"三年前，我换上崭新的迷彩服，坐上来部队的汽车，早上八点出发，下午六点到兰州车站，就在候车厅休息。领兵的给我们一人发了一桶康师傅方便面，两根火腿肠。我没吃饱，估计很多人都没有吃饱，但没有人再要第二桶，我也只好忍着。吃完饭等了一会儿，我们又整队，背上包上了绿皮火车，咣当了一晚上，不知道到了哪里。天明时，我们下车，几个车厢的人都集中到一块儿了，有好几百人。我们被带到车站旁边一个部队招待所院子里，把背包放下，坐在背包上一直等到下午。两点多钟，又坐上火车，走了五个多小时，越走草越少，到最后，就只能看到沙子石子了。

"我们被直接送进了新训团。这是我长这么大以来，经历的最严酷的冬天。原来在老家上学，手和脚年年都生冻疮，想着当兵以后再也不用过那样的日子了，但当兵第一年，老天爷又给了一个下马威。

"来年春暖花开的时候，新训团解散了。我被一辆卡车接走，车一路往外走，跟我们来的时候方向恰恰相反。我们越走越远，渐渐地连一间房子都看不见了。再往前走，隐隐约约地见到了几棵树，一晃树又没了。继续走，又看到树了。我最终在一个有树的地方下车。这里成了我的家。

"我们这个小院一共十四个人，十七棵树，九间房子，后面还有一块菜地，长三十九米，宽二十七米。不要问我这里什么地方，我不知道，我身边的人也不知道，我们这儿没有名字。有一首顺口溜：地上不长草，天上无飞鸟。风吹石头跑，氧气吃不饱。真是一点不夸张，出了我们院子，外面的世界就跟顺口溜里写的一模一样。我就在这样一个地方待了三年。

"这条两百多公里的铁路，沿线每隔一段就有一个院子，院子有大有小，人有多有少。我们驻点有二十七把铁锤，四十把扳手，二十把铁锹，六个羊镐……"他有点不好意思，笑了，一笑的时候，脸上所有的烦恼和不快都消失得无影无踪，像一个孩子那样天真灿烂，"我们没事的时候，大家要么比着擦皮鞋，每个人都把皮鞋擦得锃亮；要么就数工具，数了一遍又一遍，我们这里每个人都能背出所有工具的数量⋯⋯

"我们的任务就是轮流背着工具巡道，看看这条铁路有没有出什么状况。那一头，也有几个和我们一样的兵，他们从他们的院子出发，我们从我们的院子出发。我们一路往前走，等到和对面院子里的兵碰面了，打个招呼，又分头往回走。

"我每天的生活很规律。六点起床，几个人在院子里走走队列，然后吃饭。吃完饭，刷完盘子，就开始工作了。巡道之外还要种菜、轮流做饭。在我们老家，大人绝对不让男孩进厨房。但在这里，没办法，你不听招呼，班长会打你。我学得很快，对农村娃来说，这些事都难不倒。我在连队可比在家吃得好多了，每周一、三、五，火车经过，都会带鸡鸭鱼肉和油盐酱醋，大鱼大肉根本吃不完。你看，这三年我胖了二十斤。

"到了周末，我们也在一起打球、打牌。我们每个月有一次机会离开这个院子，一般都是星期六。一个战友骑着三轮车，把要外出的两个战友送到路口。那里有往营区中心去的车，我们坐上车去超市买点东西，下午再搭车回来。

"这种日子过得很快。刚来的时候，我想家，想爸想妈，时间长了，不想了，觉得待着也没啥不好，比在家里打工轻松，工资还比在家里高。到了第二年末，我们有机会转士官，咱们老家叫作提志愿兵。我是真想留下来。连长找我谈话，我说，在老家没有工作，就是种地，在这儿也是种地，吃得又好，工资也挺高的，我当然想留了。连长说，想留的人多，名额紧张，也要做好走的心理准备。连长后来又找我谈过一次，说我很可能留不下来。留不下就留不下吧，我能怎么样？我能做的就是站好最后一班岗。

"有一天轮到我站岗。下午三点多钟，来了一辆车，车上下来一个老头，有六十多岁了吧，头发都白了。他也穿着军装。听班长说，看人官大官小，一看军衔就知道。我一看，那个人和连长一样，也是个少尉——肩章上只有一颗星星，但和连长的军衔稍微有一点不一样。我也不认识，赶紧给他敬了个礼。他还了礼，笑着就往里走。我说，同志，请你出示证件。他说'没带'。我说，对不起，那你不能进去。他说他就是来看看。我说不行，因为我没有接到通知。他有点不高兴，说你叫你们连长出来。我说，好！我去叫连长，你站在这儿不能动！他笑了，说让我放心。

"连长出来，老远就冲他敬礼，把他迎到院子里，让我赶紧去倒水，说着又狠狠瞪了我一眼，骂我说，你是真不认识啊还是装不认识？说实话部队大院里有多少少尉中尉？我在这里待了三年了，就到营区去过四五次，上哪儿认识他们去？那个少尉听见连长骂我，赶紧回头说，你不要批评他，这个小伙子不错！坚守岗位，坚持原则。我还要专门给你们魏团长说一声，我们需要这样的标兵。

"你能想到不？这一年我就留队了，顺利套上了一级士官，我还成了'基层模范标兵'。连长把我送上回营区的火车，这是我第一次去我们单位大本营。我戴上大红花，到礼堂去领奖，是魏团长亲手把奖章交给我的。和魏团长握手的时候，你不知道我心里有多激动！他的肩章上有三颗星，他是我见过的最大的官！

"转士官的第一年，第一个月我就拿到两千块钱的工资。我们小学赵老师干了一辈子，快退休了，工资还没有我高耶。每个月一发工资，我就赶紧交给连长，让他替我寄回家。这幸福来得太突然了，我都没有做好迎接幸福的准备。

"可是，幸福来得意外，去得也突然。我还以为我至少要在部队再待上三年，就像去年家信中写的，我给自己这三年制订了一份详细的计划。但谁能想到，才一年，我幸福的日子就到头了。

"就在一个月前，轮到我站岗，那个老少尉又来了。他笑吟吟的，问我在点号怎么样？过得习惯吗？他告诉我，转士官以后有二十天假，过年的时候我可以休假回家。我也挺高兴。但是最后，他又提出来要进我们连队院子。我说不行！他很惊讶，问：为什么？你不是认识我吗？我这才明白，他跟我套了半天近乎，就是想不经过通知就到我们连队去。我坚定地说，不行，首长，去年你不是说过吗？当兵就是要坚守岗位，坚持原则。我不能因为我认识你，连长也认识你，就不讲原则放你进去呀。

"他的脸一下子涨得通红。看得出来他很生气，他大声骂道：愣头青！死脑筋！不开窍！去叫你们连长出来！我没办法，只好进去告诉连长，那个老少尉又来了。这次这个老头子不像上次那么和气，先到厨房看了一圈，又去宿舍转了转，临走时，不轻不重地数落了连长几句。

"就在前几天，连长告诉我，今年可能要大裁军，士官不再是任期满以后退役，而是根据个人表现进行考核打分，实行末位淘汰制。他说，我套上士官，比以前明显浮躁了。我们都是按月考评，我上半年的考评分排名比较靠后，连队已经将考评结果上报营部，营里也已经报到了团里。他让我做好走的心理准备。

"我本来打算今年过年休假回家，没想到却是直接打包回家。我不用再回来了。我真不明白，我到底做错了什么？我今年的表现只会比去年更好，去年我能评为标兵，为什么今年表现好了，反而留不下来？如果去年不留我，我还能想通，但今年让我走，我真的想不通。"

"首长，您知道吗？"他扯着哭腔说，"班长骂我是一根筋，说我捅破天了，自己还不知道。原来，我当兵三年里，见到最大的官不是魏团长，而是那个老头子。"

"一言以兴，一言以废嘛！怎么能这样子？怎么可以这样子？"顾铭愤愤不平，拳头在床上连锤了好几下，他锤得那样用力，似有千钧之势，而回声却是软绵绵的，有气无力的——床上的褥子化解了这意外的冲击。他在这里和战士聊天，一时忘了时间。几个牌友久候不至，委托郑才学出来找他。郑才学走到他身旁，扯扯他的衣袖。顾铭起身，拍拍战士的肩膀，说了几句安慰的话，就被向阳和郑才学簇拥着，回屋继续打牌去了。

# 三十

顾铭一行走走停停，将近二十天才达到终点站——清水。三个人晒得黑里泛红，嘴都裂了。一下车，郑才学就冲来接站的营长大喊："营长，赶紧给我哥哥弄点好酒好肉，这几日嘴里都要淡出鸟来了！"

营长赔笑说："郑干事你放心！这事不用你交代。"然后向顾铭敬礼，双手紧紧握住顾铭伸出的右手。顾铭看了郑才学一眼，红着脸颔首微笑。营长带着他们回到招待所，放下行李，简单洗漱。

吉普车已经开到招待所门口。营长拉开副驾驶车门，请顾铭上车，然后关上车门。自己又跳到后排，关上门。向阳和郑才学已经在后排落座。司机一脚油门，一路向前，拐了一个弯，直接开进一座农家院落。他们刚进到院子，一群母鸡就围上来，叽叽喳喳叫个不停。

郑才学笑着说："老哥，看来老母鸡们把你当成了钦差大臣，拦轿为它们共有的老公鸣冤呢。"

顾铭说："才学，你尽瞎扯！"说着自己也笑了。

院子里血迹斑斑，一张刚剥下来的羊皮晾晒在正屋檐下的散水上，散发出阵阵血腥气，旁边丢着一堆湿淋淋的鸡毛。院子正中间摆着一张方桌，两把椅子，四个方凳，还有一个长条板凳。有两个穿迷彩服的人在抽烟，一个坐在椅子上，一个坐在旁边的方凳上。坐在方凳上的那个人指手画脚，正给一旁垂手而立的红脸壮汉安排工作。那壮汉一头汗，一边伸胳膊擦汗一边点头。他们一进院子，坐着的两个人都跳起来，坐椅子的那个人笑着向顾铭伸出手，另一个人垂手站在身后赔笑。营长向顾铭介绍说，这位是教导员，后面那位是司务长，那位粗壮汉子是农户的主人老曹。老曹见教导员和司务长只顾着陪客人搭讪，仿佛重刑犯遇到了特赦，欢天喜地，一溜烟似的进屋了。

顾铭寒暄几句，闻着肉味进了厨房。厨房里灶台上安了两口锅，一口直径差不多有一米，另一口稍小。汉子正在案板上切菜。案板足足有三四平方米大，锅台上面摆了许多锅碗瓢盆。炉火正旺，一个用围巾包头的媳妇正拉着风箱烧火，风箱吧哒吧哒响，像巨人吃饭时在咂巴嘴。屋里烟熏火燎，两口锅咕嘟咕嘟响，热气顺着锅沿钻出来，整个厨房都弥漫着肉香味。媳妇揉着眼睛，憨憨地笑，说肉马上就好了。顾铭和郑才学等人眼泪口水一起流，不停地咽唾沫星子。

郑才学扑哧一笑："曹——大嫂？"

媳妇脸唰地飞红，说："领导——你——可不敢这么叫！"

"没事，没事，我说的是另一个曹大嫂！"郑才学笑着说，接着又唱了起来：

> 关二弟听我说你且慢逃，
> 在许都我待你哪点儿不好？
> 顿顿饭包饺子又炸油条。
> 曹大嫂亲自下厨烧锅燎灶，
> 大冷天只忙得热汗不消。
> 白面馍夹腊肉你吃腻了，
> 又给你蒸一锅马齿菜包。
> 搬蒜白还把蒜汁捣，
> 萝卜丝拌香油调了一瓢。
> 我对你一片心苍天可表，
> 有半点孬主意我是屌毛！

郑才学中气很足，口齿又清楚，屋子里回声响亮，营长和教导员站在屋门口都听到了，一个个哈哈大笑，把个媳妇羞得满脸通红，连风箱也不拉了，双手捂着脸直摇头。汉子握着菜刀走过来了。郑才学吓得脸都黄了。向阳正准备上前拦他，汉子忽然意识到自己手里握着刀，又退回去把刀丢在案板上，"我——不是——这个意思——"他嗫嚅道，"肉——好了，请领导们到外面坐，吃肉了。"

上肉的顺序很有讲究。先是上羊肩胛骨的那一块肉，俗称"先板肉"，要呈送给最尊贵的客人，然后是两大盘肋条，最后是切成块的羊肉。肉热气腾腾，大家直接下手。司务长用农家吃面条的粗瓷碗给每个人斟一碗酒，大家先举碗碰杯，然后吃肉。肉煮得极烂，轻轻一咬就骨肉分离，肋条上带着些许肥肉，吃到嘴里油腻腻，软乎乎，几个人都是大口吞咽，吃得口角流油。

营长的嘴主要用来吃饭喝酒，但该说的话一句也没落下，他把戈壁滩的羊肉吹上了天。戈壁滩的羊，迈的是四方步，吃的是中草药，喝的是矿泉水，拉的是六味地黄丸。当然不乏夸大的成分，但西北干燥，戈壁滩水质碱性大，羊肉基本没有腥味、膻味，特别适合清炖。而清炖羊肉的做法有点像客家菜，讲究保持肉的原汁原味，所以不宜放太多佐料。开锅下肉，抓一把盐，切半把姜，顶多再揪几节葱段。大火炖半个小时，再文火慢炖一个小时，即可入口。如果牙口不好，就再炖一个小时，羊肉入口即化。

但蒙古族人都嫌汉族人把羊肉煮得太烂，没有嚼头。他们煮羊肉，不焯水，羊肉开锅以后，大火煮半小时，还带着血水就出锅了，拿一大块儿托在手里，用小刀切着吃。他们待客，先是用手抓一块羊肉给你，再递给你一把小刀。蒙古族人煮的羊肉，颜色略深，除了偏硬，口感并无太大区别。他们还有一种不放血的做法，据说是在羊腹部开一刀，然后把手伸进去，直接掐断羊的动脉血管。这样，羊血都浸在肉里。但西北的羊肉，无论放血或不放血，炖出来都一样好吃。这个时候，过度讲究技法未免多余。都说新疆尉犁县的羊肉好，炖着吃也行，烤着吃也行。但新疆的烤羊肉、烤羊排天下无双，若说起清炖羊肉来，还是西北略胜一筹。营长说，有一年他去北海疗养，一个战友请他们到蒙古族人经营的蒙古包吃全羊宴。他请了几个好朋友，大家赞不绝口。但对长居西北的人而言，这顿饭实在有些倒胃口。一是羊肉膻味大，二是添加的佐料多，羊肉的本味流失太多。

今天的清炖羊肉火候刚刚好，炖鸡也很入味。这只公鸡个头不小，炖了满满一盆肉。鸡是散养的，肉质鲜美。除了羊肉和鸡肉外，还有蒸血肠、爆炒羊肚、羊杂汤、羊肉面片，以荤食为主。素菜就只有凉拌黄瓜、糖拌西红柿。

众人大快朵颐。顾铭说，看来今天他们几个人能吃掉一只羊。营长不以为然，说他曾经和教导员两个人干掉了一只羊。大家哑然。

教导员一手拿着蒜，一手拿着肉，对顾铭说："首长，吃一瓣蒜！吃羊肉要就蒜才好吃。吃肉不吃蒜，营养减一半。"

顾铭忽然问教导员："西路军是不是就在清水被马家军打散了？"

教导员愕然："没——没听说过呀。"

顾铭笑了："你是政工干部，平时也不搜集一些本地的红色资源？"

教导员神情很是尴尬，说："我罚酒——"给自己斟了一碗酒，一口喝完。

郑才学接着说："哥哥，西路军的历史我知道！高台的西路军纪念馆就离这里不远！"

1936年10月，红军三大主力在甘肃会宁会师以后，党中央为接受共产国际，主要是苏联的军事援助，提出了西进计划：一是沿甘肃北部进发，打通新疆，与苏联汇合。另一条路线是由宁夏北上，直抵外蒙古，接收苏联援助。中央最终派四方面军的9军、30军和原属一方面军、后归四方面军领导的5军，总共21800余人，由四方面军领导人陈昌浩、徐向前率领，渡过黄河。但西路军的问题在于：一是关于渡河不渡河的问题，意见不统一。二是渡河以后如何行动，意见不统一。三是渡河作战部队到底渡多少，意见不统一。甚至渡河以后，仍然有号令已渡河的三个军，回撤两个军的部署。最终发现战略失误，想要弥补已无可能，因为黄河东岸已经被敌人封锁，东返的困难比西进更大。至此，只能硬着头皮沿着一条不归路，一路向西。延误时机的原因，目前看来至少有两条：一是日本与苏联关系进一步恶化，且发动绥远战争，通过外蒙古运输战略物资已无可能。二是西安事变爆发。党中央寄希望于与国民党握手言和，和战关系尚不明朗。

在当年11月的古浪战役中，9军遭受重创，伤亡2000余人。到了1937年1月，5军打下高台。后遭马家军疯狂反攻。5军执行中央死守高台的命令，3000多名将士除少数被俘外，绝大多数战死。军长董振堂牺牲。2月，在倪家营历时28天的战斗中，西路军损失达三四千人，30军主力受损。从倪家营突围至三道流沟，被围四天四夜。30军和9军都剩下不足千人。

最终，陈昌浩和徐向前脱离部队，返回延安。但陈昌浩中途生病，病愈后回老家湖北了，后期辗转回到延安。西路军余部隐入祁连山中。4 月 30 日，西路军余部在星星峡与新疆军阀盛世才派来的救援军汇合，此时只剩下 437 人。在陈云的安排下，这 437 人除部分高级将领之外，都留在新疆组成"新兵营"，进行现代化军事技术专业学习。这些指战员后来成为解放军有关技术兵种的第一批高级将领。

讲完，郑才学一手端着碗，一手持一块肉，和营长碰一下碗，又和教导员碰一下，说："两位领导，喝酒喝酒！吃肉不喝酒，等于喂了狗！"一口喝干，把碗放在桌上，把肉丢在盘子里，一只手拿一只筷子，像打鼓一样叮叮当当地敲着碗沿，立即传出清脆悦耳的声音。

郑才学一边敲一边说唱：

当哩个当，当哩个当！
顾大哥，你坐下！听我老郑把话讲。
浩瀚星空放光芒，《东方红》曲最嘹亮。
航天事业多壮举，千里戈壁却荒凉。
工兵团里兵三千，一条铁路铸辉煌。
可叹春风绕玉门，二线英雄名不扬。

群英会，甲胄亮。人群走来文字匠。
作家平日百事忙，巨笔如椽挑大梁。
今朝有缘降 D 城，军民欢快把歌唱。
顾老惜时如惜金，日夜兼程走基层。
沿线驻点三十五，风餐露宿不为苦。

廿四天，四百里。至此一聚诉衷肠。
农家院落你莫嫌，薄酒一杯情意长。
杀鸡宰羊且为乐，同举杯来共欢畅。
此身许国难许君，两鬓染霜又何妨？
人生如寄无怨悔，树生根处是家乡。

郑才学刚唱完，司务长已经把酒倒上了。他用的是一个盛佐料的小碗，大概能盛二两酒。他双手把碗呈给郑才学，然后哨一个喏，做了一个请的手势。郑才学左手端着碗，右手呈兰花指，把无名指伸进酒碗，用指尖蘸着酒，往头顶弹了数滴，说："先敬为革命事业抛头颅洒热血的西路军！"又弯腰向地上弹了数滴，说："再敬为祖国航天事业献身的同行前辈！"然后给自己的额头、脸上又抹了几滴酒。这是蒙古人的习俗，喝酒之前先敬天、敬地，当然也是一种取巧的做法。这一番泼酒，一碗酒只剩下小半碗。郑才学一饮而尽。

　　顾铭自己倒了一点酒，主动给郑才学敬酒。两人勾肩搭背，端着碗说了半天话。"老弟，你确实是个人才。"顾铭说，"但哥哥我觉得，你还是锋芒太盛了。"

　　"有才的人不都这样吗？"郑才学呷了一口酒，用手背抹了一下嘴，"'竹林七贤'之一的阮籍不是用青白眼看人？大词人柳永不也是视功名如浮云？"——他就着酒，又朗声吟了一句词——"'忍把浮名，换了浅斟低唱。'"

　　"老弟，你这话我就不爱听。"顾铭说，"柳永我知道。据说他参加科考时，宋仁宗看到他的考卷，大不以为然，特意在他的卷子上批注：'且去浅斟低唱，何要浮名？'后来，柳永不得不改名，这才有了做官的机会。你觉得自己是个人才，但现在这个社会，最不缺的就是人才。哥哥年轻时跟你一样，认为自己有能力，有知识，看不起这个，瞧不起那个。结果，身边的人一个个飞黄腾达，而我呢，'空悲切，白了少年头。'到头来又能怎么样？唯有手中一支笔，吐尽胸中寂寞事。唉——做人难呐！所以我劝你，气势不可太盛，锋芒不必过露。老弟，有机会的话，我会在首长面前给你拉拉人气，你自己也要把握好机会呀，千万不要走哥哥的老路！"

　　"哥哥，谢谢你——"郑才学流下了眼泪，紧紧握住了顾铭的手。顾铭拍拍他的肩膀，两个男人紧紧拥抱在一起。

　　清水偏僻落后，县城像样的饭店没有几家，所以，早饭都在招待所吃，午饭和晚饭基本都安排在农户家里。一日三餐，酒不离口。本地早上就着馒头咸菜也要喝两盅，俗称"硬早餐"。招待所的早餐，下酒菜也有七八样。午餐和晚餐，羊肉自然少不了，而且顿顿有野味。三天后顾铭坚决辞行，营长和教导员百般挽留。顾铭说："心里想留，可是胃受不了。再说了，出门也有一个月了，该回去了。"临别，营长和教导员又带了一些本地的特产。顾铭推辞一番，也就收下了。

　　返程时闲聊，向阳得知顾铭住在机关大院一号小区，不由心里一动，因为欣玥也恰好住在这个小区。说起欣玥的父亲，顾铭眼睛一亮，说这位首长一点不陌生，就住在他家楼后的小院，上下班时常碰见。向阳便小心翼翼地说，首长的孩子是自己的同学，他想给带一点东西。顾铭欣然同意。向阳不知带什么好，思来想去，最终托孟一昶摘了一点沙枣，又买了两袋风干牛肉。尽管不是什么名贵东西，起码在北京买不到。

晚上七点半回到 D 城。接站的车郑才学已经安排好了。他让向阳回去休息，说晚上的饭局不用工兵团安排，让向阳给魏团长解释一下。向阳打电话向魏团长做了简要汇报，然后第一时间找孟一昶取了东西，到小吃店里对付吃过晚饭，挨到九点半，才慢悠悠地往 D 城宾馆来。

顾铭还没有回来。一直等到十点半，才见郑才学摇摇晃晃地扶着他回来。向阳就跟着进到房间，把东西放下，去给顾铭倒水。郑才学一头扎进卫生间，抱着马桶狂吐不止。向阳倒好水，正准备进去照顾郑才学，顾铭叫住他，拉开提包，取出一个信封。

"一些发票，你给处理一下。"见向阳默然不语，好像有点顾虑，顾铭接着说，"放心，小伙子，魏团长不会为难你的。"——他又迅速在便笺上写下自己的住址和电话，交给向阳——"到时可以通过邮局电汇。"——他拍拍向阳的肩膀——"小伙子不错，稳重，识大体。到时候我会向首长推荐你的！"

# 三十一

吕晓琳有一阵子没打电话了。

任敬明来了以后，她好像在有意疏远向阳。向阳是一个乖觉的人，明白人家两个人的纠葛，他有什么可争的呢？再说了，争恐怕也是徒然，他左右不了吕晓琳，他唯一能做的就是克制自己的情感。在这一点上他倒是很有信心，刚上大学那几年，他和欣玥的联系还比较频繁。他从武汉寄信到北京，大概三天。欣玥当天就会回信，也是三天到武汉。这样他们至少每周都能收到对方的信。欣玥的信写得很随意，有时候用钢笔，有时候用圆珠笔，有时候又用铅笔，好像随手从手边拿起一支笔就写了起来。但她很少用普通的信纸，用的信纸也很少重复，差不多每一封信的信纸都不一样，有粉色的，紫色的，天蓝色的，信纸格子的图案也不一样，圆形，方形，扇形，几乎囊括了各种几何图形。信封的颜色也常变常新，有淡蓝色的，淡粉色的，浅灰色的，色调总是浅淡，但当他把信一封封摊开时，这些淡雅的色调也让他心里很熨帖。他把她的信全部整理保存起来，大学四年，收集了整整一行李箱，至今还保留在单身宿舍的书柜里。

那些年他们很少通电话，主要原因还是不方便。他们一个班——部队里叫学员队——有一百多人，住在一层楼上，大家共用一个值班电话，而且只有周内晚饭后到上晚自习前这段时间和周末可以接听。一到这些时段，大家都翘首以待，外面的电话往往打不进来，一旦接通，通话绝对不能超过三分钟，要不就为千夫所指了。他虽然把电话号码告诉了欣玥，但同时也提醒她不必打，因为打了也不一定接得到。

有一天晚上，下晚自习回来，值班的同学叫住他，说有他的电话。同学挤眉弄眼，说是一个女孩打来的，他做了记录。他到值班记录本上看了一眼，是晚上七点五十分打来的，值班员只记录了五个字：北京大雪（玥）。他仿佛看到她穿着臃肿的羽绒服，围着厚重的围巾，在漫天飞舞的大雪中逆风而行。那一瞬间他的心思涌动。他想给她回电话，可是学员队的大门已经关了，他出不去。熄灯以后，他又跑到学习室，连夜写了一封信，表达了自己的遗憾。欣玥的回信很快就到了，信里有点冷淡，她说，北京很少下那么大的雪，所以那天特别有兴致，一个人跑到外面去逛，在大街上的公用电话亭给他打了一个电话。欣喜的是第一次拨就通了，没想到的是他却不在，她有点扫兴。信写到这里，她也觉得有点没意思。她说她困了，不想写了。他读到这里，眼前也浮现出她哈欠连天的样子。他也觉得索然无味。

两人的关系就这样不温不火，一直挨到大四。那一年元旦前，她写信说要来看他，他在信里写得很冷淡，说自己的学校管得很严，怕不能陪她出去玩，但心里却是万分期待，掰着手指头数日子。但她最终没有来。

一眨眼就要毕业了。如果不是父亲固执己见，他是绝对不愿意回到 D 城的，他厌倦了那种单调的生活。他其实想去北京，不愿意回 D 城是原因之一，当然最重要的原因，是他想去她生活的那个城市。他想，如果他主动提出来，让欣玥找她父亲帮帮忙，她应该不会拒绝。但他又有一个固执的想法：如果她心里有我，这种事不用我说，她也应该想得到。所以，他不愿意低声下气去跟她说这件事，好像这么一求她，这一辈子就会在她面前抬不起头。更何况，父亲也一直说，欣玥的父亲不好相处，毕竟，高干的家门不是那么好进的。

欣玥到底没有主动提出来。他只好回到 D 城。这件事让他多少有些寒心。但这个时代的人就这么现实，你不求他，他绝对不会主动援手。欣玥恐怕也是揣着明白装糊涂。这么一想，心里难免有气。到了 D 城以后，他也慢慢明白，欣玥对于他而言，不过是镜中花水中月，只可远观而无从亵玩了。而他对于欣玥，恐怕也是拱月之星中星光最黯淡的那一颗吧？但他心里有了欣玥这个挥之不去的影子，再和别的女孩接触，总是有点三心二意。他的这种态度，吕晓琳应该也感觉到了。他因为陪着顾铭，只给她打过两三次电话，每次聊不了几句就匆匆挂断。而她竟没有一次主动打电话过来。有一个朋友说过，朋友之间，有来才有往。你千里迢迢而来，一个电话打给我，我安排吃饭，安排住宿，带你游玩。这次你欠了我的人情，但下次我也一样要找你接待。这样来往几次，感情就深了。如果你来了不给我打招呼，我去了也不好意思找你。他和吕晓琳也是这样。

想到这里，向阳就想起她每次端起酒杯一饮而尽的情景，连眉头也不皱一下，决绝而果敢。如果他和她就此分道扬镳，她会不会有所眷恋而依依不舍呢？向阳很快就为自己设置的问题作出答复：肯定不会。更何况，他们两人虽然像恋人一样相处了好几个月，可是他从未向她表明心迹，而她，也从未为他营造那种不得不表白的场景。有好几次，他都想当面挑明双方的关系。他想，如果那三个字从他心底破土而出，她应该不会拒绝。他深情地望着她，希望得到一点点鼓励。她的目光清澈如水，丝毫没有躲闪的意思。他从她端庄娴静的脸上，感受到一股凛然不可侵犯的高贵气质。他迟疑了足足有半分钟，忽然有点心慌意乱，赶紧掉头看向别处。她于是微微一笑，迅速岔开话题，化解了他的尴尬。那一刻他觉得她看起来离他很近，实际上却很远。即便他就此撒开手，想必她也不会伤心……

幸好手头积压的工作比较多，向阳也没有多少工夫悲金悼玉。他先把那一沓发票拿到处长办公室，说明因由。处长随手翻了翻，有近期买书的发票，还有一些旅游景点的门票，还有几张二十世纪九十年代的饭票，发票金额从几百到几块不等。

"一共多少钱？"处长问。

"叁仟柒佰贰拾壹。"向阳说。

"办吧！"处长嘴角抽动了一下，笑了，"这么点事，就别惊动团长他老人家了。"——他点上一支烟，悠悠地吐着烟圈——"你怎么不早说？如果当时就给我报告，我安排你直接把钱给他，不就完事了？去忙吧。"

向阳退了出来，用报销凭证把发票一一贴好，压平整，交给席会计审核。席会计絮絮叨叨，问了半天，这才贴上报销凭证封面，右手拽过算盘，左手翻着发票，啪啦啪啦敲了一遍，又仔细算了一遍，把数字写到封面上，嘴里叽叽咕咕，不知说些什么。

下午，刘助理在家奶孩子，史助理去基层检查，办公室只剩下向阳和席会计。她踮着脚尖走过去把门关上，轻飘飘地回到座位上。

"小向，听说你在和信息团的一个女孩谈对象？"她问。

向阳脸唰地红了。

"你别不好意思！这又不是什么见不得人的事。"她一脸和气，微笑着说，"你们处得怎么样啊？"

"不——不怎么样——我和她没有……"他不知道该怎么解释。

"哦？怎么啦？吵架了吗？谈对象吵架很正常呀。女孩嘛，都爱耍耍小性子，那是想让你多疼她，男孩还是要主动一点，不要跟她计较。"她笑了，"等到结婚以后，有了孩子，性格上的棱角慢慢就被磨平了。唉，你说女人还能有什么想法？只要老公出息一点，孩子成绩好一点，自己受点委屈也值呀。"

"让我咋说呢？"向阳急出一头汗，一时又嘴笨舌拙，"我和她还没有到那一步，人家有对象——"

"哦——"席会计眼里掠过一丝失望，但很快又换上一副笑吟吟的表情。向阳不知道她是幸灾乐祸，还是真的替他惋惜。她把椅子往他跟前挪了挪。

"小向，我给你说——"她的眼睛忽闪忽闪眨个不停，"因为你们两个不是男女朋友关系，我才说这话，要是你俩的事都八九不离十了，我是不会多嘴的。我怎么听人说……"——她压低声音——"这姑娘有点……那个，听说她对象来看她，两人就明目张胆地住在一个宿舍。你说现在这些女孩，怎么这么不自尊呢？"

向阳愕然。那天吃饭，他喝多了，任敬明也喝多了，他记得好像是吕晓琳扶着任敬明走了。他们都出双入对，只有他一个人，孤零零地在街上不知晃悠了多久，什么时候回到宿舍，又是怎样睡着的，他一点印象都没有。这些日子，他尽量不去想那一晚发生的事。现在，经席会计这么一说，他觉得自己的自尊心受到了莫大的侮辱。席会计见向阳的脸涨得通红，自己也是一副愤愤不平的样子，"你想想我们那会儿，我跟我们家老易谈了一年多，连手都没拉过。哼，女人嘛，自己不知道爱惜自己，也就别怪别人作践她！我们老乡一说我才知道，原来她不光跟男朋友住在一块儿，她还脚踩两只船！你说她安的什么心？"

"不至于吧？"向阳脸上火辣辣的，恨不得找个地缝钻进去，自己毕竟和吕晓琳有过这么一段故事，别人当着他的面诋毁她，他心里很不舒服。"我知道前段时间她男朋友来了，两个人逛街吃饭肯定有人看到了，他们见风就是雨——"

"哼！"席会计有点愤愤不平，"你还替她遮掩什么呀？'好事不出门，坏事传千里。''若要人不知，除非己莫为。'你说说，现在这些姑娘们怎么都成这样了？不管什么歪瓜裂枣，只要披上一身黄皮，辫子都能翘到天上去——"——忽然想起什么，眼睛亮闪闪的——"哎，我想起来了，特供团的后勤处处长是我老乡，我听他说，他们单位分来一个女孩，挺漂亮，也挺能干，要不让他给你介绍一下？"

向阳一愣，立即想到她说的应该是郭纪芬，心思有点活动。但又想起吴卿说要把她介绍给郑才学，两人不知道谈得怎么样。

席会计目不转睛地盯着他。向阳有点不好意思，低下头默默不语。她笑了，说："好啦，就这样吧。我给处长打个电话，让他周末安排一下，你们见个面。"

席会计很快兑现了承诺，饭局安排在周六中午。同席除了他们四个人之外，还有两位财务战线的老同志。向阳和郭纪芬年纪最轻，资历又浅，不知是有意还是无意，他们被安排坐在一起。几杯酒下肚，酒酣耳热，两个老同志原形毕露，时不时丢出一两句不尴不尬的话，臊得两人满脸通红。女孩怯怯地坐着，也不夹菜，也不说话，红着脸，低着头。向阳也很尴尬，就频频举杯，敬了一圈又一圈。好不容易挨到席散，老同志又撺掇着让向阳送女孩回去。处长说，女孩住在特供团，来回十八公里，送回去是不是有点远？有一个老同志便大声说，那就别回了。大家哄堂大笑。

散场后，向阳到前台签单。女孩并没有走，很拘谨地站在门口。她扎着蓬松的马尾辫，一袭粉红色的连衣裙，白色的针织衫外搭，裙裾随风微微摆动。她的脸红扑扑的，两手交叉垂在前面，手上拎着一个黑色小包。向阳说"走吧"，正好和她的目光相接——一双大大的眼睛，黑黑的瞳仁映出两个模糊的人影。她一头乌云般的头发，圆圆的脸蛋，高高的鼻子，两颊微微的几点雀斑，妆化得很淡，所以看得很清晰。见他这样子看她，她飞红了脸，低下头一言不发，只顾着往前走。向阳也觉得不好意思，默默跟在她身后，她加快脚步，他也紧紧相随。她放慢脚步，他也跟得慢，两人的距离始终不远不近。

她停住不走了，轻轻地说："害怕我吃了你呀？"说完，又慢慢往前走。

向阳于是跟上去，和她并排走着。两人不约而同沿着小路往西，路的尽头是 D 城中学。他们左拐，一直走到十字路口，又朝右拐到大路上。这个十字路口是 D 城两个不同兵种行政区域的分界线，西边属于空军。这条路的尽头，有一条岔路通向 D 城水库。路上行人虽然很多，但熟人很少。横亘在两个人之间的距离慢慢拉近，但话还是很少。向阳问一句，她回答一句。他不问她，她也不主动说话，很快就走出居民区了，前面已经一片荒凉。两人相视而笑，又转身往回走。

这时候向阳的手机响了。他的手机铃声是《昨日重现》，一首老得不能再老的曲子，但自从有了手机，这首曲子就成为他永远的铃声。铃声响起时，他很少在第一时间接通电话，他的思绪随着铃声飘出好远、好远……光秃秃灰蒙蒙的山，一座座破败的房屋，满院子的锅碗瓢盆，一幕幕呈现在眼前。他也不知道那是哪里，也许是爷爷守候的乡下吧……

"手机……"她说。

"哦——"电话是欣玥打来的。他不由自主地看了她一眼，她也正盯着他，眼神怪怪的。他的脸红了，赶紧转头，接通了电话。欣玥说，他托人带给她的东西都收到了，谢谢他的这一番心意。

"带到就好，干吗那么客气？"向阳说，"这又不是什么好东西。不过，你在大城市，好东西见得多了，就算我给你带点自己认为比较稀罕的东西，恐怕你也会觉得一文不值呢。"说着，他偷偷瞥了一眼郭纪芬。女孩也正盯着他看，好像对通话的内容很关切似的，他红了脸，把头转向一边。她也迅速把目光转到别处去了。

"唉，你干吗总是挖苦我呀？"欣玥叹了口气，"D 城有 D 城的好处，北京有北京的烦恼。再说了，我又不是自己非要挤破头进北京，我爸工作调到北京了，家搬到北京了，你让我有什么办法？"

向阳脸红了。这些年来，跟欣玥通话的次数并不多，可是每次都谈得很不愉快，他不知道自己出于一种什么心理，是放不下她，还是嫉妒她？学生时代，他一直都是他们中间最优秀的那一个。逢年过节，几家人常在一起，欣玥的父亲龚向前每次都要夸奖他，让欣玥好好跟他学习。后来，龚向前扶摇直上，将向有勇远远甩在身后。碍于上下级关系，两人走动得渐渐少了。但欣玥的母亲还经常来他家串门。从她口中得知，龚向前经常在家数落女儿，嫌她学习不好，让别人都看他的笑话。可是……向阳心想，自己学习好又怎么样？在 D 城这样一天天耗下去，说不定连父亲的职位都超越不了，更何谈其他？

欣玥的话特别多。每次接通电话，都要叽里呱啦说个没完没了。说是父亲看到向阳寄给她的沙枣，感慨了一番。他并不知道向有勇已经回兰州了，于是就给向有勇打了一个电话。两个人聊了很长时间。

"叔叔说起你的事了耶。"她说。

"我能有什么事？"

"你对自己的前途一点都不关心吗？"她咯咯笑了。

"我关心有啥用？"一听她这么说，他有点来气。心想欣玥真是站着说话不腰疼，背后那么一座巍峨的高山，当然要风得风，要雨得雨啦。他呢？他拿什么跟她比？一旦离开学堂，考试成绩便失去了意义。

"因为关心，才会动脑筋想办法呀！"隔着电话，她感受不到他的愤怒，说话语气还是那样子。

"我有什么办法可想？"他愤愤地说。这下她终于意识到了，也就不再吭声，两人沉默了一会儿。"好啦，我还有点事，先挂啦。"他挂断电话，把手机装到裤兜。

郭纪芬看出了他脸上的异样，抿着嘴笑："女朋友打来的？"

"一个——同学——"他嗫嚅着说，好像做贼时被人抓了现行一样。

"哦——这个同学——关系不一般吧？"她快走几步，走到他右前方四十五度的位置，侧身看着他的脸，眼里一半是戏谑，一半是敌视，让他无处躲藏。

"也没什么！"他说，"从小一起长大的，她后来跟着她爸去北京了。"

"哦？这么说，是红颜知己啰？"她丝毫不理会他的尴尬，一句紧似一句。

"是女同学，不过不是知己。"向阳说。手心里都出汗了，他没想到这个女孩这么厉害。看上去就像一只严阵以待的狮子，时刻警惕同类走近自己的领地。他有点招架不住。但他不甘心就这样被她拿捏住，心里忽然一动，想起一件事来。

"宣传处的郑干事，你们很熟吧？"

"哪个郑干事？"她愕然，低下头想了一会儿，终于想起来他说的是谁了，不由红了脸，"你跟他很熟？"

"也算熟吧。"向阳说。面上不露声色，心里却非常得意，心想终于让我揪住你的小辫子了。想起郑才学，向阳倒是很怀念和郑才学一起下基层的日子，天天有酒喝，还能听到很多有趣的事，让他长了不少见识。他就把这些经历详细讲给她听，讲着讲着，连自己也忍不住笑了。郭纪芬也捂着嘴味味地笑。

"他这个人是挺好玩的。"她说。

"你跟他接触很多吗？"向阳心里酸溜溜的。

"那天你们到我们单位时见过，后来处长又张罗着吃过一次饭，还把我的手机号告诉他了，又非让我留了他的电话。后来有一次——"她扑哧一笑，"我和处长到机关办事，处长临时想请机关的几个干事吃饭，非让我给他打个电话，我就打了。你猜他怎么说？"

"怎么说？肯定求之不得啰！"向阳心里有种说不出的滋味，他觉得她有点轻浮，这种电话能随便打吗？郑才学那种人无缝不入，这么好的机会又岂会错过？"你们一定谈得很愉快了？他那么有才，出口成章，又特别幽默，有他在，酒桌上是不会寂寞的。"

"你想错了，他没有来。"她笑着说，"他说，他中午去吃羊肉，吃蒜了。他不能给女同志留一个臭烘烘的印象，所以他不来。"

这符合郑才学的风格。其实，这个人还是很渴望爱情的，但是他的自我保护意识太强了，他害怕失败，害怕受伤害，害怕吃亏。越是这样，他越是迈不出这一步。

"可惜！一头蒜毁了一场爱情。"向阳笑着说。他并没有同情郑才学，反而有点幸灾乐祸。

这一来，两个人都打开了话匣子。他们一直走到路的尽头，又沿着岔路往水库的方向走。这条路两边都是戈壁滩，一棵树也没有。他们完全暴露在炎炎烈日下，衣服都快被强烈的阳光烧着了。他们只好又折回来。郭纪芬问向阳几点了，向阳掏出手机看了一下，说是五点半。郭纪芬说她要回去了，要不就赶不上从服务中心发往单位的最后一班车了。

"你和她是不是经常通电话？"她问。

"哪个她？"她指的应该是欣玥，他立即澄清说，"很少和她打电话啦。上次通话到现在，都大半年啦！"

"哦！那你平时下班都干啥？"

"有时候打打球，要么就在宿舍玩玩游戏，看看书。单身都无聊的。"他自我解嘲说。想想也是，关系比较好的几个朋友，老旦自不必说，有家有口，生意做得热火朝天，肯定没工夫陪他消磨时光；听说周芷汀已经怀孕，石小明也快要升级为爸爸，忙得天昏地暗；孟一昶正和苗迪心打得火热，两个人目前就是在掰着指头数日子，只要达到部队规定的晚婚年龄，就立马领证。他和吕晓琳着实热乎了一阵，可是现在渐渐凉下去了。他成了孤家寡人。

"这么说，你有时间打电话啦？"她一脸狡黠。

"有有有！"他恍然大悟，她兜这么大一个圈子，原来是想要他留下电话号码。"郭助理，请问你方便告诉我手机号码吗？带人去你们单位参观的时候，还要麻烦你帮忙。"有样学样，他也兜了一个圈子。

"不告诉你！"她满脸娇嗔。话虽这么说，还是把手机号码报给他了。向阳存好，又给她发了一条短信。她听见手机响，掏出来看了一眼，转头看着向阳，向阳也正好在看她，两人相视一笑。

到了十字路口，她说："我先走啦！"加快脚步，急匆匆地走了。向阳知道她是怕被别人看见，也就不再跟着，目送她拐过特供团服务中心的路口，这才慢慢踅回去。

# 三十二

向阳和郭纪芬几乎每个周末都要见面。周末，单位的通勤车换成一辆商务别克。几个单身干部吃完早饭，就一起坐车过来。当然，商务车也不仅仅是用于通勤，也要保障单位领导。他们偶尔出外应酬，没有车总是不方便。

单身干部常去的馆子就那么几家。要么是六区的重庆火锅、小肥羊火锅，要么就是五区的天兴餐馆、香格里拉餐馆，还有就是胖子鱼火锅城。口味与老旦的宇航大酒店相去不远，但价格要便宜很多。单身干部又多，可供选择的饭店又少，所以碰见熟人是常态，有时候一天会碰见好几次。有一次他们就碰见了吕晓琳。她正和信息团的几个单身干部在一起吃饭，几个人谈笑风生。向阳脸红了，想退出去，可是郭纪芬已经跟在他身后走了进来。吕晓琳也很意外，笑容僵在脸上。但她的尴尬很快一扫而光，颔首而笑，随即转头和别人聊天去了。倒是向阳觉得很别扭，和郭纪芬到饭店角落的一张桌子上坐下，脸上仍然热得发烫。

"你和她——认识？"郭纪芬问他。

"以前和朋友聚会时见过……不熟。"

"哦——"郭纪芬的声音拖得很长，"看样子，应该很熟才对呀。"

向阳无言以对。没有辩解，就意味着默认吧。算了吧，这种事只怕越描越黑，就由着她去想吧。他在心里说。

"你的经历，还真是丰富多彩呀。"她冷笑着说。

这顿饭不欢而散。她一连几天都不理他，打电话不接，发信息也不回。下一个周末，向阳一个人孤零零地待在宿舍。到了第二周，情况仍然没有改观。向阳坐不住了，骑着自行车赶到特供团。到了大门口，门卫不让进，他解释了半天，又掏出军官证，说不行就把证件押在这里。门卫还是不让进。没办法，只好给郭纪芬打电话。很快就看见她远远跑过来了。她穿着肥大的深蓝色运动衣，一条黑色的紧身裤，脚上蹬着一双黑色的平底鞋，搭配得乱七八糟。她跑得脸红突突的，头发也散了，额头上全是汗。快到大门口时，她放慢了脚步，一步步挪过来，到门卫值班室签完字，转头就走。向阳推着自行车跟在身后。到了宿舍，她推开门进去，她搬了一张椅子放在床头对面，自己坐在床尾，拿出指甲刀，只顾修自己的指甲。

这间宿舍和向阳的宿舍大小差不多，也很简陋。门开在右边，左边是一排固定柜，依次是书桌、床。书桌上扣着两三本书，床上扔着几件衣服，被子胡乱堆在一边。周邦彦词曰："懒起画蛾眉，弄妆梳洗迟。"大概就是这样子吧？两人就这样僵坐着。他不开口，她也不开口。还是他率先打破沉默，他问一句，她答一句。他不问，她也不说话。就这样别别扭扭坐了半个上午。到了午饭时间，她出去到食堂打了两餐盘饭回来。她吃了几口，不吃了，盯着他吃完，把餐盘拿到卫生间洗了，又送回食堂。

"我和那个女孩认识，但不是你想的那样子。"他不停搓动双手，嗫嚅着说。

"你和她是什么样子，跟我有什么关系？"

向阳犹豫了一会儿，还是决定把他和吕晓琳的事原原本本地告诉她。他越说越急，越急越说不清楚，急得出了一头汗。她大致听明白了，却故意说："你跟我说这些干吗？你应该对她表白心迹才对，跟我说不是浪费感情吗？"

"你得给我一个补救的机会呀。"他伸手去抓她的手。

她没有躲闪，让他把自己的手抓在手里，莞尔一笑，说："你看起来挺老实，没想到有这么多花花肠子。"

他们又和好了。一到周末，她常到他的宿舍去，翻翻书，聊聊天，一直到吃饭的时候才出去。单位的通勤车因为要保障领导，大多数时候都回去得很晚。他们就常到五区的烧烤摊上吃晚饭。点一碗邓记的酸辣粉和一份成都小吃店的三鲜砂锅。有一个新疆人买买提，羊肉串烤得特别好，他们就再要二十串烤肉。周周如此。他们就在这样的日子中消耗着青春。

去了几次以后，和买买提混熟了。他们点二十串羊肉，买买提却送过来二十六串。再后来，他们一坐下，买买提就拎着两瓶啤酒，赶紧过来招呼。肉烤好了，他端过来，坐下，自己拿个杯子，倒上酒，和他们一块儿喝酒。给他啤酒钱，他不要，说是送的。再往后，他们每次去，买买提都要送两瓶啤酒。手头的活忙完了，就给自己倒上一杯啤酒，拎着瓶子过来坐下聊天。买买提不善言谈，更多的时候，他们都是沉默着碰杯，喝完了，彼此一笑。

有段时间，买买提买回来一只大瓮，专门用来烤馕坑肉。他们又把烤羊肉串换成了烧馕坑肉。买买提烤肉的水平是一流的，但经营烤肉摊的水平却不入流。没多久，馕坑肉就无人问津，失去了市场。再过了一段时间，烤肉摊也歇业了，买买提不知道到哪里去了，摊主换成了另一个人。那人羊肉串虽然烤得一般，但嗓门大，会吆喝，客人还在摊边逡巡时，他就一路小跑过去，叽里呱啦说上一堆好话，客人在犹豫中已经被拉扯到摊上坐下。没多久，他的生意就超过了买买提。

好久都没有见到买买提。忽然有一天，他们在街上与买买提不期而遇。他说，自己的生意太差了，便收了摊，到三区市场专门给人当烤肉师傅去了，有空可以过来坐坐。于是，他们吃晚饭的地点又调整到三区市场。他们照例要了二十串，买买提还是送来二十六串羊肉和两瓶啤酒。吃完饭，向阳去结账。买买提犹豫了一下，还是把钱接过去，转手递给老板。老板把找回的零钱递给他，他拿着钱走过来，讪讪地说："我现在不当老板了……"不久，买买提再一次不告而别。听那个老板说，他回新疆去了。他们又回到了五区市场。

向阳的工作相对多一些，有时候周末也会加班。他就给她配了一把钥匙。她到市场上买了一个电磁炉，一个小炒锅，还有菜板，瓶瓶罐罐买了一大堆，里面装上各种调料。又从网上买了一本菜谱，躲在宿舍里精心钻研。不出一个月，好端端的一间宿舍，被熏得乌烟瘴气。向阳劝过几次。她说："你知道我置办这些东西要花多少时间？我都不嫌麻烦，你一个吃现成饭的还有啥意见？"向阳无奈，也只好由她。

寒冬一天天逼近，向阳周末加完班，骑着自行车从单位回到宿舍，整个人都冻成了一根冰棍。一进到屋里，温暖如春，菜已经摆上了桌，蒸汽萦绕，饭香盈鼻。女孩笑盈盈起身，为他脱下厚重的迷彩大衣，又捧来一杯热水，拉着他坐下，递过一双筷子。此情此景，置身其中，他觉得很温暖，也很可心。

有一天，他和平常一样，高高兴兴地回来，敲门，等了好半天，她才来开门。推开门，只看到她的背影，紧接着就走到床边坐下了，仍然背对着他。屋里冷冰冰的，桌子上没有饭菜，只有无数摊开的信纸，信封丢在一边，堆得乱糟糟的。他扫了一眼，信纸有粉色的，白色的，淡蓝色的，信封的颜色也不一样——是欣玥写给他的。他心里一沉，走到她的面前。她又把头转到一边，不让他看她的脸。但他已经看见了，她泪光莹莹，显然哭过，眼泪趟乱了脸上的妆饰。他拉住她的手，她一使劲，就把手抽走了。

他有点生气，说："你干吗翻我的东西？"

"谁稀罕翻你的东西？"她说，"我整理东西的时候，无意间看到了。幸亏看到了，要不然，被人当傻子耍，自己还不知道。"说着，站起来拿了衣服就走。

"你别走啊！"他一把扯住她，"早给你说过了，我们和小明、老旦是一块儿玩大的。"

"哦？'我们'是谁？说得这么亲切！那我问你——"她指着自己的鼻子，冷笑一声，"那'我'又是谁？"

向阳拉着她坐下，把衣服夺过去扔到一边，紧紧握住她的手，说："你看你，像一只老鼠似的，到处翻东西，翻出来就找事。你看看那些信，不就是同学之间的一些小事吗？你干吗老是较真，让我难堪不说，你自己也不好受。"

"你看看她用的那些信纸，心思多么细腻呀！傻子才看不出来！"她哭着说，"上次吕晓琳的事还没交代清楚，又冒出来一个龚欣玥，你到底还有多少事瞒着我？"

"你让我说啥好呢？"向阳叹了口气。

"那就别说了。"她拿起衣服就跑了出去，把门重重地带上了。

接下来的一周，又跟之前一样，打电话不接，发信息不回。向阳好不容易挨到星期六，一大早起来，骑着自行车，到外面吃了一碗牛肉面，又往特供团赶。路上整整骑了半个小时，身上倒不觉得冷，但手和脚都冻僵了，鼻子冻成了一个红疙瘩。到了单位门口，给她打电话，她很快就跑了出来，裹着一件军大衣，显得十分臃肿。看着他进了门，她扭头就走。他赶紧推着自行车跟上去。到了宿舍，见他冻得瑟瑟发抖，嘴唇都紫了，她哭了，给他倒水，又给他暖手。

他们又和好了。

这一次，她对他的宿舍进行了地毯式搜索，任何一个旮旯都不放过。结果，又翻出来很多以前的书信、照片，还有日记本。她要求把欣玥的照片和信都烧掉，只有日记本可以保留。因为经过她的悉心检查，欣玥在日记中出现的频率虽然高，但都是一些无关紧要的闲言碎语，她即使看到，心里也不会太难受。还有更重要的一点，这是一本活生生的证据，她觉得有必要牢牢抓在手里。

他拗不过她，只好答应她，当着她的面，点燃一根蜡烛，把信纸送到微微摆动的火焰上方。那一点火苗忽地腾起，迅速吞噬那些信纸，像变魔术似的把各种各样的色彩、字体都变成了一种颜色，它们瞬间坍塌，在他的眼前变成一堆灰烬。火苗也迅速吞噬了照片中笑容可掬的欣玥。那个清晰的身影，从双脚开始，一点点消逝，逐渐变得模糊，模糊……灰烬在空中徐徐舞动，缓缓飘落。如果说，许久以来他的心里还存留着微弱的火苗，还有一个挥之不去的身影，而如今，火苗已经完全熄灭了，再也不可能再形成燎原之势，那个影子，也同照片中的人一样，随风而逝。

第二部

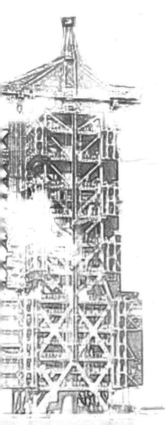

# 三十三

向阳要调到机关了。

星期一早上上班，向阳先把股长的办公室打扫干净，然后再打扫自己所在的财务室。史助理来了，烧水、泡茶。接着席会计就来了。

向阳正在拖地，她走近他，悄悄戳了一下他的胳膊，说："小向，你过来一下，我有话给你说。"然后踮着脚尖走到财务档案室去了。向阳跟着进去，席会计带上门。

"小向，你要调到机关去了，知道吗？"她脸上是掩饰不住的兴奋，"我小叔子昨天晚上告诉我的。所以我一早就赶紧通知你。你知道，现在往机关调可难了，他费了很大劲呢。"

"谢谢席会计！"向阳兴奋得差点跳起来，"麻烦您给易主任说一声，我回头一定感谢他。"

"没事没事！"席会计连连摆手，"他家里有的是好烟好酒，啥都不缺，你还没结婚呢，手头还是要省一点。放心，有大姐在，这事包在我身上！"——她拍着自己的胸脯——"不过，你嘴巴要紧一点，不要到处乱说，免得节外生枝！事情还没有最后定下来，知道的人太多，不但起不了好作用，说不定还有哪个眼热的人踩你一脚！"

"是是是——"向阳十分感激，觉得眼泪都快要漾出来了。幸福太任性了，说走就走，说来就来。或者说，幸福太深沉了，爱来就来，想走就走，你永远猜不透它的心思。多少个日子以来，向阳在渴望中消磨着耐心，挥霍着青春，仍然得不到它的青睐。可在这一刻，一点准备也没有，它竟然就来了。

他第一时间把信息告诉了郭纪芬。"真的吗？"她在电话里喊了起来。

"嘘——"他压低声音，"还没有接到通知，你要替我保密。"

"嗯——"她也压低了声音，尽量控制自己的情绪。

通知第二周就发到了单位政治处，让向阳下一个星期一到纪检处报到。一个毕业不到两年的财务干部，忽然跨界调到政治部工作，这个跨度实在有点大。

一时之间，单位说什么的人都有。有人说，别看向有勇退休了，余热还在，到底还是把儿子弄到机关去了。也有人说，送钱谁不会？这就跟清朝捐官是一个道理，钱少了就捐个候补知县，候上一辈子也授不了实缺。钱多了就不一样，可以捐个三品的道台，再多花点钱，不但能任实职，还能挑肥拣瘦！还有人说，向阳这小子，别看平时呆头呆脑，三棍子打不出一个屁来，没想到竟然是闷声发大财的主儿！听说人家交了一个有来头的女朋友，愣是被女人推到主席台上了。

流言伴随着二氧化碳，从那些别有用心的嘴巴里扩散，然后钻进无数个好事者的耳朵，经过沉淀和发酵，再一次从这些嘴巴里扩散出去，钻进更等着兜揽新闻的耳朵。就这样，流言像瘟疫一样，拐弯抹角，四处扩散，终于拐进当事人的耳朵。

向阳听了自然生气，却没有办法解释，这种事情只会越描越黑，谁会信你的？更何况他自己也很纳闷，为什么自己会调到纪检处，而不是财务处？私下里问席会计，她也说不清楚。但不管怎么说，这总是好事。晚上，他给父亲打了个电话。

向阳很少给家里打电话，给父亲打得尤其少。每次打电话，母亲关心的话题只有一个，就是他的终身大事，她至少托过十个人给他介绍对象。"昨天那个女孩怎么样？后天周末，我给你李阿姨说好了……"永远都是这些话。

父亲的话题也只有一个，就是工作。"不要听你妈的，男人要先立业，后成家。你还有啥不满意？我们那会儿比你辛苦十倍都不止……"时时处处都要教他做人。让他不胜其烦。

晚上这个时候，母亲跳广场舞去了，父亲一个人在家里。到了城市以后，李爱月比向有勇适应得更快，很快就和小区的几个中老年妇女打成一片。工作日，她跟着两个年轻的跑保险。周末，和几个年龄大的爬五泉山。一日三餐，基本都在外面吃。晚上六七点钟到家，匆匆忙忙换一件衣服，又下楼跳广场舞去了。向有勇不爱看电视，也不打牌，打发时间的唯一方式就是到楼下蹓弯。一来二去，也认识了不少人，年轻的，人家嫌他老，不带他玩。年老的，他又嫌人家老，脚步不灵便，散步一个小时，走一半，等一半。而且他说话又不中听，常常摆出一副居高临下的姿态。慢慢地人家也不愿意搭理他了。所以，他一天到晚基本都窝在家里，还要上灶给自己捣鼓吃的。向有勇被人伺候习惯了，烧锅燎灶哪里会？屋里烟熏火燎，呛得人睁不开眼，饭不是夹生就是糊了，对付着吃几口，然后就坐在沙发上生闷气。越想越来气，恨不得抓个人来吵架，可李爱月一天到晚忙得不亦乐乎，压根儿没功夫跟他拌嘴。好不容易等来儿子一个电话，正好借着机会发泄对李爱月的不满。向阳耐着性子听了几句，见他说个没完没了，只好打断他，把自己调到机关的事告诉了他。

"是吗？"他只淡淡地说了一句，语气很平静，好像一切都在意料之中。

"爸，机关用人也太不讲章法了，是不是？"

"什么章法？技术岗位是一个萝卜一个坑，政工部门有几个干部是政工科班出身？如果政工部门要求专业对口，那这个部门早就关门大吉了。"

"也许吧。"向阳有点不高兴。父亲是一个非常情绪化的人，一句话可以有很多种说法，可他总是拣最不中听的方式来表达。所以，每次他总是条件反射似的走到他的对立面。这个话题再继续下去，两人又得刀兵相见了。向阳心想，他毕竟还在退休适应期，一时半会儿还分不清台上台下，就对他宽容一点吧。"这次多亏了席会计帮忙——"他岔开了话题，"原来我总觉得她人品不好，没想到还是一个热心人。"

"你说席娅妮——是热心人？"听向有勇的语气，好像并不接受这个说法。

"是啊！"向阳把来龙去脉说了一遍。

"她会这么好心？"向有勇不以为然，用一种近乎嘲讽的语气说，"这个人实在不是一盏省油的灯，上蹿下跳，唯恐天下不乱。我当团长时，收拾过好几次，她在我面前哭哭啼啼，做出一副可怜样，对错误认识得很深刻，但就是坚决不改。本来要安排她转业的，想想算了。我是把她彻底得罪了。我想，她不给你穿小鞋就谢天谢地了，倒不敢指望她帮你！"

"爸，你这话我就不爱听。"向阳说，"人家帮我，没有提任何条件，完全是出于一片好心。你不领情就算了，也犯不着说风凉话吧？我挂电话了……"

向有勇没有吭声。他应该在抽烟。向阳在电话里就能闻到烟味。如今的父亲，只有在抽烟的时候才显得特别冷静，烟给了他充分思考的空间。沉默了一会儿，他说："前段时间，你龚叔叔给我打电话了。他这个人，还是很看重战友感情的。"

"哦？"向阳有点意外，"你们不是好多年都不联系了吗？"

"是啊！我们有七八年都没有通过电话了。"向有勇悠悠地说，"你前段时间给欣玥带东西了是吧？欣玥给她爸说了，他就给我打了一个电话，我们聊了差不多有一个小时。唉，人老了就难免念旧，说起当年在 D 城的日子，真就跟在眼前似的。哦，对了——"他吧嗒吧嗒地抽着烟，"他还提到你了……"

向阳的心跳加速了，脸上一阵阵发烫。虽然他和欣玥现在界限分明，完全是两个世界的人，但从童年到青年这段最美好的时光，他们的人生是交织在一起的，就像被打散搅匀的鸡蛋，已经无法把蛋黄从蛋清中剥离出来了……欣玥的父亲会向父亲说些什么呢？

他浮想联翩，却又不好意思问父亲。两个人在电话里沉默了一会儿，向有勇说："我累了，你也早点休息吧。"

挂断电话，心绪久久难以平静。自己人生的脉络，已经很清楚了，在 D 城结婚、生子，把这些人生必不可少的元素一一置办周全，接下来就是等着孩子长大，送入大学，等着转业或退休……不出意外的话，父亲走过的路，他还要重新走一遍，就这样。未来的路，一目了然，就像你在进入考场之前，考官一手发考卷，一手给答案，你连作弊的快感都体验不到。

# 三十四

D 城出大事了。

有一天夜里，向阳准备上床休息，忽然有人敲门。他起身打开门，原来是孟一昶！这个人从他的生活中消失了差不多有半年吧？长胖了不少，也变白了，只是眼睛周围有点发青，看上去像熊猫眼。

他径直走进来，把迷彩大衣脱下来丢在床上，从军裤口袋里扯出一瓶56度的牛栏山二锅头白酒，歪着嘴用牙一咬，嘭的一声，把金属瓶盖起掉了。"拿两个杯子，咱哥俩喝一杯！"他说。

"你跟苗迪心打架啦？她把你赶出来了，是不是？"向阳和他开玩笑说。顺手拉开抽屉，取出两个一次性纸杯，把酒倒上，又取来一个盘子，拆开一袋花生米倒在里面，放了两双一次性筷子。两个人碰杯，喝了一口。

"爽！"孟一昶用手背抹了一下嘴，咂巴咂巴嘴，这才回答向阳的问题，"打个屁架！我哪有那个心情？"

"还扯！眼睛都被打青了。"

"是吗？"孟一昶半信半疑，到卫生间的镜子上一照，自己也吓了一跳，"妈呀，真是像被人揍了。"

他笑笑，用冷水敷了敷眼睛，抽了两张纸擦擦手，把纸丢在马桶里，回来坐到床上，很快地扫视了一遍向阳的宿舍。进门右边是卫生间，左边是衣帽钩，分别挂着向阳的军帽、迷彩大衣，还有一个衣架，套着一件冬常服上衣。还有一件粉色的呢大衣。紧挨着衣帽钩的是一个铁皮柜，下面一层是衣柜，上面是书柜，整整齐齐摆着些书，不外乎四大名著、《百年孤独》《生命中不能承受之轻》之类，还有几块孟一昶接兵带回来的木化石，最耀眼的是一个五寸的木质相框，里面是一个扎马尾辫的女孩，一袭白裙，笑吟吟地站在一片绿草地上，背着手，双腿交叉，她的身后是一望无际的澄蓝湖面。单人床对面的书桌上摆满了锅碗瓢盆、菜板、刀架。墙上粘了一排挂钩，挂着铲子、勺子、铁笊篱等等。墙角放着一个小型的冰箱。

孟一昶笑嘻嘻地说："几个月不见，宿舍大变样了！看起来小日子过得不错嘛。"

向阳知道他另有所指，不甘示弱，红着脸说："一般般吧，不像你，已经由金屋藏娇过渡到男耕女织了。你可悠着点，没有犁坏的田，只有累死的牛！"

"你嘴上能不能积点德呀？"孟一昶笑着摇了摇头。掏出一盒烟，自己取出一根点上，吧嗒吧嗒地抽着，"D城出了一件大事，你应该听说了吧？"

"什么大事？"向阳记得孟一昶以前不抽烟，现在又抽烟又喝酒，比谈恋爱之前更加放纵了，看样子，小日子过得很滋润。

"你少给我装糊涂！"孟一昶又呷了一口酒。

向阳暗笑，以为他说的是自己调到机关的事，心想这小子消息还挺灵通。但孟一昶说的事跟这毫无关系。而且，这件事比向阳调动的事大多了，连总部都惊动了。

事情发生在D城的"王牌"师——科研部，就是席会计的爱人老易当总工程师的那个单位。D城的"一线"单位，以发射旅最为吃香，有"天下第一旅"的说法，其次就是"王牌"师，以科研工作为主，下辖八个技术室，每个室分别是各自领域的"天花板"。其中一个室有个叫程强的工程师，脑子灵光，很爱钻研，是测控领域的专家。但这人有一样不良嗜好，就是爱打麻将，常常和几个不良青年鬼混。一来二去，赌债欠了几十万。天天有债主上门，搞得他寝食难安。忽然有一天，他在网上看到一则消息，说是省城有一个军事发烧友，不知道怎么和国外的间谍搭上了关系，就把他平时掌握的一些信息兜售出去了。天网恢恢，疏而不漏，没多久就被抓获了。

程强仗着自己技术手段高强，自作聪明，也和境外间谍机构搭上线，走上那位军事发烧友的老路。因为他是本室的技术骨干，本身就掌握了不少重要信息和资料，平时和他业务上有来往的也大多是相关领域的专家，他既然有心搜罗秘密资料，获取的渠道就非常多了。他前前后后向境外提供了十几份机密文件，还有几份绝密文件，获利十几万元。

也是利欲熏心，程强并没有意识到事情的严重性，所以完全没有收手。事发的时候，他旧债尚未偿清，新的债台又越筑越高。等到被捕时，一切都晚了。工作组进驻调查时，程强痛哭流涕，决心悔改，他把整个事件从头到尾交代得非常清楚。这个人到底是搞计算机的，脑子也像电脑程序一样，一丝不乱，某月某日和谁一起吃过牛肉面，他都记得一清二楚。这一来，身边被他带累的人不少，单位的直接领导、同事，以及跟他有过业务来往的有六十多人，都被牵涉在内。刚调到保障团司令部技术室的孟一昶就是其中之一。

"你说我是不是走霉运？"孟一昶扯着哭腔说，"那天去机关办事，一个老参谋让帮他拷贝一份资料给程强，举手之劳，所以就帮他代办了。这下子可好，我刚调到司令部还不到一个月，就引火烧身了。"

"这跟你有啥关系？"向阳说。

"你认为没关系，就真的没关系啦？我听说，上头对这件事非常恼火，决定严惩，他们室里的领导肯定一撸到底，恐怕连师里的领导都要跟着受处分、写检讨。"他愤愤不平地说，"他大爷的，知道我的黑眼圈怎么来的吗？上头派工作组来了，我们很多人都被禁闭在招待所，已经过堂四五次了，光检查材料都写第五遍了，吃也吃不下，睡也睡不着，我都快被逼疯了。还好，检查今天终于交差了。"

"他一个人的罪过，干吗要让大家都跟着遭殃？"向阳说。

"你在军营待的时间比我长，这个道理难道你不懂？"孟一昶说，"你听说过有单位获集体三等功，个人一等功，有没有听过哪个单位被集体记大过，集体警告处分？荣誉可以是个人的，也可以是团体的，但错误和过失板子必须打到具体的人身上。"

"也是。"向阳说，"现在你把情况交代清楚，应该就没事了吧？"

"应该是吧！"孟一昶抓了一把花生米丢在嘴里，又喝了一大口酒，"我拷给他的文件又不涉密，他们还要我怎么样？不过，我看这次得有一大堆人跟着倒霉，程强的室主任和政委肯定要完蛋。昨天送盒饭到他们房间，政委一把鼻涕一把泪，主任哭得比林黛玉还伤心，两个人'相顾无言，唯有泪千行'。听说主任还是副师职后备干部呢，这下也泡汤了。"

两个人边喝边聊。向阳也把自己调到纪检处的事透露给他。孟一昶说，这项工作就是纪检处和保卫处在配合工作组调查。

"兄弟，高抬贵手啊。"他冲向阳抱拳施礼。

"你又消遣我！我去了也不过是端茶倒水，哪就轮到我当家做主了？"向阳笑着说。

"做不做主倒在其次，有消息了第一时间通报一声，好让我有个心理准备。"孟一昶说。

两人聊够多时，一瓶酒也见底了，花生米也吃完了，孟一昶的烟也抽完了，地上扔满了烟头。他抽完最后一根烟，把烟头丢掉，用脚踩着，在地板上来回搓动，好像跟它有宿世的仇怨一样。然后站起来穿了大衣，说："跟你喝了两口酒，心里舒服多了。我赶紧给苗苗报个到，省得她担心，然后好好补个觉，说不定明天还要传唤我呢。"

# 三十五

星期一早上一上班，工兵团政治处主任和冯干事带着向阳，乘车去机关报到。冯干事先到政治部办理相关手续，政治处主任带着向阳到纪检处。

处长办公室的门开着。屋里乱七八糟，桌上堆满了书和各类资料，旁边还丢着一个康师傅方便面的桶。处长任杰一脸倦容，头发乱蓬蓬的，眼角还挂着眼屎，正坐在电脑前伸懒腰，打哈欠。听见有人敲门，处长腾地从椅子上一跃而起，好像半夜三更被噩梦惊醒一样，额头上冷汗涔涔。镇定下来以后，自己先笑了，便给主任让座。主任挨着椅子边缘坐下，简单说明来意。

"哎呀，我都把这事忘了！"任处长一拍脑门，"调令刚下去，恰好手头有一项紧急工作，我就忘了给团里去个电话，还请你向团长和政委解释一下。

既然你工作忙，我也就不留你了，下次再叙。"主任乖觉地站起身。任杰和主任挥挥手，并不送出门，又回到办公室前整理资料。向阳将主任送到门口，说了一番感谢的话，主任也非常客气，和他握手道别，说了几句"请他以后多关照工兵团，有空常回'娘家'看看"之类的话。看着向阳进了办公楼，才转身上车。

回到办公室，打了报告进去。处长头也不抬，说："明天我们要和贾副司令陪工作组去额济纳旗。今天有很多准备工作要做，等下郝干事会给你安排。要是平时，还可以让他带带你，手把手教一教，现在特殊时期，也就顾不了这么多了，好在你是 D 城长大的，认识的人多，方方面面也都熟，就直接'土法上马'吧。不过——"他用食指和中指尖笃笃笃敲着桌面，"机关和基层不一样，基层有的是人，很多事都用不着你动手。到了机关，凡事都要亲力亲为。你看我这个处长，也经常和参谋干事一起干活，昨晚就是通宵加班！你也要积极调整心态，工作标准要高，要求要严，作风要实。要做到'三多一少'：多看，多学，多干；少说。你明白吧？"——向阳点头如捣蒜。处长微微一笑——"我应该不会看走眼，你自身素质还是不错的。伟楠——"他扯着嗓子喊。

隔壁有人应了一声，紧接着跑进来一个胖嘟嘟的小个子，挂着少校军衔，头发稀稀落落，夹杂着不少白发，小眼睛，大鼻子，大概也是熬了一夜，气色很不好。看面相倒不是很老，大概也就三十出头。他唯唯诺诺站在一边，垂手而立。

处长又接着说："这个是小向，从工兵团刚调过来。"——向阳敬了个礼，又伸出双手，郝伟楠还礼不迭，就握住他送过来的手——"伟楠，你是老机关了，就多带带他，传授传授经验。明天去额济纳旗还有哪些具体工作，你梳理一下，跑腿的事就交给他。去吧。"两人退下。

郝伟楠负责审批长途车，跟驻额济纳旗的兄弟部队对接，请他们安排向导，预订午餐，并做行程计划。向阳负责采购矿泉水、抽纸、口香糖，安排司机加油、到 D 城宾馆拿酒。一切安排停当，他们又回到宾馆，协同保卫处保障工作组。

第二天吃完早饭，出发前往额济纳旗。第一站是怪树林和黑城，距离 D 城约一百三十公里。豪华考斯特载着首长、纪检处处长、保卫处处长及郝伟楠、向阳和工作组的六个人，一路向北，经过特供团、空军某场站，在岔路口转东，行驶约十公里，向北进入航天路。这条路才修不久，是双向双车道，向西可以经过甘肃，进入新疆，向东经内蒙古、山西、河北，然后到山东。沿途没有收费站，所以车流量很大，且以重型运输车辆为主。这条路也比较荒凉，额济纳旗到阿拉善左旗这一段路，有六百多公里，沿途加油站不会超过三个，不熟悉路况的司机，一不小心就会"断粮"。路两旁没有植被，光秃秃的，戈壁滩上风沙又大，时不时会遇到横风，没有经验的司机一不留神就会翻车。路上也会偶遇驴子、骆驼、羊群等等，在空旷的道路上，司机难免麻痹大意，所以友善的动物们往往会变成马路杀手，给司机增加无谓的风险。这条路上每年发生的亡人事故，远远超过内地车流量大的道路。

黑城就掩映在漫漫荒漠之中。它是一座长方形建筑，虽然城墙被流水掩埋了不少，但大体轮廓还是比较清晰。北墙约长五百米，西墙约四百米，黑城设东西两门，并筑有瓮城，总面积接近两万平方米。

黑城曾是西夏王朝的军事重镇，后被成吉思汗的铁骑攻破。一百多年以后，明朝兴起，大将冯胜西征，接连攻取张掖、酒泉。黑城成了元朝在河西的最后一个据点。明军久攻不下，只好修筑堤坝，从黑河上游切断了流经黑城的弱水。黑城守将卜颜帖木尔只好献城投降。但大明王朝最终抛弃了黑城，这座历史名城，从此沉睡在苍凉的丝绸古道上。直到二十世纪初，有一位俄国人率领探险队风尘仆仆而来，通过一系列不光彩的手段，取得了驻守在本地的一位土尔扈特王爷的信任，终于如愿以偿，开启了黑城的考古之旅，最终从黑城发掘出相当丰富的文物和经卷等。像敦煌莫高窟一样，黑城也吸引了世界各地的探险家前来掘宝，其中有一位就是当年从敦煌运走大批经卷的斯坦因。悲剧再度上演，黑城几乎被洗劫一空。

黑城虽然名为"黑"城，城墙却是土黄色的，与戈壁滩浑然一体。所以，从空中鸟瞰，它完全不如比邻而居的怪树林更引人注目。

怪树林位于黑城遗址西侧。从航天路前往黑城，首先要经过怪树林。据说，这里曾是一大片胡杨林，因为战争，上游的水被截流，黑城成为无水之舟，这片胡杨林也跟着遭殃，全部枯死了。这些不得善终的树，跟死于非命的人一样，死相极其狰狞，有的树干倒在地上，枯枝兀自伸向天空，像一个被汪洋大海吞没的溺水者，仍然不愿意放弃生存的希望，把手臂伸出海面寻求援助；有的树干弯曲，像禁不住敌人摧残的懦夫，双膝跪地苦苦求饶；有的树呈一个倒立的"人"字，像一个穷途末路的英雄，朝苍天张开双臂，慨叹命运的不公；还有相邻的两棵树，躯干紧紧相拥，仿佛一对生死相依的恋人。可是，它们最终还是被无情的岁月吞没了。为了扩张彼此的利益，我们一而再，再而三向大自然界借债，吃人嘴软，拿人手短，以至于在债主面前直不起腰。胡杨林成片成片地消失，居延海日渐干涸。黄沙肆虐的时候，我们已经没有可以依靠的屏障。有一个说法：风起额济纳，沙落北京城。据说席卷京城的沙尘暴，就是从额济纳旗的胡杨林畔迈出第一步的。

车到黑城遗址，大家下车。车外朔风猎猎，黄沙滚滚，吹得众人东倒西歪。工作组的组长是唯一的女性，四十多岁，十分清丽。她下车才走了三五步，又转身跳上车，用军大衣把自己裹得紧紧的，又把大衣的毛领掀起来，把脑袋藏在里面。

首长见她又上车了，就跟着回来，说："组长，下去看看吧，来都来了。"

"不了，太冷了。"组长说，"我这人最怕冷。"

"生活不易呀。"首长说，"你们在北京感受不到我们的艰苦，体验一下也好。"

"不去，不去啦！"组长说，"北京一天到晚都是沙尘暴，出门就吃沙子，吃够了。首长，你让他们照张相赶紧上来吧。"

"好吧。"首长笑笑，下车去了。

向阳和售票员发生了争执。公告栏的"游客须知"上明明写了"军人免票"，售票员却坚决不同意。

"为啥不免票？明明写了军人免票！"向阳问他。

"你们的军官证是假的。"他说。

"怎么就是假的？你看，部队的番号、公章、钢印都有。你给我造一个假的看看！"向阳把军官证一个个给他摊开。

"不是假的，为什么部队的名字都不一样？你看，这个还穿着海军衣服，到居延海去游泳啊？"他指着工作组一个海军中校的军官证说。

"他们是北京来的工作组，为什么不能有海军？"向阳非常生气，嗓门提高了好几倍。

"那这样吧！"他说，"你们本地这几个免票，外地的军官证不免。"

"为什么不免？公告栏也没说外地军官证不能免票！"向阳越说越急。

"你去故宫，人家给你免票啦？我说不能免，就是不能免！"那个人也急了，"天寒地冻的，我在这儿守了大半天了，连一毛钱都没有收到，你也要体谅体谅我呀！换了你是我，你愿意吗？"

向阳又气又笑，还要跟他理论。友邻部队派的那名向导恰好赶来了，把向阳劝到一边，自己过去跟售票员交涉，两人叽叽咕咕说了一会儿话，售票员便让他们进去了。城里到处都是沙丘，风一吹，风沙比外面还大。大家裹紧大衣，匆匆走了一圈，争先恐后地跳到车上，齐声说太冷了。

车折回来，前往怪树林。有几个爱好摄影的倒是来了兴致，兴冲冲地去拍照片。郝伟楠脖子上挂着佳能5D单反相机，跑前跑后给大家照相，忙得不亦乐乎，愣是在零下十摄氏度的天气流下了汗水。

午饭安排在额济纳旗宾馆，主打菜是烤全羊。首长请组长坐首位，组长谦让了半天，最终还是首长坐了主位，组长挨着首长右首坐下，大家依次坐定，服务员上来斟满酒。一位同样穿着民族服饰的女人在前面导引，身后跟着一个着民族服饰的汉子，推着一辆小巧的木质双轮车。车上盖着大红绸子，掀开绸子，是一只平卧在大木盘中的整羊，羊脖子上系着一条红绸带，羊身呈焦黄色，显然已经烤透了，香气四溢。那个女人左臂平放在胸前，躬身伸出右手，意思是请客人下场动刀。首长和组长又谦让了一回，最后由首长牵着组长的手，两人一起过来。首长拿起刀子，递给组长，组长往前探出半步，背过脸去，轻轻在羊背上戳了一刀，就把刀子丢在盘子里，三步并作两步，跑回自己的座位去了。她双手捂着自己的胸口，颇有惊魂未定的意味。首长也跟着回到座位上。

那个汉子手起刀落，一会儿工夫就把一只羊卸得七零八落，挑了一些精肉盛在盘子里，分别呈送到客人面前。首长举杯致祝酒词，首先感谢工作组远道而来，对D城的工作进行指导帮助；其次表达歉意，因为D城保密工作出了问题，给总部和总部首长抹了黑，这也反映出D城领导班子的工作还不够细致；再次是请求，对当事人自然要严惩不贷，但对一些工作中仅是有瑕疵的干部还是要给予同情，如果情节不严重，希望能网开一面。组长微笑着和首长碰杯，并对首长的发言作出简短回应，对那些被牵涉在内的无辜干部表示同情和理解。

三口酒喝完，首长使了个眼色，郝伟楠起身，走到向阳旁边嘀咕了几句。向阳出去了一趟，很快又回来了。紧接着，刚刚送烤羊进来的两个人也进来了，男的抱着马头琴，女的拉着音箱，拿着麦克风，脖子上挂着洁白的哈达。

蒙古人的习俗，无酒不成席，但席间猜拳行酒令不但不雅，而且太过单调，所以敬酒的时候要唱歌。敬酒者用银碗斟满酒，放在托盘里铺开的哈达上，由一个人端着。他们走近客人，略略躬身，先双手将酒碗递给客人，再将哈达举过头顶，客人礼节性地弯下腰，他就把哈达搭在客人脖子上，再请客人喝酒。

主人当然希望客人喝得越多越好，所以渐渐就有了"歌声不断酒不断"的说法，歌手一开始唱歌，客人就要端碗喝酒，一直喝到歌声停止。酒喝完了可以再添，但歌声停了，碗中的酒也必须喝干。流行的祝酒歌中，有的特别长，客人不知就里，听着苍凉的歌声归于静寂，以为一曲将终，就一饮而尽，没想到歌声的调子又渐渐高上去，酒碗又被倒满了。

组长一连干了三小碗酒，大概也有三两了，直喝得两颊通红，似火烧一般。纪检处处长和保卫处处长过去敬酒，组长连声说"不喝了，不喝了"，把酒杯反扣在桌上。两位处长站在她身后，她也不回头，只顾着和首长说笑。

首长对两位处长说："你俩先回去吧。这样，我给组长和工作组献首歌！"说着站起来，把外套脱了，掸掸前襟，捋起袖子，走过去从女歌手手中接过话筒，接着说："我唱一首《永远是朋友》，结识新朋友，不忘老朋友，让我们永远是朋友……"

那个汉子轻轻拨动琴弦，优美的旋律在指尖缓缓流淌。首长便放声歌唱：

> 千里难寻，是朋友。
> 朋友多了，路好走。
> 以诚相见心诚相待，
> 让我们从此是朋友。
> …………

首长的嗓音很清爽，与女歌手深厚的音质形成了鲜明的对比，很难说谁比谁唱得好，只能说各有韵味罢了。

一曲终了，首长回到座位。让服务员取来两个小高脚杯，给自己满满倒了一杯酒，又给组长倒了半杯。

首长说："漂亮的女人容易让男人喝醉，今天我就要喝醉！"

他醉眼饧涩，眼睛直勾勾地盯着组长，好像已经有了酒意，但还是端起杯一饮而尽。组长红着脸，说是不胜酒力，推辞了几回。首长执意不肯，只是扬扬手中的空杯，示意她喝完。组长无可奈何，也只好喝了。

喝完酒，首长说："下面我们有请组长唱首歌！大家欢迎！"然后带头鼓掌，大家也都跟着拼命鼓掌。组长红着脸，连声说自己不会唱歌。首长拉起组长的手，和她一起离席，接过话筒递给组长。

组长实在推不过，接过话筒说："我从小就五音不全，不会唱歌。再说了，首长刚刚唱了那么好听的一首歌，我也不能倒大家的胃口。这样吧，我给大家念一首诗，这是我从程强的日记本上摘出来的，也不知道他是从哪里抄来的。挺有意思——"

嘿，在里面很苦
早知道是这样
就不该有当初
为了一时的幸福那样投入
忘了这一生都会苦

嘿，很难逃得出
自己走过的路
别再说无辜
为了遥远的路途拼命追逐
忘了得不到会孤独

哪边会幸福哪边更苦
越过高墙也许会更无助
生命短促不该追求虚无
所以越狱在今夜趁你外出

哪边会幸福哪边更苦
别再中了来自爱情的毒
谁的痛苦来自谁的束缚
所以越狱在今夜
给彼此留条生路

嘿，在里面很苦
早料到会这样也是会有当初
当初我愿意付出一切去赌
忘了我会输

会得到惩处

读完诗歌，她把手机收起来，清了清嗓子，笑着说："通过这一周多的调查，我对程强有了一个比较全面的了解，这个人很有些歪才，他好像已经预见到自己有一天要进去。早知如此，何必当初呢？我们每个人都应该有一颗感恩之心，懂得惜福。就拿我们今天的相聚来说，这也是一种缘分。我提议，大家一起举杯，敬首长——"

首长的脸上掠过一丝不快，但很快就换上一副笑吟吟的表情。他端起高脚杯，不由皱了一下眉头。

任处长招呼着郝伟楠和向阳，快步走到首长身后，抢过首长的杯子，把一大半酒都倒在自己的杯子里。

"司令，我带纪检处的兄弟给您敬杯酒！您随意！小向——"——向阳越过郝伟楠，赶紧走到处长身旁——"这是从工兵团调过来的小向——"说着，又把自己杯子里的酒倒了一半给向阳，"首长对你很关心！机会难得，还不赶紧感谢司令？"

"你跟小龚是同学？"向阳双手捧着杯子给首长敬酒。首长轻轻碰了一下向阳的杯沿，和颜悦色地问。

"小龚……"向阳迟疑片刻，立即想到首长说的是欣玥，"对对对！司令！是同学——"还好，首长仍然笑吟吟的，好像并不在意。

"把酒喝完！"任处长板着脸说，"司令为了你的事，专门打电话和政治部协调，你多喝点！"

"自己人，就别喝这么多了。"首长说，"这是小事。我跟老龚是对门，远亲不如近邻，近邻不如对门嘛。"——转过头低声问任处长——"东西都准备好了吧？"——任处长点头如捣蒜——"人家都是大机关来的，什么场面没见过？咱们不能太小气，让人看不起。"首长最后说。

这一顿酒直喝到下午三点多钟。散场后，又急急忙忙赶往下一站——"神树"。它是额济纳旗胡杨树中当之无愧的王者，高二十三米，主干直径接近二米一，需要六个人手拉手才能围住。远远望去，遮蔽了半个天空。这棵树的历史可以追溯到北宋末年，至今已经有九百多岁，但仍然没有衰老的迹象，树周围三十米以内，又接连长出了五颗粗壮的胡杨树。它用自己顽强的生命力赢得了牧民的尊重，每年冬末夏初，远近牧人都虔诚地来到神树前，诵经祈祷，祈求风调雨顺，草畜兴旺。

大家已经醉得东倒西歪。好几个人都没有下车，匆匆一瞥，又立即上车。时间不早了，来不及去居延海了。任处长请示首长，首长一摆手，处长会意，给司机作了一个手势。司机便轰一脚油门，踏上返程的路。

# 三十六

调查工作还在继续。一个工作组走了，另一个工作组又来了。首长带领保卫处处长、纪检处处长、向阳和保卫处一位干事，陪同工作组去勤务团下辖的看守所。那是向阳第一次见到程强。瘦瘦小小的一个人，脸色蜡黄，两颊无肉，耷拉着脑袋。头发乱蓬蓬的，胡子拉碴，上衣和军裤都脏兮兮的，不知多少天没有洗过。见一群穿军装的人进来，眼睛直往别处躲。

"领导，"他嗫嚅着说，"能不能——给我一杯水喝？"

组长使了个眼色，便有人递给他一纸杯水。他手上戴着手铐，双手举着杯子，一口就喝干了。

"能不能再倒一杯？"他抬起头，眼里含着泪水，"倒满一点！"

这次没有人回应。组长不耐烦地看了他一眼："开始吧。"

工作组每抛出一个问题，程强都像是做抢答题一样，不等问题问完，就迫不及待地开始。他的口才很好，每一个问题，都能滔滔不绝地说上半个小时。每次回答完，总担心有所遗漏，又不停地问："这样说行不行？你们都清楚了吗？还要不要我再补充？"明明已经做完了笔录，让他过目签字，他又指指点点，这儿要加几句话，那儿要添几个字。做笔录的人不胜其烦。明明签完字画完押了，又挠着头皮说，自己又想起来一个人，某年某月某日曾经找他拷贝过文件。工作组的人本来已经站起来收拾东西了，不得已又坐下来，继续听他絮叨。

一个上午很快就过完了。

临走，他扑通一声跪在地上，痛哭流涕，说："各位领导，我一定把我知道的事一字不落地说出来，你们可别枪毙我！我女儿才六岁，媳妇还没有工作，我一完蛋，她们也要跟着完蛋！"

两个战士把他拖起来，他回头扯着嗓子喊："首长，你给勤务团领导打个招呼行吗？让他们给看守所的人说一声，能不能给蹲坑装一扇门呀？他们看着我，我拉不出来——"

首长摇摇头，说："这叫什么人呀？害群之马！一个老鼠坏了一锅汤！"

保卫处那个干事看程强那个样子，忍不住捂着嘴，想笑，正好被首长看在眼里。首长狠狠地剜了他一眼，骂道："这个时候你还能笑得出来？"

那个干事低下头，躲到大家身后去了。

程强最终被移交军事法庭，判了无期徒刑——这已经是半年后的事了。D城对此事的处理也相当严厉，颇有杀鸡儆猴的意思。和程强一个技术室的同事兼战友，多人被调离工作岗位，从技术室里上调到机关的几名干部，一律退货，回原单位。室主任记大过处分，室政委记过处分。两人一先一后转业了。科研部分管技术室工作的副主任也受到记过处分，他本跃跃欲试，想竞争下一任科研部主任，这一下子泄了气，有点破罐子破摔，大会小会都积极发言，也敢顶撞上级了。其他受到处分的也有二十多人。"程强事件"还有一个更直接的影响——D城的互联网被全部切断。图书馆的网吧只好关门大吉，渐成燎原之势的电脑店生意一落千丈。

接下来，D城自上而下，各单位争先恐后成立了保密检查组，他们运用了一些新的技术手段，先从办公室的电脑逐个查起，然后挨家挨户排查家用电脑，检查接入互联网的电脑是否有办公痕迹。又有几个人倒了霉，其中两名干部被从军级机关下放到基层部队，还扣发了当年的任务津贴。

孟一昶逃过一劫，只在单位干部大会上做检讨。他声泪俱下地诉说了自己的委屈和无知，博得了战友们的同情和谅解。为此，他带着苗迪心，专门请向阳和郭纪芬吃饭。

一高脚杯白酒下肚，他以手加额说："'大难不死，必有后福'，看来我孟某人的运气从此势不可当了。"

苗迪心娇嗔地看着他，发嗲说："'好了伤疤忘了疼'，你就这毛病，你忘了前两天紧张的那个样子，吃不下，睡——"

孟一昶打断她，拭了一把额头上的汗，说："'吃一堑，长一智。'以后我再不会犯类似的错误了。唉——"他看着向阳，继续说道："有人倒霉就有人占便宜，你看你，凭这一件事，一下子就成了红人了。古有'包青天'，以后D城政坛冉冉升起一颗新星——'向青天'！"

向阳听他的话酸溜溜的，呷了一口酒，说："你这叫什么话？还拿我开涮！我知道，你觉得自己受了委屈，可是你有没有想过，这两个多月我们是怎么熬过来的？我们处长瘦了一圈，保卫处甄处长更惨，不但瘦得没有人形了，头发都白了一半。这项工作，保卫处是牵头单位，他承受的压力比你想象中大多了。那天晚上我们两个处一起吃饭，他说，他今年准备滚蛋了，万一再出这么一件事，他的命就撂在这里了……"

　　正说着，饭店的门被推开了，一个人腆着肚子，侧着身子挤了进来——饭店不大，门也小气。那个人满脸通红，一身的酒气，摇摇晃晃从向阳他们面前走过，忽然停住了，眼睛直勾勾盯着郭纪芬，看得郭纪芬的脸都红了。他又转头看着向阳，眼睛瞪得像一对铃铛。原来是郑才学。

　　"明白了。"他又转头，把郭纪芬从上到下打量了一番，竖起大拇指说，"端的是郎才女貌！"

　　"郑干事，坐下喝两杯！"向阳红着脸，掇过一张凳子，"老孟，这是宣传处的郑干事！"

　　"不打搅你们啦！"郑才学清了清嗓子，"鄙人担心自己的亮度不够，把这一对照得剔亮无比，却让那一对黑灯瞎火！哈哈！哈哈哈！你们慢慢聊，不打搅了——"

　　"喝一杯吧，郑干事！"孟一昶已经端着杯子站了起来，又把一个杯子递给郑才学，"久仰大名，认识您非常荣幸！"

　　"那就恭敬不如从命！鄙人就聊表心意，你喝完，我随意！哈哈——"郑才学接过杯子，轻轻抿了一口，对向阳说，"哥们，祝贺你啊！'士别三日，刮目相看！'真有你的！"——说这句话时，他一直盯着郭纪芬。她一言不发，脸更红了——"刚刚给老甄送行，多喝了几杯，鄙人不胜酒力。哈哈，里面还有一场——"——他指着里面的包厢——"鄙人先行告退！得忙乎忙乎自己的事了，咱不能一味发扬雷锋精神，扑下身子给别人种庄稼，眼睁睁看着自己的田荒了。对不对，哥们？呵呵——恭喜——"他放下杯子，和向阳握了握手，踉跄进屋去了。

　　"这哥们夹枪带棒地说了一大堆，啥意思啊？"孟一昶看着郑才学的背影说。

　　向阳和郭纪芬都把头低了。向阳用膝盖碰了下她的膝盖，她转过头来，两人对视了一下，忍不住都笑了。

孟一昶又说："这哥们看着疯疯癫癫的。不过听我们单位的人说，他挺有才，写材料是一把好手，是不是？"

向阳说："是挺能写，但嘴巴比笔头子更厉害。贾副司令很喜欢他，'大树底下好乘凉'。听机关的人说，保卫处处长转业了，副处长顶缺，他可能要调到保卫处去接任副处长。"

"'大树底下好乘凉'。"孟一昶默默念了一遍，抬头望着向阳，眼神非常诚恳，"其实，兄弟，这句话你也可以对自己说，你的机会比我好，你要好好把握。"

"你不准备再创造机会啦？"

"我？"孟一昶笑了，"下个月我们就要领结婚证了，我要在D城扎根了。时间过得可真快呀，想想咱们两个人坐着同一辆火车，从大都市来到了戈壁滩。咱们一起谈理想，谈人生，你对面就只有一个我，我对面也只有一个你。那时候雄心万丈，想着一定要考上研究生，永远离开这个鬼地方。这还不到两年，我对面多了一个人，你对面也多了一个人。过不了两年，你对面又要多一个人，我对面也要多一个人。现在，如果真有机会离开，恐怕我也舍不得走了。"

苗迪心脉脉含情地望着孟一昶，把水杯递给他，说："少喝点酒，喝点茶。"

苗迪心也胖了，皮肤也更白皙，她穿着一件血红色的羊毛衫，黑色的喇叭裤，很有一些成熟女人的风韵。

孟一昶把茶杯拨拉到一边，说："感情深，一口闷。我和向阳什么关系？你别搅和！——向阳你说说你自己，你是不是也认命了？"

"不认命又能怎么样？"向阳说。

他看着眼前这个女孩，脑子里在想另一个人。可是以前那个挥之不去的影子，如今却无法复原。他曾经对欣玥的这份牵挂，也许并不是爱情，因为他从来没有认认真真轰轰烈烈地爱一场，每当想起爱情，就自然而然把感情寄托在与自己最亲近的女孩身上。而现实是，他们已经好多年没见面了，现在的她是否长高了，胖了抑或瘦了，他都无从得知。以前，除了把她当作爱情停泊的港湾之外，或许还有一个不可为外人道的愿望——他希望她能带着他抵达梦想中的城市。现在，她替他实现这个愿望——让他得以进入机关。她的使命完成了……他轻轻抓起郭纪芬的手，把她的掌心贴着自己的掌心。她深情地望着他，眼睛湿润了，长长的睫毛上挂着晶莹的泪珠。

"命运对我还不够好吗？"他对自己说。

# 三十七

这一阵，向阳的工作不算忙，周末，两人基本都在宿舍开伙。郭纪芬厨艺精进，把伙食调剂得相当丰富。她忙的时候，向阳也便帮着择菜、洗菜、洗碗。两人一唱一和，配合得相当默契。她现在也很少闹别扭。

有一次，向阳开玩笑说："林妹妹把她的病传染给你了。她的病好了，你的病也就好了。"

郭纪芬瞪圆了眼睛说："你拿我和林黛玉比是什么意思？你是骂我小气，还是咒我短命？"

向阳笑着说："你看你，一个财务干部，不钻研本职业务，一天到晚就知道研究菜谱，所以业务跑偏了。四大名著都搁在书架上，你也不读，你肚子里和名著有关的那点知识，都是道听途说。我原本说了一句好话，到了你那里，意思就差了十万八千里。《红楼梦》中，贾宝玉对林黛玉说，'你皆因都是不放心的缘故，才弄了一身的病了。但凡宽慰些，这病也不得一日重似一日了。'后来林黛玉知道了贾宝玉的心思，一颗悬着的心彻底放下了，也就不再跟贾宝玉使小性，不再把薛宝钗视为情敌。你自从把别的女孩留在我人生中的痕迹抹得干干净净以后，可不就放了心了？所以这一段时间，也没见你闹脾气。"

郭纪芬把铲子一扔，说："你这话说反了，不是我不放心，是你不放心才对。"

向阳一愣："我有什么不放心的？"

郭纪芬说："原来你惦记着什么星呀月呀，什么木呀林呀，谁知道人家根本不领你的情，你算是白操心了。现在可不得把这些闲心放下？"

向阳被她说中心思，十分不悦，就说："我的事没有你不知道的。你的事，我除了知道那个郑才学之外，其他一无所知，谁知道哪天会不会冒出一个贾才学来。"

郭纪芬柳眉倒竖，上来就撕向阳的嘴。向阳抓住她的手，说："君子动口不动手，你这人怎么动不动就上手啊？"

郭纪芬说："我说又说不过你，再不动手，还不得由着你欺负？再说了，'君子'这个词是你们男人造出来标榜自己的，跟我有什么相干？"说着又要动手。

向阳笑着跳开，说："好啦好啦，不逗你了，说点正事吧。"

孟一昶和苗迪心已经领了结婚证。苗迪心把自己的宿舍布置得相当温馨，完全是一间新房。也置办了电视机、洗衣机、冰箱，都放在孟一昶的宿舍。他们也在宿舍开伙。D城的公寓房比较紧张，刚结婚的新人总是要排队等分房子。向阳说，自己的母亲一直非常关心他的终身大事，只要一打电话就要过问，今年春节回兰州，母亲天天都要问上七八遍，又托邻居和熟人给他介绍对象，弄得他心烦意乱。现在他们两人的事已经定了，不妨给家长们通个气。他计划过段时间休假，带郭纪芬去趟兰州。

郭纪芬点了点头，脸又红了。

征得她的同意，向阳便给母亲打了个电话，没想到竟然关机。李爱月一天到晚忙得不可开交，手机一向是二十四小时开机，随时都有电话打进来。下午再打，关机。晚上继续打，还是关机。第二天，电话还是打不通。向阳有点着急，中午下班后，就给父亲打了个电话。

"是小阳啊？"向有勇的声音有点哑。电话一接通，他不等向阳开口，自己就开始问他，"你妈给你打电话了吗？"

"没有啊！昨天到今天，我打了有七八次，手机都关着。她又跑到哪儿去啦？"

"小阳——我——该怎么跟你说——你妈她……"向有勇吞吞吐吐，欲言又止。

"怎么啦？你们吵架啦？"向阳心里一惊。

"我和你妈哪天不吵架？但是这次——嘻！怎么给你说呢，她离家出走了，都三天没回来了。你说也真是，五十岁的人，跟个小孩一样，越老孩子气越重……"

李爱月自从跑保险以后，像打了鸡血一样，一天到晚上蹿下跳，东家出，西家人，远亲近邻以及转业到兰州的战友都成了她的业务对象。当然，也包括她和向有勇，她光给自己就买了五份保险，给向有勇买了三份。

就在前几天，一个战友跟向有勇借钱，他很爽快地答应了。家里是李爱月管账，向有勇的工资卡在她手上。等到她回来，他就把这事给她说了。李爱月愣了一下，说，现在哪还敢给人借钱？借钱把朋友都借成了敌人，把亲戚都借成了仇人。与其这样，还是不借的好。向有勇向来一言九鼎，说出去的话，泼出去的水，怎么肯依她？逼着让她拿钱出来。李爱月红着脸，支支吾吾半天，就是不肯拿钱。向有勇气得又拍桌子又骂人，说年前不是刚存了一个五万的定期，直接取出来不就行了？大不了不要利息。李爱月低着头说，钱没了。

原来，李爱月到了兰州以后，和工兵团原卫生队队长老牛的老婆走得最近。没多久，老牛老婆也被她发展成保险业务的下线。去年股市大涨，李爱月投了不少钱买基金，着实赚了一把。老牛的老婆眼热，就拿了十万块钱给李爱月，让李爱月帮忙给她买基金。李爱月就用老牛老婆的身份证开了个户头。刚开始两个月，也是涨了不少。但她一分钱都没有赎，全都滚在里面。没想到，牛市瞬间坍塌，老牛老婆陷在里面无法抽身。熬到今年，头发都熬白了，看着也没指望，最终割肉出仓，赎回来不到四万块钱。老牛老婆就把这笔账记在李爱月头上了。

有一天，她找到李爱月，哭得一把鼻涕一把泪，说她弟弟得了绝症，需要一大笔钱做手术，老牛这只铁公鸡把钱看得比命还重要，一分钱都不给。她不能眼睁睁看着弟弟死，他两个孩子还小，所以让李爱月借给她十万块钱。李爱月也跟着哭了一鼻子，她没有那么多钱，就给她凑了八万。前段时间老牛的老婆还回来两万，还剩六万。她给李爱月发了个信息，说这六万块钱就不还给她了。李爱月急了，打电话过去问为什么不还？老牛老婆说，李爱月用她的钱买基金，亏了六万多，大家都不容易，她就把零头折了，只让李爱月赔六万。李爱月一听，气得差点晕过去。抹着眼泪，打车跑到老牛家里去要钱。

开门的是老牛。他穿着一身宽松的白色练功服，笑嘻嘻地说："哟，是爱月呀。好久不见了，赶紧屋里坐。"说着就把李爱月迎到屋里，拿了拖鞋让她换上。老牛的家可是比向有勇家豪华多了，中式风格，清一色的红木家具。茶几上除了茶盘之外，另有两个很精致的藤条编的盒子——是一副围棋。老牛玩工夫茶的手法很娴熟，给李爱月倒了一小杯茶。李爱月心里十分忐忑，轻呷了一小口。

"大姐呢？"

"哦，跟几个大姐爬五泉山去了。"

老牛是个话痨，嘴一张开就合不上，叽里呱啦说了半个多小时。李爱月急出头汗。

"牛哥！"她打断老牛的话，"我是个直性人，有啥说啥，我今天来是跟大姐要钱的。"

"哦？"老牛非常惊讶，"她欠你钱了？"

李爱月便把来龙去脉说了一遍。

"你看——"她说，"这基金是她让我替她买的，我也不愿意让她亏呀，可是股市涨跌我说了又不算。她说她弟弟得了绝症，你又不给借钱，我也是好心给她拿钱，她非要把这两件事扯在一块儿，你说是不是没道理？"

"这没毛病！"老牛品着茶，慢条斯理地说，"我给你算算账啊。"——他把那个藤条盒子的盖子拿掉，数出十个白子，把它们推到李爱月跟前——"她给了你十万，对吧？"——李爱月点头。老牛又从李爱月面前数出四个白子，拨拉到自己面前——"她赎出来四万，对吧？"——李爱月又点点头。老牛把另一盒子打开，数出来八个黑子，堆到自己面前——"你借给她八万，对吧？"——李爱月又点头——"她还给你两万，对吧？"——李爱月点头。老牛又把两个黑子推到她面前——"她还给你两万，也没有错吧？"——李爱月点头——"那你现在数数，你面前是不是八个子，也就代表八万？我这儿是十个子，代表十万。没错吧？"——李爱月只能点头——"你看，这几个子颜色不一样，代表你们的玩法和套路不一样，但数量没错哦！你不吃亏，她也没占便宜。大家打平，不好吗？"

李爱月怔怔地看着老牛面前的六个黑子，终于明白了，原来他俩是串通好的，摆明了给自己下套！她的脸涨得通红，她站起来指着老牛的鼻子，大声说："牛仁义！你这意思，你两口子脸也不要了，准备把我这六万块黑掉是吧？"

"话不能这么说！"老牛涎着脸，把几个黑子抓在手里，摩挲着说，"你别发火，先坐下，我把这里面的道理再给你讲一遍！"他又给李爱月倒了一杯茶。

"我要去告你！"李爱月扯着嗓子喊。

"也可以嘛。"老牛品着茶，慢悠悠地说，"现在是法治社会，你要是觉得自己受了骗，或者认为这件事对你不公平，完全可以告状打官司嘛。不过——打官司是要讲证据的哦。"

李爱月呆住了，哪里有什么证据？当时她手头正好到期的存款有六万元，就取出来了，准备放给一家熟人介绍的贷款公司。她问老牛的老婆要不要现金，人家说要。她想着正好省得去存了，就直接把六万块钱一股脑装在背包里，带到她家里，当面交给她，又跑到银行转了两万。连个借条都没有打，人家还她那两万块钱，可是通过银行转账给她的。原来他们已经设计好了圈套。她气不打一处来，把茶盘上的杯碟一拨拉，杯碟掉到地上，哗啦啦一阵响。她就顺手把茶盘举过头顶。

老牛仍然笑吟吟的，轻描淡写地说："这个茶盘很贵哦，是我从浙江买过来的，一万三。"

茶盘有点重，她觉得自己仿佛举鼎的霸王一样，举也不是，扔也不是，一时呆立在那里，汗如雨下。老牛这时候站起来，把茶盘从她手里接过去，小心翼翼放回原位。

他连连摇头，说："这一套茶具是汝窑的珍品，也值两千多，可惜了。"

李爱月一听，也吓呆了，不敢吭声，就朝门口走去。

"吃了饭再走吧？也不差这一会儿。"老牛一边说，一边扫地，把那些碎瓷片捏在手里，心疼地嘀咕道："虽然值两千多块钱，但咋好意思要人家赔呢？都是这么多年的战友了。"

李爱月有点心虚，快步走出去，一甩手，把门重重关上。都下楼了，被一块小石头绊了一脚，才发现自己还穿着拖鞋，爬起来把身上的土掸掉，气急败坏地冲上楼，下死手砸门。

老牛来开门，说："进来坐会儿？"

李爱月一把把他推开，把拖鞋朝屋里一甩，趿上自己的鞋，重重地带上门，快步跑下楼，找个没有人的角落，大放悲声哭了一场。

向有勇听她说完，火就不打一处来。他本来就对老牛两口子没有好感，到了兰州以后，忽然发现老牛成了一个人物，现在担纲民族舞协会的秘书长，混得风生水起，还带了好几个班，收了一百多个学生，一个月能赚到万把块钱。每过一段时间，他都要召集定居兰州的 D 城战友聚会。席间，老牛的牛皮吹破天。奇怪的是，在地方上，你牛皮吹得越大，相信你的人越多。向有勇当年的老部下见了老牛，都恭恭敬敬叫一声"牛总"或者"牛哥"，他这个曾经的"最高行政长官"反而被晾到一边了。向有勇参加了两次聚会之后，就再也不去了。

李爱月本来还指望向有勇替自己想想办法，把钱讨回来，没想到被向有勇劈头盖脸一顿骂。一肚子的委屈无处发泄，两人丁是丁卯是卯，大干了一架。李爱月又一甩手，出门扬长而去。

这已经是她离家出走的第五天了。

# 三十八

向阳到机关以后，恰好赶上"程强事件"，昏头昏脑跟着忙了两个多月，眼里看着，心里记着，对机关的一些办事程序有了一些了解，工作上近来也能上手了。有些工作，处长也就慢慢放手给他。这阵子是主题教育，需要报送的材料多，但家里出了大事，也只能硬着头皮跟处长请假。

处长听说他要请假，手中的笔停下来，眼皮翻了翻，说："机关工作头绪多，五加二、白加黑都忙不过来，现在又不是过年过节，你一休假，手头的工作怎么办？"

向阳臊得脸都红了，说是母亲因病住院，父亲一个人忙不过来，实在没办法，只好回去一趟，等母亲病情一稳定就赶紧回来。

"我不让你回去吧，显得我不近人情，谁家里还没有个三病六灾呀？可是你也看到了，纪检处就仨瓜俩枣，岗位不见得重要，但事情耽误不起，弄不好就捅破天了，这是我们的工作性质决定的。"他低下头继续抄笔记，"上次我给首长汇报工作，我也把你近期的表现给他报告了。首长很满意，说，年轻人就要给压压担子，多摔打摔打。你头上是戴着光环的，跟别人不一样，别人可以混日子，但是你不行。明白吗？"

向阳赶紧点头，连声说是。

"准备哪天走？"

"我想尽快回去，等我妈病情稳定，就抓紧——"

"行吧，把手上要紧的工作跟郝干事交接一下，明天就走吧。"

"谢谢处长，谢谢处长——"向阳长出一口气，把休假报告单递过去。

处长接过去瞥了一眼，掷在桌子上，说："我知道就行了，休假报告就不要打了！去吧——"

向阳一迭声说是，正准备退出去。

"稍等一下！"处长说。

向阳赶紧转身回来。

处长说："这样吧，你打个出差报告吧，顺便带一份今年的工作要点和廉政教育资料到办事处。也算出个公差，报个来回路费吧。"

向阳喜出望外，又是连声说谢谢。一溜烟回到办公室，把手头的几项紧要工作简单地向郝伟楠说了。正说着，处长喊郝伟楠，他一溜烟走了。郝伟楠很快就回来了。向阳又连声道歉，说家中有事，实在没办法。郝伟楠淡淡地说了一句"知道了"，就低头忙自己的工作。

向阳又打好出差报告，找处长签完字，找军务参谋开好进出检查站的通行证，联系好出租车。下班后换了便装，收拾了几件衣服和洗漱用品，装进背包。饭也没吃，揣了军官证，急匆匆上车走了。出了检查站，给郭纪芬打了个电话，简要说了事情的来龙去脉。她直抱怨他为什么不早说，给她一点时间，她也好请假跟他一起回去。事已至此，她便在电话殷勤叮嘱，让他每天及时给她打电话。向阳心烦意乱，她又絮絮叨叨说了一会儿，才依依不舍挂断了电话。

到了火车站，已经晚上十点多了，离发车时间不足一个小时，幸好还有余票。票拿到手上，心里就踏实了。买了一桶方便面，一瓶水，拎着进站上车。第二天早上七点多钟到家，急匆匆上楼。楼道里非常安静，向阳都能听到自己脚步的回音。刚到门口，门就开了，向有勇两眼血红，头发乱蓬蓬的。屋里烟雾缭绕。烟灰缸里栽满了烟头，地上也到处都是烟头，屋里极其脏乱。

"你妈这次可是给我长脸了。"向有勇把门关上，回到沙发上，又点上一支烟，瓮声瓮气地说。

向阳对父亲十分不满，说："这会儿人都找不见，你还这么说！人都走丢这么多天了，你没有报警吗？"

他自己到卧室把包放下，也没有洗漱，就回到客厅。这是一套三室两厅的房子，有一百二十多平方米，比向有勇在 D 城时分配的家属楼要大。是六层的板楼，南北通透，户型很方正。房子装修得很简单，家具以木质为主，陈设也跟原来没有什么区别。这个房子，感觉跟 D 城的家属楼差不多。向有勇的世界多年来一成不变，如今更无改变的可能了。

"今天报警，明天她要回来了呢？"

"那你说怎么办？"

"我能怎么办？找呗。"他说。站起来到卫生间洗了一把脸，把额前垂下的头发向后梳拢，盖住已经谢顶的头皮。又把客厅的垃圾收拾干净，再冲了一杯速溶咖啡。喝完，他用手抹了一下脸，眼睛又恢复了昔日的神采。

"好了，"他说，"等一下有人来，咱们爷俩都精神点！"

八点以后，陆陆续续有人来到家里，是十几个从工兵团转业到兰州定居的战友。向有勇在沙发正中间坐下，身子挺得笔直。十几个战友，年纪大的几个在旁边依次坐下，几个年轻一点的有的站着，有的半坐在沙发扶手上。老牛也来了，一脸尴尬地进来，也不坐，也不喝茶，搓着手，满脸堆笑。

"各位战友，兄弟——"向有勇说，"家里老婆出了个洋相，想必大家都知道了。这次请大家来，就是想让大家帮忙一起找找她。毕竟人多力量大……"

找人对他来说已经不是第一次了。他当团长那几年，几乎每年都有吃不了苦头的士兵找机会往外跑。聪明一点的，知道沿着铁路走。可是二百多公里，走到猴年马月是个头？再聪明一点的，沿铁路跑一段，等到能望见公路，就跑到公路边拦车。大多数司机一看拦车人的穿着，就知道是逃兵，不愿意拉。也有个别贪财的司机，三百块五百块乱要价，只要有钱，他们就敢带。向有勇派人在火车站、汽车站截过人，成功率都相当高。唯有一次例外，竟然让那个兵从眼皮子底下溜走了。那个兵计划了很长时间，逃跑那天，军装下面已经套好了一身便装。他摸出检查站以后，把军装扔在路上，搭了一辆大货车，穿过省道到山丹下车，从山丹坐火车到陇西，然后又转车。他从不在大站停留，只在小站换乘。派去找他的人到达酒泉时，他已经到了山丹，当他们赶到兰州时，他早过了陇西。接连几拨人都扑了空。他是山东人，却一路南下到了广州。向有勇派出去的人先到他老家，稳住他的父母，告诉他们只要一有消息就向单位报告。可这个人仿佛人间蒸发了。

一直到半年后，工兵团一个干部到广州出差，在街头与他不期而遇。这个时候他已经混不下去了，衣食没有着落，不由萌生悔意，想要回去。这个干部便和单位取得联系，答应他只要回来，既往不咎，也不处分他。他这才灰溜溜地回来了。从此踏踏实实工作，一直干到四级，当够十六年兵，揣着几十万元复员费回家。这么大一件事，竟然能够瞒天过海，不但工兵团的上级单位无人知晓，连工兵团内部知道的人也极少。

向有勇接着说，根据经验判断，还是先要从火车站和汽车站下手找人，尤其要在火车站逗留的人群中搜一搜，说不定她就在其中。他给每个人发了一张李爱月的照片，开始一一分配工作，第一组某某某三人，侦查范围是兰州火车站及兰州汽车站；第二组某某某二人，侦查范围是火车西站；第三组某某某二人，侦查范围是汽车东站。任务分配完毕，大家分头行动。只有老牛没有领到任务。向有勇给众人分派任务，他几次要开口说话，就是插不上嘴。

见战友们都风风火火出门去了，老牛搓着手，满脸堆笑，说："老团长，你看需要我干什么，尽管吩咐！"

向有勇说："你是大忙人！这几天的课都排满了吧？"

他笑着说："哪里！事情总有个轻重缓急嘛！"

"你要这么说，有些事还真非你不可。"向有勇说，"你那个老婆，和小阳他妈一天到晚风风火火，都结识了一些什么人，我还真不知道。你回去帮我问问，看小阳他妈最近和什么人来往得多，旁敲侧击地问问，最近他们有没有见到她。"

"是是是，团长！"老牛走了。

"小阳，你给你外爷爷和舅舅打个电话，问问最近你妈有没有给他们去电话。家里几个熟悉的亲戚，也都分别打电话问一下。如果她打过电话，可以问得详细一点，没有打就算了。你妈离家出走的事，先不要告诉他们，尤其不要让你外爷爷知道，人上了年纪，心里搁不住事——"他有气无力地说。颓然倒在沙发上，头软软地垂了下去，早上梳起来的头发也软绵绵地垂下来，头顶光秃秃的，周边是稀疏的灰白头发。

这样找了三天，毫无结果。战友们纷纷散去了。

向有勇叹息说："我真的老了，不中用了。我的这一套全部都过时了……"他站起来，颓然向卧室走去。

"爸，那下一步怎么办？现在人没有找到，我们要不要报警？"向阳问他。

"你看着办吧。"他说，"你也长大了，有些事可以自己拿主意。但是——"——他转过身看着向阳——"不是我不信任警察，解放军都没有办到的事，他们又怎么可能做到？你去报案，也就是失踪人口的数量又增加了一个，至于能不能找到，又当别论。呵呵——"——他的笑声很悲凉，很落寞——"我和你妈风风雨雨、争争吵吵大半辈子，我了解她，她是不会走上绝路的，鬼知道她在哪儿猫着呢！但我相信她会回来的，这只是个时间问题。所以，我也不打算再找了，顺其自然吧。不过，我的话，你也可以不信。"他一步一步慢悠悠走进卧室去了。

向阳不死心，一个人跑到派出所，说要报案。值班民警把来龙去脉详细问了一遍，说："我建议你还是在四处找找，问问亲戚。两口子吵架拌嘴的事常有，说不定想不开躲到哪里去了。阿姨年龄不算大，神志也很清楚，况且又在兰州生活了一两年，环境都很熟悉，随便在哪里猫上半个月，这完全可以做到。等她的气消了，想通了，说不定自己就回来了。你如果坚持要立案，也没问题。把户口本带过来，让家里叔叔也来一趟，我们再按程序立案受理。但是，现在报失踪的人口挺多，我们辖区走失的儿童和痴呆老人就有不少，你要耐心等待——"向阳已经走了。

回家的路上，小明打电话来了。他说，芷汀前几天生了，是个儿子，六斤六两，母子平安。明天恰好是儿子出生第十天。他问向阳有没有空，约上孟一昶两口儿，大家一起到老旦店里热闹热闹。

向阳说，很对不起。这两天在兰州，有点事需要处理，可以要过几天才能回去。到时候去看孩子。

"哦——"小明有点失望，"那行吧。我就先请单位的几个同事聚一聚，等你回来，满月酒你可一定要来。"

"嗯嗯……"向阳说。他慢慢向火车站踅摸。火车站无论什么时候都是人山人海。一群一群的人拎着大包小包匆匆而来，又是一群一群的人挈儿带女匆匆而去，一个个表情凝重、僵硬、呆板，仿佛兵马俑大坑里的那些泥胎塑像。

天黑了，华灯初上，周围的世界五彩斑斓。向阳到售票大厅转了一圈，又在广场上一遍一遍找。各个角落都有人，有的坐在编织袋上啃大饼；有人直接睡在地上，把衣服裹得紧紧的，嘴角还流着涎水；还有人扎堆打扑克，吆五喝六，面前摆着白酒瓶子，时不时呷上一口。向阳又买了一张站台票，进站挨个候车厅转了一圈。候车厅人更多，乱糟糟的，比菜市场还要喧嚣。有的人躺在座位上，一个人就占了三个位置；有的人一左一右各放一个包，宣示着自己的主权；有的人来回走动，每个小卖部都要进去看看，拿拿这个，摸摸那个，一样东西也不买。等到检票员一开闸，躺着的，坐着的，蹓弯的，忽地全起来了，朝一个方向涌动。向阳被人来回推搡，他直觉得脑袋嗡嗡响，他真的不相信母亲会待在这种地方。

他慢慢走回家。敲了两声门，向有勇很快过来把门打开，眼睛亮闪闪。他朝向阳身后看了一眼，眼睛里的光立刻黯淡下去了，又坐回沙发上抽烟。

不知不觉，十天过去了，向阳的假期结束了。可是母亲还没有回来，他又不忍心把父亲一个人丢在家里，想来想去，还是要续几天假，只好硬着头皮给处长打了一个电话。

"你自己定吧！"处长说，"将在外，君命有所不受。"

向阳犯难了。处长说得模棱两可，没有明确表示他可以继续留在兰州，但也没说不给他续假。可现实情况摆在这里，他又怎么能一走了之，把这个大难题留给父亲？回家以后，他把处长的话告诉向有勇。

"这是个软钉子。不管你怎么做，都会在他手里落下把柄。"向有勇冷笑，无奈地摇摇头，"要不，你还是先回单位吧。"

　　"算了，我还是留下来吧。"向阳下定决心说，"我一定要找到妈妈。"

# 三十九

　　李爱月突然要回来了。

　　三天后的一个晚上，向阳接到一个陌生电话，是李爱月打来的。她抽噎着说："小阳，你能不能给妈妈寄点钱？"

　　"你在哪儿？"向阳从床上跳起来就往外走。

　　"你不要管我在哪儿，我给你一个卡号，你给我打上两千块钱。你要抓紧呀，要不我又要晚几天才能回来。"她说。

　　向阳穿上衣服跑到楼下，院子里面有一个工商银行的取款机，可以跨行汇款。向阳便汇了两千块钱到李爱月提供的那个陌生账户。

　　第二天晚上，李爱月真的回来了。她在小区对面超市给向阳打了一个电话，说："小阳，我就在楼下，你下来接一下妈妈。"

　　向阳下楼，楼道里的感应灯亮了。向阳打开单元门，外面黑咕隆咚，几棵树在摇晃，叶子沙沙响，一阵冷风袭来，向阳只觉得身上凉飕飕的，头皮一阵发麻。他朝四周看了一眼，没有人。又往前一直走到小区门口，还是没有人。值班室的灯已经熄了。小区没有地下停车场，人和车辆都是通过这个门进出小区。感应车辆进出的两根杆子大眼瞪小眼，把身体绷得直直的，有点剑拔弩张的意思。旁边出入的小门没有关，来回摆动，节奏感很强，像是有一只看不见的手在推动。向阳只好又回去，手刚放到单元门上，门自动开了。感应灯没有亮，里面什么也看不见。

　　"小阳——"他听到一个悠悠的声音，不知从哪个角度传来的。感应灯这时候亮了，李爱月出现在他的面前。

　　楼道感应灯的瓦数不大，灯光昏黄。李爱月背对着灯，地上扔着一个手提袋。她不住哆嗦，墙上的影子也跟着一起摇曳。向阳抚着胸口，长吁一口气，让急速跳动的心脏慢慢趋于平缓。李爱月已经扑了过来，抱住儿子，伏在他的肩膀上哭泣。她灰头土脸，也不知道多少天没有洗澡，头发都是一绺一绺的，身上的衣服皱皱巴巴，发出一股馊味。

向阳一手拎起手提袋，一手拉着她上楼。李爱月怯怯地跟在他身后。向有勇已经把家里收拾干净了。他打开门，把两人迎进去。李爱月低着头从他面前走过，两个人都没有说话。李爱月从向阳手里抢过手提袋，逃进屋里，把门关上了。向有勇脸上毫无表情，坐在沙发上，点了一根烟。

"爸爸！"向阳压低声音说，"你不要和我妈吵架。"

"我知道。"向有勇说。

李爱月在屋里洗漱。向阳等她洗完，敲门进去，拽着她的胳膊把她拉出去。她换了一身睡衣。向阳拉她在沙发上坐下。她也不抬头，红着脸默默无言。

"饿不饿？"向有勇问她，"要不要给你煮碗面吃？"

李爱月赶紧摇了摇头，眼泪扑簌簌滚下来。

"没事了，都过去了。"向有勇说。

李爱月终于抬起头来，她看了一眼向有勇。他并没有责怪她的意思。在这一刻，她这些天遭受的所有委屈都涌上心头，她双手掩面，"哇"地哭出了声。向有勇走过来拍拍她的肩膀。她抓住向有勇粗糙的大手，把脸埋在他的手里，痛痛快快地哭了一场。


李爱月被骗进传销组织了。

几个月之前，一个卖保险的同事说，她有个老乡在宝鸡，生意做得很大，一直动员让她过去，她因为孩子小，走不开，所以就没有去。李爱月当时就来了兴致，这个同事就把电话给了李爱月。后来，她和那个人通过几次电话，她不知道那个人的名字，只知道他叫黄总，生意做得相当大，手底下管着一二百号人，即使是普通员工，一年也能收入十来万块钱。李爱月非常动心，但觉得自己年龄大，对宝鸡也不熟，也就没有放在心上。她这次和向有勇闹掰，赌气打算出门远行，干上几个月，把被老牛老婆坑走的钱赚回来，当面把钞票甩在向有勇脸上。当天一出门，李爱月就和黄总联系好，直接买票去了宝鸡。向有勇见她一夜未归，又联系不上，也担心她赌气回老家了，第二天去火车站找她。那时候，李爱月已经坐在黄总的办公室了。

她一出火车站，就看到有个年轻女孩举着一个大牌子，上面写着她的名字，来不及多问，就被人接走了。那些同事都特别客气，彬彬有礼。李爱月出门仓促，没有带换洗的衣服，也没有带洗漱用品。她们给她拿了一次性洗漱用品，有人给她倒水，甚至连牙膏都挤好了，把她照顾得无微不至。想想在家的时候，向有勇每天拉着一张老脸，动不动就拍桌子训人，李爱月感动得都哭了。

她很快就和几个年轻人打成一片，和她们无话不谈。她们轮番给李爱月做工作，让她把手机交出来。因为公司培训的课程涉及商业机密，万一不慎泄露，会造成相当严重的后果。李爱月心里非常害怕，就把手机上交了。接着，她的身份证也按照规定上交了。她当时也有些顾虑，但大家都是这么做的，她并没有觉出什么异样。

第二天，李爱月被带进一个黑屋子。屋子里挤满了人。李爱月一走进去，站在黑板前的那个年轻老师首先看到她，朗声说："让我们欢迎新朋友。"这些人便刷地站起来鼓掌。接着，他们争先恐后挤过来和李爱月握手。李爱月感觉自己享受到了当年向有勇的待遇，她激动万分，微笑着跟他们一一打招呼。

很快，课程开始了。大家回到位置上。课程内容非常丰富，涉及政治、经济、法律等各个方面，而且授课的不乏资深专家，主持人每次光介绍他们的履历和获得的称号，至少都要花五分钟。他们讲课深入浅出，让李爱月大开眼界。听了十几堂课之后，李爱月对自己的前途充满了信心。虽然什么"三商法"，什么"几何倍增学"，什么"五四二一制"，搅得她头昏脑涨，但她认为是自己文化程度偏低，理解力差造成的，对这套无懈可击的理论她深信不疑，她相信，只要自己沿着别人设定的路线坚定不移地走下去，年入百万的梦想很快就触手可及了。

但李爱月也有苦恼——也许这就是幸福的苦恼。才三四天时间，她把自己生活中的点点滴滴，哪怕是夫妻间一些吵嘴的琐事，都事无巨细告诉了她们。却从未听她们谈及工作以外的事。她的同事以年轻人居多，但也有比李爱月还年长的人，她们每天起得早睡得晚，一个个像打了鸡血似的，斗志昂扬。她听到她们说得最多的几句话就是——"我要工作——""我要赚钱——"她们高举双拳，圆睁双眼，眼中闪烁着凛然而不可侵犯的光芒。她们惜字如金，从不肯多说一句话，但说出的每一个字都掷地有声。

而那位高深莫测的黄总自始至终都没有出现。李爱月觉得这也很正常，毕竟人家是大老板，哪有那么多时间陪她这个老太婆？而每次向同事们打听黄总的情况时，她们都讳莫如深。

从第三天开始，伙食越来越差。每天只有白菜、豆腐、馒头，每个人都轮流当班，要亲自下厨。虽然每个人每天只能摄入微不足道的一点油水，但素食主义并没有浇灭他们的雄心壮志，白菜豆腐聚变出巨大的能量，让每个人的身体和头脑都保持高速高效运转。

这帮孩子太可怜了！李爱月叹惜说，她不由动了恻隐之心。离家出走的时候，她身上有一千多块钱，路上花了一点，现在还有八九百块钱。她在内裤上缝了一个小口袋，把钱装在里面，所以没有任何人知道她还有私房钱。她小心翼翼取出一百块钱，交给接她的那个姑娘小徐，让她帮着大家改善伙食。而她的这点钱，无异于杯水车薪，不但菜蔬没有增加，甚至菜里连个油花子都看不见了。那个姑娘无意间发现她有钱，立即用糖衣炮弹展开凌厉攻势，李爱月仅有的这一点钱，很快就被洗劫一空了。算了，她也认了。

第四天完全是第三天的翻版。从早上开始，她就像一个被不停抽打的陀螺一样，一直忙忙碌碌。吃完饭就去上课，上完课就是吃饭，吃完饭又去上课。一整天晕晕乎乎。到了晚上，好不容易不上课了，想休息一会儿，他们又撺掇着打扑克、玩游戏，一玩就玩到十二点，累得眼睛都睁不开了，躺在床上，身旁的女孩还不停在说话。李爱月实在忍不住，就问其中一个负责人，什么时候安排她上班。那个人神秘兮兮地说，现在还不到时候。

第五天的经历跟第四天也一模一样。上课的老师在重复前一天的内容，听课的学生喊的是昨天的口号，晚上临睡前玩的是一模一样的游戏。他们每个人的大脑里仿佛都被植入了严谨的程序，绝对不会出现任何差错。

李爱月觉得事情有点不对头，刚来时的热情渐渐冷却，她有点想家了。虽然向有勇有点大男子主义，说话高声大嗓，一言不合就冲着她吼，但两个人相濡以沫这么多年，她对他还是很了解的。他责任心强，家庭观念重，这么多年来为她遮风挡雨，跟着他，没有体会到爱情的浪漫，却也没有吃过苦。而且，在家千日好，出门一日难。身边这些人刚开始不也对她挺好吗？这才几天时间，一个个都像变了个人似的，动不动给她脸色看。她决定要回家了。

她试着对那个女孩说，她有点想回家了，不想赚大钱了，能不能把身份证还给她？女孩冷冷地白了她一眼，一言不发，静静地走开了。女孩不再和她耐心聊天。她主动搭讪，她也爱理不理。女孩的冷漠很快就传染给她身边的人，李爱月发现自己被孤立了。但她并不是真正的被孤立，无论在哪里，她总感觉黑暗中有一双冷冰冰的眼睛在盯着自己。是真的，他们在监视她。这么一想，她害怕极了。

那个和她通过电话的黄总终于出现了。第七天晚上，他们带着她去一个"领导"家。那个"领导"家极其简陋，是一间二十多平方米的公寓房，水泥地面。里面只有一张床，一张桌子，粉白的墙面上连一张装饰画都没有。一进屋，就闻到一股呛人的下水道味。"领导"坐在床上，端着水杯，板着脸，一字一句给他们训话。她听到有人叫他"黄总"。她拿不准这个人是不是和她通电话的那个人，话筒传过来的声音和面前这个铿锵有力的声音区别很大。

他一张口就讲了半个多小时，口渴了，站起来走到桌子跟前，蹲下。地上放着一个锈迹斑斑的不锈钢水壶。他倒了一杯水，又回到床边坐下继续讲话。经过李爱月身边的时候，她闻到一股隔夜的汗味和馊味。他白衬衫的领子都发黄了，不知道是多少天没有洗过，还是洗污了，所以越洗越脏。他讲了一个多小时，李爱月连一句都没有听进去，脑子里只想着如何才能回家。等到他讲完话，大家都准备离开的时候，李爱月挤到他跟前说："黄总，我是……"话没说完，那个人摆了摆手，李爱月就被人推搡着走了。

下一天还是如此。李爱月一直在等待和黄总说话的机会。这一次，她进门之际就迅速抢占有利位置，站到黄总的跟前。等黄总刚讲完话，她就立即抛出一句完整的话："黄总，我是你老乡李豆豆的姐妹——"他讲了一个多小时，已经很疲惫了，听了她这句话，无神的眼睛里忽然闪过一丝亮光，但很快就消失了。李爱月再一次被推搡着走出了房间。

不断有新人加入队伍中，房间更加拥挤了。新人来的第一天，菜品比平时要丰富一些，过了第二天，第三天，再往后，伙食就一天比一天差。唯一改善伙食的机会，就是新人加入的时候。李爱月也在暗暗希望不断有新人加入进来。

到"领导"家听课的人也越来越多了。接下来几天，李爱月变得积极踊跃。尤其是晚上听课时，她总是挤在最前面，精神抖擞，毕恭毕敬，一脸严肃听黄总讲话，像是盖世太保聆听元首作指示一样。讲话的过程中，他偶尔会看她一下，冷峻，严肃，一副拒人于千里之外的姿态。李爱月的心里忐忑极了，不知道他会不会注意到她。

这一天晚上，他讲完话，大家都转身往外走的时候，黄总轻轻拽了一下她的衣角。"你等一下。"他朗声说。

有几个人同时转过头来，发现"领导"不是跟他们说话，又转过头陆陆续续往外走了。

黄总说："你上次说那句话是什么意思？"

"我……"李爱月张口结舌，"是豆豆把我介绍给你的呀！你忘了吗？"

"每天有很多朋友给我介绍员工。"

"豆豆说，她和你是一起长大的。"

"那又怎么样？我们这里是凭能力吃饭，你有能力，就比别人挣得多，没有能力，托关系也没有用。"

"我不是托关系！我——我——"李爱月急得说不出话，哇地哭了，"黄总，我想回家，我求求你，帮帮我。我都五十多岁的人，一个老太婆，对公司也没有什么用处。求求你帮帮忙——"

"多少人排着队想进我们公司，可惜没有机会。"黄总冷笑着说，"你的机会摆在眼前，却不识好歹。"——他冲她摆摆手——"出去吧。"李爱月只好爬起来，擦干眼泪，转身出去。大家都在门外等着她。他们簇拥着她走了。

忽然有一天，散会后，黄总让她留下来，给了她一部手机，又扔给她一张卡。"现在就给家里人打电话，"他说，"让人汇两千块钱到这个卡上。我给你买明天的火车票。"——李爱月激动得眼泪都流下来了，她扑通一声跪下了——"请你记住，你进入到我们公司，完全出于个人自愿。现在你离开公司，也是你自己作出的决定。没有任何人勉强你，也没有任何人胁迫你。你明天离开公司，你就跟这里的一切，包括公司的每一个人，都不再有任何关系。"

他义正词严地说完，狠狠地瞪着她："现在你明白了吗？"

李爱月点头如捣蒜。她不敢相信这是真的，但又不能不相信。现在，只能舍身一试了，大不了两千块钱打水漂，回头再想办法。她首先想到了向有勇，但是，她失去联系这么久，他会不会大发雷霆，直接挂断电话？这样一来，好不容易争取来的机会就浪费了。算了，还是不要打给他了。可是不向他求援，就只能向儿子伸手要钱，他是她在这个世界上最亲的人，应该不会拒绝她。犹豫片刻，她决定向儿子求助。

第二天早上刚起床，有人叫她。她跟着人出去，门口是两个面相凶恶的年轻人。其中一个把胳膊伸到她的腋下，挽住她的胳膊。他们带着她穿过马路，又走到小巷子，拐过七八道弯，又来到大路上。他们走得很快，各类保健品店、足浴店、洗头坊招牌在眼前一闪而过。另一个人拦下一辆出租车，看着那个人把她塞进后排，然后挨着她坐下，他才钻进出租车，在前排坐下。

"火车站——"他对司机说。

到了火车站，还是那个人挽着李爱月的胳膊，径直到进站口。另一个人掏出车票和身份证，交给李爱月，又给了她五十块钱。

"这是领导给你的。"他说，"现在你就进站！"

李爱月哆嗦着把身份证、车票和钱都接过去，激动得浑身都在发抖，她哭了。她忽然害怕这两个人会变卦，然后像老鹰捉小鸡一样，再次把她叼回去。她来不及细想，把身份证和车票紧紧捏在手里，拼命往里冲。终于进来了。她隔着进站口的玻璃向外面看，那两个人早已消失在滚滚人流中，连个影子都看不见。

终于重回人间了。她如释重负，喃喃自语，不由双手合十，嘴里念念有词。

"病急乱投医，这个时候也顾不得计较神仙的国籍了，都打包一起感谢吧。"她笑着对自己说，不知不觉中却泪流满面。

# 四十

战友们听说李爱月回来了，能来的都来了，家里挤满了人。只有老牛两口子没有来。老牛托战友给向有勇捎话，说这几天忙着带团到省上参加比赛，老婆的单位最近天天加班，请不了假。等过一阵闲下来，他来安排，请战友们到宁卧庄宾馆玩玩。

向有勇冷笑说："你给老牛说一声，别那么客气，那种高档地方我消受不起，就算了吧。"

几个战友起哄说："团长，老牛这两年捞了不少钱，让他出点血也好。"大家都表示赞同。

向有勇就说："你们自己定吧。如果老牛真有这个心，你们就去吧，我就不去了。"

向有勇让向阳在中华手抓城定了一桌饭，他带了六瓶自己从D城带回的水井坊白酒过去。这顿吃得很热闹。向有勇坐了主位，李爱月坐在他旁边。大家频频举杯，聊着D城的往事。

"咱当兵的人——"有人起了个头，几个老兄弟唱起了军歌，唱了一首又一首。每唱完一首，大家就碰杯喝酒。向有勇也渐渐有些醉意了。

有人说："团长，小别胜新婚啊。"

一句话说得大家都笑了。

又有人说："团长，晚上别跟嫂子打架！"

还有人说："嫂子，你和团长的爱情又经历了一次考验！"

李爱月羞得满脸通红，说："我儿子还在这儿呢，你们就说这些疯话！"

大家又笑了，向有勇也笑了。

向阳买了第二天晚上的火车票。拿到票，第一时间就给郭纪芬打电话。她每天至少要给向阳打两个电话，每次都少不了这几个问题：阿姨有消息吗？你在哪儿？和谁在一起？在干什么？听说他要回来了，她特别高兴，说："你要再不回来，我就要请假过来了，假条都写好了。"

向阳把他和郭纪芬的事告诉了父母。李爱月特别高兴，抛出一连串问题："那个姑娘是不是军人？在哪个单位上班？老家在哪儿？家里都有些什么人？有没有照片？"

向阳有点不高兴，说："妈，你这是搞政审，不是选儿媳妇。干吗一定要找军人？"

李爱月笑了，说："还不都是为了你？你找个军人，工资毕竟高一点，现在房子那么贵。你爸干了半辈子，攒的钱买一套房子，再一装修钱就花完了。女方家里条件好一点，以后日子就过得轻松一点嘛。你说我和你爸又能图你啥？我们的退休金也够我们花了，又不沾你一分钱。'父母的心在儿女上，儿女的心在石头上。'唉——"

向阳没有吭声，拿出钱夹子，把夹在里面的一张半身照片递给她。李爱月端详了半天，又起身到屋里取出眼镜戴上，在灯光下看了半天。

"这姑娘眼睛挺大，挺漂亮，皮肤也白。"她把照片递给向有勇，"但是眉毛长得不好，有点像《红楼梦》里面那个王熙凤的吊梢眉，一看是个厉害的主儿！嘴唇也薄，算卦先生都说，嘴薄福少……"

向阳很不高兴，劈手把照片夺走了。

"你跟人家面都没有见，哪来的这些话！"向有勇白了李爱月一眼，"也没见你研究《麻衣神相》，啥时候又成了半仙了？"

李爱月嘴里小声嘟囔着，向有勇没有听清她说什么，也不理她。

"小阳，"他说，"你找一个什么样的女孩结婚，这事我不干涉。我觉得过日子关键还是在于自己。家里有钱怎么样？是高干子弟又能怎么样？我和你妈结婚那会儿，万元户多了不起，尾巴能翘到天上！现在你再看看，不要说一万元，一百万又算啥？也就勉强够在兰州买两套房子，在北京最多买个一室一厅的小房子。再过几年，一百万又算啥？一千万恐怕也都不算一回事了。所以，我不同意你妈的观点。我觉得，还是要找一个牢靠的人结婚。小姑娘人稳重，踏实，就很好了，其他方面不要太在意。那些父母当官的、家里有钱的姑娘，我劝你还是随缘，不要把这当成必选条件。有钱人的门不好进，高干子弟的脸色不好看。我们的老祖宗讲究门当户对，这是有一定道理的。"

向阳忽然想到了欣玥。很显然，父亲的这一番话意有所指。他也太自以为是了。向阳心想，他以为什么都在他的掌握之中，可是，我这两年的经历和思想上的变化他了解吗？他知道我早就对欣玥断了念想吗？

"小阳，你也看到了。"向有勇看了李爱月一眼，又接着说，"城市里的生活没有想象的那么好。我就不适应城市生活。一出门，到处都是人，看得人眼晕。说实话，还是 D 城好啊。我觉得 D 城也就自然环境差一点，但人际关系简单，社会关系也不复杂，容易适应。最起码办事不用排队，在兰州，想去银行取个钱，一排队就是一上午，甚至连坐公交车也要排队。看个感冒也得上医院，医院里那才叫人山人海……有时候，等轮到自己，半天过去了，一晃一天又过去了。人就在无休无止的排队等待中一天一天老了。前段时间和几个老部下聚会，他们也都很怀念 D 城，他们在城市里生活的时间比我还长，都找不到归属感。

"你就慢慢定下心，踏踏实实干。等到成了家，有了孩子，心里也就不浮躁了。D 城真的是孩子们的天堂，出门玩也不存在安全隐患。这么好的地方，上哪儿找去？即使你想转业，我觉得也得等到军龄满八年。干够八年，转业回来好歹是个公务员。在兰州找份工作不容易，工资又低。难道你真的要去打工吗？人年轻的时候都是这样，觉得自己有通天的本事，觉得生活处处都让自己受委屈，等到年龄大了，有了阅历，想法就慢慢改变了。"——向阳默然不语——"算了，这些事你自己把握吧，我说多了你也不爱听。但有件事我得提醒你，首长那边，你应该去一趟，虽然有你龚叔叔的面子，但有些关系还是要靠自己经营——"终于有一句话说到点子上了。向阳想。

向阳第三天中午十二点回到 D 城，吃完饭，小憩一会儿，就换了军装去办公室上班。处长板着脸，老大不高兴，说："家事很重要，但你不要忘了是谁给你发工资！工作还是要上心。"向阳低着头，一一应承了。

到了晚上十点，向阳带着在兰州买的两条黑兰州烟和一辆遥控玩具汽车去了处长家。处长积极响应部队晚婚晚育政策，直到三十岁才结婚。这当然也是由于他个子不高，其貌不扬，先天劣势比较明显，虽然多次相亲，但屡战屡败。后来终于结婚了，却四五年都要不上孩子，急得到处求医问卜，就是不见效。他绝望了，和爱人商量要领养一个孩子。谁知道这时候爱人突然怀孕了，十月怀胎，生下一个大胖小子。两口子视若珍宝，只要孩子高兴，要上天摘星星也得许给他。这孩子今年四岁，长得白白胖胖，聪明伶俐，人见人爱。

向阳用一个黑色塑料袋拎着礼物进了门，关上门，悄悄把礼物放在门侧，垂着手站着。处长跷着二郎腿，大马金刀地坐在沙发上。

"坐——"他说。

向阳侧身坐在单人沙发上，把全身的重量都压在两条腿上。处长爱人给他倒了杯水。他欠身道一声谢，也不敢喝。

处长四岁的儿子这时候从屋里跌跌撞撞跑出来，看见门口放着一个黑色塑料袋，两眼放光，跑过去就把袋子掀开，把两条烟掏出来扔在一边，把玩具盒子取出来抱在怀里，跟跟跄跄跑到客厅中央，把盒子掼在地上，上去就撕。整套动作一气呵成，非常娴熟。

"这孩子，太没礼貌了。"处长呵斥道，"还不抱到屋里去？"

处长的爱人快步走过来，把孩子抱起来。小家伙使劲在妈妈怀里挣扎，同时放声大哭："我要玩具！我要玩具——"

向阳快步走过去，把盒子拆开，把玩具汽车取出来。袋子里有向阳买的六节电池，他给遥控手柄装了两节，又给汽车装了四节，把遥控手柄递给小家伙。小家伙不哭了，把手柄抓在手里，从妈妈怀里挣脱下来，开始指挥汽车满地乱跑。因为指挥不当，汽车咣地撞在墙上，小家伙哈哈大笑。处长也笑了，处长爱人跟着笑了，向阳也笑了。

"你花这些钱干什么？"处长把脸一沉，"乐乐又不缺玩具！"

"没事的，处长。"向阳说，"这东西又不值钱。"

"行吧，赶紧回去休息吧。"处长笑着说，"给家里打电话时，代我向团长和嫂子问好。"

第二天，恰好有一份文件要呈给首长。处长让向阳给首长送过去。向阳轻轻走到首长办公室门口，战战兢兢喊了一声"报告"，又轻轻敲了两下门。

"进——"里面有人说。

向阳推开门进去，又轻轻把门关上，小步走过去。首长的办公室足足有四十平方米，从门到桌子有六七米。这是向阳第一次进首长办公室，心里非常忐忑。他觉得这一段距离是那么漫长，走了好久才走到首长跟前，手心里捏着一把汗，背上都出汗了。他双手把文件呈到首长办公桌上。

"放下吧。"首长头也没抬。

"司令——"向阳嗫嚅着，不知道该说什么，窘得脸都红了。

"这个文件很着急吗？"首长抬起头，冷冷地说。他一脸威严，肩上已经由四颗星的大校军衔换成一颗星的松枝少将军衔，新军衔闪闪发亮，首长也跟之前接触时判若两人。向阳一时手足无措，不知道该怎么办，他屏住呼吸，努力让自己镇定下来，快步绕到首长身旁，从怀里掏出一个厚厚的信封，轻轻拉开他的抽屉，迅速把信封丢进去，然后带上抽屉，又回到首长对面。这下子，心里如释重负。他长吁一口气。

"你小子！"首长微笑着说，"现在也学会滑头了。"

# 四十一

向阳错过了小明孩子的满月酒，心里非常内疚。到了星期六上午，和郭纪芬一起去买了两套小孩子的衣服。郭纪芬又提议说，应该再买两罐产妇奶粉。

向阳说："没那个必要吧？是去看小孩耶。"

"你不懂！"她白了她一眼，自己去买了两罐雀巢产妇奶粉。

向阳给小明打电话，说要去家里看孩子。

小明迟疑了一下，说："不用了吧？"

"你这叫什么话？我的干儿子都出生一个多月了，我还没见过呢。"向阳笑着说，"我和纪芬马上就到。"

"真的——不用了……"

"不方便吗？"向阳问。

"我们——在医院。"

"怎么啦？小孩生病了？"向阳心里有点着急，"没事，那我们到医院来吧。"挂断电话，匆匆赶往医院去了。

医院距离单身宿舍三百米，走路五分钟就到。D城的建制团级单位都编有卫生队，建制师以上单位编有门诊部，但整建制医院独此一家。医院规模不大，只有一栋楼，也只有三层高。长长的一条走廊，枝枝丫丫又分出许多叉。医院是D城组建初期，按照苏联的设计方案建设的，据说从空中鸟瞰，是一个飞机的形状。不熟悉的人走进来，就像掉进了一座迷宫，左看看，右看看，都是一样的门窗，一样的设施，沿着走下去，处处都是死胡同。

医院的生意比较冷清，有的科室好几天才开张一回。幸好都是吃皇粮，生意清淡不至于影响工资。不过，部队医院最重要的是为部队官兵搞好卫生医疗保障，并非以盈利为目的，即使生意兴隆，奖金上涨的空间也很有限。所以，多一个顾客或少一个顾客也无所谓。但小儿科是个特例，大多时候都门庭若市。小明家的孩子在中间一个病室。里面摆着两张床，白床单，白被子，因为浆洗过很多遍，白色有点发暗，像病人苍白的脸。病室也很简陋，水泥地面，粉白墙面，木质窗框上红色的漆都剥落了，连窗框也起了皮。风一吹，木屑陪同沙子，迫不及待地钻进屋里，呛得人鼻子痒痒的。

小明的孩子分到了靠窗户的那张病床的床位。另一张是空的，胡乱丢着些衣服。他们推开门进去的时候，周芷汀抱着孩子坐在床边，一手轻轻地拍着孩子。她的脸色蜡黄，脸有些浮肿，眼圈黑黑的，泪水涟涟，头发胡乱挽在脑后。她穿着一件淡粉色的孕妇装，衣服又肥又大，极不合身，显得既憔悴又邋遢。小明紧挨着她坐着，唉声叹气。见他们进来，周芷汀擦掉眼泪，起身让座。小明快步走过来抱住向阳，拍了拍他的后背。向阳腾出一只手，拍拍他的肩膀，把东西递给郭纪芬，她接过去放在另一张床上，走到周芷汀跟前，拉着她坐下。

小明的儿子是顺产。出院回家以后，小明的父母便住过来帮着带孩子。老两口非常高兴，争着抱孩子，为此还发生不少口角。这个孩子容易哭闹，睡觉也不踏实，动不动就惊醒。小明的妈妈说，小孩子都这样，容易受惊。专门打电话从老家请了一道符，又用红布缝了一个小小的三角形布袋，里面装了些朱砂，缝在孩子贴身衣服的腋下。但情况并没有好转。周芷汀发现小孩吃奶的时候，双手握得紧紧的，脑袋不停地抖动。后来，脑袋抖动的情况越来越严重，越来越频繁。虽然两个老人都认为没事，让他们不要一惊一乍，说孩子大一点就好了，但是周芷汀还是坚持要带孩子到医院检查。大家拗不过她，只好陪着她，带着孩子上医院。

在医院观察治疗了几天，情况仍然没有好转。小儿科会诊的结论是脑瘫。听到这个消息后，周芷汀只觉得脑袋嗡地一响，一下瘫倒了。两个老人也惊呆了，小明的妈妈失声痛哭。医生又说，这只是初步诊断，建议最好还是转院治疗，进一步观察。

向阳心里一沉，他有一股不祥的预感。不知是 D 城自然环境的影响，还是其他原因，这些年，D 城医院的新生儿，前前后后有三四例脑瘫病例，其中两例经确认，的确属于医疗事故，留下了严重的后遗症。有一个孩子现在已经四五岁，父母每年都带着他外出求医，而 85% 的医疗费都由 D 城医院承担。

但愿小明不要这么倒霉吧。向阳心里这么想，脸上却不动声色，说："不要听医生胡诌。哪来那么多脑瘫？不行就转院到兰州，说不定什么事都没有呢。"

小明苦笑了一下，说："你也别安慰我了。这几天托了不少人，到处找专家打听。最终的结果都不乐观。造成婴儿脑瘫的原因很多，有可能是胎内发育迟缓，也有可能是出生过程中过度挤压。还有，产钳使用不当也会导致脑瘫。你知道吗？外面的医院，小孩低位难产才使用产钳，可在 D 城医院，产钳是最主要的接生工具。该来的终究要来，既然来了，那就面对现实吧。"

向阳不知如何回答，默然不语。周芷汀起初在哽咽，一下子哭出了声，眼泪像从装水太满的杯子里溢出来一样。郭纪芬掏出纸巾，替她揩脸上的眼泪，自己也跟着呜呜咽咽哭了。

"我昨天给欣玥打了个电话。"小明接着说。郭纪芬忽然抬起头看了向阳一眼，向阳的脸不由红了。"我让她帮忙在北京儿童医院找找熟人，她倒是找了一个专家，但是专家的号比较紧张，只好通过中间人，花四百块钱买了一个号，是四天以后的。我准备后天就出发去北京。不管花多少钱，我都要把孩子的病看好。"

周芷汀含着眼泪，抬起头看着小明。小明把握紧的拳头举到面前，斩钉截铁地说："我们绝对不会放弃！"

郭纪芬陪着周芷汀小声说着话，慢慢有了笑声。向阳陪着小明踱出病室，下到一楼。走廊边上有一个小门，可以通到后院。小门旁边有一个小卖部，是一个医院退休的工人在经营。小明买了一包烟，抽出一根点上，又把烟盒递到向阳跟前。

向阳不抽，说："我记得你原来不抽烟的。"

"唉，原来不抽，不代表以后不抽呀。"小明叹了口气，"跟芷汀在一块儿，嘴闲着怪别扭，想跟她说话吧，她又不好好跟我说。再加上出了这件事，心里闷得慌，这一抽上烟，一天就得两包。"

两人走到后面的院子里。院子不大，缘墙是一排花池，栽着十几颗榆树，大概也有些年份了，亭亭如盖，落叶满地。向阳和小明踏着柔软的叶子，像踩着柔软的地毯。这里的一切他们都不陌生。都说 D 城是戈壁滩上的一颗明珠，其实是沙漠中的一座孤岛，巴掌大的一块地方，两三天就可以走遍各个角落，更何况日复一日、年复一年地生活在这里。不要说眼前的榆树，恐怕连树上的叶子都有似曾相识的感觉。人长大了，烦恼也就随之而来。

向阳望着小明，想起当年他们在一块儿玩耍，有时候恼了，向阳好几天都不跟别人说话，而小明刚和别人吵完架，又死皮赖脸地缠着人家玩。他们都觉得小明是一个没心没肺的人。这样的人，哪里会有烦恼？谁能想到，若干年后，那个从来不问"民间疾苦"的少年，如今竟也愁绪满怀。

"这些树，长得真快呀。"小明说，"我小时候，我爸他们单位每次植树造林，我都要跟着去，不让我去我就闹，最后连我爸的营长都默许了。"——他的脸上浮出一层微笑——"他们挖坑、栽树、培土，我就在旁边跟着捣乱。我爸很生气，就说：'小明，你不要捣乱，你应该帮忙。在戈壁滩上种一棵树不容易，种不好就死了。'我就说：'死了就死了，死了就重新种嘛。你们不是经常种树吗？'我爸说：'是经常种，可是每年种这么多，能活下来三分之一就不错了。每年都把死的拔掉，再把新的补上。所以你看看那些树，高的高，矮的矮；粗的粗，细的细。知道吗？它们也跟人一样，差着辈分呢。'医院这一块儿地方，我也跟着我爸来过——"——他指着不远处的一片树林——"我爸还说，我也应该亲手种几棵树。我又问他为什么，他说：'等你有了儿子，你带着他到这儿来玩，你就可以对他说，儿子，这棵树是你爸爸亲手种的。'"——小明笑了起来——"时间过得可真快，一晃都十几年了，我也真的有了儿子——"他不说话了，他一根接一根地抽烟，又不住地叹气。烟灰落在衣服上，他毫不在意，随手掸掉。他的衣服皱皱巴巴，像是好多天都没有洗过，胡子也好几天都没有刮过，显得极其憔悴、萎靡，看上去比一年前老了十岁。

过了很久，他又接着说："小阳，说实话，我真羡慕你呀！"

"我有什么好羡慕的？"向阳明白他的处境，便拍拍他的肩膀说，"家家有本难念的经，各人有各人的烦恼。很多人看起来风光，实际上根本不是那么回事。我最近烦心的事也不少，只不过你知道得少罢了。"

"也许吧。"小明苦笑着说，"时间过得可真快，想起咱们和欣玥、老旦，一起度过的那些日子，好像还在眼前似的。一眨眼我就成家了，当爸爸了。咱们四个人，我觉得还是你最牛。欣玥虽然高高在上，但她是靠着自己有个好爸爸。而你，虽然叔叔也是领导干部，可是你能有今天，主要还是靠自己努力换来的。我真后悔，当初我为什么不好好学习？如果也考上军校，哪怕上一个军内大专班，混一个少尉，我的处境也比今天好多了。"

"看你说的，咱们是一辈子的好兄弟，你哪能这么想？"向阳说，"再说了，D城穿军装的人好几千，也没见谁比谁牛到哪儿去。你家里不是有一个穿军装的吗？你觉得她牛吗？"

"唉，你不理解。"他有点酸溜溜地说，"D城也是有等级的，你们穿军装的处在最高一级，我们职工是第二级，做生意的老板处在最底层。你生活圈子里的大多数都是军人，大家都是同事和战友关系，处在同一个阶层，当然不会有太强的等级观念。可是我就不一样。我们单位的女同事，有的是军人家属，有的是职工家属，那几个军人家属，在职工家属面前就是趾高气扬，连领导都要高看她们一眼。我和芷汀虽然是两口子，但在家里，什么事都是她占先。还有老旦，别看他有钱，还不是要挖空心思巴结别人？在D城这地方，人情比钱好使。有很多事花钱搞不定，找熟人托门路就能摆平。不信你去问问老旦，他体会肯定比我深。呸呸——你看我这臭嘴！"——他朝自己嘴上扇了两下——"你知道不？老旦摊上大事了！"

"老旦摊上什么事了？"他吃了一惊。

"呵呵，他的事比我的事大，他的事也比我的事多。前一阵听说在闹离婚，也不知道离了没有。上周又被人打……"

"被谁打了？"

"不好意思，说漏嘴了。"他有点懊恼，"老旦不让我告诉任何人——"

"到底被谁打了，应该不严重吧？"

"不严重才怪！好几天都下不了床！听说跟他开的KTV有关……我只知道这么多。"

"他们两口子关系不是挺好吗？"向阳说。虽然很急于知道老旦的情况，但他心里清楚，现在还不是关心老旦的时候，得把小明的事先料理清楚。于是又说："小明，你也要想开点，说不定是医院误诊，何况医院误诊的病例又不是一件两件了，病情确诊之前，先不要自己吓自己。"

"谢谢你，小阳，我知道你是为我好。"小明不由滴下泪来，"借你吉言吧。不过，是福不是祸，是祸躲不过。我自己倒没有什么想不开，就是看着孩子可怜，那么小一个人，要遭多少罪呀……"

# 四十二

周日下午,郭纪芬坐车回单位了。向阳到超市买了两瓶酒，径直去了老旦家。老旦被打的事，他没有告诉郭纪芬。他知道，以老旦的性格，这种不光彩的事，越少人知道越好。

老旦在五区租了一套团职楼，又装饰了一番。沙发、餐桌都是欧式风格，电视机是最新的等离子电视，足足有五十英寸。沙发后面挂着一幅书法横幅，是临摹的郑板桥的"难得糊涂"四个字。客厅和餐厅中间，摆着一个一米多高的玻璃鱼缸，里面养了几条热带鱼。

老旦被打得不轻，直挺挺躺在床上，翻身都很困难。李艳把妹妹从老家叫过来，帮着她带孩子，她则照顾老旦的饮食起居。每天先给老旦喂饭，然后再到酒店照应，忙得脚不沾地。孩子跟小姨到底不如跟妈妈亲，一见她就大哭大闹，嘴里喊着"抱抱"，两条胳膊就伸了过来。她只好狠心不理。相比于孩子，老旦更难伺候，一会儿要翻身，一会儿要小便，一会儿又要喝茶，稍不称心就破口大骂，李艳不敢跟他犟嘴，偷偷地抹眼泪。正好老旦又看见了。"老子还没死呢！"他冲她吼，"你哭什么丧！"李艳只好转过脸不看他。

向阳之前见过的孙哥坐在床边的椅子上和老旦聊天。他给老旦发了一支烟，又把自己正在抽的烟递过去，老旦对了个火。

"兄弟，别发这么大火，火气小，伤才好得快！"又转头对李艳说，"你别理他，你去忙你的。我这兄弟是个人来疯，一见人多就蹬鼻子上脸。一会儿我们走了，你再用家法收拾他！"说着又看老旦，一脸坏笑。

"孙哥，你又逗我！"老旦哈哈大笑，中气很足，一点不像个病人，"我都成这样了，反正也无力反抗，就让小李为所欲为吧。"两人一同大笑。老旦接着说："咱俩是一根绳上的蚂蚱，一荣俱荣，一损俱损。这事你还是尽早摆平好一点！"

"那当然，这还用老弟你说？"孙哥正色道，"你放心养病，这事包在我身上。早一天开张，就早一天赚钱！好了，你跟你兄弟慢慢聊吧，我先走了。有事打电话！"起身走了。

李艳送到门口，回来给向阳倒水。老旦不耐烦地摆摆手，说："去去去！你忙你的去！我们兄弟俩说会儿话。"李艳悻悻地走了，进屋叫上妹子，抱上孩子出门去了。

"谁把你打成这个样子的？"向阳问。

"算了，过去的事了，还问他干啥？"老旦说。

"你到医院检查过了吧？骨头应该没问题吧？"

"你叫我怎么上医院？这是一件非常丢脸的事。堂堂的旦哥被人打成重伤，送到医院去了。D城就巴掌大一块地方，这事一传出去，我以后还怎么混？"

"到底是谁打的你？还有没有人管了？你告诉我是谁，我去公安局报案！"向阳义愤填膺。

"呵呵——"老旦苦笑，"一报还一报。他的命差点葬送在我手里，我吃这点亏，就认了吧。"他用双手撑着床，挣扎要坐起来，后背刚一离开床，就疼得哎哟一声，又躺下了。向阳赶紧扶着他躺好，让他别动。老旦强忍着痛，嘿嘿一笑说："兄弟，我知道你是为我好。可是，现在不是十年前了，那时候咱们是同学，也是好兄弟，咱们奋斗的目标是一致的。现在咱们虽然还是兄弟，但不是一条道上的人了。我的事你最好别管，不是哥哥埋汰你，告诉你，你也摆不平，而且对你也没好处。"

向阳和老旦光着屁股一起长大，老旦的脾气，他能不了解吗？他想让你知道的事，你不想听，他也要扯着耳朵给你灌进去。他不想让你知道的事，任你用什么办法，也休想从他嘴里撬出半个字。向阳虽然明知他不会说出事情的原委，但心里还是很别扭，他知道自己和老旦之间，已经有了隔阂。老旦和他在一起，或许还不如和孙哥在一起自在呢。

向阳默然无语，老旦也不吭声，两人干坐了半天，向阳才又问："酒店很忙吧？李艳能不能照顾得过来？"

"咳！"他叹口气，"你看她是那块料吗？不关门大吉就不错了。没办法，先这样凑合着吧。等我病好了，一切都会好起来的。只要我一出马，生意还是跟以前一样红火。哥有这个信心，你信吗？"

"我信……"向阳把屋里打量了一圈，客厅的一个角落堆放着孩子的玩具，分类放得整整齐齐。电视柜旁边是小孩的奶粉湿巾等，也摆放得很整齐。屋里一尘不染，连空气都是清爽的，只有一股淡淡的奶粉味。向阳啧啧赞叹："李艳这么能干，把屋里收拾得这么干净！你们家的卫生，在 D 城也数得上了。"

"那你要让她干啥了。让她管酒店，管得一团糟，让她管管家，带带孩子，倒还可以。总体来说，我对她还比较满意。"老旦说，"但就是太多事！一天到晚叽叽喳喳，婆婆妈妈。前一阵还跟我闹离婚，她也不想想，我和她压根儿就没结婚，离个毛啊？她是自由身，想留就留，不想留随时可以滚蛋！"

向阳心里有点不痛快。老旦这家伙其实最会见风转舵，见了狠角色就点头哈腰，俯首帖耳。而在弱者面前，动不动就摆出一副流氓嘴脸，一言不合就拳脚相向。他和李艳接触过几次，一看她就不是一个强势的女人，如果不是被逼急了，绝对不会放狠话，说要和老旦离婚。

他说："我想肯定是你不对，伤害了人家，要不然她怎么会说这种话？"

"咱俩什么关系？你怎么能胳膊肘往外拐呢？"老旦嘿嘿一笑，露出满口黄牙，"你也看到了，我是个场面上的人，和我来往的不是领导，就是江湖大佬，人家凭什么给我面子？还不是要靠感情？怎么才能加深感情？我告诉你，感情都是喝酒喝出来的，酒桌上扭扭捏捏那种人，我看不惯，别人一样看不惯！'感情深，一口闷；感情浅，舔一舔'，'酒风代表作风'嘛！再说了，我打开门做生意，三教九流的人都得应酬是吧？面子都是互相给的！这有时候嘛，偶尔有点越轨的事情，不也很正常吗？古代男人都三妻四妾，老婆们一个个要都打翻醋坛子，日子还咋过？"

向阳这回听明白了，老旦出轨了。做出这种事，他没有丝毫内疚，还振振有词，这就是老旦！他不由得替李艳惋惜，不由自主对老旦生出几分厌恶。如老旦所说，他们已经不是一条道上的人了。这句话像一把刀一样扎在他的心上。可是，这一切都已经无法挽回，而从内心来说，他觉得也无挽回的必要。老旦是老旦，他是他，包括小明，包括欣玥，他们的人生从 D 城启航，蹚过青春硌脚的河床，驶向茫茫不可知的未来。在未来，他们还有多少路要结伴而行？在未来，他们失散以后是否还能走到一起？而眼下，这些都还谈不到，眼下可以看到的，是他们终究要失散。

该说的话都已经说完，他觉得他该走了。他站起来，在屋里走了一圈。老旦的房子让他由衷赞叹，足足有三个卧室，主卧是一米八的欧式大床，进门靠墙是两米高的新式衣柜，靠窗一边是乳白色的梳妆台，厨房和卫生间都在原来的基础上重新装修了一遍，油烟机是侧吸式的，厨房里还摆放了一个消毒柜，不见得值多少钱，但是，D城最高首长的家里也不一定有这玩意儿。卫生间的智能马桶，向阳更是见所未见。

"你这房子，真是太漂亮了，住着太舒服了。"想想孟一昶和苗迪心，到现在还挤在单身宿舍，而自己马上也要和郭纪芬领结婚证了，不知道什么时候才能分上房子，哪怕能分一套小明那样的两居室，他都心满意足了。唉！老旦不是他们这个时代和这个世界的人。他只能这样想。

"你要吗？一年租金一万。我搬出去，你搬进来，家具原样不动。"他说得轻描淡写。

"老大，我一个月工资才两千多，要拿一半来租房子，我脑子受潮了吗？"向阳说。光租房子就要花去近一半工资，太不值了。不过，他还是有点心动，这房子比爸妈在兰州买的房子要大，而且豪华多了。如果真能住上，不要说他，郭纪芬都不知道要高兴成什么样子。

"也有便宜的。"老旦说，"两居室的营职楼五千。"

"别开玩笑了，哪有那么多空房子？孟一昶刚领结婚证就在申请房子，都半年了，营职楼也没申请下来。"向阳瞪大了眼睛。

"那要看谁办这事了。"老旦笑笑，"你肯定租不上，但我就能租上，信不信？"

"唉，再说吧。如果我结婚分不上房子，我就找你租一套。你要给我打个折！"

"没事，尽管开口，到时候我把钥匙给你，你直接住进去就行。咱们兄弟一场，这点事算个啥？"

"放心，我不会跟你客气的。"向阳笑了，"但是——老旦——李艳真的挺不错，你应该对她好一点。"

"别说这个行吗？"老旦说，"我再说一遍，我的事你不要管。"

# 四十三

老旦捅的娄子比向阳想象中要大。D 城小道消息的传播速度堪比任何现代媒介，虽然当事人老旦守口如瓶，但事情还是慢慢扩散开来。老旦的问题出在 KTV，他自作聪明，突破了 D 城官方所能容忍的限度，KTV 被查封了。据说，这位孙哥也是 KTV 投资人之一。

但老旦就是老旦，他被人打了，一个月没有在宇航大酒店显身，竟然没有人知道究竟发生了什么。而向阳最终了解事情的来龙去脉，已经是多年以后。他带队处理一桩投诉 D 城公安局的案件时，无意间翻到了关于老旦 KTV 案件的卷宗，后面附着一份老旦袭警的笔录。被袭的对象是公安局的刑侦科科长。性命就在一线之间，还好那个人运气好，命大，逃过一劫，否则，这件事情就不会以和平方式收场了。老旦即使不判死刑，下半辈子恐怕也要在监狱里度过了。

原来，老旦 KTV 的生意一直不温不火。要是换了别人，月入过万也就很满意了，但老旦是个得陇望蜀的人，想要拼成百万富翁，就动了歪心思。刑侦科科长之前就时不时带队去 KTV 例行检查，固然是职责所在，也免不了讨杯水酒。老旦因为父亲的缘故，和公安局有很深的渊源，哪里会把刑侦科科长这种小角色放在眼里？起初还有耐心周旋，但科长三天两头去，临走时总要讨点便宜，老旦慢慢地就给人脸色看。科长心里也不大乐意，但拿老旦也没办法。

老旦大把捞钱，自然有人眼热。这些人赚钱的能耐不见得有多强，给人使绊子的套路还是蛮多的。于是，老旦 KTV 的姑娘做兼职的流言渐渐传进了科长的耳朵。在 D 城，这种事是捅破天的大事，科长心里也犯嘀咕，害怕万一风声吹进 D 城高层的耳朵，来个责任倒查，砸了自己的饭碗。于是就板起脸抓落实了。但是老旦的工作做得滴水不漏，科长一连几次都扑了空。

老旦越发有恃无恐，等科长又一次扑了空，老旦在一旁皮笑肉不笑地说："科长，你干脆把办公室设在我这儿算了，省得跑来跑去麻烦！"

"老旦，有些事，不挑明不代表没有。"科长睁着眼说，"当然，没有最好，你省事，我省心。彼此都留点面子，以后江湖上好相见——"

"你放心，科长！什么事该做，什么事不该做，我能掂得来分量！"老旦一字一顿，"我老旦在 D 城混了二十年了，D 城的规矩我都清楚。要不然——"他指着收银台后面挂的几个金字招牌——那是 D 城相关部门颁给老旦宇航大酒店的铜质奖牌，上面烫着鎏金大字，其中两个是"纳税大户"，一个是"五星文明个体户"。老旦却把它们挂在了 KTV。"要不然，咱也得不到相关部门的肯定，对吧？"

"呵呵呵！"科长一看，不禁乐了，"你这个牌子位置选得好哇！好啦，不打扰啦！"——转身招呼带来的两个兄弟——"走！到五区吃烧烤去！"

"有空常来啊！"老旦非常得意，大声喊道。

老旦做事相当周密。虽然 KTV 的十几个女孩有三四个兼职，但只要她们在 KTV 上班，都是规规矩矩凭酒量赚钱。KTV 的百威啤酒一瓶卖二十二元，顾客每消费一瓶，姑娘们提成一元。为了以防万一，老旦专门在储藏室设了一个暗门，直接通到后院。门和墙面是一样的颜色，猛一看还真发现不了。老旦又在靠近民工区的地方租了两套公租房，这里面有名堂。但因为老旦和公安局的渊源，加上他为人又大方，吃过甜头的人不在少数，有时候不免卖老旦一个人情。所以，行走在刀尖上的老旦，每次都能全身而退，"常在河边走，就是不湿鞋"。

科长吃了几次亏，心里就有数了。所以，他也不轻易上老旦那儿去了。老旦戒备了一阵，发现他真的不再来了，渐渐放松了警惕。科长表面不动声色，暗地里把其中的关节都打听清楚，踩好点。行动的当天晚上，自己先到出租房附近蹲点。等到鱼儿上钩，才打电话叫手下的人过来，破门进去，抓了个正着。回公安局录好口供，再打电话叫老旦过来领人。几个人唱了一出《三对面》，老旦无从抵赖，又喝多了，想早点回去睡觉，就痛痛快快地画押，把事全扛了。第二天一大早，涉案人员被遣送回家，老旦的 KTV 被查封。

老旦被人断了财路，非常气愤。晚上约孙哥在宇航大酒店商量对策，愤愤不平地骂了半天。老孙认为事不大，还不值得动用自己的关系。两人一杯接一杯喝酒，商量了半天，也没讨论出个结果来，老旦发狠说："别把老子逼急了，让他也知道马王爷三只眼！"

孙哥见老旦喝多了，就劝他先回家。老旦让李艳带着孩子先在店里照应着，自己出门送走孙哥，回家躺在床上，越想越气，忽地跳起来，光着脚到客厅，蹬上鞋，揣了钥匙，从衣柜里取出双管猎枪，压上两发子弹，背上枪就出门了。这枪是前些年托人偷偷从内蒙古买的，孙哥也有一支。这枪的威力不小，他们几个人常常骑着摩托车出去打猎。

老旦出来带上门，从二楼下来，站在单元门口，风一吹，脑子忽然清醒了。又踅回去，打开家门口的配电井柜门，把枪放进去，把门带上，上了插销。这才打开门，又把钥匙放回口袋。鞋也没换，到卧室把床板掀起来，取出一个四四方方的铁盒子，用拇指点开密码锁，里面码着一摞一摞的百元大钞，他取出一沓，把盒子盖上，床板放下去。又从李艳的梳妆台抽屉里取出一个信封，把钱装进去，揣在怀里。打开客厅进门处的鞋柜，抽出几个黑色塑料袋，出去把门带上。打开配电井，取出枪，再把配电井的柜门关上，用黑色塑料袋把枪缠得严严实实，只留出扳机的位置，右手把枪揽在身后。走在路上，给科长打了个电话问他在家不，科长粗声大嗓，说不在家，问有什么事？老旦说，想约他见个面，问他方便不？科长说不方便，把电话挂了。老旦听到电话的那一端人声鼎沸，吆五喝六，猜到是在打牌。

老旦想了想，又返回家里，把车钥匙拿上，把枪丢在后排脚底下。晕晕乎乎上车，一路开到医院旁边的旧楼下。科长一个人住，老婆带着孩子在老家上学。老旦把驾驶座一边的车窗玻璃摇下来，把火熄了，掏出手机玩贪食蛇游戏。左等右等，不见回来，酒劲上来了。这时科长回来了，看样子也喝了不少，摇头晃脑，深一脚浅一脚进了单元门。老旦把手机朝座位上一丢，下了车，拉开后门，把枪抄在身后，带上车门，锁上车，尾随过去。

科长摸出钥匙开门，却找不到锁眼，胡乱捅了几下，钥匙掉在地上了，气得破口大骂。一手扶着门，半蹲下去把钥匙捡起来，又试了好几下，终于把门打开了。推开门，自己进屋去了。老旦走过去准备敲门，一看钥匙还插在锁眼里，就把枪藏在背后，轻轻一转钥匙，打开门进去，又把门带上。

这个房子有些年月了，大白墙面有些发灰，客厅摆着一个老式三人沙发，客厅和餐厅连在一起，摆着一张掉了漆的方桌，四张椅子，麻将胡乱地堆在桌子上。一个灰色的冰箱紧挨着沙发一端。科长一手扶着冰箱，一手举着一瓶一升容量的雪碧，咕嘟咕嘟喝。

见老旦进来，他吓了一跳，问："你怎么进来的？"

"嘻！科长，你不是给我留着门呢？"老旦笑嘻嘻地说。自己挨着沙发另一侧坐下，把枪悄悄靠在扶手旁边。

"你深更半夜跑到我家干啥？"

"科长，我还能有什么事？"老旦满脸堆笑，"希望你大人不记小人过，高一高手，这事过去就算了。我老旦不是那种不讲义气的人，谁帮过我，我会记得的。"

"老旦，不是我不给你面子！"他把雪碧瓶子盖上，塞进冰箱，"我早给你说了，见好就收，别弄到大家都难堪的地步。可你呢，五斤鸭子，四斤九两都是嘴，死不认账。现在，证据做实了，我也没办法。你回去洗洗睡吧，我也要睡觉了。"打了一个长长的哈欠，眼睛都红了。

"哥哥，低头不见抬头见，下回有用得着的地方，尽管开口！"老旦把信封掏出来，丢在茶几上，跷起二郎腿，"一点小意思，科长你买包烟抽。你要有兴趣，入个干股——"

科长伸了伸脖子，咽了一口唾沫，发了一会儿呆，说："太晚了，兄弟。你这事有人盯上了，现在不要说是我，你就是找局长，他恐怕也不敢给你松口——"——他摊开手，朝门的方向指了指——"爱莫能助！"

"这么说，你是决心要和我过不去了？"老旦的笑容僵在脸上。

"怎么？"科长冷笑说，"你威胁我？"

老旦忽地站起来，把枪抄在手里。"哥们，做事别做太绝！"他两手把枪端起来，"我老旦贱命一条，大不了抵你一条命！"

科长打了个冷战，唬得酒都醒了，转身跑进卧室，把门关上了。

老旦有点晕晕的，感觉好像是在梦里，又好像是真的。他咬了咬牙，说："早死早投胎！"轰地就是一枪，卧室门被轰出一个大洞。枪巨大的后坐力震得老旦身子朝后一歪，他迟疑了一下，枪哐当掉到了地上。老旦呆立在原地，他忽然清醒了，对面毕竟不是猎物……

科长拉开门，提着警棍，饿虎扑羊一般冲上来，朝着老旦的腿肚子啪啪两下，老旦被打倒在地。科长像景阳冈上打虎英雄一样，根本不留给老旦反应的时间，骑跨在老旦身上，劈头盖脸一顿胖揍，老旦抱着头蜷成一团。科长又朝老旦的屁股上、腋下、大腿上连打了几十下。老旦躺在地上不动了。科长进屋取出背包绳，把老旦捆得跟粽子似的，丢在客厅里。科长想把老旦提溜到局里去，可老旦已经成了一摊泥。科长受了这一场惊吓，也跟武松打完虎泄了气一样，人也瘫了。

他累得坐在沙发上直喘气，休息了一会儿，起身从屋里翻出纸笔，像他在公安局办案做笔录时一样，他问，老旦回答，原原本本地记录下来，松开老旦的右手，让他签了字，并写上"以上谈话笔录我看过，内容全部属实"，又翻出印泥，让老旦在每一页都盖了手印，也按了骑缝指印。

李艳带着孩子从酒店回到家里，已经是晚上十一点了。见老旦不在家，心里不踏实，害怕他万一喝多了，摔倒在树沟里。就打电话叫一个平时关系较好的服务员到家里，帮忙哄孩子，自己又披上衣服到楼下去找。找了一圈，没有找见，给老旦打电话，又打不通。心里放不下，又给孙哥打电话，孙哥睡得五迷三道，一听老旦没回家，也不免担心会出意外，便骑着摩托车到老旦家来了。老孙一看老旦的车不在，问李艳，她也不知道。上楼找钥匙，发现老旦把钥匙也拿走了，心里有一股不祥的预感。孙哥便骑着摩托车，带着李艳到处找。后来在科长家楼下发现了老旦的车，楼上的灯还亮着。

孙哥说："坏了，这个二傻子，真去找科长了。"他再给老旦打电话，手机在车里嗡嗡响了起来。孙哥心里一沉，觉得事情不大对劲。他让李艳先在楼下等着，自己上楼到科长家里，轻轻敲门，里面没有人回应，突然发现钥匙还插在锁眼里，犹豫了一下，还是把门打开了。面前的一幕让他惊呆了，老旦被捆得结结实实，躺在地上，科长靠在沙发上睡着了。

老孙下楼去把李艳喊上来，又把科长叫醒。经他同意，又把老旦解开。几个人摊了牌。科长有笔录在手，现场又有凶器，并不害怕他们抵赖。他让孙哥以目击者的身份写了一份确认书，孙哥和李艳两个人都签了字以后，他大大方方让他们把人抬走。孙哥和李艳都不会开车，科长便把背包带解了，丢在地上，又把枪和笔录收好，锁好门，把钥匙拔下来，挂在裤襻上。又帮着把老旦抬到车里，自己开着老旦的车，一路送到家，帮着把老旦抬到床上。

两个人的酒都醒了。临走时，科长握着老旦的手说："哥们，你可够狠的，要不是差那么一点点，现在躺在太平间的人就是我了。"

老旦有气无力地说："我也差点被你整断气。"

"喝多了真要命！"科长说，"好好养伤！"

最后是孙哥托人出面，才把案子压下来。老旦最后给科长赔了五万块钱，两人握手言和。KTV 停业整顿以后，又重新开张，生意比以前还要红火。不能不说，科长打人真的有一手，老旦伤好了以后，竟然连一块疤都没有留下。老旦的枪永远留在了公安局，和那些卷宗被分别封存起来。一切终于风平浪静了，记忆中的痛在现实中已经找不到哭诉的证据。

# 四十四

向阳和郭纪芬去领证那天，说巧也真巧，是阳历十二月二十九，阴历十一月二十九。他们拿着各自单位政治部门的证明和医院的婚检报告，到卫生处去开证明。郭纪芬从手提袋里掏出一个喜包——里面是喜糖、瓜子、花生和两包烟，一包红双喜，一包黑兰州，放在办事员的桌上，然后把资料递过去，红着脸站在一边。

办事员很快开好了证明。"今天的日子好。"她笑着说，"阳历十二月二十九，阴历十一月二十九。两个人长长久久，祝福你们！"

然后到民政局办理结婚证，手续很简单。他们两个像犯错了的孩子一样，垂着头站在婚姻登记员的面前。她看一眼资料，抬起头扫了他们一眼，又把两个人的合影举起来，仔细地看了一会儿，又扫了他们一眼。他们两个人的脸色更红了。向阳的手机叮咚响了，有人发信息给他。他打开手机一看，郭纪芬发了一张图片，是一张男女合影的半身卡通图片，两个人胸前都别着一朵大红花。

手机的短信铃声又响了，"今天我就要嫁给你啦"只有这一句话。他笑了，低着头，乜斜了她一眼，她脸红通通的，一手捏着手机，一手捏着衣角，抿着嘴笑。

"好啦，"对面的那个人说，"过来签字吧。"

申请房子的报告已经递交上去了，暂时还没有消息。向阳说："实在不行，就让老旦帮忙找一套房子。他上次跟我说过，他手里有好几套房子，我找他要一套，他不会不答应。"

郭纪芬说："你好歹是大机关的干部，我就不信申请不到一套房子？为了这一点事，你还要低声下气地去求一个做生意的，是不是太掉价了？"

向阳说："你这叫什么话？我和老旦是十几年的好兄弟了，虽然他现在是老板，我是军人，但我找他帮忙，讲的是兄弟感情，而不是你想的那种官商利用的关系。"

"你这么想，不代表别人也这么想。"她说，"上学那会儿，你和老旦或者疏远，或者亲密，那只是你们两个人的事。别人说起你们的时候，只会说你们是同学，不会说你们是好兄弟。现在不一样。不信，你穿着军装和老旦勾肩搭背在街上走一圈。看看别人怎么说？人家只会说，那是一个军人和一个地方人，而不会说你们是同学，是好兄弟！"——向阳默然不语。她知道他心里不痛快，但自己想说的话一句也不想落下——"我不说，我想你心里也应该清楚。你和他不一样——"——她看了他一眼，他脸色铁青。她想，既然惹他不高兴了，那就索性一次把自己的想法痛痛快快全部抛出来，说完以后，再慢慢缓和关系吧——"不管你和老旦有多好，但我觉得你还是应该和他保持距离。我对你说句真心话，老旦那个人我看不上！嘴一张就脏话连篇，你看看他怎么对待自己老婆的？想打就打，想骂就骂，他把她当什么啦？一双鞋，还是一件衣服吗？穿旧了说扔就扔。他不就是有两个臭钱吗？"

向阳想起之前老旦也说，他们已经不是同一个世界的人了。他也知道，老旦的世界，组成元素和他是有区别的。他的世界里似乎有太多复杂的东西，比如在两性情感之间的纠结，比如与父亲之间此消彼长的角力，比如一方面看不惯某些人，另一方面却不得不做出笑脸……而老旦的世界没有任何想象力，所有的东西都看得到、拿得走——酒，钱，女人，这就是全部。老旦的世界也不包含任何细节，细节就是这几个字眼本身，它们能开拓的空间很小，很小……看清楚这几个字眼，你就会明了他的世界。他庆幸自己没有把老旦的事告诉她，否则，又不知道会激起几重滔天巨浪。

"那……小明呢？"他神思有点迷乱。

"石小明……怎么啦？"她问，一脸疑惑。忽然明白了他的意思，扑哧一笑。"怎么，你以为我让你跟所有人断绝关系呀？"

"差不多吧。"他含含糊糊地说。推开这道门走进来，之前那道门里的事就不再与他有关联了。不是吗？

"周芷汀挺可怜的——"她说。向阳会错了意，以为这句话是针对他说的，脸红了。她瞥了一眼，不由起了疑心，拿眼定定看看他，他的脸更红了。"其实，我不是不让你跟所谓的兄弟来往，我是觉得，你应该跟值得来往的人来往，要让自己交往的圈子和自己的身份和地位匹配。石小明人还不坏……"——她还在看着他——"何况人家现在遇到了困难，咱们能帮上忙的还是应该——"

"对对对！"他说，"应该帮，应该帮——"

"我话还没说完呢，你急什么呀？"她嗔怪道，"是不是又说到你心坎里去啦？"

"啊？"他愕然，"我又怎么啦？"

"没什么！"她莞尔一笑，"我就不信你还会吃着碗里的，看着锅里的。"说得他冷汗涔涔而下。世界上的女子没有一个是好对付的，虽然她们的套路不同，但任何一个套路的杀伤力都不容忽视。他长吁一口气。

郭纪芬的意思，是要像小明那样大办一场。这多少有点私心。因为谁都知道，红色"罚款单"只要发出去，就会有回应。小明结婚摆了四十多桌酒席，她和向阳摆上二十桌不算多，每桌酒席餐费标准四百元，两包黑兰州烟三十块钱，两大瓶饮料二十块钱，一瓶河套王白酒七十块钱，瓜子花生之类十块钱足够了，加起来五百三十元左右。部队的人赴宴，很少有携带家眷的，如果随礼的客人按一百六十人算，家眷人数最多不超过四桌。D 城的行情，随礼是一百元起步，上不封顶，这个要根据个人感情和位置的重要性而定。就按每位客人随礼一百元算，收入有一万六千元，减掉二十桌酒席的成本一万零六百元，收入五千多块钱还是不在话下的。等分了房子，就够买床和沙发了。郭纪芬秉承了晋商精打细算的优良传统，又在一流高校经济学专业深造多年，脑子里的小算盘转得飞快，一丝不乱。向阳只有叹服的份儿。

在郭纪芬的怂恿下，向阳给家里打电话商量。李爱月倒是很高兴，认为可以小赚一笔，弥补一下老牛夫妇给家里造成的损失。向有勇却不乐意，他认为自己既然已经离开 D 城了，就没有必要再回去。虽然之前也有很多比自己位高权重的人这么干过，借此为儿女解决实际困难。但事情过去很久之后，D 城大街上还有唾沫星子四处乱溅。李爱月和向有勇争了半天，最后在向有勇的呵斥声中，嘟囔了一句"死要面子活受罪"，悻悻然进屋去了。

郭纪芬给家里打电话，她的父母也来不了。她还有一个四岁的弟弟，父亲和母亲在山西老家照顾他。山高路远，天寒地冻，他们担心他路上水土不服。两家老人既然都不支持，两人的热情也就淡了。

父亲的态度，其实早在郭纪芬意料之中。郭纪芬的父亲在县城当过多年局长。县城不大，局长一级的干部不算多，而他本人的位置又极其显赫，所以提起他的名字，几乎无人不晓。一个农家子弟，在县里能混到正科，山旮旯里的祖坟上已经青烟袅袅了。但就像商人从不满足于自己钱多一样，当官的也没有几个人认为自己官大就故步自封。郭纪芬的父亲也一而再，再而三尝试着再上一层楼，都不成功。眼看过了四十五，他知道副县这道坎迈不过去了，也就灰心了。当官的念想虽然绝了，但还有一桩心事让他耿耿于怀，那就是膝下只有一女。他本就是独子，一脉单传，他不想在自己手里断送了祖宗的香火。思来想去，还是决定铤而走险，让四十一岁的老婆再冒一回风险。老婆死活不同意，说是年龄太大，风险太大。再说了，上一次生孩子还是十八年前的事，十八年都没有开花结果的老树，结出来的果子质量也未必上乘。郭纪芬的父亲在机关多年，什么样的人没见过，惩是铁石心肠的人，也能让他说得泪流满面。他以《聊斋志异》中金永年的妻子为例，人家七十八岁尚能产子，妻子应该拿出时不我待的气概，勇于任事。老婆又说，万一弄巧成拙，自己在厂里车间主任的饭碗恐怕保不住。老郭大义凛然，说自己堂堂的局长尚且不怕，她一个工人倒缩头缩脚。

老婆说不过他，勉强答应了。老郭在医院偷偷找人给老婆摘了节育环，又雇了保姆，家中所有大小活计绝不让老婆沾手。这样调养了半年，竟然水到渠成了。老郭大喜过望，告知年迈的父母，儿媳妇要回老家给他们生孙子。老两口早就有这个心愿，只是害怕影响儿子的前程，如今一听儿子松口了，当然求之不得，怂恿儿子将老家的土坯房全部推倒，花了八九万，建了一栋青砖红瓦的新房。

等妻子显怀，老郭便替她办了停薪留职，将保姆和老婆送回乡下。十月怀胎，一朝分娩，郭纪芬的母亲也很争气，产下一个大胖小子。郭纪芬的爷爷激动得热泪长流，给孩子取名叫继祖，小名叫"细球"。老人颤巍巍地到祖坟上焚香祷告，郑重告慰先人，郭家后继有人了。

前两年，郭纪芬的父亲主动提出改非领导职务。书记正为僧多粥少大挠头皮，没想到竟然有人高风亮节，主动让贤。书记激动得握着郭纪芬父亲的手，足足有一分钟才松开，然后又拍着郭纪芬父亲的肩膀，连连夸他觉悟高、涵养深，拍得郭纪芬的父亲肩膀生疼，身子都歪下去了，又勉强直起身子，再让他拍了几下。郭纪芬的父亲出了机关大院，长吁一口气。等新局长就位，简单交接之后，回家收拾了一些生活用品，出门搭乘三轮摩托车回乡下了。现在，两口子专职在老家带孩子。郭父又在郊区买了一套两居室，打算等孩子上小学时，两人就带着孩子搬进去。郊区毕竟熟人少，被揭发的风险小一些。

郭纪芬的父亲已经到了当爷爷的年龄，忽然喜从天降，自然有老天待我不薄的感慨。他认为，世界上的物质总量是相等的，你到手的东西越多，别人能得到的东西就越少。"幸福"也遵从能量守恒定律，你在自己目前拥有的基础上，想要更进一层，别人就要倒退一步。所以，人不能贪心，而应该感恩和惜福。所以，既然给儿子分配的关爱多了，给女儿的关爱就要相应减少。女儿的提议，他想都没想就否决了。为了不让女儿过于失望，他很大方地一挥手，说，彩礼就免了，算是我给你的嫁妆吧。

郭纪芬气得哭了一鼻子。向阳安慰了半天，说既然老人来不了，还不如等年底休假，陪着她回一趟老家。新媳妇都马上进门了，自己还没有见过老丈人和丈母娘，也有点说不过去。郭纪芬含着热泪说了一句"你真好"，就扑在向阳怀里，蹭得他衣服上都是鼻涕眼泪。

向阳把自己结婚的事报告了处长。处长也不赞成他在 D 城操办婚礼。他说，纪检处不同于别的单位，工作性质相对敏感。请柬发出去，别人不会不来。来了吧，礼金不管收多收少，都会落下话柄，不利于以后开展工作。年轻人做事，还是应该看长远一些。向阳看着处长深邃的目光，似懂非懂地点了点头。

# 四十五

年底，两人顺利请到婚假，坐汽车到酒泉，买好第二天晚上的票，先在市区美美逛了一天。向阳买了一个电动汽车玩具和两身小孩的衣服，又买了一些果冻之类的零食。再给丈人和丈母娘一人买了一套衣服，再给丈人单独买了一套上好的夜光杯和两瓶千年汉武御白酒，又给郭纪芬的爷爷奶奶一人买了一件羊皮坎肩和一些营养品，两个大行李箱塞得鼓鼓囊囊。第二天晚上，两人拎着大包小包，先坐火车，然后转汽车，终于在第四天中午抵达县城，再坐三轮摩托车一路到乡下。

乡下的房子高门大院，明窗几净。门大敞着，一个穿红棉袄的四五岁小孩正满院子乱跑，一个体形臃肿的中年人在身后追得气喘吁吁。在寂静的乡下，一辆三轮车比火车的动静还大。那个小孩听见了声音，咯咯笑着往外冲，大人堵左边，他就跑右边，大人堵右边，他又跑左边。车小好掉头，人小好转弯，一番围追堵截之后，大人累得上气不接下气，两手撑着大腿，半蹲着喘气，他却轻松摆脱了追击，跑到了门口。向阳和郭纪芬从三轮车上下来，往下搬行李。

郭纪芬的父亲虽然才过知天命之年，但已经两鬓斑白。宦海生涯并不像局外人说的那样轻松惬意——"烟酒基本靠送，老婆基本不用，工资基本不动"，从政实际上是一件很熬人的事，板凳要坐十年冷，这是常态，而且关键的位置就那么几个，最终得遂心愿的人毕竟少之又少，大多数人都像螺丝钉一样在平凡的岗位上结束使命。郭纪芬的父亲出门看见女儿和一个陌生的年轻人，忽然愣住，足足有五秒钟才反应过来。郭纪芬羞怯地叫了一声"爸爸"，就拽着向阳的衣服把他往前推。球球已经爬到了三轮车司机的座位上，双手乱搋。三轮车司机拦腰把他抱下来，送到郭纪芬的父亲跟前。

"快去找爷爷——"他冲着郭纪芬的父亲说，"小孙子有五岁了吧？正是好玩的时候。"

郭纪芬的父亲红着脸嗯嗯两声，抱着孩子进去了。郭纪芬给完钱，打发司机走人，两人拎着行李一前一后进了院子。

郭纪芬的父亲喊了一声："她妈，芬芬回来了。"

郭纪芬的母亲应声跑了出来，头上顶了一块毛巾，系着围裙，两手湿漉漉的，还往下滴水，一溜小跑到女儿跟前，盯着向阳看了半天，对女儿说："到县城咋没有给你爸爸打个电话？让他接你们去！你看咱们家乱成啥样子，人家小阳是第一次来！"

郭纪芬的奶奶挽着爷爷出来了。相比于儿子儿媳的臃肿苍老，这两个年近八旬的老人精神状态倒好。老头对这个高大帅气的孙女婿喜欢得不得了，拉着向阳的手左看右看，看一遍，拊掌笑一回，笑得合不拢嘴，比对自己的孙女还亲热。郭纪芬和母亲搬行李，老头子拉着向阳，家长里短问个没完。老头子只剩下四颗牙，话也说不清楚，口音又重，耳朵又背，十句话至少有八句向阳听不懂，只好满脸堆笑，跟着打哈哈。老头子又高兴了，连连竖起大拇指，说这孩子比他丈人强，跟他能说得来。听说向阳的父亲也当过兵，还是团长，更来了兴致，说自己当年也参加过抗美援朝，差一点就留在朝鲜，因为放心不下家里的老婆，执意回来的。郭纪芬的父亲反而话不多，看着自己的母亲给孙子喂饭，时不时冲儿子挤眉弄眼。儿子吃完饭跑到一边玩去了，郭纪芬的父亲匆匆扒了两口饭，说了一句"小阳你慢吃"，起身追儿子去了。

等到向阳把带来的礼物一样样拿出来，老头子更是高兴得不得了。他把羊皮坎肩穿在身上，左看看，右看看，还把双手举过头顶，转着圈照镜子看。一边看一边对老伴说："怎么样？还比较合身吧？我一直想买一个坎肩，赶集看了好几回，要么羊皮是人造的，要不就是羊毛太少。人上年龄了，身上没火气，怕冷。有这个坎肩护着前胸后背，身上暖和多了，我在摊上跟几个死老汉玩牌也就不怕冷了。耀宗他妈，你说是不是？"

他把坎肩脱下来，叠好，掀开靠墙放着的老式大衣柜，把坎肩放进去，再把柜门合上。又哆嗦着从炕席底下摸出一把钥匙，打开放在炕角的一个四四方方的小木箱，翻出一个巴掌大的黑布包。布包不大，看上去沉甸甸的。老头一手捧着，一手把它打开，里面是四枚龙洋，六枚袁大头。老头数出一枚龙洋，两枚袁大头，抓起向阳的手，把它郑重地放在向阳的掌心。

"这是我爹手里传下来的，当时有五十枚龙洋，一百枚袁大头。到我手里，花销出去不少，就剩了这几枚，给你一枚龙洋，两枚袁大头。给我孙子留两枚龙洋，两枚袁大头。再剩一枚龙洋和两枚袁大头，留着给我压棺材板。"老头的手有些抖，下巴上的胡子也跟着抖，嘴唇也跟着哆嗦，禁不住流下了眼泪，他用手抹了一下。"唉，我老了，土都埋到脖子上了，说不定下一回你来，就见不到我了。这一点见面礼，不要嫌少——"

向阳手里还拎着玩具，腾出一只手接爷爷的银圆。细球一看到玩具，连父亲也不理了，不顾一切地冲上来，从向阳手里抢过去，抱着就往外跑。父亲赶紧跟了出去，喊道："你慢点，别摔倒了！"郭纪芬朝着父亲离去的背影，狠狠地剜了一眼，嘀咕着骂了一句不知什么话。

这一切没能逃过向阳的眼睛，他笑着说："细球挺好玩的。真羡慕你有个弟弟。我一直想，自己要有个姐姐或者哥哥就好了，那我就不会这么孤单了。"

郭纪芬盯着向阳说："你要吗？我跟我妈商量商量，把他送给你，让你带回家交给你爸爸妈妈带。"说完，扑哧一笑。

"开什么国际玩笑？"向阳说，"那还不要了你家老爷子的命？"——悄悄拽了拽郭纪芬的衣角——"怎么？你不喜欢你弟弟？"

"你考虑一下我的心情好不好？"郭纪芬埋怨他说，"你想想，我忙着参加高考，我妈在家生孩子，差点没让人笑死！他们还自作聪明，以为别人都不知道呢。真不知道他们怎么想的，我是丢不起这个人！"

"这种事到处都有，D城也不少见，见怪不怪！"

"那是这事没有摊在你身上，你站着说话不腰疼！"她说，"你想想，我一出生就在城里，住的是楼房。家里从来都是我一个，突然添了一个人也就算了，家也从城里搬到了农村。人家都挤破头要进城，我们倒好，城里的房子不住，跑到农村来受罪。唉，没法说——"——她看着院子里的爸爸和弟弟，好长一段时间都没有说话。向阳挨到她身后，伸出胳膊环抱着她，让她偎依在自己怀里。她悠悠地叹了口气——"我知道，我爸一直为我是个女儿耿耿于怀，他和我妈为这事没少吵架。可是你想想，他讲道理不讲道理？生孩子又不是去商场买东西，可以挑可以选，不满意还可以退货。他抱怨我妈也就算了，慢慢地也迁怒于我。从小学到高中，他从来都没有在我身上操过心，有事跟他商量，翻来覆去就是两句话：行，你看着办！听你的，只要你愿意就行！包括咱们结婚，这么大的事，他还是轻描淡写的两句话！所以，我长这么大，我的事都是我自己做主……"她十分委屈，眼泪不知不觉流了下来。

在郭纪芬父亲的主持下，向阳和郭纪芬在县城酒店简单地举办了婚礼，来的人不多，除了亲戚和一些邻居，另外就是几位郭纪芬父亲的同事，总共才摆了十桌酒席。他没有去单位发请柬，一来放不下架子，二来怕同事们拿他偷生儿子的事调侃，所以只给原来的一位部下打电话，让他给大家通报一声。到了这一天，零零落落来了四五个人。郭纪芬的父亲大失所望，也无可奈何。

春节临近，两人便动身往兰州去。郭纪芬的妈妈拉着女儿的手，依依不舍，哽咽着说："你弟弟还太小，我走不开，等过两年你们有了孩子，你弟弟也大一点，交给你爸爸照顾，我过来帮你们带孩子。你现在结了婚，就没有人把你当孩子了，到了公公婆婆家，手脚要勤快一点，婆婆到底和亲妈不一样，你要顺着他们的心意，不要像在自己家里这么犟！"说着说着眼圈就红了，伸手揉了揉眼睛。

郭纪芬紧紧抓着妈妈的手，哽咽着说："妈，你放心——"

郭纪芬的母亲又对向阳说："小向啊，你是个有礼貌的好孩子，我和芬芬他爸都很喜欢你。芬芬让我惯坏了，不懂事，以后你要多担待着一点！"

向阳看了郭纪芬一眼。郭纪芬红着脸推她的母亲，说："妈，你说的这是什么话！好像你的女儿嫁不出去似的！"向阳笑了。郭纪芬噘着嘴冲他说："你就偷偷美吧！"

向阳拎着一个行李箱，郭纪芬的爸爸拎着一个行李箱，郭纪芬一只手挽着妈妈，妈妈抱着弟弟，奶奶搀着爷爷，一家人把他们送到门口。郭纪芬父亲联系的出租车来了。他们把行李装到后备厢。郭纪芬的爷爷颤巍巍走到他们跟前，一手拉着向阳，一手拉着郭纪芬，老泪纵横。郭纪芬的奶奶和母亲也跟着抹眼泪。司机车没有熄火，坐在驾驶座上抽着烟，一只手不耐烦地敲着方向盘。

郭纪芬的父亲说："爹，孩子们要赶车，抓紧时间。"

老头这才松开手，擤了一下鼻涕，又在衣襟上擦擦手。向阳摇下车窗玻璃，和他们挥手告别，一溜烟不见了。光秃秃的路上只有堃起的尘土在空中飞扬。

到了兰州，已经是腊月二十八。他们的婚礼日期定在正月初五，一家人忙着张罗婚礼，哪还有心思过年？等到婚礼完毕，才算消停了。

按照老家的规矩，新婚第二天早上，新娘子要亲自下厨，为亲戚朋友们做饭。一来大家都忙着过年，二来他们在兰州也没有什么亲戚，加上这几天确实也累了，直到第二天九点钟，向阳和郭纪芬还没有起床。

李爱月撇着嘴在厨房一边干活，一边跟向有勇发牢骚。"我嫁到你们家那会儿，亲戚邻居三四十个人，一大早就等着看我的笑话。我紧张得一晚上都没有睡好，五点半就爬起来，一头扎到厨房里，还好，到底把几十个人的饭做出来了。"她朝向阳的房间努努嘴，压低声音说，"你看看咱们这一位！睡到日上三竿还不起床，等着老公公老婆婆伺候呢。"

"大过年的，你咋这么多事呢？"向有勇蹲在地上择菜，瓮声瓮气地说，"现在的孩子都是家里惯大的，哪里做过家务？你光知道损人家姑娘，你咋不管管你儿子？他不也没起床？"

"男爷们不起床，那是天经地义的。咱俩结婚这么多年了，你在家里做过几次饭？家务活还不都我的？你是身在福中不知福！"她说，"唉，你说纪芬这姑娘，在公婆面前都这样，在老公面前能好到哪儿去？我看她呀，撒娇发嗲肯定在行，干家务活带孩子怕指望不上！咱们小阳以后可怜啰。"

"我怎么觉得你有点幸灾乐祸呢？"向有勇不满地说，"这么多年，在家里没有显出你的贤惠，现在儿子娶了媳妇，你把儿媳妇比下去了，自己终于可以出头了，是不是？"

"我呸！"李爱月说，"我简直对牛弹琴，好心让你当成了驴肝肺！我是心疼我宝贝儿子！"

过了正月初十，向阳的假期也快到了，两人收拾东西准备回 D 城。离开兰州的前夜，向阳和郭纪芬平躺在床上说些闲话，很晚才睡。郭纪芬说："一年没有回老家了，特别想回去，可是回去以后，又特别失望。我在那个青砖红瓦的房子里，找不到家的感觉。"

向阳握着她的手说："我觉得你太敏感了，我倒对你们老家的大院子很有感觉，那才像一个家。不像现在住的楼房，这一家跟那一家一模一样。"

"那你喜欢兰州的家吗？"她问。

"说不上喜欢，也不觉得反感，总之有一种怪怪的感觉。"

"唉——可能男人和女人对家的理解不一样吧。'嫁出去的女儿泼出去的水'，我觉得，山西乡下那个大院子是我爸妈和我弟弟的家，兰州这一套是你爸和你妈的家。只有 D 城那间单身宿舍才是我们的家。向阳——”郭纪芬转过脸，搂着向阳的脖子，“从今以后，你是我在这个世界上最亲近的人了。”

向阳紧紧把她搂在怀里。他知道，从这一天起，他们两个人的世界，从各自父母那个世界里完全独立出来了。


# 四十六


D 城官兵的住房问题终于搬上了议事日程。

多年来，住房问题一直是困扰 D 城官兵的难题。D 城始建于二十世纪五十年代，要让一座新城在茫茫戈壁上拔地而起，面临的困难任何预案都无法囊括，最基本也是最难解决的就是喝水、吃饭、住房问题，而住房问题比喝水和吃饭问题更难解决。喝水，无非在戈壁滩上掘井，这个地方掘不出来，换一个地方再掘，这个地方掘出的水不能饮用，也可以再换个地方掘，总有一井水会适合你。本地不长菜，不产粮，可以从外地运，火车运输不方便，可以用汽车运。但房子地上长不出来，汽车运不过来，地窝子只能解决一时的问题，广大军民不能总住地窝子吧？D 城要长远发展，就必须在居住地一砖一瓦新建住房。而运输建筑材料，比运输粮食难度更大、任务更重，这是一项漫长的工作。D 城的办公场所、测试厂房、发射场也是在漫长的过程中逐步完善起来的。

到六十年代，D 城的基础设施建设基本完备了，官兵们终于有了自己的住房，有了人就有房子，有了房子就有了家，一家挨着一家，一户挨着一户，一栋楼挨着一栋楼，一栋栋楼房把荒漠变成了城市。

转眼之间，四十多年过去了。

四十多年前的人，有一部分已经埋入地下，“死在戈壁滩，埋在青山头”；也有一部分最终离开，去了别处。四十多年前的房子还在。陆陆续续来到 D 城的人，有相当一部分又住进四十多年前的房子里。人越来越多，而房子增长的速度，远远落后于人增加的速度。虽然 D 城新建住宅楼势在必行，但这些年国家对新建“楼堂馆所”的审批管控很严，谁也不敢轻易迈出这一步。D 城党委斟酌再三，便取一个折中的方式，对一些年久失修的住宅楼进行大修。可是，一年仅维修十栋八栋住宅楼，远远无法满足官兵的住房需求。

首长向 D 城党委主动请缨，负责进京协调新建住宅楼事宜，项目最终通过审批了。总部深知 D 城的困难，也拨了一部分经费，但大部分经费从 D 城的家底经费中开支。在一次大会上，首长掩饰不住激动的心情，他说："党委常委会已经通过，我们将从家底经费中拿出一大部分经费，用于解决广大官兵的住房困难。从今年开始，每年将新建十栋住宅楼，每栋楼按三个单元、四层高计算，共二十四户，十栋就是二百四十户。连续建三年，将建成七百二十户住宅。我们还有一个大胆的设想，新建楼房的面积均照团职楼的标准，这个设想也得到了总部的支持。多少年以来，我们都是严格落实按职务级别保障住房的政策，单身干部住单身宿舍，很多单身干部还是两人一间，连职干部住连职楼，等调了营级再搬到营职楼里，如果调了团级，或者调了技术九级，又往团职楼里搬。我们一个干部，从开始上班到离开部队，至少要搬四次家，不要说人受得了受不了，家具都受不了，尤其是床受不了——"——下面的官兵哄堂大笑，首长略显尴尬——"大家不要曲解啊，我这句话的意思是，现在好多新式家具，都不是开榫结构，要么是螺丝上起来的，要么是大配件套小配件，一样一样套起来的。整个一个俄罗斯套娃嘛——"——大家又笑了，很多人都在鼓掌——"这些新式家具，一次装好当然没问题，最怕的就是反复拆装，拆卸几次就坏了。尤其是床，嘎吱嘎吱响——"——大家又笑了，主席台上的其他几位首长一脸严肃，坐得端端正正。首长半握拳，放在嘴边嗯嗯两声，清了清嗓子——"等我们的新团职楼建好，刚结婚的小夫妻，直接住进团职楼，可以一直住到转业离开 D 城。他们完全可以把来回搬家的时间和精力用在工作上嘛……"

首长讲完话，司令和政委又分别作了指示。他们再次提到新建住宅楼的方案，认为这是一件有利于部队团结稳定的大事，古人云：齐家治国平天下。只有家庭稳定、生活幸福，人们才会把心思用在工作上，才能把工作干好，D 城的事业才会蒸蒸日上。这是一件大事，既然办，就一定要办好。下面有人叫好，很多人也跟着叫好，一时掌声雷动。这次会议真是不同寻常。以往，只有每次发射任务圆满成功的时候，D 城才会迎来如此热烈的场面……

五区市场改造也在大刀阔斧地进行。综合商场、南边的平房、北边的小吃店、小吃店后面的家禽屠宰坊，以及中间的蔬菜销售大厅全部被拆除。曾经热闹非凡、万紫千红开遍的五区市场，数日之间变成了断井残垣。建筑垃圾很快就清运干净了，五区市场被夷为平地。接下来，建筑公司开始进驻，五区市场尘土飞扬，大大小小施工车辆进进出出，"三通一平"完成，市场被蓝色的彩钢板围了起来。

五区市场原来的商贩，有的歇业，有的在别的市场租了房子，重新开张。最大的市场消失，而偏远一点的十三区和三区市场乘势兴起。十三区有一家烧烤店，老板文绉绉的，戴着一副金边眼镜，烧烤店开张，既没有请风水师看日子，也没有请资深学者命名，索性就叫作"眼镜烧烤"，灵感可能来自"新疆王胖子大盘鸡"。三区市场也有一家烧烤店，叫作"康康烤吧"，之前的生意如何，不得而知，但如今炙手可热。一时之间，"南有康康，北有眼镜"，不胫而走。老旦也在十三区租了店铺，重操旧业。大概也是忘了请风水师，生意半死不活。他干脆就把精力放在经营 KTV 上。

除了新建团职楼和五区市场改造两项大型工程之外，D 城今年还有一个项目，就是架空管道改下沉。D 城所有的供暖管道都是架空的，离地面足足有一层楼那么高。两排又粗又黑的无缝钢管，外面包着一层五厘米厚的聚氨酯保温泡沫，盘旋在人们头顶。从空中鸟瞰，整个城市像是被游动的巨型蟒蛇包围了一样。这种场景极其影响市容，而且头顶着黑黢黢的巨型管道，D 城人的心里也跟开封人头上顶着黄河一样压抑。D 城首长们下决心要改变市容。戈壁滩冬季极端气温达到了零下二十多摄氏度，为了保证供暖管道不被冻住，管道的预埋深度要求在一米二以下，加上管道及保温层，还有回填土的厚度，管道沟开挖深度基本都在一米八至两米。D 城的所有主干道都有一边被挖开了，D 城被挖成了千沟万壑的黄土高原，到处都是尘土，都是漫天铺地的尘埃……

这些工程项目，按照经费来源渠道和项目建设用途，粗分为试验工程和营房工程两类。新建团职楼由营房处负责，市场改造则由工程处主管。两项工程同期开工，两个部门都忙着组织发标、招标。虽然工程属性不同，但招投标的程序和规则都是一样的。标包评审由评标委员会负责，监督组对整个招标过程的合法性、公平性进行监督。向阳所在的纪检处就是监督组的成员单位之一。除了本职业务之外，他们也要参与招标。这个时候，纪检处人少的劣势凸显无遗，向阳常常早出晚归。

# 四十七

郭纪芬怀孕七个月了。

李爱月想来照顾她，郭纪芬不大乐意，她想让自己的母亲来。打了两次电话，总说是弟弟刚上小学，每天早中晚接送，还要做三顿饭，实在忙不过来。郭纪芬也就灰心了，想想实在没有办法，就只好回头向婆婆求助。

小明的儿子确诊为脑瘫。周芷汀每年一休假，就和石小明带着他外出求医。治疗的花销，由 D 城医院报销 85%。向阳和郭纪芬常去看他们。

最近听说他们刚从北京回来，第二天恰好是周末，吃过午饭，向阳就给小明打电话，问他是否在家。得到肯定的回答，向阳夫妻两个就手牵手出发了。小明牵着孩子来开门。孩子两岁多了，"爸爸"和"妈妈"都说不利索，走路也一摇三晃。相比于孱弱的四肢，脑袋长得太大了，有点不成比例。硕大的脑袋上，头发稀稀落落，脑门又宽又长，占了整个脸部的一半还多。孩子笑的时候，嘴角向一边抽动，发出嘿嘿的声音，配上他呆滞的眼神，怎么看都像电视剧《封神榜》里的土行孙。

小明让孩子叫向阳"叔叔"，他做出一个发"shu"音的口型，却发不出声。这套房子有些年月了，屋里很暗，所有的窗户都关着，把阳光和清新的空气都关在了外面，屋里弥漫着一股陈年的霉味。每个房间都很乱，玩具扔得满地都是，到处都是衣服，有大人的，也有小孩。床上的被子也没有叠。

周芷汀穿着宽松肥大的衣服，胡乱挽着头发。她的皮肤本来就黑，又没有化妆，看上去脸脏兮兮的，像是没有洗。她笑吟吟地牵起郭纪芬的手，向她的卧室走去。郭纪芬回头看了向阳一眼，眼神中有些许不安，但还是跟着走了。

石小明让向阳在沙发上坐下，自己闷头抽烟，两人有一句没一句地聊着。老旦到底还是和李艳离婚了。按老旦的说法，他们其实也算不上离婚，因为他们两个人从结合到分手，都完全遵守个人自愿的原则。之前，是因为李艳年龄没有达到法定结婚年龄，没有领结婚证。后来到了可以结婚的年龄，两人的感情却出现裂痕。老旦听之任之，从未想过要去弥合。

小明说，责任不在李艳。老旦和 KTV 的一个年轻女孩好上以后，李艳提出，只要他和其他女人不再来往，她就和老旦去领结婚证，两人好好过日子。但是老旦不同意。前段时间两人和平分手了，老旦想把儿子留下，李艳不愿意，在这一点上她寸步不让，宁愿净身出户，也不愿意放弃孩子。老旦最终妥协了，大概他也觉得，自己一个人，拖着个四岁的孩子，能不能照顾过来倒在其次，关键是再找一个，人家能不能容下这个孩子？李艳毕竟是亲妈，就算再穷，也不至于让孩子受委屈。最后，老旦给了李艳二十万。她带着孩子回天水老家去了。

向阳很久没有见过老旦了，听了不免唏嘘一番。

小明又接着说，听说首长呼声很高，不知道有没有可能当 D 城的司令？向阳摇了摇头。小明有点迷惑，他不知道向阳摇头的意思是说自己不知道，还是说首长不可能在 D 城扶正？他没有再问，向阳也没有继续这个话题。

其实，关于这个传闻，向阳一直都知道，但他不知道首长到底有几分把握。他何尝不希望首长再进一步？那样对于首长来说意义重大，对于他自己，也是一件好事。任处长快要转业了。纪检处因为只有一个领导干部编制，有处长就没有副处长，有副处长就没有处长。按照惯例，要么是别的副团职领导干部到纪检处扶正，要么就是直接下放一个副处长，行使处长职权，等到任职满三年再扶正。听说首长力荐郑才学接任。郑才学正营职干了四年多了，政治条件全都符合，不过他这个人恃才傲物，说话不中听，所以在群众中口碑有好有坏，在领导眼里褒贬不一。

有一次郑才学喝高了，吹得唾沫星子乱溅，说他私下里和首长以兄弟相称，至于真假，自然无从考证。但郑才学是首长饭局的常客，这倒是真的。首长给宣传处交代工作，也常常把郑才学叫到办公室，直接安排他。事办完以后，按规定，报销单据必须由处长签字。郑才学拿着单子，大踏步走进处长办公室，躬身向他解释每一笔开销的由来。

章杰摆摆手说："直接给贾副司令汇报就行了。"

"已经给司令汇报过了。"郑才学指着报账凭证上"单位领导"那个栏次说，"处长，请你在这里签一下字？"

"你签就可以了。"处长脸上露出了神秘的微笑。他正专注于玩手机，对郑才学的话心不在焉，"财务处要是不同意，你就给他们说是贾副司令交办的。"弄得郑才学很是难堪。

但是，谁家过年还不吃顿饺子呢？首长祖籍东北，虽然在北京长大，但英雄不忘出处。郑才学是赤峰人，赤峰和东北曾有一段渊源。首长到底还是顾念老乡，郑才学终究等来翻身的一天。向阳对向勇说起这事，言下有愤愤不平之意。

向有勇却不以为然。他说："能力这个东西，不像百米赛跑，谁快谁慢一目了然。它没法一把尺子量到底。如果你认为能说会道就是能力，那结巴还有活路吗？你要说群众威信好就是能力，那些万金油就会偷着乐。既然大家表面上表现得都差不多，难以取舍，那何不'近水楼台先得月'呢？在异地能听人喊一嗓子家乡话，心里自然而然会涌起一股亲切感……"

向阳不赞同他的说法，却也无从反驳。郑才学如果来了，纪检处会是什么局面？他心里还是有些忐忑。郑才学这个人不太合群，就像他自己说的，"别人笑我太疯癫，我笑别人看不穿"。向阳也看不穿他。在机关跟他打过几次交道，最大的感触就是他热衷于唱反调，本来应该往东，你要说往东，他绝对要往西去。记得有一本书上写道："大人物分两种：一种喜欢先意承志，别人事事先替他想到；一种是喜欢用不测之威，不愿意别人知道他的心思。"从这一点来说，郑才学倒是具备成为大人物的素质。可是，给这样的人当部属很累，因为你永远猜不透他的心思，不明白他的真实意图……

小明又说到了欣玥，她在五一劳动节和大学同学结婚了。向阳心里一动，这么大的事，她竟然也没有告诉他。不过他很快就释然了，自己结婚不也没有告诉她吗？郭纪芬经常查他的手机，每次发现通话记录在两次以上的陌生电话，都要刨根问底。向阳如果交代得不够清楚，她就板着脸，两三天都不和向阳说话。有一次，向阳也赌气不理她，看谁能扛得住。没想到，她竟然整整一周都不跟他搭腔，最后还是向阳服软认错。开了这个不好的头，以后每次闹翻，都是向阳主动道歉。唉，夫妻之间的事，谁有理谁没理，哪能说得清楚？多一事不如少一事，既然她不乐意让他给别人打电话，那能不打就不打吧！给欣玥打电话恐怕也是两年前的事了吧？时间过得真快……

"她老公在外地工作，听说现在正往北京调呢。欣玥比原来胖多了——"小明笑了。

"她上学那会儿也不瘦啊。"向阳也笑了。

小明又说到吕晓琳。听说她和任敬明分手以后，已经谈过三四个对象了，可是谈一个，吹一个，现在还是单身。D城这地方，女孩子一过二十五，就不怎么吃香了。向阳倒是有点替她惋惜，毕竟，她比很多男人都强硬、都优秀。但男人一般都不愿意和比自己优秀的女人在一起，就像高个子男人不大愿意娶比自己还高的女人一样。向阳忽然想起任敬明，"曾经沧海难为水，除却巫山不是云"，吕晓琳大概还是想找一个这样的人。

两人又说到孟一昶。他的儿子也有一岁了。他现在在单位混得风生水起，很受领导赏识。机关某处曾经要调他，但单位死活不放，说是要重点培养。向阳现在和他也疏于联系了。想到这里，不免怅然。家庭就是一座城堡，自己携手所爱的人住进去以后，把朋友和亲人都关在外面。他们即使来到你的城堡，也是以客人的身份进入，而不是亲人、朋友。

"你真是个万事通。"向阳说。自己身在其中，很多事还不如他了解得清楚。看来，以后还得多找他聊聊。

"我们单位六十多个人，男的就六个。"小明朝向阳挤眉弄眼，从前那种熟悉的表情又回来了。"这帮家属一天到晚叽叽喳喳，东家长西家短，没有她们不知道的。有几个老一点的口无遮拦，连自己和老公那点事都抖得沸沸扬扬，有些情节还特别细腻，特别传神……"他朝屋里看了一眼，掩着嘴咻咻地笑。

说了这么多话以后，小明终于说到自己了。这两年来，他们每年都要带长庚去北京儿童医院看病。不能说没有效果，毕竟长庚的生命已经没有任何危险了，智力也有所恢复。但是，要达到正常孩子的智力，是绝对不可能的。医生说，他长大以后，恐怕只有七八岁孩子的智力，他这一辈子都需要别人照顾。

小明的儿子长庚在屋里闹腾了一会儿，睡了。外面两个人谈得非常投机，里面两个人也是窃窃私语。小明家里很久都没有这么热闹过了，两口子也好长时间没有说过这么多话。

回来的路上，两个人说起长庚，也都感叹了一番。郭纪芬忽然说："我要去兰州生孩子。"

"为什么？"向阳十分惊讶。她怀孕七个月了，他们从来都没有做过这种打算。他已经给母亲说好了，让她一个月后到 D 城照顾郭纪芬。

"不为什么。我就是不打算在这儿生了。"

"现在都啥时候了？你有这个想法，也不早点说。"

"我是今天才有这个想法的。"她说。

"那你不再多想两天？"向阳说，"说不定过几天你又变卦了。"

"不会的。"她的语气相当坚定，"我既然给你说要去兰州，我就肯定会去。你同意的话，再过两个月你就把我送过去。你要是不同意，我下个月就自己买票坐火车走。"

"为什么？"向阳还是不理解，"你变得也太快了，我有点跟不上你的思路。"

"我不需要你跟上我的思路，你只要知道我的决定就行了。至于为什么，我给你这么说吧——"她说，"你看见长庚了吗？我不想重复周芷汀的噩梦。"


# 四十八


年底，第一批新建团职楼竣工了。

从五月份开始发标、招标算起，到工程竣工验收，还不到八个月，如果从开工算起，才过了六个月，一百八十日历天，比正常的施工周期缩短了将近一半。但这个速度并不算快。有一年，D城某部执行一项紧急任务，一栋三层高、建筑面积两千平方米左右的大楼，从工程奠基到竣工仅仅八十七天。某部宾馆改造的施工周期更短，一层刚刚装修完，人就住了进去，二楼继续施工。项目负责人曾经自豪地宣称："我们的工程，首长让什么时候竣工，我就保证什么时候竣工。这就是D城速度！"

新建楼房刚刚竣工，分配方案就下来了。有一部分人要从旧楼搬到新楼，还有一部分人要从小一点的房子搬到大一点的房子。很多房子都要调整，分到房子的人兴高采烈，忙着收拾东西搬家，扶老携幼，肩扛手提。D城大街上乱哄哄的，客货车、皮卡、三轮车，什么车都有。盛况堪比过年的展销会。

这个时候，有人忽然给首长信箱投了一封信，反映房子问题。首长看完以后，转到了纪检处。任处长对仅有的两名手下说："这是我的收官之作了，希望你们认真对待，不要砸了纪检处的招牌。"

信是一位退休职工写的。她在信中说，她去年从营房管理站一位副站长手上租了一套两居室，租期三年，每年五千元租金。她按照要求，一次性付清了三年的房租。现在刚满一年，管理站的人却通知她要把房子收回去。她向管理站的人如实说明租房的情况，站长却说不知道这件事。她只好向管理站的上级单位反映情况，却因为没有正式的租房合同，只有一张手写的收据，上级单位非但不予认可，还要求她限期归还房屋。她有理没处申诉，只好给首长写信求助。

纪检处成立了工作组。按照老职工留下的联系方式，约她晚上八点到指定的谈话室。她按时来了，在机关大院门口给向阳打电话。向阳在门卫处登记好，把她领进来。

老太太看起来有六十多岁了，满头华发，体形臃肿，走路有些吃力。她大概是从家里走过来的，头上沁出了汗珠，微微有些喘。一进门，垂着手站着，低低地说了一句："领导好！"

郝伟楠让她坐，她才挨着凳子坐下。郝伟楠负责提问，向阳负责在电脑上做笔录。天花板上有一个摄像头正对着她，她身后墙壁和天花板接缝处也有一个摄像头，正对着郝伟楠和向阳。处长就在隔壁办公室坐着。他们的一举一动，他在连接摄像头的显示屏上看得一清二楚。他给郝伟楠发了一条信息，半天没有回应。他又给向阳发信息："这些老太太都比较难缠，谈话时要讲究技巧，不要吓唬她，多跟她套套近乎。"向阳把手机递给郝伟楠。郝伟楠看了，点了点头，把手机还给向阳。

"你叫什么名字？在 D 城从事什么职业？"

"我叫孟桂兰，今年五十五岁。我家老头子是劳动局的职工，我之前是工商局的职工。前些年，我们局里发不出工资，就出了个政策，鼓励大家停薪留职，自主创业。像我们这种夫妻双方都是职工的家庭，按照规定，必须有一个人停薪留职。我们家老头子舍不得铁饭碗，死活不同意，最后只能让我下海，在五区菜市场租了一个摊位卖菜。头些年一直是我一个人跑前跑后，慢慢地忙不过来了，我就把我侄女和侄女婿从老家叫过来，让他们给我帮忙……"

"你老公不给你帮忙吗？"郝伟楠问。

"唉——"她喟然长叹一声，轻轻地摇摇头，"他——我指望不上。老头子喜欢钓鱼，经常黑天半夜骑着摩托车去水库，和几个渔友在那里一待就是一整天。他们几个人凑份子，有人拿酒，有人带菜，有吃有喝，一闹腾就是一整夜。喝醉了，困了，就窝在河坝上睡一觉，醒来再接着闹。有时候好几天都不回来。我一个多月都没见过他了。我也不想见他，他那点工资，都不够他造的，一见我就伸手跟我要钱……"

"家里还有什么人？"

"我还有个儿子，三十二岁了……"她又不住摇头，额前花白的头发垂下来，跟着脑袋一起晃动，像被风吹动的柳枝，柳絮也跟着散落。她忽然哭了，眼泪扑簌簌流下来。"我儿子……唉！这孩子也不知道咋回事，从小就得了个怪病，犯病的时候，疼得满地打滚，脸色黝黑，一头一头的汗，好吓人——"——她两只手捂住脸，眼泪从指缝里流出来，缓缓爬过满是青筋的手背——"我带他到酒泉看过，说是肠梗阻，治不好——"

她忽然想起那时候，她背着儿子，从汽车站走到人民医院，儿子胳膊箍着她的脖子，勒得她喘不上气。她的眼泪被风刮干了，又流下来，又刮干了。看完病，她再把儿子背回去——结婚以后，老头子像变了一个人，变成了一个正宗的八旗子弟，只知道斗鸡走狗。刚开始那几年，她也常跟老头子吵架，有时候恨不得跟他玩命，想着大不了一命抵一命。老头子理亏，见她真摆出拼命的架势，怕了，跪在地上哭着求她原谅。那时候她不哭，她觉得自己是有理的一方，不仅有理，还有时间和岁月，能将命运扳回来。

他哭完了，她也原谅他了。但狗改不了吃屎，他依然我行我素。后来有了儿子，也没时间跟他吵。再后来，儿子又得了那种病，更没心情跟他吵。她也知道，再怎么吵，他都无动于衷，与其在他身上浪费时间，还不如多照顾照顾儿子。她更知道，这么多年来，她一直都是有理的一方。可是，有理又怎么样？在家庭这个熔炉中，再刚强的东西也会被熔成水一样的液体，和不那么刚强甚至龌龊的东西熔在一起，你中有我，我中有你，扯不断也说不清。上天赐给她的时间和岁月已经接近尽头，命没有被扳过来，反而又被扳过去了一尺。

唉！一个人员齐整且有稳定收入的家庭，就像刚收割完麦子的麦田，面上看着干净，但各种杂事、琐事就像撒在地里的麦穗、麦粒，拣上一辈子也拣不完，也拣不干净。眼看着收拾干净了，那些漏网的麦粒又伴着杂草长了出来，家庭里的麻烦事也就是这样一个挨着一个，永远不可能根除彻底。剩下的日子，还是埋着头拣这满地的麦穗吧，能拣多少是多少，拣到哪天算哪天。人生可不就是这样子？

"生意——好吗？"郝伟楠又问。

"呃？"她从回忆中回过神，"生意还行——"——她揉了揉眼睛，把手从脸上拿开，放回膝盖上——"就是辛苦一点。我每隔两天要去酒泉进一次菜。他们几个生意做得大一点的老板，自己有车，我没有车，就和其他两三个小老板拼车。每次都是下午坐卖菜的车出去，晚上八九点到酒泉春光市场，就在附近简单吃一点饭，再找个仓库打地铺睡上一觉。凌晨两点起来，到菜市场选菜，选好菜，看着装好车。车厢里装满了菜，就坐不了那么多人，我就走到汽车站，买上早上八点的车票，坐车回来。唉！前些年还不觉得，现在年龄越来越大了，我血压又高，腿也不好，慢慢地有点吃不消了……"

"有没有想过退休？"

"是退休了。前几年都在工商局把退休手续办了。一个月能拿三千多块钱，按理说我自己也够花了，老头子我不打算再给他一分钱了。可是，我儿子还没有结婚，又有病，他不能没有人照顾呀。所以，乘着我还能动，就多干几年，给他攒点钱，娶个媳妇。这样，有人照顾他，我也就安心了……"

郝伟楠点了点头。又问："租房子又是怎么回事？你们职工不是都分房子吗？"

"这个房子，我是租给我侄女和侄女婿的。这也是通过局里的老同事介绍，从营房管理站一个姓王的人手里租来的，听说他是副站长。当时讲好三年一签合同，每年租金五千，一次性付清。但是也没有签合同，他就只写了收条，自己签了名字，给盖了一个管理站的章子。我的意思，也是要一个合同，这样有个凭据。但那个副站长说，D城租房子都是这么操作的。他给我租的都是部队公寓房，严格来说是不允许出租的，但是因为和介绍人关系好，抹不开面子，才租给我的。这倒是实话。我们一起卖菜的几个人，租住的一室一厅平房，才四十平方米，一个月租金都要六百，比我租的房子还贵——"

"你的信中，反映的就是这套房子的情况，对吧？"

"对！我是去年交的钱，当时说明租三年，收条也是这么写的——"她从口袋里摸出一张手写的收据，哆嗦着双手递给郝伟楠。"结果这刚刚满一年，前几天管理站的人清房子，要把我这套房子收回去。我给他们讲得很清楚，说我是租的。那个小伙子牛得很，说我这是非法租住，所有的损失由自己承担——"——她气得脸都红了，嗓门也提高了——"你说我一个卖菜的，我哪知道什么非法不非法？我就想，从营房管理站的人手上租过来的还能有错？再说了，这白纸黑字写得清清楚楚，还盖了他们单位的章子，他们怎么连章子都不认了呢？"

郝伟楠看了一眼那张收据，又递给向阳。上面写着："今收到孟桂兰××楼×单元×号房租金一万五千元，租住期限：×年×月×日——×年×月×日。收款人：王××。"名字旁边盖着营房管理站的公章。向阳起身去复印了两份，把收据还给孟桂兰。

"营房管理站的工作人员说得没错！"郝伟楠煞有介事地说，"军产房是不能出租的。你在D城工作和生活这么多年，对这一点应该很清——"

"能不能出租我不管！"孟桂兰脸涨得通红，"我只知道他们收了我的钱！既然不给房子住，我就要拿回我的钱！欠债还钱，这总是天经地义的吧？我就知道你们这些人，都是一个护着一个——"——她忽地站起，双手擂着桌子，恶狠狠地盯着郝伟楠——"小伙子，我告诉你，D城像我一样租公寓房的人有几百个，现在面临房子被收回的人至少也有三五十个。实在不行，我们就一起去机关大院找首长，首长不管，我们再找更大的首长——"

"我不是这个意思——"郝伟楠唬得脸都白了，赶紧摆摆手示意她小声点。"我是说，按照规定，这个房子确实不能外租。既然租出去了，肯定是给你租房子的人首先违反了规定——"

"是这个道理——"她晃晃悠悠坐下来，"领导，你也要理解我。我卖菜挣钱不容易，家里儿子又有病，你说一万块钱就这样没有了，这事让你摊上，你能不心疼？"说着又抹眼泪。

郝伟楠把桌上的纸巾递给她。她抽出两张，擦了擦眼睛。向阳又起身给她拿了一瓶矿泉水。谈话一直到晚上十一点。孟桂兰絮絮叨叨，又说了许多家事。向阳把谈话记录整理好，打印出来递给她。她侧着身子，把谈话记录举得高高的，眯着眼睛看了半天。

"我小学都没有毕业，认得的字少。人老了，眼睛也花了，这么多页，真够难为我的。"她说，"你把后面我说要带人找首长的那段话删了吧，我又不是来胡搅蛮缠的。"向阳按她说的，把那段话删掉，重新打印，再拿给她。她又仔细看了一遍，点了点头，表示认可。

向阳让她在最后一页写上"以上谈话我看过，内容全部属实"，签上名字，又在每一页都签上名字，按上指印。在骑缝处斜着签了名字，也按了指印，再把她送到门口。

孟桂兰蹒跚着走了。

工作组又找营房管理站的站长了解情况。他对此一无所知，公寓房管理此前一直是王副站长经手，他今年准备转业，现在在老家休假。打了好几次电话，他也不接。但情况基本摸清楚了，确实如孟桂兰所言，私自出租部队公寓房的情况很普遍。

处长带着纪检处两名干部向首长汇报了调查情况。首长大为光火。"这件事要彻查！"他说，"很多军人结婚以后都住不上公寓楼。我们为了解决军人的住房问题，才大张旗鼓申报公寓楼新建项目，做了多少工作，费了多少周折，才把这个项目拿下来！绝不允许出现这种自己挖自己墙脚的情况！你们会同相关部门，成立住房清查工作组，挨家挨户排查，一定要把情况搞清楚！"

工作组很快就成立了，清查的通知也迅速下发到各单位，要求各单位也要成立工作组，至少有一名主官挂帅，负责推进工作。首长在工作推进会上明确指示，住房清查工作要在一个月内完成。各单位负责管理的住房有多少套，单位在职干部、职工居住多少套，非法侵占多少套，数据要翔实，如果发现数据不实或者造假，将在D城范围内进行通报。工作滞后或者未能在规定时间内完成任务的单位，由主官在团以上干部大会上做检讨。

住房清查工作按时结束了。

召开专题会议前，报告先送首长过目。首长一页页往下翻，眉头皱得越来越紧，脸色由白变红，又由红变白，任处长吓得大气也不敢喘。

末了，首长说："开会的时候再说！"

会上，各部门就各自工作分别做了专题汇报。最后轮到首长作指示。首长把报告往桌子上一掼，破口大骂："我费了这么大劲，跑了多少趟北京，才把新建公寓楼的项目申请下来。D城把家底都掏空了，每年盖十栋楼，连盖三年，才能盖七百二十套房子。现在光出租、出借以及违规侵占的住房，就有四百多套。下面各团天天给我叨叨，说单位的房子不够住，都哪儿去啦？光一个管理站的小萝卜头，营职干部，经他的手就租出去了七十二套房子！"——首长狠狠地盯着管理站的站长。站长臊得满脸通红，恨不能钻到桌子下面去——"孙悟空不过学会了七十二变，怎么，他也跟孙悟空学？孙悟空也没有逃出如来佛的手掌心，我就不相信他还能上天？这种干部，就算他不主动提出转业，今年也得把他清理掉。管理站的人抓紧跟进联系！老魏，你趴在桌子上睡着了是不是？"

管理站站长吓得一哆嗦，站起来答一声："到——"

首长用一种鄙夷的眼神看着他。他不停地发抖，脸上豆大的汗珠滚滚而下。

"让他把那些没到期租户的钱退回来！如果不配合，把他的情况写成专题报告，直接往上级纪检部门报——"

站长点头如捣蒜，一迭声："是是是——"

首长不耐烦地摆摆手，说："去去去，现在就去办！事情没处理完，不要让我看见你！"

站长唬得屁滚尿流，夹着笔记本一溜烟跑了。

"我就强调两点——"首长板着脸。向阳再一次深切地感受到，穿上军装的首长和穿便装的首长完全是两个人。"第一，清退住房工作，要灵活性和原则性相结合。有些老干部比较固执，要慢慢给做工作，一次不行，就去两次，两次不行，再多去几次。现在总部都开始清房子了，这是趋势。第二，分新房子是皆大欢喜的事。要一碗水端平，一把尺子量到底。在这件事上不要再引起争端，不要把好事办砸……"

# 四十九

郭纪芬怀孕八个多月，肚子已经很大了，每天上下班仍然坐通勤车，上车下车都很不方便。她每天都生活在恐惧之中，害怕自己会像电视中演的那样，某一天会在车上或者路上生下孩子。她让向阳赶紧把她送到兰州去。D城距离兰州有一千公里，向阳也害怕在路上出意外，便向特供团的后勤处处长说明情况，希望给郭纪芬提前批假。处长很客气，欣然同意。

两个人的休假手续一办好，向阳便抓紧时间出发，陪着她到兰州，先到家里安顿好，然后去医院做完产检，又找人建档。等手续办完，又一个人返回单位。

他们的孩子提前二十天就出生了。那段时间单位的事情很多，向阳忙得焦头烂额。郭纪芬去医院那天给他打了一个电话。她哭着说，她心里害怕极了，不知道自己生出来的孩子会不会有问题。万一要是生一个像周芷汀那样的傻儿子，可怎么办呀？孩子是无辜的，她自然愿意照顾他一辈子，但这对孩子来说是不是太不公平呢？毕竟他人生的路还长，以后走到哪里都会遭到歧视。她在电话那一端嘤嘤啜泣，惹得向阳心里也是十五个吊桶打水——七上八下。晚上躺在床上，翻来覆去睡不着，害怕郭纪芬的担心会变成真的。

还好没有意外。第二天早上六点钟，向有勇给向阳打电话，说孩子出生了，是个男孩，重七斤四两，母子平安。一刹那间，向阳走神了，说不上是高兴还是不高兴，他觉得自己还处在需要别人关心的年龄，可是就已经结婚了，要分出一部分精力去关心别人。现在，家里又添了一名新成员，他要从剩下的精力中再分出一部分。一切都来得太快了。没办法，既然已经这样了，就只能一步一步往前走。他立即打报告休假回家。陪产假只有半个月，对他而言已经是一种煎熬了。假期一结束，赶紧收拾东西回单位。向阳一走，郭纪芬也待不下去了，勉强挨到出月子，无论如何都要回D城。向有勇和李爱月就收拾行李，陪她一起返回D城。

向阳住的是一套两室一厅的房子，五十多平方米。人一多，房子显得非常局促。向有勇有起夜的习惯，一晚上得起来两三次。李爱月偶尔也起来上厕所。晚上可热闹了，一会儿冲水，一会儿开灯，那边孩子又在哇哇哭。向阳有时候加班，有时候应酬，常常后半夜才回来，开门，关门，洗漱。有时候喝多了，抱着马桶，吐得鬼哭狼嚎，吵得一家人都睡不好。卫生间又只有一个，尤其是早上，外面的人捂着肚子急得团团转，里面的人又死活不出来。向有勇起得早，第一个进卫生间，蹲在里面，听着外面焦急的脚步声，自己蹲着也觉得燥得慌，可越急肚子越不争气，刚提上裤子站起来，感觉有了，赶紧蹲下去，又没有了。

郭纪芬一肚子牢骚。向阳本来就睡得晚，孩子后半夜还要起来好几次，孩子闹的时候，他正犯困。郭纪芬只能挣扎着爬起来，一边打盹一边照顾孩子，等把孩子安顿好，却又睡意全无。

刚开始，向阳还劝郭纪芬说："忍忍吧，条件就这样，大家都互相迁就一下吧。"但李爱月也常常表示各种不满。向阳从这个屋躲进那个屋，很快又从那个屋里逃出来。总的来说，他反抗母亲的时候多，怼媳妇的时候少。可就是偶尔表示一下不满，郭纪芬也无法忍受。这个时候，他心里也是无尽的烦恼。如果说在学生时代，生活是自由漫步，闲适而惬意，成年以后更像是落荒而逃，能跑多快就跑多快。美好的生活已经跟他没有任何关系了。

向阳爱吃红薯。每天下午回家，他都要骑自行车绕到市场上，买上几块红薯。刚开始，郭纪芬淡淡一笑，说一声"谢谢"。到后来就有些不耐烦了。看见向阳又捧着红薯进来，爱理不理，淡淡说一句"放那儿吧"。有好几次，她乘向阳不在，悄悄扔掉了。向阳不知道，还是每天给她买一块红薯。

"向阳你这人咋这么自私？"她终于忍无可忍，"你以为你喜欢的东西，别人就一定喜欢？今天我明确地告诉你，我——不——喜——欢——吃——红——薯！从我小时候记事起，我爸就天天买红薯，买了十几年，我一看到红薯就想吐！你明白了吧？"

"明——白！"向阳也很生气，心想这人怎么这样子？别人好心对你，你不领情也就算了，还发这么大火。"你放心，以后你爱啥自己去买！我再也不会给你买任何东西！"

"你这人怎么这样子？我就是不爱吃红薯，嗓门高一点你就受不了啦？"她哭着说，"你不知道我遭多大的罪，你还不能让着我一点？"

"我知道你遭罪，所以我才处处让着你，不跟你争！你还要我怎么样？"

向阳不满地说，"哪个女人不生孩子？有几个像你这样不识好歹？"

"别的女人生孩子关你什么事？再说了，她要闹，也是闹自己老公，你又怎么会知道？"

"反正怎么说都是你有理！"向阳说，"我就搞不懂，你一结婚怎么就变成这样了？又小心眼，又多事。"

"我一直就这样！你现在才后悔，晚了。"

"我懒得跟你说！"向阳把孩子往她怀里一塞，出去了。孩子哇地哭了。郭纪芬抱着孩子，也跟着孩子一起放声大哭。

李爱月这时候走到屋里，说："纪芬，你正奶孩子呢，一天到晚哭，对孩子也不好。再说了，小阳那么疼你，就算他话说得不对，你也该让着他。我们小阳从小到大，我和他爸都没这么批评过他。"

"你叫我让着他，他怎么不让着我？我大老远跑到兰州生孩子，他自己在单位躲清闲，我还不能发发牢骚吗？再说了，向阳是父母惯大的，难道别人家的女儿是吃偏心饭长大的？"她哭得更厉害了，小孩也哭得更厉害了。

"哎哟哟！不就生个孩子吗？这到底算多大个事？谁不是从那个时候过来的？我生小阳那会儿，还在坐月子，他爸就回单位了，做饭带孩子，啥事不是靠自己？我也没有觉得自己立了多大功！"李爱月一脸不屑，"你要是嫌我伺候你不周到，你让亲家母把宝贝儿子留给亲家公，自己过来照顾你不就行了吗？"

郭纪芬气得浑身发抖，说不出一句话。向阳听不下去，又进来说："妈，你不能少说几句吗？"

李爱月不愿意了。"小阳你是哪一国的？我在这儿替你说话，你倒埋怨起我来了。"李爱月也哭了，抹着眼泪，"你说我这是犯哪门子贱呀？好好的清福不享，大老远跑来受儿子的气，看别人的脸色——"

郭纪芬把孩子朝床上一掼，双手揪着头发大喊一声："不要吵啦！我走还不行吗？"跳下床，趿上拖鞋，披头散发夺门而出。李爱月也哼了一声，转身进屋，一甩手把门带上。小孩躺在床上，扬手掷足，大声啼哭。向阳愣愣地站在床边，手足无措。

还好向有勇散步回来了，他俯身双手抱起孩子，嘴里"哦哦"哄着，一手轻轻拍他的背，在屋里踱来踱去，一边走一边轻轻晃动。小孩不哭了。他冲向阳使了个眼色。

"还不赶紧去追回来？"他说。

郭纪芬并未走远。她坐在家属楼一侧的散水上，双手抱着膝盖，把头埋在臂弯里。向阳走过去，挨着她坐下，一手揽着她的腰，也不说话。她抬起头来了。向阳见她哭得两眼红肿，心里不忍，把她拉到怀里，她呜呜地哭了。两个人没有说话，默默地坐了一会儿。向阳拉起她的手说："回吧！"她没有吭声，跟着他站起来，回去了。

李爱月也消停了，抱着孩子在哄。见他们携着手进来，她用食指尖戳了戳孩子的脸蛋，笑着说："你这个小坏蛋，刚刚还哭着找妈妈，这会儿见妈妈回来了，你就不哭了。你小眼睛咋这么亮呢？小坏蛋，就知道欺负奶奶，小坏蛋——"

郭纪芬也笑了，把孩子从李爱月怀里接了过去。小家伙果然手舞足蹈，笑出了声。就这样吧！向阳从心里叹了一口气，这两个女人，他一个也摆不平。其实仔细一想，一个都摆不平反而最好，如果其中一个被摆平，另一个恐怕只会变本加厉。只要她们不丁是丁、卯是卯地对着干就行了，能维持一天算一天吧。

周末的一天，吃完午饭，李爱月和郭纪芬用儿童推车推着小孩出去玩。向阳对向有勇发牢骚说，原来觉得母亲不讲理，现在发现老婆也不讲理，本来聊天聊得好好的，不知道触动了哪根神经，横挑鼻子竖挑眼。实在太难伺候了。

向有勇说："小阳，你也不小了。有些事情自己应该慢慢揣摩。你原来干财务，我虽然不懂专业，但我知道其中的道理，财务工作是跟数字打交道，一是一，二是二，哪怕是一分钱，或者小数点后面微不足道的数字，都不允许出错，一旦错了，账就对不上。账对不上，工作就被全盘否定了。所以必须要认真，丝毫不能马虎。但结婚过日子不一样——"——他起身到电视柜旁边倒了一小杯酒，呷了一口——"这么多年来，我越来越觉得，两口子过日子就是和稀泥，千万不能较真。对于一个家庭而言，稳定压倒一切。女人强词夺理，就由着她强词夺理。她要闹，也由着她去闹，只要闹得不出格就行。你非要跟她一板一眼讲道理，不但讲不清理，反而会伤感情。喝一口？"——他扬一扬杯子，向阳说不喝。他自己又呷了一口，咂巴咂巴嘴，闭上眼睛回味了一会儿——"我知道你现在不缺酒。咦！我刚才说到哪儿啦？"

"稳定压倒一切——"向阳说。

他拍了一下脑门。"唉，年轻时酒喝得太多了，记忆力严重退化，反应也迟钝了，看来我真的老了……"他神情黯然，沉默了一会儿，"是啊，家庭的稳定和谐最重要，其他所有事情都可以向这一条让步。女人有时候胡搅蛮缠，其实是一种寻求庇护的方式。你就由着她撒撒娇，闹腾闹腾吧。女人要带孩子，要顾家，尤其是军嫂，里里外外的事都要兼顾。她们比咱们不容易。是吧？小阳——"

向阳点了点头。

"女人刚生完孩子，怀孕造成的身体负担还在，生孩子时身体又受了损伤，再加上还要给孩子喂奶、照顾孩子，心里有苦说不出，特别容易抑郁。你不知道，你妈生完你那几年，我工作比较忙，也没空照顾她。她得了一种癔症，一犯病，三更半夜往外跑，打人、咬人，可没把我折腾死。后来我请假带她到兰州去看病，医生说是产后抑郁症引起的——"

向阳心里一惊，他觉得郭纪芬生完孩子以后，变化也非常大，让他有点措手不及。难道这是产后抑郁症的前兆吗？

"所以啊，小阳，你也体谅着纪芬一点。现在的孩子大多数都娇生惯养，跟我们那个时候不一样了。我也常劝你妈，不要老拿她那个年代和现在比，自己的儿子能比人家的女儿强多少，难道她心里没有数？"

向阳不好意思地笑笑。

"婆媳之间，妯娌之间，一开始都很难和平相处，闹腾上几回，都知道彼此不是善茬，就不会刻意挑起争端了。这么多年，我最深的感悟就是，只有女人才了解女人，也只有女人才知道怎么对付女人——"

正说着，郭纪芬和李爱月推着孩子回来了，两个人有说有笑。向有勇笑着说："你看，我没说错吧？"向阳不由笑了。

第三部

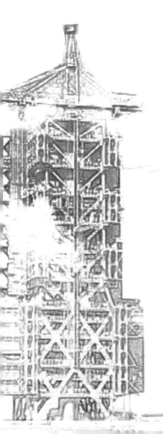

# 五十

这一年，顾铭来了。

郑才学在办公室扯着嗓子喊："小向——"

向阳一溜小跑到办公室门口。郑才学背靠着转椅，把一本《贞观政要》举得高高的，仰着脸看。向阳喊了一声"报告——"他摆手让他进来。

向阳迈着小步走了进去。办公桌正对着门，背后是窗户。向阳垂手站在离办公桌三米远的地方。办公桌右边靠墙是一排接到顶上的书架，**摆满了各类书籍**，光《资治通鉴》就有好几个版本，横排的，竖排的，中华书局的，上海古籍出版社的，其他的古书更是不计其数。左边是三个玻璃门的铁皮柜，一字排开，摆放着《中国纪检监察》《党风》《求是》等杂志以及各类教育材料。

"抓紧派车，十一点跟我去机场接顾老师。对了——"他坐直身子，把书放下，"在D城宾馆订一个小套间，安排五个人的工作餐。小郝什么时候回来？"

"可能要到下周了。说是那边的案子几个人口径不一致，要重新谈话——"

"靠！屁大点事情，一周了还摆不平。"他显得十分气愤，"干休所那几个老东西是比较难缠，算了，给他说一声，千万要把那帮老头子稳住，让他们不要再乱写信了。"

"是——"

"中午首长来不了，我约了章主任，饭菜简单一点。晚上首长参加，给宾馆的经理专门交代一声。"

"是——"

顾铭更加衰老了，脸上全是褶子，纵横交错，上眼皮耷拉在下眼皮上，盖住了眼睛。他背着一个黑色背包，一副无精打采的样子。看到郑才学来了，他先张开手，虎口向上，从嘴巴往上捋，先将过眼皮，再将过油光锃亮的脑门，手掌沿着光头皮再向后滑，一直滑到颈部，再把手抽回来，伸出去和郑才学握手。这下子眼皮被将上去了，他的眼睛睁开了。两个人先是右手握住，继而郑才学的左手扣在顾铭的右手上，顾铭的左手也跟着仿效郑才学。两人的双手上下抖动，足足有半分钟，这才松开手，紧紧拥抱在一起。

"哥哥，可想死我了。"郑才学说。

"老弟，听说你高升了，祝贺！我一直都看好你！"顾铭说。

"不敢，不敢——"郑才学朗声笑道，"现在还是副处长，行使处长职权！"

"什么副的正的？不都是你说了算？"顾铭笑道。

"那倒是！那倒是——"郑才学大笑。

郑才学问顾铭是否托运了行李。顾铭一拍脑门说，差点忘了。摸出登机牌，后面贴着两张托运单。他递给郑才学，郑才学又递给向阳。向阳去取行李，郑才学让顾铭取下背包，他提在手里，陪着顾铭先上了车。一会儿，向阳一手提着一个大纸箱来了，累得一头汗。司机跳下车，两个人把行李装进后备厢。

车进入城区后，顾铭不时把目光投向窗外，一边看一边啧啧赞叹："D城真是大不一样了，俨然有了大都市的风貌！这些楼都是新盖的吧？"他指着主干道右侧的家属楼说。

郑才学便把这几年的变化娓娓道来。顾铭一边听，一边不住点头说："首长真是了不起！"

到了D城宾馆，郑才学先下车，取了背包，向阳替顾铭打开车门，又把两个大纸箱拎到房间放下，到餐厅去看工作餐准备情况。顾铭简单洗漱。章杰也来了，他比几年前又胖了一圈，红光满面。几个人边吃边聊，郑才学解释说首长中午要接待地方上的走访领导，他专门交代，让全力配合好顾老师的工作，晚餐他一定出席。

顾铭说，午休后想四处走一走，看一看，刚刚车上走马观花，已经看到了一些变化，让他兴奋不已，他想近距离深切感受一下。郑才学下午有会，便安排向阳陪他。

午休后，向阳坐车到了宾馆，到房间请顾铭。顾铭不愿意坐车，他说："在北京，出门要是不坐车，还真是不方便，但坐车最怕堵车，一堵少则半个钟头，多则一两个小时，甚至四五个小时，坐在车上干着急，连杀人的心都有！今天好不容易来到D城，天高云淡，风清气爽，还不抓紧给自己身体里充点新鲜空气？走！你陪我走走路！"

正是春暖花开的时候，空气里弥漫着阵阵清香。他们先沿着主干道往东走，走过第一个十字路口，继续往前走。离保障团五百米处有一个十字路口，他们拐到北边的大路上。前面有一个很大的施工场地，挖掘机、装载机、翻斗车进进出出。几百名穿迷彩服的战士在热火朝天地干活。旁边有几个临时搭建的长方形帐篷，几个领导模样的人在帐篷前指手画脚。帐篷后面的空地上是一些民工，穿得花花绿绿，女的都围着头巾，裹得严严实实，男的在挖坑栽树，女的在移植花草。

向阳说，这里要挖一个占地面积超过一千四百亩、水域面积达四十八万平方米的蓄水湖，项目投资总额超过了两亿元。蓄水湖如果能够顺利建成，将会大大改善 D 城的自然环境和气候。为了这个项目能够顺利批下来，首长带着 D 城官兵的期许，多次往返于北京和 D 城，最终项目顺利通过了审批。蓄水湖项目以军工自建为主，主要目的当然是节省经费。为此，经 D 城党委批准，工程指挥部调用了工兵团、勤务团和修理团三个大单位的兵员。这些施工车辆都是这三个单位的自有装备，驾驶员也都是三个单位的战士。施工场地灰尘很大，一刮风，连人都看不见。顾铭用手遮着眼睛，顶着风走到一个挖树坑的民工跟前。

那个人正撅着屁股用铁锹挖土，不知道身后有人，猛地把一锹土往后一丢，丢了顾铭一身土渣子，光头上也落了不少。

向阳急了，大声喝道："大哥，你能不能看着点？怎么把土往人身上丢！"

"我背后又没有长眼睛！你不能站远一点？"那个人瓮声瓮气，转过身，见向阳穿着军装，吓得把铁锹插在土堆上，双手合十说，"对不起，领导！我确实不知道你们站在后面！"

"算了！"顾铭说。用手在光头抹了两把，掉下来不少土星子。嘴里大概进了沙子，又呸呸吐了两口唾沫。那个人个子不高，胖乎乎，黑乎乎，憨态可掬。也穿着一身半旧的迷彩服，但是没有戴肩章军衔。他还在一个劲道歉。

顾铭摆摆手。"算了，这事不怪你！"他说，"你怎么连肩章都不带？"

"领导，"那个人说，"我不是当兵的，我是李老板的工人。"

"哦！怎么，迷彩服是老板统一给你们发的吗？"

"不是！"他说，"是我花了五十块钱在综合商场买的。"

"哦，这样啊。"顾铭点点头，"你多大年龄了？老家什么地方的？"

"我就是本地的，我家离 D 城两百公里。我今年二十四了。"

"出来打工几年了？"

"我十四岁就到 D 城了，今年都第十个年头了。"

"不容易啊！这么小就出来了。"顾铭转头对着向阳说。向阳点了点头。

"你一天上班多长时间？一个月工资能有多少？"

"正常上班从早上七点到晚上七点，中午休息一个小时。有时候工期急，工作按进度干不完，还要加班。吃住由老板包，一个月工资大概四千到四千五吧。"

"小向，你现在工资有多少？"顾铭问。

"我一个月工资九千多块钱。"

"跟我差不多嘛。"顾铭说，"我都技术五级了，你才是正营职吧？"向阳点头说，年底刚调正营。"你比我幸运，又这么年轻！不过——"——顾铭指着那个人说——"他比我们都不容易！咱们当学生的年龄，他就已经在为生活奔波——"

那个人打断顾铭，说："我是为了活着。领导，你们过的日子才叫生活——"

顾铭也点了点头。"他每天比咱们多上四个小时班，可收入还赶不上咱们一半！不容易啊！人往往不知足，明明到手的东西已经很多了，却还想要更多的。这就像《红楼梦》一书中写的那样：'身后有余忘缩手，眼前无路想回头。'回过头来看看生活在社会底层的人，所求不过一日三餐，一室一榻，仅此而已。知足者常乐，知足者常乐呀——"他主动向那个人伸出手去。那个人把手在衣襟上擦了擦，轻轻握了握顾铭的手。

他们又拐到向西的大路上，边走边聊。这些年，D 城连续发射了多艘载人航天飞船，有多名宇航员飞上太空，其中一名还完成了太空行走。顾铭说，看到航天员在黑色天幕和蓝色地球的映衬下，手中挥动着五星红旗向地面报告，向全国人民和全世界人民问好，他的眼睛湿润了。他向身边的同事们骄傲地宣称，他曾经到过航天员乘坐飞船升空的地方，参观过航天员出征前一夜睡过的房间，还坐过航天员出征前坐过的椅子。身边投来无数羡慕的眼神。这些年，国家又投资在南方沿海某地建设大型发射场。未来，国家将着力建设自己的空间站。而这些项目都将在 D 城一一推进实施，D 城注定彪炳史册。

"真羡慕你们呀！"顾铭由衷赞叹，"你们在这个伟大的地方工作和生活了这么多年，你们真了不起！"顾铭竖起了大拇指。

"顾老师您言重了。"向阳淡淡地说，"D 城确实神圣，确实伟大，D 城人民固然应该得到赞扬，得到肯定，但对我们在 D 城工作和生活的人来说，这都是我们的本职工作，是我们所从事的职业，这跟您搞创作是一个道理。其实，我们也不过是普通人，我们也有着一个普通人的喜怒哀乐。"

"不！那不一样！"顾铭固执地说，"从事的职业也有高尚和卑下之分，你们的职业就比我的职业伟大！"

向阳笑了，说："顾老师你太谦虚了，你注定青史留名，而我却未必。其实，我没有你说的那么伟大，我也有自己的私心——"——向阳犹豫了一下，还是接着往下说——"我在 D 城长大，吃够了沙子，彻底厌倦了这种生活。所以，我做梦都想离开这儿。后来我上了大学。当时就想，我毕业以后绝对不会再回来。没想到阴差阳错，我还是回到了自己生活过十多年的地方。那时候情绪特别低落，每天在煎熬中度过。再后来，我调到了机关，结婚，生子，一天一天就这样过来了，不知不觉都三十岁了。我的心总算安定下来了。现在我最大的想法就是，照顾好家庭，把孩子带大，如果能继续坚持下去，把他送入大学，那就最好不过了。至于'神圣'不'神圣'，'伟大'不'伟大'，那都是别人眼中的我们，不是我们眼中的自己。

"顾老师，你觉得我们只是为了奉献，可我们同时也是为了生活。我觉得一个人无论在哪儿，首先要面临的是怎么过日子。我们在这里不光要干好本职工作，还要吃饭、穿衣、睡觉、结婚、养家。工作，仅仅占据我们整个生命的三分之一。

"就像我们刚才碰见的那个民工，他也在 D 城生活了十年，他也为 D 城的建设作出了很大贡献。会有人认为他伟大吗？也许会有。可是，如果有人问他，会不会觉得自己很伟大。我想，他的回答应该跟我一样——我们都是为了生活。区别在于我们彼此的生活品质不同，你们在大都市生活的人，日子过得丰富一点，我们过得单调一点。就这么简单。"

顾铭听了默然不语。两人又继续往前走，走到五区市场旁边。市场一南一北建起了两座综合楼，中间盖了一个蔬菜销售大厅，原来的露天空地差不多被挤没了。综合楼外墙刷了砖红色的油漆，太阳一照，格外耀眼。向阳说，南边的综合楼以餐饮为主，在保障安置老商户的同时，也引进了一些比较有特色的美食。北边的综合楼改成了一座大型超市，也安置了一部分已经拆除的综合商场的老商户。

顾铭点点头，说："是比以前整齐多了，漂亮多了。不过呢，各有各的好，如今的餐饮市场肯定比以前更规范，更卫生，估计价格也涨了吧？之前的小餐馆虽然黑黢黢、脏兮兮，但更亲民。烧烤摊上灯火通明、人声鼎沸的场景，不要说你们，我都忘不了。尤其是喝多的人串桌喝酒的场景，现在想起来都很有意思！"

向阳深以为然。五区改造完以后，因为场地原因，露天烧烤摊取消了。随之兴起的"康康"和"眼镜"两大烧烤店，因室外场地有限，火爆程度远逊于当年的五区。那个火热的年月已经变成历史，沉淀得越来越深了。

向阳又带着顾铭去看新建的团职楼。顾铭不住点头。"楼建得好漂亮，周边的绿化搞得也很不错！"他指着家属楼前后停着的车，"这么多车啊！应该都是 D 城的军人自己买的吧？嗯！有点城市的气象了！"

向阳见时间不早了，催促顾铭该回宾馆了。两人回到房间。顾铭到卫生间洗漱一番，又从背包里取出一身衣服换上。他问向阳："晚宴有几个人？"

向阳算了一下，说是八九位客人。

顾铭点点头，从裤襻上解下一串钥匙，上面有指甲刀，他用指甲刀剪断纸箱上的打包袋，打开纸箱，里面全是书。顾铭数出十本，让向阳找服务员要来两个简易手提袋，把书装上。向阳拎着书，两个人往五区去了。

# 五十一

第一个到酒店的是郑才学。

他换了便装，腆着肚子站在大厅，叉着腿，一手叉腰，一手指指点点，和躬身站在他面前的老旦说着什么。老旦老了，顶上的头发差不多败光了，两鬓的头发也稀稀拉拉，夹杂着一些白发。老旦也瘦了，脸上的肌肉都下垂了，说话的时候，皱纹像波浪一样来回涌动。脖子上有一圈白印子，与他黄黑色的皮肤很不相称。

老旦重新开张的酒店，仍然叫"宇航大酒店"，正门朝着市场西门的马路，店面比原来大了三倍都不止，上下两层，近三十个包厢。听说老旦下了血本，专门从省城兰州请来装修队，前前后后投入了一百多万。酒店富丽堂皇，印象中，省里的宁卧庄宾馆也不过如此。

他和老旦也有大半年没见面了吧？他冲老旦笑笑，有点不自在。老旦倒毫不介意，笑了笑，举手向他示意，又一摆手，前台一个打扮得花枝招展的年轻女孩快步走来，两手交叉在胸前，冲顾铭和向阳颔首微笑。向阳是当父亲的人了，从她微微隆起的小腹和宽松的衣着判断，她应该是个孕妇。她的微笑和举止分明说明，她是受过专业培训的，且有在大酒店工作的经验。

郑才学在老旦陪同下走过来。他拉着顾铭的手，寒暄了几句。女孩从向阳手里接过手提袋，带着郑才学和顾铭先去了二楼包厢，把向阳留在大厅。

老旦说："好久不见了，孩子很乖吧？"

"还好。"向阳点点头，指指老旦的脖子，"东西呢？"

"什么东西？"老旦愣了一下，摸了摸脖子，笑着说，"送给李艳了。夫妻一场，留个纪念吧。"

老旦走上来拥抱他。他顺势抱住老旦，拍拍他的背。老旦身上一股酒味，还有一股油腻的汗味，还有一种什么味道呢？他说不清楚，像是一股刺鼻的香水味。他不由皱起眉头。即使郭纪芬没有刻意让他疏远老旦，估计他也会和老旦越走越远，臭味相投嘛，现在老旦身上的这股味儿，他不熟悉，也不喜欢。唉！生活总跟个人设想的不一样，上学那会儿，他们都认为他们四个人会是一辈子的好朋友、好兄弟。后来，他们在长大的过程中走散了。再后来，他和小明、老旦又聚在了一起，而欣玥却变成了记忆中的一个符号。再后来，聚到一起的人也分崩离析，各自忙各自的事。小明因为孩子的缘故，受了很大打击，总觉得自己低人一等，老旦约他们，小明大多数时候都爽约。小明有一次喝完酒对向阳说："你们下次别叫我喝酒了，回去又少不了被老婆数落一顿。我们两口子现在就是一个笑话……"

而他，推开了家庭这扇门，同时关上了友谊那扇窗。这大概也是保护家庭的一种措施吧？基本没有改变的人只有老旦。只要他和小明开口，老旦几乎有求必应。老旦跟他们不一样，"兄弟如手足，女人如衣服"，这话他常挂在嘴上，他也是这么做的。他有一次劝老旦，让老旦还是安分一点，攒点钱好好过日子。老旦说："我跟你们不一样，你好好干，至少当个团长，一堆人围着你转，你尽可以吆五喝六。小明虽然差一点，也娶了军人老婆。只有我，再怎么努力，也还是个老板。老板 D 城满大街都是，谁会稀罕？我和街头烤红薯的老刘，唯一的区别就是我钱多，他钱少。你说，我要再跟他一样，把挣的钱都攒到银行，等着吃利息。那在你们眼里，我和卖红薯的有什么区别？"向阳笑他尽拿些歪理说事，可是又无从反驳。

"那天碰到向叔叔了。"老旦说，"哪天一起吃个饭？"

"等等，不急——"这时候魏君矞进来了。老旦赶紧迎上去，向阳也跟过去。

魏君矗这些年也不容易，团里的告状信满天飞，向阳都去安抚过不止三四次了。按下葫芦起了瓢，魏君矗被整得焦头烂额，在首长跟前也说不上话，提职的请求只好烂在肚子里。他任期早就满了，连续两年安排他转业，不知道他走了哪条门路，赖了一年又一年。不过，在他们这个位置上，只要肯动脑筋，总会想到办法。他总算可以在 D 城把孩子送入大学了。

该来的都来了。大家分别落座。本来，章杰非让郑才学坐在首长左侧，郑才学执意不肯，最终还是坐在顾铭下首。

"少了三位，也多了三位。"顾铭呵呵一笑。

"呃？"首长看着他。

"少了两位处长，纪检处的任处长，还有那个后勤处长，姓什么来着……"顾铭摸着脑门在思考。

"姓刘……"魏君矗小声说，"前年转业了。"

"哦，对！刘处长。还少一位吴干事。多了这几位——"他指着宣传处的副处长和首长的两位客人。首长向他作了介绍。顾铭点了点头："幸会！"脸上忽然浮出一丝笑意。笑的时候，一只眼大，一只眼小，一边嘴角抽动了一下。"那位女中豪杰——怎么没有来？"

"顾老师说的是吴干事吧？她前两年进京了——"章杰看了首长一眼，首长的脸上毫无表情。

"哦——"顾铭脸上浮现出一丝失望，"她给我的印象太深刻了！这次本来还想再会一会这位巾帼英雄。可惜，可惜……"

"老顾啊，你真是一员福将！"首长说，"六年前，你来了一趟 D 城，和你一个桌子上吃过饭的人，大部分都沾了光。才学高升了——"

"代理，代理——"郑才学双手抱拳，满脸堆笑。

"章处长变成章主任了。他很快就要到我们一个师级单位去当政治部主任，已经公示了——"

"惭愧，惭愧！"章杰欠身抱拳，"谢谢首长，谢谢首长——"

"唉——"首长悠悠地叹了口气，"老顾，希望这一次你也能把好运带给我们——"

"一定的，一定的。"顾铭一副乐呵呵的样子，"首长您的呼声很高，我在北京也有所耳闻，这是众望所归呀。"

"呼声高，大多数时候是好事，但有时候也会变成坏事。这就要看主要领导怎么考虑了。"他掩饰不住脸上的失望，"我们老魏，列入师职后备干部这么多年了，个中滋味应该体会很深。"——魏君霖苦笑了一下，没有接话——"不说了，喝酒喝酒——"首长端起酒杯，碰了碰餐桌的转盘，把半高脚杯五粮液一饮而尽。

"首长——"顾铭把酒喝完，"我今年就退休了。不过，我在退休前终于了了一桩心愿。小向，你把那个袋子递给我——"——向阳起身，把放在餐具柜上的手提袋递给顾铭。顾铭接过去放在脚下，取出一本书——"这本《东方红升起的地方》，是我根据六年前的采风经历创作的，去年获得全军的长篇报告文学大奖，我对 D 城官兵算是有了一个交代。希望更多的人能够通过这本书走进 D 城，了解 D 城，支持和宣传 D 城。首长您看，这两章是专门写您的——"——他左手捧着书，右手食指伸到舌头上蘸了一下，开始翻动书页——"总共二十章，首长您就占了十分之一，呵呵——"

"这就不敢当了。"首长高兴得大笑起来，"D 城有五十年的光辉历史，涌现出的英雄模范和航天功臣几百个都不止，我只是一个匆匆过客。哈哈——"

"首长，您也太轻视自己的功绩了。"顾铭一脸严肃，把自己这半天的经历娓娓道来，足足说了有十几分钟。"要不我怎么说您的呼声非常高呢？三十栋团职楼替上万官兵解决了后顾之忧，等到蓄水湖项目竣工，D 城的生态环境势必发生翻天覆地的变化，这是营造拴心留人环境最有力的举措啊！用空前绝后来形容也不夸张，光这两个工程项目，就足以让您名垂青史！"

顾铭郑重在书的扉页签上名字，双手呈给首长。首长一连说了三个"好"字。

"在座的人人有份。"顾铭一边签名一边说，"书市面上就能买得到，但作者的签名版不容易得到啊。章处长，我带了两箱书来，让小向拿给你，你给大力宣传一下，这也是给咱们 D 城做宣传嘛。"向阳快速浏览了一遍有关首长的两章，文章里不仅提及了章、任两位处长和郑才学，连向阳他自己竟然都露面了，唯独没有吴卿。

在一个桌上吃饭的七八个人，顾铭最为尽兴，别人给他敬酒，他来者不拒，敬多少喝多少。中间有一会儿有点冷场，他又举着杯子敬了一圈。郑才学和章杰的情绪也很高，那几个新人敬了一圈酒之后就坐下不再动了，像一尊尊石雕一样。而魏君霖一副心不在焉的样子，耷拉着脑袋，一脸沮丧，像死了亲爹一样。首长既不热情，也不冷淡。忽然想到了什么，他一招手，郑才学立即跑过去，把一颗肥硕的脑袋凑到首长跟前。首长在他耳边轻轻说了几句话。

郑才学点点头。"老地方吗？"他问。

首长也点点头。

郑才学回到座位上，转头问向阳："车到了吗？"

"还没，我这就去。"向阳说着站了起来。首长的司机不好让他在外面久等，一般散场前五到十分钟到达最好。但今天的时间还早，所以向阳还没有给车场值班室打电话。

"蠢货！"郑才学骂了一句。他显得非常愤怒，脸红脖子粗，五官都挤在了一块儿。"还不快去？"他喝道。向阳心里一沉，转身就往外走。这时候首长也站了起来，大概是要方便。郑才学赶紧迎过去，他脸上所有的愤怒霎时消失了，呈现在首长面前的是一张笑意盎然的脸。

首长要唱歌。首长喝完酒喜欢打牌，任杰和郑才学都是他的铁杆牌友。郑才学一年前结婚了，对象是在老家找的，比他小十几岁。升官发财娶老婆，他一样不耽误。

章杰有一次跟他开玩笑说："熬了十几年，最终还是被碳水化合物融化啦？"

郑才学脸一红，呵呵一笑说："铁树开花，和尚还俗，人生进入另一个境界了嘛！哈哈哈——"

老夫少妻，感情自然很好。结婚以后，郑才学被老婆管得死死的，不要说打牌，在外面吃饭都要提前一天请假，假条还经常被驳回。这一次接待顾铭，也险些磨破嘴皮子，最后顶着鱼缸赌咒发誓说晚上滴酒不沾，回家坚决落实封滩育林政策，才换来这难得的机会。

向阳就是在这种情况下顶了郑才学的缺儿，由酒桌走上牌桌。首长也喜欢唱歌，但一般都是在喝得不尽兴的情况下，才会转移战场，也仅限于小范围。

今天也一样，参加的人只有五个人，首长、顾铭、章杰、郑才学和向阳。刚到十三区那家 KTV 门口，一个女人满脸堆笑，携着浓郁的香气迎面走来，高跟鞋铿锵有力地敲击着地面。她穿着浅色连衣裙，屁股后翘，上身前倾，圆嘟嘟的脸上小下大，施了厚厚的脂粉，肥厚有力的嘴唇红润多油。她是这里的老板。老旦的 KTV 汇集了三教九流的人物，客流量有保证。而她这里包厢很少，档次很高，来的人不一定多，但消费都是大手笔。

她甜腻腻地叫了一声"首长"，侧身在前面带路，把首长等人迎到包厢。啤酒、小吃、水果，在茶几上摆得满满当当，音箱的音量也调到最大，低音炮的回声久久在耳道回响，不停闪动的灯光迷乱了人的眼睛。

首长大概是喝多了，声音有点哑，歌声也不像以前那么清爽。他不停地唱歌，唱完一首又一首。而郑才学则不停地喝酒，敬完顾铭，又敬章杰。最后又给首长敬酒。首长没有接郑才学递过来的酒杯，他把麦克风交到左手，到茶几上拿了一瓶刚打开的啤酒，直接吹了个底朝天。郑才学愣了一下，也把杯子放下，拿了一整瓶啤酒，喝完了。一会儿，老板提着瓶子进来敬酒。敬完酒，又和首长合唱了一首《知心爱人》。顾铭这时候也凑过来，从老板手里接过麦克风，和首长合唱了一首《北国之春》。刚唱完歌，老板已经把两瓶打开的啤酒递了过来。首长接过酒瓶，顾铭也接了过去，首长举着酒瓶，一磕顾铭的酒瓶，仰起头，举着瓶就往嘴里灌，啤酒的泡沫沿着嘴角流了下来。首长一连吹了三瓶啤酒，顾铭也跟着吹了三瓶，不住打嗝，噔噔噔往后退了几步，歪倒在沙发上。郑才学也喝多了，跟跟跄跄进到卫生间，趴在马桶上狂吐不止。吐完，抱着马桶睡着了。

郑才学出来时，首长正在唱冷漠的《伤心城市》："我不再想听你的毒誓，因为这已不是第一次。你把谎言精心地编织，我不想再被你伤一次……试着习惯没有你的日子，就要告别这个伤心的城市……"

首长喜欢唱老歌，向阳很少听到首长唱这种流行歌曲，他的声音怪怪的，调子也拿捏得不是很好，听起来有些别扭。但是他仍然唱得很卖力。顾铭歪在沙发上打盹，章杰不知道什么时候就跑掉了。顾铭忽然醒来了，站起身就往外走。郑才学招手叫向阳过来，悄悄说："小向，你把首长照顾好，我和老顾先撤了。"贴着墙跟着顾铭走了。首长的听众越来越少了，除了向阳不得不围着首长打转之外，已经没有人为他鼓掌。

一直折腾到凌晨三点多。首长把麦克风一丢，说："走！回家睡觉！"回头一看，只有向阳坐在沙发上打瞌睡，其他人不知道什么时候已经开溜了。他骂道："这帮怕老婆的熊人！忒窝囊了！"

向阳到吧台签单，总共三千六百元。签完单，紧走几步，跟上首长。道路两旁的路灯杆上新装了灭蚊灯，噼噼啪啪的声音不绝于耳。首长在明亮的月光下，深一脚，浅一脚，摇摇晃晃往前走。向阳伸手扶他，他固执地推开他的手。"我没事。"他说。走到前面的十字路口，右拐直行一百米，再左拐，就是首长住的小区。

首长却拐到了左边。

向阳赶紧跟上去。"首长，"他指着右边的方向说，"咱们应该朝那边拐。"

"你走你的。"首长不耐烦地说，"我自己家在哪儿，我还能不知道？你以为我喝醉了吗？"说完，径直朝另一条路拐去。

前面是一排楼房。这时候月亮正好钻进云里，高大的楼房在黑暗中失去了轮廓。向阳紧赶几步，瞥见首长走到那栋楼中间单元的门口。感应灯亮了，首长朝四周扫视了一圈，似乎犹豫了一下，最终还是披着夜色钻进了门洞。感应灯又灭了，首长的身影被黑黢黢的楼房吞噬了。

# 五十二

首长打电话到向阳办公室的时候，他正趴在桌上打盹。郑才学也没有来上班。向阳把处长办公室的门打开，又打开灯，简单打扫了一下卫生，把水烧开，茶泡好，轻轻带上门，回到自己的办公室。他连续十几个晚上，三点之前都没有睡过觉了，早上七点又要出早操，精力明显跟不上，困得要死。郭纪芬对他也很不满，两人之间已有多次龃龉。

首长叫向阳去办公室一趟。他把头发简单捋了捋，简单整理了一下衣服，三步并作两步赶过去。首长的办公室有人，向阳认出是后保部水部长和采购处处长，他们分别坐在首长办公桌一侧的两张单人沙发上，两张沙发中间放了一张小茶几。

"什么东西物资采购站？"首长用手指敲着桌子，骂骂咧咧地说，"一听名字，就知道是个皮包公司！你们非把他引进来，这摆明了就是引狼入室！"

"集中采购现在是趋势——"部长跷着二郎腿，轻轻把烟灰弹到茶几上的玻璃烟灰缸里，"去年我带着胡处长到几个驻城市部队调研，人家都在走这种集中采购、集约化保障的路子，以后可能还要搞网上采购试点。咱们是全军的先进单位，全军的后勤现场会都在 D 城召开了好几次，在这方面不能落在人家的后面。咱们现在有内网，去年互联网又开通了，也可以大胆尝试一下嘛。对不对，胡处长？"旁边的处长立即坐直身子，点了点头。

"狗屁集中采购——"首长冷笑一声，提高了嗓门，"前几天在办公楼碰见一个老头，顶着个秃瓢脑壳，穿着一身深绿色的工作服，前胸印着两个大白字：'东西'。后背上印着三个白字：'配送站'。骑着一辆嘎吱响的破三轮车，车厢里丢着一堆管子和电线。我以为是谁呢，仔细一看，咦！这不是五金店的老王吗？我说，老王，你哪儿弄的这套衣服？儿子给你寄的还是捡破烂捡回来的？把自己整得像一只绿王八！老王大吐苦水，说是东西采购站全面接管D城的物资采购以后，在D城各行各业都拉拢了合伙人。根据单位采购订单的需求，他们分门别类，派订单给相应的供货商，送货、售后等等供货商负责，他们坐享其成，按网上下单价格扣十三个点的费用，还美其名曰'维护费'。这不就是空手套白狼？干活的还不是老王这帮子人？再说老王也不能干亏本的买卖呀，还不是羊毛出在羊身上？"——他盯着部长，眼神变得十分凌厉——"现在干工程也要求施工队要具备一级以上资质。我这几年参加你们部里组织的工程招投标，至少有几十次吧？你看那个包工头老朱，前年用的是贵州天马的资质，去年用的是福建大空，今年又摇身一变，成了北京飞扬。这都什么呀？"

水部长十六岁从军，早早开始谢顶，到了这个年纪，头顶已经寸草不生了，一听"秃瓢"两个字，气得浑身发抖，这会儿憋得头皮都红了。他冷笑了两声，说："呵呵，现阶段是存在这种现象，可以后规范了就不一样了。"——他直视着首长，眼中毫无畏惧，并没有退让的意思——"贾副司令，我是在小地方成长起来的，只听过集体荣誉称号，集体一、二、三等功，还没有听过集体记大过、集体警告。您是大城市来的，也许比我见多识广。后保部工作如果能出成绩，自然是得益于D城党委的正确领导，是集体决策有方，但一旦出了问题，我是后保部党委书记，第一责任人，板子要打在我——"

"行吧行吧！"首长不耐烦地摆摆手，"你爱怎么弄就怎么弄吧，反正后保部是你的一亩三分地，你说了算，你以后也不用来请示我了，我也很忙——"

部长把半截烟头使劲摁在烟灰缸里，站起来就往外走。处长站起来给首长敬了个礼，也跟着往外走，向阳闪在一边。处长把门带上了。

首长让向阳坐下。向阳挨着沙发边沿坐下。首长飞快地翻看桌上的一摞文件夹，有些文件签署了意见，有些只签了名字和日期，有些简单画了一个圈，写上日期。处理完事务，他抬起头。他的头发梳得一丝不乱，大概是用了啫喱水定型，下巴上的胡子也刮得干干净净，除了眼角有些红，看不出一丝疲惫的迹象。

"小向，是这样的。"首长呷了一口茶，"我看了一下你的履历，学历、年龄等方面条件都不错，你在机关也干了好几年了，口碑还不错。唯一的缺憾是没有基层任职经历。以后任用干部的趋势，是向基层倾斜、靠拢。如果在基层担任过营、连主官，上升的空间肯定会比只有机关工作经历的干部大。但这一点现在已经没法弥补了——"——向阳不由坐直身子，目光微微转向首长，心中忐忑不安——"你跟了我这么多年，还是比较踏实的。实话给你说，我在D城不会待得太久，要是上不去，就只能给别人腾位置。既然到了最后时刻，我就再助推你一把——"——首长捂住嘴咳嗽了起来，一咳就是一连串，像刚刚发动的拖拉机，咳得都流出了眼泪——"我是这样想的，现在不是号召机关干部到基层当兵锻炼吗？乘这个机会，把你的行政命令下到基层，随便弄个副营长，代职半年。当然，你只需要到基层连队锻炼上半个月，体验一下基层生活，知道当兵带兵怎么回事就行了。这对你以后进步也有好处。你觉得怎么样？"

"我——我听首长安排！"向阳诚惶诚恐，说话都结巴了，"谢谢司令，太感谢司令了。"

首长站起身，走了过来。向阳也赶紧站起来，垂手而立。首长在向阳肩膀上重重拍了两下，说："你小子，别看是个闷葫芦，话不多，倒是哑巴吃饺子——心里有数。时间差不多了，我一会儿有个会……"他抬手看了一眼手表——那是一款劳力士的黑金水鬼手表。

"是是是——"向阳低头退出去，轻轻把门带上。

下一周，星期一早上，单位派车把向阳送到工兵团工兵营三连，这个连负责全处的种植养殖工作。五班缺编，向阳被临时编入五班。这个班共有五个战士，有一个早被抽调到别的地方干活去了，只剩下班长带着一个上等兵和两个列兵，负责四十亩新菜地的种植工作。

按照要求，向阳把少校军衔换成列兵军衔。他到连队报到以后，营长当着向阳的面，专门把连长叫过来说，机关领导下连当兵，主要是体验基层生活，走一走，看一看。虽然挂上了列兵军衔，但在工作中一定要与普通一兵区别对待。连长又转达给班长。班长对向阳毕恭毕敬，凡事都要先征求向阳的意见。每次到菜地干活，他就把向阳带到树荫下，给他面前放一瓶矿泉水。但他们人太少了，工作量又很大，向阳也不好意思偷懒，也跟着他们一起锄草、施肥。天气特别热，几个人都汗如雨下。每次过半小时左右，班长就来问向阳要不要休息。向阳见几个小战士都没有休息，自己也不好意思到树荫下乘凉。

过一会儿，有人骑着三轮车来了。霎时有十几二十个战士，从四面八方撒丫子冲过来，把三轮车团团围住。那个人慢悠悠地跳下三轮车，拉起手刹，掀开盖在三轮上的大棉被。车厢里摆了四五个纸箱子，分别装着火腿肠、菜夹饼、饮料、饼干等等，还有一个用来冷藏雪糕和冰棍的木箱。

几个小战士把工具一扔，也跟着跑过去了。班长便踅过来，笑嘻嘻地说休息了。不一会儿，几个战士举着雪糕、饮料和饼干回来了，有一个战士嘴里还叼着一根烤肠。那个上等兵给班长和向阳每人带了一根烤肠，两个列兵又分别孝敬了一瓶饮料。几个人坐在树荫下又吃又喝。向阳和他们聊天，问一些家里的情况。几个战士开始有些拘谨，慢慢也熟了，有问必答，有时也说一些家常话。

上等兵今年十八岁，还是个孩子，家里条件也一般，正在琢磨年底如何顺利套改为一级士官。两个列兵一个十八岁，另一个只有十七岁。年龄小的那个是上海人，家里很有钱，他本来不想当兵，但是上海政策好，服完兵役就可以在企业安置工作，所以只好硬着头皮来当兵。他说，他一天里最期待的事情，就是等老陈的小卖车——刚刚那个人就是老陈。等他来了，买支冰糕，或吃个烤肠，这一天心里就踏实了。老陈不光卖东西，还帮几个熟悉的战士取钱或办私事。他手头没钱时，就会把银行卡交给老陈，让他帮忙到自动取款机上取钱。有一天上午，取款机出了点问题。老陈来了以后，他兴冲冲跑过去，结果没有拿到钱。

"好不容易盼来了老陈，结果心凉了。"他说。整个上午，他都无精打采。班长说了他两句。他眼泪汪汪地看着班长，说："我没有钱，你让我这一天怎么过？"班长见他的情绪波动很大，借给他五十块钱。他又兴高采烈地开始干活了。下午，老陈的媳妇骑着小卖车来了，喊他的名字，叫他拿钱。

他把工具一丢，兴冲冲地跑过去，一次就花了五十块钱买东西。他把班长的钱还了，扬着手里的两张百元钞票，说："班长，今天是你和老陈媳妇分别给我带来了希望，我所有的期待，全在这儿了。"

班长解释说，骑电瓶三轮车卖东西的人不少，但这几个孩子只买老陈一家的，可能是认识的时间久了，相互之间建立了信任。老陈为人也比较朴实，战士们平时出不去，常常托老陈办事，战士没有钱，老陈也给他们赊账，等到下个月发了津贴再还上。

向阳问上海的小战士，每个月有多少津贴费。回答说是有一千四百块钱，不够花，家里每个月再给他补贴一千块钱，即使这样，这些钱也只够他维持到中旬。又问他明年是否会争取套改士官。那个小伙子头一歪，不以为然地说："我才不呢。这鸟不拉屎的地方，我一天都待不下去。当初是我爸妈骗了我，说是给我找个好地方，当兵混上两年，回去就能安排一个相当不错的单位。不知道他们哪个环节操作不当，出了问题，把我发配到边疆来了。"——他看了看向阳——"领导你别介意，我知道很多人都跟我们班长一样，花钱托人来当兵，来了就不想走，可是我不同，我在这儿当兵两年，地方政府要给我爸妈补助十五万块钱呢。"

班长听了只是笑，不说话。向阳问他多大了，他说二十五岁了。又问他当了几年兵，他说今年是第七年，明年年底面临套改。向阳问他想不想留。他点了点头，又摇了摇头，说不知道，到时候再说吧。

慢慢熟悉了，就聊得多了。班长手里攒了有近十万块钱，说准备在老家县城买房子。买了房子，才好找对象。现在老家的彩礼水涨船高，女方的条件也越来越难以满足，房和车都是结婚的标准配置。在走留问题上，他还是有些纠结，留下的理由当然是工资高，能攒下钱。"但是，"他说，"在这里实在太辛苦了。我没考上大学，出来当兵就是为了不种地，没想到一当兵，变成了种地专业户。在老家，四口人总共十亩地，在这里，四个人种四十亩地。"

班长又问向阳在 D 城当兵几年了。向阳简单说了自己的经历。班长又问："向干事，你待了这么多年，不烦吗？"

向阳笑笑。"怎么说呢？"他望着前方如绿毯一样铺开的菜畦，不由出神了，"十八九岁的时候，就跟他一样——"——他指着在菜地施肥的上海小战士——"考上大学出去就不想回来，回来了又想着怎么能调走。到了你这个年龄——"——他转过头看着班长——"也还是不安分。但是父母劝，同事也劝，都说外面工作不好找，收入又低，这儿虽然环境差，这些年倒也习惯了。后来——"——向阳悠悠地叹了一口气——"稀里糊涂结了婚，有了孩子，一晃这么多年过去了，我也不想折腾了。现在唯一的想法是——"——他又把头转到一边，从地上揪了一根狗尾巴草，另一只手把上面的绒毛捋掉——"我现在唯一的想法是——稳定就好。争取在军旅生涯结束前，把孩子送到大学，以后或者转业，或者自主择业，也都无所谓了……"

# 五十三

这一年的七月特别热。戈壁滩上的气温本来就反常，冬天冷得要命，夏天热得出奇。但今年比往年都要热，四十摄氏度以上的高温天气已经持续了将近半个月了。郭纪芬的父母本意是要带儿子来避暑，没想到出门没有看皇历，选错了日子。

向阳和郭纪芬结婚好多年了，双方的父母都还没有见过面。向有勇也曾礼节性地邀请过好几次，但都没有成行。但这一年暑假，郭纪芬的父亲不知道怎么想的，没有跟郭纪芬商量，就先把票订了，然后打电话给向有勇。向有勇愣了有三秒，连忙说："欢迎。"说了这一句之后，忽然不知道该说什么，心里有点怪怪的。挂了电话，他把亲家的行程告诉李爱月。

李爱月刚把小航哄睡着。她一手拍着他，翻翻白眼，一脸不高兴地说："这房子还不如鸡窝大，他们来了，住哪儿呀？"

D城虽然新建了几十栋团职公寓楼，但技术九级和副团以上干部人数众多，僧多粥少。向阳现在仍然住着两居室的营职楼。实际困难摆在面前，向有勇一时语塞，赔笑说："要不，我托人找个临时来队的宿舍，咱俩先搬过去住一段时间？"

"你不是不求人吗？"李爱月拉长了脸，"你要是早有这个觉悟，放下架子跑跑门路，说不定都提副师了，我们现在就在师职楼住。他们来了，随随便便就能安排一间屋子。"

哪壶不开提哪壶。向有勇只觉得血往上涌，脸涨得通红。想了想，还是把不该说的话咽了回去。有些话，一说出来就伤感情。虽然是多年夫妻，双方都很了解，但是，了解并不代表宽容。因为彼此了解，你才更清楚对方的弱点是什么，要害在哪里。也许他练成了金刚不坏之身，防范对手和敌人已经做到了刀枪不入，但最亲的人如果想伤害他，闭着眼睛都能找准命门。

向有勇不吭声了。李爱月也觉得自己有点过分，把小航身上的薄被子往上拉了拉，半天没敢说话。见向有勇不搭理她，也觉得没意思，就走到客厅去了。

小航脸上汗津津的，起了不少红疹子。向有勇把被子掀开，拿起扇子给他扇凉。小家伙在梦里咯咯笑了。向有勇也笑了，自言自语说："看你奶奶没个正经，给娃穿这多，都热出疹子了。"

李爱月刚好到客厅冰箱里拿东西，偏偏听见了，说："这还叫穿得多？就一个肚兜，外面套了一件薄夹袄。比我穿得还少呢。我们老家都讲究'吃了端午粽，才把棉袄送'。我们小时候不都是这么过来的？"

"你这是歪理！"向有勇不满地说，"现在人家都讲究科学带娃，你还在谈你的老调调！"

"老调调怎么啦？那是老祖宗从几千年实践中总结出来的。怪不得你儿子儿媳妇都说你好，老跟我过不去，我看你就是一颗墙头草，儿媳妇往哪边吹风，你就顺势往哪边倒！一家子都是好人，就我一个人是猪八戒照镜子——里外不是人！"

"这都什么年代了，你还一副恶婆婆架势！我觉得你应该洗洗脑，换换思路！"

"我这辈子就这样了。"她说，"还让我洗脑，你再不要跟我提洗脑的事！一听见这两个字我就浑身起鸡皮疙瘩，今晚上估计得做噩梦！"

正说着，郭纪芬回来了，放下包，换了鞋，进屋就去看小航，手在小航红扑扑的脸上来回摩挲了几遍，又问给他加餐没有，睡了多久。向有勇都回答了。郭纪芬又说，向阳晚上不回家吃饭了。

"这孩子……"向有勇摇了摇头。

"保障团出事了。"郭纪芬说，"他们又成立了工作组，到单位去调查了。"

"哦？哪方面的？"向有勇凛然一惊。过去这一年来，即使他是个局外人，也明显感知到部队比原来严格多了，方方面面都在收紧。

"出事故了……死了五个人，好可怕——"郭纪芬打了个冷战，"听说有一个战士下到污水井里工作，一下去就中毒了，上不来了。他们领导又命令四个战士下去救人，结果全死在里面了——"

"可怜了这帮孩子——"向有勇喃喃自语，"这一代的年轻人，没有遇到过挫折，在处理应急状况的时候，太缺乏经验了。"

饭做好了，小孩还没有醒。大家正吃着饭，向有勇说起郭纪芬父母要来的事。郭纪芬愣了一愣，说父亲也给她电话了，她劝他们不要来。因为D城最近很热，顶着个毒太阳跑几千里路，太辛苦了，可父亲说票已经订了。她还没有告诉向阳呢。

"没事，你们结婚好几年了，我和你妈——"他指着李爱月，"还没有见过亲家，这是我们的失误。趁着我还在D城，亲家过来，我陪他们好好转转。"——向有勇见郭纪芬红着脸，好像很为难的样子，心想她应该是担心住在哪儿——"住的问题好解决，我找当年的老部下借一套家属临时来队的房子，这个你不用担心……"郭纪芬很感激地点了点头。李爱月刚盛饭回来，在郭纪芬身后给他使眼色，他装着没看见。

小航醒了。爬到床边，试探着要下来，脚够不着地，不小心掉下来了，一屁股坐在地上，哇哇大哭。郭纪芬放下碗跑进去，把孩子抱起来，哄了一会儿，不哭了。吃完饭，向有勇洗碗，李爱月收拾客厅。收拾完进屋，她把门关上。

"你这人也真是，啥事也有个先来后到的顺序吧。"她说，"既然找了房子，为啥不让他们去住？也不跟我商量一下，自己就直接拍板了。"

"跟你商量，能商量得通吗？你也不想想，他们是客人，住几天就走了，让出去住多不好？再说了，你不是天天喊累，让亲家母替你带带孩子，你可以休息上几天，她也能跟外孙好好亲近一下，对你和她来说不都是好事吗？"

"这样一说倒也对！"她低头想了一会儿，拍了一下大腿说，"我真蠢，又上了你的当了。"

向阳忙得焦头烂额。总部又来了工作组，仍然由保卫处牵头，纪检处参与接待。但岳父母来了又不能不重视，只好给办事处打电话，告知岳父母到达的时间，请办事处派车到火车站接站，住一个晚上，第二天坐班车到 D 城。中午，李爱月在家里做了几个菜。向阳没有回来，向有勇开了一瓶酒，陪着亲家边喝边聊。

土豆丝里有一根头发。郭纪芬的弟弟球球正好夹到了，他把头发挑在筷头上，龇牙咧嘴，拿给他爸爸看。郭纪芬的父亲不由皱了皱眉头，拿了一张餐巾纸把头发粘走，又拿了一张餐巾纸，把筷子擦了擦。

谈起路上的见闻，郭纪芬的父亲只是摇头。他说，D 城太偏僻了，太荒凉了。真没想到女儿在这种地方工作，早知道环境这么差，毕业以后就在老家给安排一个公务员岗位了。

向有勇被怼得无话可说，就逗球球说："明天带你去看火箭好不好？"

小家伙头一歪："我不去！我要吃肯德基！爸爸你去给我买肯德基。"

向有勇好不尴尬。

郭纪芬的母亲拉着孩子，一会儿亲小航的小脸蛋，一会儿又把脸贴着小航的脸，又捏捏小胳膊。"我的小心肝，怎么这么瘦啊，心疼死人了。"她大惊小怪地说，"你看你——"——她白了一眼郭纪芬——"脸又黄又黑，气色这么差，自己把自己都照顾不好，怎么能把宝宝带好？"李爱月直撇嘴。郭纪芬的母亲没有看见，又捏了捏小航的小脸蛋。小家伙不耐烦地把她的手拨拉到一边。郭纪芬的母亲脸一下子红了。

郭纪芬听母亲这么一说，忽然眼圈一红，眼泪扑簌簌往下掉。郭母见女儿哭了，自己也跟着哭，由无声落泪变成了嘤嘤啜泣。小航仰头看看妈妈，又看看面前这个陌生女人，也哇地哭出了声。刚刚还欢声笑语，此时哭声一片。球球一看妈妈和姐姐都哭着，抬头看了一眼爸爸，见他板着脸，一声不吭，不知道发生了什么事，还以为是眼前这个小孩把自己妈妈惹哭了，跳上去啪地就给了小航一巴掌。

大家愣住了，李爱月不干了，把小航搂在怀里，脸上一阵红一阵白，到底没能忍住，厉声呵斥了球球几句。球球不理她，自己到屋里去玩了。向有勇和郭纪芬的父亲面面相觑，目瞪口呆。向有勇只好打圆场，对儿媳妇说："纪芬，你们娘俩一年多没见面了，见了面心里高兴，心情可以理解。但你爸爸妈妈走了这么远的路，肯定也累了，咱们赶紧吃饭，吃完饭让他们休息休息。"

吃完饭，李爱月收拾利索，和向有勇走了。路上，李爱月就忍不住埋怨："你说这亲家母说那些淡话什么意思？好像我给她女儿受了多大委屈似的。她自己养大的女儿，她的毛病她不知道吗？不爱喝汤，不爱吃肉，驴不吃草还能强按头？我倒要看看，她能给宝贝女儿做出什么花来！我就不相信，她还能把女儿养成沈殿霞那个体形！"

向有勇沉着脸，不说话。让他说什么好呢？自己工作了三十年的地方，被人贬得一文不值，以他早年的性格，如果有人敢这么无礼，他早就丁是丁、卯是卯地掐架了。现在却只能忍耐。

还好他们住的时间不久。才一个星期，球球就嚷嚷着要回去。郭纪芬的父母也觉得房子太小，三个人睡一张床拥挤不堪，又只有一个卫生间，早上起床上厕所都要排队。天气又热，屋里只装了一台1.5P的空调，还装在客厅里。还有，D城的蚊子欺生，专捡细皮嫩肉的人下口，球球被咬得腿上脸上全是包，消肿以后，变成了红点，密密麻麻，让人看了起鸡皮疙瘩。

这是一段不愉快的回忆。他们提出要走，说家里老人做完白内障手术不久，需要复查，球球还要上课外补习班。向有勇礼让了几句，并没有执意挽留。向阳在家吃了两次饭，也感到气氛不融洽，所以不说话，只吃饭。单位最近确实也忙，牺牲的五名战士，善后工作和家属安抚工作尚在艰难推进。D城党委正在给遇难者争取烈士待遇，如果获批，抚恤金按烈士标准发放，也算给遇难者家属一点心理上的安慰。

工作是向阳最好的借口。早上，他们还没有起床，他已经走在上班的路上，晚上，他们已经入睡，他还在办公室整理材料。郝伟楠任副团满两年了，因为学历低，失去了走上领导岗位的资格，军旅生涯已经接近尾声，工作积极性一天不如一天。郑才学索性睁一只眼闭一只眼，把工作担子全压在向阳一个人的身上。于是，岳父母怎么来的，依然怎么回去。一家人把另一家人送到车站，看着他们踏上归途，送行的人长吁一口气。赶路的人又何尝不是？

# 五十四

初冬的一天，向阳带着孩子去世界公园玩。这里汇集了很多世界有名的建筑模型，包括法国的凯旋门，埃及的金字塔，中国的万里长城。还有一座小小的迷宫，躲在里面，咫尺之间，只闻其声，不见其人。另外，还有一座布设了小桥流水的假山，孩子们上蹿下跳，追逐游玩。公园最深处是一片小小的梨园，春季，绿意盎然，雪白的梨花在枝头逐渐绽放。到夏季，外面烈日炎炎，公园里凉风习习。深秋，草木萧条，落叶满地。孩子们在此间流连忘返。

一进门，向阳把小航从背上放下来。右边是两座砖砌的金字塔，还有狮身人面像。金字塔的外形和电视上看到的一样，但高的那一座也不过两米多，矮的那一座不到两米。金字塔塔尖上坐着两个人，小的那座上面是一个小孩，六七岁的样子，穿着灰色的羽绒服，戴着针织棉帽，手里拿着一截树枝，正在抠金字塔砖缝里的水泥。高的那座上面坐着一个大人，军用皮鞋，绿军裤，上身一件黑白条纹的羽绒服，手托着腮，兀自出神。

小航踩着那一座大金字塔的台阶往上爬。向阳怕他摔倒，过去保护着他。抬头看坐在顶端的那个人，脸庞瘦削，双眉紧锁，鬓边零零星星有些白发，竟然是孟一昶。四目相对，向阳看到他的眼角平添了几道皱纹，眼睛里没有一点昔日的光彩，像一个行将就木的老人。和半年前判若两人。

"你今天怎么有空带孩子出来玩？"

"我以后每天都有空。"孟一昶慢悠悠地从金字塔的顶端走下来，走得非常谨慎，仿佛脚下每一步都是陷阱。

"不管怎么样，事情都结束了，你也不必太自责，我觉得你已经做得够好——"

"什么叫自责？"孟一昶眼睛里泪光莹莹，"我是想赎罪，我不知道怎么样才能减轻我内心的罪恶感……"

遇难的五个战士，正是孟一昶的部下。这几年来，孟一昶在保障团干得风生水起，业务和管理两方面都可圈可点。担任技术室主任刚一年，D城新建成一座大型污水处理厂，投资不菲。因为它关系到D城的人居环境和饮用水质量，所以上上下下的领导都非常重视。污水处理厂投入使用以后，将管理权移交给保障团，日常维护由保障团一营负责，这成为保障团面向D城的一扇窗口。团领导再三斟酌，最终把孟一昶调配到这个岗位上。孟一昶理论水平高，爱钻研业务，又能吃苦，赢得了大家的好感，担纲下一任团参谋长几乎是板上钉钉的事。

这次，几个战士执行的也是一项最普通不过的工作——到排污井下疏通排污。大家业务已经很熟练了，难免掉以轻心。第一个下井的是一个上等兵，下井作业有十分钟了，没有反应。上面的人叫他也没有回应。班长慌了，让一个三级士官带着一个上等兵下井。两人穿上防护服，戴上防毒面具，一先一后迅速下到井里。又是好一会儿没有回应。班长慌了，连忙招呼附近的几个战士过来，他和另外一个战士做好防护，分别在腰里系上绳子。下井前，让保障的战士赶紧打电话向连里汇报，又一再交代，如果自己出了意外，坚决不能再派人下来。那个战士也感到情况不妙，让班长别下去了。班长大声说："我的战友在下面，我能见死不救吗？"他们俩下去以后，上面的战士等了一会儿，朝下面喊话，没有回应。他们赶紧把两人一先一后拽上来。事发突然，救援器材准备不足，等孟一昶带着救援器材坐车赶来，把几个人救上来，送往医院抢救时，已经太晚了，先前下井的三个战士早就没有生命体征了。

事故的原因是排污井之前疏通不到位，导致井内产生大量沼气。这种情况下，防毒面具起不了太大作用。而排污分队又没有准备救援器材和氧气瓶，结果，发生了这一起让人痛心疾首的重大事故。好事不出门，坏事传千里。此事在D城传得沸沸扬扬，说是现场指挥的混蛋营长，在明知有去无回的情况下，仍然固执己见，强行命令几个战士前赴后继，下井救人，最终酿成了一场灾难。孟一昶一时沦落为过街老鼠。

这场事故惊动了总部，专门派工作组下来调查，孟一昶连着一周，每天被叫去谈话、写检查，整个人彻底崩溃了。还好，孟一昶虽然被记大过处分，牺牲的五个战士最终都被评为烈士，烈士家属也很通情达理，流着眼泪扶起跪在他们面前痛哭流涕的孟一昶，说了几句安慰的话。

事后，孟一昶流着眼泪对向阳说："当时下井的人如果是我就好了，好歹混个烈士，和功勋卓著的老帅一样，葬在烈士陵园，每年清明接受你们的瞻仰！"

半年过去了，他始终无法走出阴影。他说，他已经向团里打了转业报告。团领导极力挽留，可他一天也待不下去。每天一闭上眼睛，眼前就浮现出那五个战士活生生的样子。苗迪心也支持他离开，换一个环境，换一种活法。

"真没想到，我们这么快就要散了。"向阳叹了口气，"聚是一盘棋，散是满天星。从此天各一方了。"

"别说得这么伤感！一想到很快就要离开，我心里的压力小多了。"孟一昶语气很轻松，"我们团里去年有人在广东惠州买房落户，说是转业可以安置到惠州。今年刚过完春节，苗苗也去惠州买了一套七八十平方米的房子，才花了不到三十万。暑假她刚把我岳母的户口迁到惠州。她很喜欢惠州，山清水秀，气候适宜，不像 D 城，夏天热得要死，冬天冷得要命。据她说，惠州这个城市包容性很强，不排外。你也不必为我难过，说不定离开这儿，我会过得更好。何况我本来就不属于这儿，不像你，长在这里，工作在这里，你的根也在这里。"

"铁打的营盘流水的兵。咱们的结局和命运都一样，差别只在于有先有后。"向阳苦笑着说。

孟一昶眼睛一亮，说："既然你这么想，我建议你回去跟你家政委商量一下，也去惠州买套房，把叔叔或者阿姨的户口迁过去，以后转业到惠州，和我做邻居。哈哈，到时候我们都跟苏东坡一样，'买田筑屋，作惠州人矣'——"

"再说吧。"向阳对惠州没有什么概念，"我爸妈就我一个宝贝儿子，我走那么远，他们怎么办？"

"也是——"孟一昶挠挠头皮，"走一步看一步吧，转业离你还很远，有的是时间考虑——"

向阳叹了口气，说："又少了一个可以聊天的人……"

"能聊天的人少了可能不止一个！"孟一昶挤眉弄眼地笑了，"上周六去机场送人，碰见你老情人，她要调北京了，最近正在办调动手续。"

"谁？"

"还有谁？你有几个老情人？"

孟一昶说的是吕晓琳。一转眼，她也过三十岁了。经过多次不成功的恋爱之后，她最终落单了。在 D 城，三十岁的女人绝对是老姑娘，不管自身条件如何优越，她再也不会迎来"五陵年少争缠头"的光辉岁月了。她大概只能在漫漫岁月中独自凋零。这样的先例有很多个。造成这种结局的最重要的原因，就是流言。流言目光如炬，没有人可以和它对视。尤其在这片空旷的戈壁大漠上，缺少植被和掩体，无论目标距离多远，都被流言尽收眼底，它像地对地、地对空导弹一样，嗖地划过长空，一击致命。

那段无疾而终的感情，让向阳曾经短暂地走进吕晓琳的内心，他对她的了解比其他人更深刻。尽管她一次又一次恋爱，尽管有人乐此不疲散播有关她的各种流言，尽管众口一词认为她是一个见异思迁的女人，向阳却固执地认为，吕晓琳是一个痴情的人，也是一个忠贞的人。她曾把整个心都给了任敬明，这段感情让她刻骨铭心。此后遭遇的短暂的爱情，像草芥和灰尘一样无足轻重。她无法欺骗自己。

但吕晓琳会黯然接受命运的摆布吗？

孟一昶说，他听苗迪心说，吕晓琳找了一个北京的老公，是某科技集团的总工程师，离异不久，还不到四十岁。吕晓琳通过这一场婚姻，挽救了自己，也解决了住房和北京户口。

"这个女人是个厉害角色！"孟一昶笑着说，"幸亏你们分手了，要不，你现在天天被罚跪电视机遥控器，还不让换台。每换一个频道，再加跪十分钟——"

"你满嘴跑火车，扯哪儿去了？"向阳脸红了。

正说着，孟一昶的儿子从另一座金字塔上爬下来了。他手脚并用，无比轻捷，很快就来到他们面前。小航跟在他身后一迭声叫"哥哥"，对他崇拜极了。他摇着孟一昶的手，说要去假山那边玩。

"好好好！"孟一昶笑着说，"照顾好弟弟，把弟弟的手牵上！"小家伙牵起小航的手，两个人往假山那边去了。孟一昶和向阳跟在后面。

"跟你认识这么多年了，没觉得你爱凑热闹呀。"

"我凑什么热闹了？"向阳有点莫名其妙。

"石小明生了一个儿子，我也跟风生了一个儿子，你又接着生儿子，这不是凑热闹是什么？"他把手搭在向阳的肩膀上，"你就不能生个女儿吗？你要生个女儿，咱们还有机会结成儿女亲家，常来常往。现在这个没有机会了。"

"你尽瞎扯！"向阳笑了，"这事我说了算数吗？我说了要算数，一次生两个，一儿一女，不是更好？"

"大家都说，儿子是建设银行，女儿是招商银行。'遂令天下父母心，不重生男重生女。'现在不流行生儿子了。"孟一昶叹气说，"对了，这两年各地房价涨得厉害，听说去年在兰州还能买个卧室的钱，今年连个厕所都买不上了，去年能买个厕所的钱，今年只够买个蹲位的面积了。唉，工资涨幅永远赶不上房价。我劝你也抓紧买房子，你看这趋势——"

"是啊！"向阳也叹了一口气，"我爸买房子的时候，房价一平方米才两千出头，还是中心位置，现在稍偏一点的地方都七千多了。我爸也动员我赶紧买。今年我们回兰州过年，到时候——"

两个小孩不知道为什么打起来了，小航被打哭了。两个爸爸急急忙忙跑了过去。

# 五十五

欣玥来了。

欣玥博士毕业以后，进了某科工集团的一个分院。分院和 D 城有很多合作项目，所以有部分科研工作者长期驻守在 D 城开展工作。欣玥在单位的管理部门工作，平时来的机会不多，这一次来是要谈一个合同。离开 D 城十几年了，终于故地重游，她按捺不住心中的激动，动身前一周就分别给向阳、老旦和小明打了电话。

老旦和小明既感到意外，又非常高兴。接到电话当天，老旦就和向阳、小明约好了今天的饭局。不巧的是，向阳他们刚好在两天前接了一桩案子。郝伟楠忙着转业，按照惯例，目前处于半休养状态。郑才学从其他单位借调了一名年轻干部，让向阳带着熟悉工作。

这是有关公安局的一桩案子。这种内部案件最让人头疼。D 城太小，芝麻绿豆大的事人尽皆知，吃一顿饭都能在三四个包厢串场，前一天晚上还在一张桌上称兄道弟，第二天晚上就可能反目成仇。所以告状的是熟人，被告的也是熟人。敷衍了事吧，恐怕难以交差，因为实名举报的案件，最终的调查结果要通报给举报人。可秉公执法吧，又会得罪人，而且得罪的还是熟人，甚至是曾经有恩于你的人。

这次牵涉在内的这位科长，就和向阳住在同一栋楼，同一个单元，不巧的是，还是门对门的邻居。直到进了纪检谈话室，他还一副乐呵呵的样子，走过来给大家发烟。大家都摆手表示不抽。他把被谈话人坐的那张椅子从长条桌的那一头挪到侧面，挨着其中一个组员坐下，跷着二郎腿，点上一支烟，和大家拉起家常来了。

向阳很无奈，指着墙壁上"禁止吸烟"牌子对他说："请把烟灭了。"

"好好好！马上抽完！"他猛吸几口，脑袋一仰，两股浓浓的白烟从鼻孔里喷出来，他一副很陶醉的样子。又吸了几口，这支烟所剩无多了。他站起来，从饮水机下面拿出一摞一次性纸杯，取了一个，在饮水机上接了一点水，把烟头丢在里面。嘶的一声，一股白烟从杯子里腾起。他转身把杯子丢到垃圾筐里，又过来坐下，大喇喇跷起二郎腿。

"请你把椅子搬过去，坐在被谈话人的位置。"向阳板着脸说。

他一抬头，正好和向阳的目光撞在一起。向阳的脸上隐隐泛起怒容。他略显尴尬，把椅子搬过去，在指定位置坐下。

谈话结束时已经是晚上七点多了。工作组的其他三个人在处长办公室和郑才学吹牛。向阳和借调的干事整理资料、完善证据。把这些处理完，向阳到处长办公室向郑才学汇报情况。

"如果有人还说处长做事不公平，那就是他的不对了。"其中一个说。

"是啊！"另外一个人接话，"像处长这样，材料自己写，工作亲自干，这么晚了还陪着我们加班，全 D 城都找不出来几个。"

"没办法呀！"郑才学又给他们每人发了一支烟，屋里烟雾缭绕，"有些人，就算你把心掏给他看，他也认为你的心颜色不够鲜亮。"

"如果真有这种人，"另一个说，"处长，你也不用跟他一般见识，'身正不怕影子斜'嘛。"

"嗯！"郑才学吐出一串烟圈，"我也是这么安慰自己的。套用某位伟大的美国总统的话来说，'你可能在某个时刻赢得所有人的认可，也可能在所有时刻赢得某些人的认可，但不可能在所有时刻赢得所有人的认可。'"——他呷了一口茶——"小向，是吧？"

向阳点了点头，垂手而立，把案件调查情况作了简要汇报。

"嗯，知道了。"他又呷了口茶，站起身，拎起简易手提袋，"那我就先回了。小向，你安排一下工作餐，大家都辛苦了，晚上喝两杯消消乏，明天接着干！"

"好的，处长。"向阳说，"你不参加吗？"

"我还有事，你们几个去玩吧。有我在，怕你们拘束！"他说着话往外走，已经走到门口了，忽然转过头，一副皮笑肉不笑的样子，两只眼睛盯着向阳，盯得向阳心里发毛。

"小向——"他用一种穿透力非常强的声音说，"干活越多，挨训越多。对吧？"郑才学的声音不高，但每一个字都说得非常清晰。屋里有一阵嗡嗡的回音。

向阳像被人迎头泼了一盆凉水，呆住了。记得有一次，他加班赶一份材料，因为第二天要报给D城的政治部蓝主任，所以他连晚饭都没有吃，到九点钟终于写完了。可是左等郑才学不来，右等也不来。他一边读，一边改，一边等，熬到晚上十二点，郑才学迈着八字步来了，一身酒气。粗粗地看了一遍材料，拿起笔在每一页都划了一个大大的"×"。

"你写的是什么玩意啊？"他怒气冲冲，"完全没有章法！"说完，把材料扔给向阳，大踏步出门走了。

向阳又气又羞。"这叫什么事啊？"他发牢骚说，"干活越多，挨训越多。你看机关管计划生育的卜干事，啥也不干，立功受奖什么也不落下！"

郝伟楠也在赶一份案件调查报告，一听就笑了，说："在机关干活有窍门，不认真不行，太认真也不行！我上次给蓝主任报一份报告，让他批得一塌糊涂，在文件上直接批了十四个字：'猪也是这么想的。拿回去重写！'去他大爷，我拿回来往抽屉里一丢，先忙别的。等了一周，他着急了，问我怎么还没有把报告呈上去。我一个字都没有改，重新打了一份报上去了。结果，他还大大表扬了我一顿，说好材料都是改出来的，就要这么改！哥们——"——他朝向阳努努嘴，压低了声音——"我给你出个主意，等一下你就回去睡觉，明天早点来，把材料原样打出来放到他办公桌上。我保证你绝对顺利交差！"

向阳半信半疑，到底不敢回去睡觉，又把材料读了两遍，改了几个字。等郝伟楠走了，才又打了一份材料，放在处长办公桌上。回到办公室，在手机上设了第二天早上六点钟的闹铃，又反锁了门，没有关灯，趴在桌上睡觉了。

第二天闹铃一响，他赶紧起来，打扫处长办公室卫生、烧水、泡茶。收拾完，泡了一桶方便面吃了。故意没有洗脸，弄出一副疲惫不堪、睡眼惺忪的样子。

一会儿，郑才学叫他过去，把他夸奖了一番，直接签字，让他把材料呈给蓝主任。郑才学见他力倦神疲，于心不忍，还特意为他放了一个上午的假。

但郑才学通情达理的时候并不多。向阳觉得，他有事没事总爱找点别扭，彰显自己的与众不同。有一次，首长交办下来一件案子，因为牵涉到几个老干部的住房问题，比较棘手。郑才学便把向阳和郝伟楠召集起来，问他们的意见。其实郑才学早就有意联合几个相关单位，成立一个专案调查小组，由首长担任组长。这样一方面便于开展工作，毕竟人多力量大，遇到困难时还可以搬出首长这尊神挡一挡；另一方面也便于均摊责任，万一上面不满意，几个相关单位都难脱干系，纪检处的工作压力无形中被卸去不少。

向阳为了投其所好，就说了自己的想法。说完，心里洋洋得意，不自觉地转头看了一眼郝伟楠，却发现他笑得很诡异，有点幸灾乐祸的感觉。

果然，郑才学右手半握拳，把拳头举到嘴边，拳眼对着嘴巴咳了两声。"算了，求人不如求己。咱们还是立足自身，加把劲干吧。有多大肚量吃多少饭，想必首长也会体谅我们！"他看着向阳，冷冷地说，"你这个提议不错。不过，我们既然敢挑这个重担，就有责任承担相应的风险，做人何必这么圆滑，自己捞好处，让别人替你擦屁股？你设想的这个方案，先保留着，等你当处长以后再实行吧。"

向阳被堵得一句话都说不出来。类似的事情还很多。向阳也觉得有时候郑才学是故意针对自己，难道他还在为郭纪芬的事耿耿于怀？想来也不至于吧？毕竟他和郭纪芬两个人也没有正式恋爱，他向阳也算不上横刀夺爱吧？但每次被郑才学穿小鞋的时候，他总是不由自主地想起这档子事，心里五味杂陈，很不是滋味。

他等郑才学出门走了，打电话问老旦还有没有包厢，老旦说，现在生意萧条，包厢大把，随时可以安排。向阳让他安排了一间包厢，把饭店和包厢号告诉大家，又交代那个年轻同志，如果手头的事一时处理不完，就先过去吃饭，吃完饭再回来加班。

到了老旦的饭店，大堂空荡荡，连个招呼的人都没有。他们自己去包厢，打开灯，一味霉味儿扑鼻而来，应该有一段日子没有开门了。向阳到过道喊了半天，才有一个胖乎乎的服务员慢悠悠地过来。向阳点菜，她懒洋洋地记上。向阳等不到上菜，解释说要去参加一个多年不见的同学的场子，给大家敬了一杯酒，匆匆走了。

# 五十六

上到二楼，找到老旦他们吃饭的包厢，推开门进去。正对门的主位上坐着一个臃肿的女人，看上去有三十五六岁了，大红色的毛衣，披肩发。妆化得极浓，施了厚厚的粉底。如果是淡妆，可能会显得年龄更大。她笑吟吟地站起来，笑容在脸上一绽放，粉底和脸上的肉就脱离了，鼻翼上现出浅浅的皱纹，眼角的皱纹也清晰可见。

"你终于来了。"她说，"再不来，我们就散场了。"

"主角往往是最后出场嘛。"小明说。

"什么主角？"老旦喝得满脸通红，他抹了一把脸上的汗，"人家是为生民立命的向青天！"

"别拿我开涮了。"向阳刚坐下，就端杯喝了一口酒，"起得比鸡早，睡得比狗晚，还出力不讨好。烦死了——老旦，最近生意不如以前火爆了——"

"那还用说？"老旦一仰脖，把杯子里的酒喝下去一大半，"还不是你们整的，出台了一个什么'二十一条军规'——"

"'二十一条军规'？那不是一本书吗？"欣玥掩住嘴，看着向阳，扑哧一笑。

"是《第二十二条军规》。"向阳说，"约瑟夫·海勒的小说。D城下发的是二十一项规定。文件是我起草，以D城党委的名义下发到各单位的。"中央八项规定出台以后，总部制定了十一项规定。D城在十一项规定的基础上，结合单位实际，将内容进一步细化，最后制定了二十一项规定。

"我管他什么军规还是规定，反正差不多一个意思！"老旦摆摆手，显得很不耐烦，"你想想，不让军人喝酒，谁还肯来吃饭呀？奶奶的向阳，你不帮我也就算了，还整个这规定，把客人全部吓跑了，我盘酒店的钱和装修本钱还没有收回来呢。"

"我也没办法呀。上面怎么要求，我们就怎么干！你以为我愿意呀？"向阳说，"我忙到这个点才吃饭，一会儿说不定还要去加班呢。"

"我靠！你一忙准没好事！"老旦说，"谁又摊上事了？"

"你猜——"向阳拖长声音，用一种很奇怪的眼神看着老旦，"是——公——安——局——"

老旦打了个冷战，脸色都变了。

这两天调查公安局以前的卷宗，无意间翻到老旦的案子。当时的那位科长已经调到交通警察大队去了，因为和目前调查的案子有牵连，又传他回来问话。向阳私下里向他打听老旦的案子。那位前科长便原原本本地给他说了一遍，又打开自己办公室里间改造的备用库房，把那把枪取出来给他看——这杆枪向阳以前也见过。还有老旦的口供和笔录，都封存得很完整。

"那是个二球货！"前科长说，"惹不起就只能躲着他了。"

老旦做贼心虚，见向阳只是给自己上上眼药，并无意揭短，便冲向阳抱拳，笑笑说："咱俩别净扯闲话了，把远道而来的客人都冷落了。"

"没关系，你们聊！"欣玥笑得很勉强。

其实向阳是故意说点与今天的主题无关的事的。他没有朝欣玥那边看，分明已经感觉到她眼睛的余光时不时落在自己身上。老旦既然挑明了，他也不好再装下去，就举起杯子说："不好意思，我来晚了，先自罚一杯。"把杯中的酒都喝了。

小明有点看不过去，说："你这是干吗？话还没说两句，酒都喝完了。欣玥好不容易回来一趟，大家还不抓紧时间叙叙旧？我跟老婆请假不容易。"

"好羡慕你们呀。"欣玥抬起头，忽然就流下了眼泪，她用手背抹掉，把自己的半杯酒端起来，"来！喝酒！"又是一口闷。

"今天都咋回事呀？"小明嘟囔道，"你们一个个怎么都比我还不痛快？向阳，都怪你来晚了。你来之前，我们聊得好好的——"

"好好好，咱们慢慢喝，慢慢聊，大不了我不去加班，老旦也不要下班就是了。"向阳说。

慢慢就聊开了。欣玥离婚了。她说，那个人调到北京不到半年，就提出离婚。她搞不清楚他们的婚姻到底是哪里出了问题。她只知道，他在这个家里待得不愉快。父亲一听到女婿提出离婚，火冒三丈，说如果他敢离婚，明天就把他发配回邻省的那个基层小单位去。对方也犟着脖子说，只要能离婚，现在让他滚蛋都没问题。欣玥的父亲大半辈子都在领导岗位，见过的桀骜不驯的人多了去了，在他显赫的权势面前，最终没有一个不俯首称臣。可是，他拿眼前这个年轻人却没有一点办法。他恨不得上去扇他两巴掌，可人家也摩拳擦掌，跃跃欲试。他还是没有敢动手。一个军职领导干部如果被女婿打了，明天传出去，他还有什么脸见人？更何况脚下还跪着苦苦哀求的千金小姐？

　　他们是协议离婚的。离婚以后，并没有中断往来。世上有各种各样的家庭，也有各种各样的夫妻。有的夫妻就这么奇怪，在一起时势如水火，巴不得分开。一旦分开，却比在婚姻里联系还密切，多年夫妻最终成了兄弟。欣玥这时候说起自己的事，像是在讲述别人的故事，看不出丝毫悲伤的感觉。难道说，失之东隅，收之桑榆。失去了爱人，得到了一位朋友，对她来说也是一件幸事？向阳心想：尽管他们一起度过了人生最美好的童年和少年时光，尽管大多数时候都本性难移，但他们之间终究横亘着十余年的光阴，这十几年里从少年到青年，再到中年，对于每个人的人生来讲，都是至关重要的变化时期，她的生活里发生了什么，他又经历过哪些难忘的事件，彼此并不知道。他忽然对她有了陌生感。

　　她举着杯子，笑盈盈地向他走来。她走得很慢，好像每前进一步，两个人之间的距离就会缩短一年。她越接近他，时光就会退得越远，一直退到懵懂的少年时代。她红着脸，羞羞答答向他靠近。向阳的眼神变得迷离，眼前浮现出多年前的那张照片，上面的好多细节都模糊了，红色变成了绯红，黑色被时间洗成了灰色，连老旦和小明的身影都变淡了，头顶的烈日也不那么刺眼了，有些朦朦胧胧的感觉，整个照片中只有他和她格外清晰——短发，圆脸，大眼，身材略显丰腴。眼前的欣玥和照片中的欣玥一点点重合，他怦然心动。

　　老旦和小明在旁边跟着起哄。"抱一个！抱一个！"他们喊道。

　　欣玥微笑着，款款张开双臂，向阳脸红了，拦腰轻轻抱了一下，随即分开。小明又跟着起哄，跑过来说："我也要抱！"欣玥很大方地和他拥抱了，然后推开他。小明连蹦带跳，笑嘻嘻地回去坐下了。

　　"向阳，"她的嘴巴凑近他的耳朵，轻声说，"我爸还有两年就退休，有什么事，你早点给我说。"说完这句话，她后退一步，对着他微笑。向阳一愣，眼前的欣玥又和照片中的人分开了，她的身材明显走形了，虽然皮肤看起来很细腻，但掩饰不住眼角细细的皱纹。欣玥说这句话的时候，脑袋微微歪向一边，眉毛上挑，那神情仿佛在说：来求我呀！你求我，我才帮你。

　　向阳不由皱了皱眉头。"谢谢，"他说，"目前也没有什么事需要叔叔帮忙。"她也许是真想帮他，可她高高在上藐视一切的高冷范儿，压得他透不过气。

　　欣玥仍然在笑。"向阳，"她说，"这么多年了，你一点都没变。你这个人就是这样，总是把话搁在心里，不直接说出来。要么就是说一半留一半，剩下的让人去猜。你说别人要猜不着怎么办？或者猜错了怎么办？"

"如果猜错了，"向阳自嘲似的笑笑，"那就说明猜谜的人还不够了解我。"他把杯子倒过来，向她表示自己已经喝干了杯中酒。欣玥摇摇头，笑了笑，一口把酒喝干了。向阳已经回到座位上了。

欣玥也回去坐下，转头和小明说话："知道我在北京最想念什么吗？"

"我想肯定不是我！"小明挤眉弄眼，"估计老旦也没份！呵呵——"

"你都是当爹的人了，还没点正经！"向阳红着脸说。

"狗嘴里吐不出象牙！"欣玥白了他一眼，"我最想念的就是咱们 D 城的四大菜系。准确地说，就是想念羊肉和野菜。珍禽北京不缺，鱼宴也多得是，羊肉和野菜虽然也不缺，但味道差距太大了。我这次回来，要挨个吃个遍——"

"吃没问题，有老旦和小阳。可是——"小明一脸坏笑，伸手在她的胳膊上捏了一把，"你这体形——"

"去你的！不用你操心！"欣玥咯咯笑了，把他的手拨拉开，"本小姐不减肥，本小姐的体重目标是——两百斤。明白了吗？哈哈——"她哈哈大笑，笑得肆无忌惮，一笑起来就没有要停下来的意思。他们三人面面相觑。她笑累了，用手背掩着嘴，大口大口急促喘气，她喝了一口水，不小心又呛着了，不停咳嗽，以至于眼中涌出了泪水。她哭了。

"你没事吧？"向阳有点不忍心，递给她一张餐巾纸。她飞快地擦掉眼泪，说"没事"。向阳说："后天周六，我休息，要不我陪你转转？"

"周末不行！"欣玥说，"周末要加班。"

"为什么？"向阳嘟囔道，"你们大城市来的人就是跟我们不一样。"——他看着老旦和小明——"你们俩应该比较清楚吧？"——又转向欣玥——"我听协同单位的好几个干部说，你们单位那帮人，星期一到星期五都不怎么忙，有的是时间吃饭喝酒，一到周末和节假日就加班。为什么？"

"这你就不知道了吧？我来告诉你——"欣玥抿着嘴笑，"节假日加班的劳动报酬，是正常上班时间的三倍。"——她忽然叹了口气——"要那么多钱有什么用呢？我们四个人在一起那种无忧无虑的日子，再也回不来了。如果，如果上天能给我一次选择的机会，我想我不会跟着爸爸去北京——"

"你这纯粹是站着说话不腰疼！"小明不满地说，"你没有经历过缺钱的日子，当然觉得钱多钱少无所谓啦！我这些年在医院里扔了多少钱？"——他神情黯然——"当时我就想，如果有人能给我点钱，让我叫他亲爹我都愿意！"

第三部

265

DISANBU

"北京还是好啊。"沉默了很久的老旦开口了，"小时候跟长大了的感觉不一样，你是离开这儿了，心里还保留着以前的美好。说实话，如果现在让我选，我是真不想待下去了，没意思！真的没意思。向阳是军人，以后是领导，我是老板，地方人，向阳拿我当兄弟，没得说！可别人不见得这么想。在 D 城，有钱买不来地位——"

"可是，你们心情不好的时候，毕竟还能找到说话的人——"

"我们也不常见面。"小明苦笑，"一栋楼，甚至一个门洞的人有时候十天半个月都见不着。"

"十天半个月算啥？我跟你们十几年都见不着。"欣玥举着杯子大声嚷嚷，"你看你们，有了老婆就忘了兄弟，现在就只有我一个孤家寡人了。来来来，喝酒喝酒——"

欣玥喝醉了，趴在桌子上睡着了。这个晚上，他们四个人喝了三瓶白酒，欣玥一个人喝了有一瓶。向阳也喝了不少，但脑子还算清醒。欣玥醉成一摊烂泥，扶不起来。他把两只手从欣玥腋下伸过去，双手交叉扣在胸前，老旦和小明一个抬着她一条腿，跌跌撞撞，好歹把她弄到楼下，抬到老旦的车上，让她躺在后排座上。老旦晕乎乎开着车，三个人把欣玥送到宾馆。向阳觉得，这样抬着一个女人进去，被人看见太不体面了。就让他们两个人帮忙，把她扶到自己背上，两只胳膊搭在他的肩膀上，手垂在胸前。欣玥和向阳头挨着头。向阳揽着欣玥的两条腿，两只手反扣在背后，又把欣玥往上踮踮。小明跑进宾馆，先拿着房卡去开门，老旦在向阳身后扶着欣玥。这个女人太重了。他想。

"向阳，你到底——到底有没有喜欢过我？"欣玥在他背上含糊不清地说，"我想——听真话。"她把脸贴在他的脸上。她的脸上汗津津的，又有一股淡淡的脂粉的味道。

他的心狂跳不已，但头脑还算冷静。"你——喝多了，别说胡话。"他说。

"我……没醉。你知道吗？向阳，你是不是觉得我很可笑？我也经常同别人一样，站在一旁看自己的笑话，也同他们一样幸灾乐祸。哈哈，这有什么关系？你不知道，我就是一个可笑的人。我爸就是这样说我的！哈哈！给我爸当女儿真的挺辛苦——哈哈哈——"

老旦在身后哧哧地笑。终于把她弄到了房间，让她侧着身子躺下。小明七手八脚地给她盖好被子。向阳到卫生间拿了一个脸盆放在床头地上。桌子上有矿泉水，向阳拧开瓶盖，摆在床头柜上——她一伸手就可以拿到。向阳又把她背对的一侧的床头灯打开，然后把屋里其他灯全关了。三个人蹑手蹑脚，准备往外走。

"欣玥太胖了，可累死我了。"向阳说。他的衣服都湿透了。

"我……哈哈——不重——"她把胳膊举得高高的，挥舞着拳头，"我离目标体重还差四十斤呢——哈哈哈！我不重，谁说我胖我跟谁急……我心情不好就想吃东西。"三个人吓了一跳，带上门一溜烟跑了。

向阳回到家，已经快凌晨四点了。推开卧室门，郭纪芬搂着孩子已经睡熟了，发出均匀的呼吸声。房子里满是孩子的气息，是一种特别黏腻的感觉，有点像碰触到孩子爱吃的喜之郎果冻那种感觉。

他走近他们。郭纪芬侧着身子，一只胳膊露在外面，紧紧揽着孩子。这么多年过去了，她似乎还是当初的样子，圆圆的脸，大大的眼睛，长长的睫毛，只是两颊的雀斑比原来多了一些，颜色重了一点。她也和初识时一样任性，动不动就闹别扭。而欣玥，无论是外貌，还是彼此交谈时的感觉，都很陌生。她早就没有了当年的影子，或者，他已经忘记了她当年的样子，如果意外邂逅，他恐怕很难认出她来。唉！果真是相见不如怀念。他忽然有点庆幸，觉得当初选择郭纪芬是对的。他在床头蹲下，在她的额头上亲了一下。

"你干吗？大半夜不睡觉——"她迷迷糊糊地说，翻了个身，又睡了。

梦醒了。他对自己说，一切都结束了。

# 五十七

欣玥在 D 城待了一周。向有勇夫妇回兰州了，她只去拜访了首长。首长安排小灶的厨师做了几个菜，请她在家里吃了个便饭。其他时间除了工作之外，都是老旦全程陪同。老旦先开车带她去看小学、中学。学校的变化都不大，还是那些老楼，还是那些老树，校园里的学习园地和广告栏里又换了一批更年轻的面孔，健身器械和篮球架也换了，场地重新硬化过了。学生们正在上课，能听到琅琅书声。中学教学楼前，六位科学家的半身雕像还在，但很多地方的油漆已经被磨掉了，显得油光锃亮。

老旦伸手在一个雕像头上摸了一把，说："手闲的学生不少，雕像上的漆都掉了。"

欣玥说："估计你那一次刷了油漆以后，再没有刷过了。你要不要再免费刷一次？"

"开什么玩笑？"老旦说，"我很忙的。现在值得我亲自干的事已经不多了。"

门卫还是二十多年前那个老头，老眼昏花，耳朵也背了。步履蹒跚，走过来摆手说："走走走，家长到外面去，上课期间不能进来，你们不知道吗？你们怎么进来的？"

"大爷，这位领导是D城中学毕业的，现在衣锦还乡，专程到学校来看看！"老旦指着欣玥对他说。

"啥？"大爷歪着脑袋，把手掌搭在耳朵上，"你是学生？我不信——"头摇得跟拨浪鼓似的——"走走走，赶紧走！少在这儿糊弄我！我在这里看了三十年大门，进进出出的人不知道有多少，当领导的，当老师的，还有地痞二流子，我啥人没见过？你还想糊弄我？"——又喃喃自语——"唉！现在乱了套了，到处都是骗子，都是冒牌货。社会上有盲流冒充领导，D城还有家长冒充学生。冒充领导能骗吃骗喝，冒充学生有啥好处呢？赶紧走，赶紧往外走——"又把他们往外赶，一脸不耐烦的样子。

"大爷！"老旦哭笑不得，走上去贴着他的耳朵大声说，"我们是从D城毕业的。那个雕像的漆就是我刷的，我叫李才旦！"

"啥？"老头瞪大眼睛，"李财担？我有印象，他爸是公安局的。这娃调皮得很，他一晚上没睡觉，把这六个雕像全给漆成红颜色了。公安局破不了案，还是我提醒他们说，肯定是哪个调皮捣蛋的学生干的。一查果然就是！"——他努力睁大眼睛，盯着老旦，上上下下打量了一遍——"是你吗？我咋看不出来了。娃！你这脸色不好么！脸黄的，你是不是有病？"

"我好好的，哪有什么病？"老旦害怕他听不见，又贴到他耳朵上说。

"呃？不对，不对——"老头又摇摇头，十分固执，"我看你肝脏不好，脸色有点乌。你有空了找个老中医看一看，娃，年轻人还是要爱惜身体。我老头子都七十几岁了，每天还练练太极拳，练练气功。你要有空的话，早上五点半过来到我这儿，我给你教教气功，对肝脏有好处——"

"我起不来！"老旦大声说，"天快要变冷了，五点多正是冷的时候。"

"那就没办法了，那就没有办法了，就像你想挣钱，又不想出力，哪儿有那么好的事？"老头摇摇头，"赶紧走吧，赶紧走。一会儿校长看见你们，又要骂我哩。"

老旦他们只好走了。欣玥要去看看自己原来住的房子，老旦陪她踅到五区。原来的房子早没了，原址重建的房子一排排拔地而起，米色外墙漆，断桥隔热窗，明窗净几，绿化带里绿意盎然，楼前停满了车，奥迪、宝马、别克、奇瑞，各种牌子的都有，红色、黑色、白色、香槟色，各种颜色的也都有。

"D城真是不一样了。"欣玥说。

"是啊。"老旦说，"光家属楼就建了三十几栋，五区市场也都翻新了，还挖了一个蓄水湖，挺漂亮，等一下带你过去看看。"

"可是——"欣玥说，"我还是很怀念原来的老房子。"

"你这么想就不对了。"老旦说，"你们大城市发展那么快，一年跟一年不一样，一天跟一天也都不一样。D城也就这几年变化大一些。你天天在大城市过舒服日子，却希望我们D城还跟以前一样一穷二白，这不公平。嘿嘿，这就像——"老旦坏笑。

"你想说啥？狗嘴里吐不出象牙，肯定没好话。"

"我是打个比方，就像一个男人天天在外面寻花问柳，却希望自己老婆在家里守身如玉。呵呵——"

欣玥白了他一眼。老旦吐了吐舌头。两人上车，又到蓄水湖去。蓄水湖在D城的东北角上，离城区有三四公里。老旦把车停好，两人从车上下来，离湖还有一百米左右，就已经感到丝丝凉意。湖面呈浅绿色，非常开阔，湖心建了一座小岛，岛上有一个小亭子。环湖是一圈柏油路，刚刚三公里。部队三公里测试，常常来这里举行。湖边的堤坝上移栽了很多花草，其中以鼠尾草面积最大。鼠尾草盛开的时候，蓝的是天，白的是云，紫的是花，黄的是戈壁，景致非常漂亮。

D城的日照时间很长。都下午六点了，太阳还没有落山。有很多人带着孩子在湖边玩，有人徒步，也有人骑着自行车环湖。他们在湖边走了一会儿，欣玥感慨不已。老旦看看时间差不多了，催着欣玥上车，两人去包工头老魏家里吃羊肉。

这是欣玥来D城之前就说好的。D城周边有很多牧民做清炖羊肉做得很好，但老旦以为，他们与包工头老魏相比，还差着一个档次。不过，老魏做羊肉，只是为满足口腹之欲，他不对外经营。除非是关系好的朋友，或者是有业务往来单位的领导，提前给他打招呼，他才会露一手。早上早早起来，把羊杀了，和老婆两个人剥皮、剁肉、下锅。吃饭就在民工区老魏自建的房子里。老魏的房间收拾得很利索，一尘不染，糖蒜、沙葱都是老魏老婆亲手腌制的，很入味。欣玥喜欢吃肥瘦相间的肋肉，在老旦面前，她也不用顾忌自己的身份，就着生蒜大口吞咽，吃得满嘴流油。老旦只是笑。

"干啥？"欣玥一手持蒜，一手举着肋条，吃得津津有味，"吓着你啦？"

"我说妹子，就你这体形，你还不悠着点？"

"我才不管咧！"她满不在乎地说，"反正也没有人要我。"

"唉——"老旦摇了摇头。

吃完饭，老旦陪着她到街上散步。已经是下班时间，街上还有很多纠察来来往往。街上除了小汽车，摩托车、电动车也风驰电掣，来来往往。骑车的人从大拇指武装到牙齿，每个人都戴着头盔。

欣玥看了就笑，说："好奇怪哦。"

"奇怪什么？"老旦问。

"你看看，你自己看——"她指着骑摩托车和电动车的人说，"你看他们的头盔，乱七八糟，有的是摩托车专用头盔，有的是自行车头盔，有的人还戴着安全帽，你看——"——她指着前面一个人——"他戴的是小孩滑旱冰的头盔——"

"哎呀，哪能那么讲究？"老旦说，"你倒扣一个花盆都能蒙混过关，都是糊弄纠察的。只要你头上有个东西就行——"正说着，前面的两名纠察拦下一个骑自行车穿军装的人。那个人和纠察理论起来，不依不饶。

两个人走过去。那个人却是向阳，正和纠察争得面红耳赤。他一看到老旦和欣玥，脸更红了。"好啦好啦，就这样吧，我确实忘带军官证了。你看——"他拽着军装胸前的姓名牌给他们看，"难道我这个姓名也是冒充的？"

纠察登记好，让向阳签字确认，然后两人齐刷刷敬了一个标准军礼，走了。他们像两颗会移动的树桩子，军容严整，步伐一致，除了有力摆动的胳膊外，上半身几乎纹丝不动。

"你也有今天呀？还被我逮个正着。"老旦说。欣玥也捂着嘴笑。

"嘻！"向阳气呼呼地说，"别提了，前天早上，有一个干部出完早操骑电动车回去时，不小心摔倒了，头磕在路缘石上，结果整成了脑震荡，已经送到酒泉医院了。这几天全 D 城开始整治，纠察见人就逮。这不——"——他抬起脚——"今天随便穿了一双黑皮鞋，没有穿军用皮鞋。算了，认倒霉吧。我刚加完班，正准备去找你们呢，恰好碰上了。"

向阳回去换了一身便装，一起到三区去吃烧烤。向阳让老旦陪欣玥喝啤酒，给自己点了两瓶果啤。他说："上面来通知了，全军都在抓作风纪律整顿，还要对近几年的经费开支情况进行清查。这一次真不是闹着玩的。我前几天已经写了通知，对喝酒问题进行了重点强调，周日晚六点以后，到周五晚上六点半以前，绝对不允许喝酒，发现一起，处理一起。这个文件报司令和政委审批签发，各单位应该都收到了。我们处和保卫处、电视台等几个部门专门成立了工作组，说不定过一会儿就要去各大饭店检查，看有没有人违规喝酒。"

老旦说："怪不得呢，最近都没生意了。这两天我也和孙哥聊了，准备把KTV关掉。"

"这一波不是闹着玩的。"向阳跟他俩碰杯，"说不定得关掉一大批饭店。这都是小事，还不知道有多少人要被处理呢。"

三个人简单聊了一会儿，向阳果然接到电话，通知二十分钟后到办公楼前集合，挨个饭店进行检查。他匆匆走了。欣玥和老旦也觉得很无趣。老旦担心自己的饭店会出问题，也急急忙忙走了。

欣玥走的那天，向阳正好有空，就坐单位的车送她。前往机场只有一条路，有七十多公里，测量团是必经之地。欣玥想去测量团吃野菜宴，但测量团已经停止对外接待了，因为政委和向阳私人关系不错，又私下里安排司务长，简单准备了一些，悄悄端到一个小包厢里。测量团因为远离D城，蔬菜运输很不方便，他们立足自身，南菜北种，野菜家种，全民动员，开发自有产业，打造自家品牌。这一来，竟然打出名堂来了，野菜林林总总，有六十多种，鱼腥草、薄荷、芦荟这些味道别致的野菜，在北方并不多见，但在测量团算不上奢侈品。

向阳说："你们北京人真是少见多怪。京城什么东西没有？偏偏惦记这些野草野菜！"

欣玥大嚼大咽，吃得不亦乐乎，都顾不上说话。好半天才说："这就叫作情结，懂吗？"

"我懂！"向阳说，"我听过一个段子，说乡下人永远在追逐城里人的脚步。乡下人一天到晚吃糠咽菜，看到城里人吃肉，他们就拼命劳动，把打下来的粮食都攒起来卖掉，然后去买肉。等他们吃上肉了，突然发现城里人又开始吃草了。还有一个段子，说是乡下人用土疙瘩擦屁股，看到城里人用纸擦屁股。

等他们把纸买上，又发现城里人不擦屁股了——"

"你还让不让人吃饭？"欣玥不高兴了，嘴里正塞着一口菜，都喷到了桌子上。

"好好好，不说了，不说了，说点正经的。"向阳说，"说实话，你们北京来的人我接待的多了，还真是林子大了什么鸟都有。有一年接待的一个工作组组长，一见上大鱼大肉就骂人。身边的人告诉我们，他是个素食主义者，凡是带眼睛的东西一概不吃。按他的吩咐，我去厨房通知大厨：天上飞的，地上跑的，水里游的，一概不要；葱不要，姜不要，蒜也不要；汤里不要见油花子，不要见香菜。大厨听了直挠头皮，说：'开水煮挂面行吗？再整我就不会做饭了。'返回时拐到测量团，来了一顿素食宴。黑的是木耳，白的是百合，黄的是玉米，紫的是甘蓝，红的是圣女果，几十样绿色野菜陪衬着，色彩分明，错落有致。把他喜得抓耳挠腮，吃了个不亦乐乎。登机前眉开眼笑地说：'你们终于给我吃了一顿饱饭！'"

"还是我好伺候！"欣玥抿着嘴笑。又拿眼睛定定地看着向阳，向阳避开她的目光，看向别处。"向阳——"她又叹了一口气，"你真准备在这儿待一辈子吗？"

"目前是这样想的。"

"你不为你自己考虑，难道也不为孩子考虑？"

"正是因为为孩子考虑，我才下定决心要在 D 城长待下去。"向阳沉默了一会儿说，"现在我终于明白我爸当年的想法了。我现在就跟他当年一样，觉得能在 D 城多待一天是一天，多待一年是一年。你想啊，在 D 城这么多年，生活各方面也都习惯了。再说了，刚毕业那会儿我们都年轻，敢冲，敢闯，敢拼，一人吃饱全家不饿，跌倒了大不了爬起来。可现在呢，拖家带口，上有老下有小，不就图个稳定吗？我这辈子基本定型了，就算付出再多努力，生活也不会有太大改变，与其花时间折腾自己的事，还不如把精力放在孩子身上。现在哪个家庭不是把孩子放在首位？D 城的环境，适合养老，也适合孩子成长。如果待得够久，把孩子从 D 城中学送入大学，那就最好不过了。还有更重要的一点，人年龄越大，适应社会的能力越差。这是我从我爸妈回到地方生活得来的经验教训。现代社会发展太快了，变化太快了，我们在 D 城待了这么多年，要鼓起勇气去适应新的生活，不是一件容易的事。"

"那好吧。"她说，"我知道你的想法了，祝你心想事成！"

向阳没有吭声，两个人默默无言。到了机场，向阳帮她取好票，托运完行李，把她送到安检口。她默默向前走。

"欣玥——"向阳叫住她，"有空……回来——"他的嗓子干巴巴的，他伸了伸脖子，想咽一口唾沫润润嗓子，可嘴里也是干巴巴的。他的脸上闪现出狼狈的神色。

"会的。"她说。眼里忽然涌出了泪水，她抬手擦掉了。

"再见，向阳！再见，D城——"她转回头，像一道白色的影子，快步朝里走去。

她一次都没有回头。

# 五十八

首长出事了。

党的十八大召开以后，紧接着中央八项规定出台，部队的精神面貌和风气为之一变。向阳接连被抽调到总部的工作组，跨军区、跨兵种开展工作。每次出差，少则四十天，多则两三个月。每次回家最多休整一周，紧接着又是出差，这种工作模式已经常态化，家里完全顾不上。郭纪芬叫苦连天，不得已，又让向有勇和李爱月再回到D城。D城也有工作组进驻。他们的行程保密程度很高，到达D城的前一天晚上，郑才学接到电话通知，让第二天派车到机场接工作组，并且郑重警告，只允许向单位军政主官和政治部主任通报，绝对不能走漏消息。

在这之前，一位号称是某高级领导干部秘书的神秘人物，打电话到郑才学办公室，说某某领导近期要来D城，让他做好相关准备。郑才学一听这么高级别的领导竟然找到自己头上，慌得六神无主，挨个向D城党委常委们汇报。没想到这竟然是一场骗局，那个"秘书"巧妙设计，骗了郑才学两万多块钱。等到郑才学恍然大悟，回头再联系时，电话已经停机了，他打到那个账户的钱，也分成多笔飞向海外，无从追查。D城一时舆论哗然，几个常委也非常恼火。

这次接通电话，郑才学等对方一本正经说完，皮笑肉不笑地说："忽悠，接着忽悠！一个人不可能两次踏入同一条河流。你思想政治课是体育老师教的吗？"

对方一愣，立即明白郑才学误以为他是骗子，就说："这样吧，等一下我让总机转到你的办公室电话！你现在就去办公室。"

等到总机把电话转接过来，郑才学明白这次是真的，惊出一身冷汗。等弄清原委，立即向司令、政委和政治部主任报告。

蓝主任在电话里冷冷地说："你确定这次是真的？"

"确定，确定！"郑才学吓得屁滚尿流，"明天上午就见分晓。"

工作组进驻以后，行动完全保密，不接受宴请，杜绝陪同，他们只要求 D 城派一辆车随时候着。他们当天晚上就突袭各个酒店，有几个小喽啰应声入网，因在工作日内违规饮酒，被抓了现行。紧接着又突击检查几个宾馆，查到几笔公款接待账目。第二天，又对各单位的书籍资料进行抽查，发现多本通知清查销毁的书赫然在列。再抽查了几个单位的账目，罗列出一堆问题。D 城从上到下都慌了手脚。等把工作组送走，D 城掘地三尺进行自查。

向阳他们干的也是同样的工作。这种工作其实很熬人，虽然没有明确的任务指标，但几个小组之间总会做一些横向对比，就算你不愿奋勇争先，也绝不会甘居人后。所以个个都像打了鸡血一样，通过各种渠道搜罗信息和证据，五加二、白加黑成了工作常态。等到任务结束，大家都已经筋疲力尽了。

工作告一段落，向阳便从工作地直飞嘉峪关，准备回 D 城短暂休整。中午十一点飞机落地。到底是西北，一到候机大厅就感受到了萧条，工作人员比旅客还多。刚从青山绿水的江南回来，眼睛还有点不适应，心情却逐渐活泛起来。向阳打出租车到办事处附近，那里有一家牛肉面非常有名，这还是老旦几年前告诉他的。向阳每次到酒泉都会光顾，一碗二柱子，一碟牛肉，一个小菜，多多地倒些醋，多多地放些辣椒，吃起来非常带劲儿。

牛肉面馆的生意非常红火，屋里早就没有空位了，门前排起了长队。门口的台阶上放着一排小板凳。有的人端着碗，坐在小板凳上吃面；有的人手掌不够厚实，碗太烫，就把碗放在板凳上，自己蹲在旁边，夹一筷子面，高高地挑起来往嘴里喂。向阳要了一小碟泡菜，一份牛肉，拿塑料盘子端到外面，蹲在小板凳旁边吃面。蹲在他旁边的那个人胡子拉碴，很瘦，白色的针织衫有些肥大，显得很不合体。他面前的板凳上放了一盘肉，足足有三两，旁边矗着一瓶二两的小二锅头。他吃一口面，就一口酒，再夹一片肉。向阳看了他一眼，他正好转头在看向阳，两人的目光碰在一起，向阳大吃一惊，原来是老旦。几个月不见，他完全变了一个人，瘦了至少有三十斤吧？脸上的肌肉都松弛了，脸色蜡黄，两只眼睛里没有一点光彩，连眼白都变成了黄色。

老旦也咦了一声。"怎么是你？"他说。

"这不刚出差回来！"向阳苦笑，"你咋回事？怎么瘦成这样子了？你是不是生病了？"

"唉，一言难尽！吃完再说吧。"老旦低头继续吃面、喝酒，吃了一会儿，忽然想起什么了，把手中的小酒瓶扬一扬，"你要不要来一口？很带劲，很过瘾……"他额头上沁出了汗珠，他把筷子放下，伸手抹了一把，又拿起筷子。

"不不不——"向阳摆摆手，"我不喜欢这个味儿，太冲——"

老旦便把手收回去，自己酌了一小口，又低头吃面。吃完面，再把酒喝完，起身拿来醋壶，往碗里倒醋。他的手抖得厉害，壶嘴也跟着手腕一起抖动，他倒了足足有二十秒才停住。他把醋壶放回去，端起碗咕咚咕咚喝下去大半碗汤。汤有点烫，他额上的汗滚涌而下，他哆嗦着从口袋里摸出一片纸，擦了一下汗，接着又擦了擦嘴，嘴角看上去湿漉漉的，又用纸擤了一下鼻涕，把纸丢到碗里。纸在又红又浓的汤里很快就被浸湿了，沉到了碗底。

他站了起来。

他的白色针织衫下摆扎在黑色西裤里，裤腿也显得十分肥大，整个人给人一种松松垮垮的感觉。只有那个硕大的肚子还像往常一样，骄傲地挺在身体各个部位的最前沿。老旦拍了拍肚皮，肚子咕隆隆一阵响，一个很响亮的饱嗝冲口而出，散发着浓浓的酒味。他又伸了一下胳膊，转了转脖子，浑身上下仿佛每一个毛孔都无比熨帖，无比舒畅。

他站着等向阳吃完面。向阳拉着箱子，两个人慢慢地往前走，边走边聊。老旦说，自己新换的这个老婆，以前在大酒店里管过餐饮，有经验，人又泼辣，所以自己也放心把酒店交给她，每天和老孙几个人打打猎、钓钓鱼、喝喝酒，日子过得非常舒服。但这个老婆太要强了，怎么说呢，有点像《红楼梦》里的王熙凤，事事不甘居人后，处处逞能出风头。刚坐完月子，就去接管酒店了。他想着她毕竟年轻，身体恢复得快，就没有当回事。谁知道从那时候就落下了病根。她身体不适有一段时间了，可她一直没有告诉他。她自己也以为是生完孩子以后调理得不好，也没有太当回事。后来，自己一个人到 D 城医院去看了一下，医生让她到病理科做了刮片，又做了 CT。情况似乎不太好，医生建议她转院到兰州，好好检查一下。她又瞒了他一段时间，直到自己也感觉情况不太妙，才告诉老旦。老旦把孩子托给保姆，带着老婆到兰州看病。等各项检查结果出来，医生经过会诊以后，得出诊断结论是——宫颈癌晚期。已经没有做手术的必要了，只能化疗治疗。如果恢复得好，坚持三五年还是不成问题的，说不定也能坚持十年以上。

"唉，我风风火火了这么多年，没想到还不到四十岁，人生就已经走上下坡路了。"老旦伸手揉了揉眼睛，眼泪顺着指缝滑落，"在省城也没有个熟人，住院照顾也不方便。我只好把她带回来，现在住在酒泉医院，已经化疗第二个疗程了。病房里那种味儿，真让人不舒服，好好的人住进去，过段时间都成了病人——"

"那你可要保重身体，这个家可就靠你了。"向阳是真心替他难过，可是又无计可施。各人都有各人的事业，各自都有各自的家庭，哪一头的担子都不能卸下来。这个时候，即使是最好的朋友，又能给予多少帮助呢？

"我？"老旦自嘲似的笑笑，"我是吃了上顿顾不得下顿的人。小阳，咱们兄弟哥们在一起，我也没什么好瞒你，实话给你说吧，咱们俩见一面少一面，下一次还不知道在哪儿见面呢。说不定你就再见不到我老旦这个人了。"

"你——你这是说的什么话？好好的咒自己干吗？"

"小阳——"老旦把嘴巴凑到向阳跟前，"我得了肺癌，你不要告诉别人——"

"你别吓我——"向阳怔怔地看着老旦。老旦从没有像现在这么严肃过，那不是开玩笑的样子。

"我吓你干吗？是真的——"老旦仰起头，闭上了眼睛，眼泪顺着眼角流了出来。老旦紧紧咬着下唇，嘴角渗出了血。他整个下颌都在抖动。

向阳只觉得脑袋嗡的一声，箱子的拉杆挣脱他的手，重重摔在地上。他抢到老旦面前，两只手像钳子一样钳住他的胳膊——老旦胳膊上的肉死气沉沉，感受不到一点活力。

"这到底是怎么回事？"他问道。

老旦又是苦笑。现在的老婆非常能干，打理经营酒店比他还在行，他对酒店慢慢就不如以前上心了，常常两三天才去一趟酒店，自己整天和一帮朋友胡吃海喝。兴许那个时候身体已经出了问题，可是也没有什么特别的症状。到后来，咳嗽、喘憋、痰多，有时候也胸闷、胸部疼痛，他还以为是抽烟喝酒太多了。等到他自己意识到情况不妙，悄悄去酒泉做检查时，已经是肺癌晚期。医生说，生命剩余的长度是以日来计算的。恰在这个时候，老婆的身体也出了问题。带她去兰州检查，得知是癌症，真无异于晴天霹雳。但接受不了又能怎么样？该来的终究要来。他现在还对老婆瞒着自己的病情，拖一天是一天吧。

"医生说，要洁身自好，要忌口，要注意休息，这样还能多维持一段时间。我直接对医生说，去你妈的——"他咳嗽两声，把一口浓痰重重吐在地上，又用脚掌死命踩了几下，"你说这医生不是扯淡吗？我都是被阎王爷催命的人了，还不抓紧时间，按自己的想法好好活几天？"

"怎么会这样？怎么会这样？"向阳简直不敢相信自己的耳朵，他紧紧抱着老旦，趴在他瘦削的肩膀上，默默流下眼泪。他真的没有想到，原来死神一直都在暗中伺机而动。这一次，他要夺走他身边一个亲近的朋友。在他们四个人中，老旦的境遇最差，在该得幸福的年龄，他却失去了双亲，但这并不妨碍他一路欢欢喜喜长大。他就像无意撒在石头缝中的草籽，凭着那一点遗漏的养分，挤挤挨挨，委委屈屈，一遍遍尝试在夹缝中探出头，长出茎，开出花。如今，他终于能够直起身子，死亡却像一阵疾风吹过，不留给他反抗的余地。

"说实话，我是有点想不通。"老旦呸地往地上吐了一口唾沫，"李艳常说我，天天灌黄汤，喝猫尿，喝死活该！我要是得个肝癌，那我也无话可说，但肝没事，肺玩完了，真邪门——"——他沉默了一会儿，慢慢恢复了平静，脸上的泪水干了，留下一道道印子——"这就应了一句话：阎王叫你三更死，谁敢留你到五更？一个人从生到死，能吃多少饭，能花多少钱，都是有定数的。占下吃不完的，挣回来花不掉的，都是在替别人保管。不要说我这个小得不能再小的人物，那些风云一时的大人物不也一样？你听说了吗？"——他停顿了一下——"贾副司令出事了——"

"出什么事了？"向阳悚然而惊，心里有一种不好的预感。

"还能出什么事，被带走了呗！"

"带哪儿去了？"

"还用说？不法分子该去的地方呗！"老旦忽然笑了，"他这回要把牢底坐穿了！一想到他落这么个结局，我还是很欣慰——"

"不可能——"向阳说。

"我的消息来源绝对可靠！"老旦说，"就是昨天发生的事。听说上面通知他到北京开会，他刚一下飞机，就被从机场直接带走了。昨晚十点钟 D 城就开了常委会——"

向阳脑子一片空白，背上的冷汗涔涔而下。他缓缓松开老旦的胳膊，呆呆地站在原地。这个消息太意外了，太让人震惊了。但他把首长这一年来前前后后很多事串在一起想想，觉得也在情理之中。自从全军开始大整顿以后，首长便频频往返于 D 城和北京之间。他脸上的笑容少了，也很少和大家开玩笑。他有几次去首长办公室汇报工作，喊了三四声报告，里面才有回应。进去，看见首长坐在那里发呆，也不说话。有一次，他发现首长竟然没有剃胡子，这是从来没有过的事。他的双鬓也添了很多白发。白发也许以前就有，但那时候首长非常重视个人形象，会定期染发，现在，也没有心思了。首长不像以前那么从容了，他看上去更像是一个年近花甲的老人。

"听说主要是来 D 城任职前的问题……"老旦说。他絮絮叨叨说了很多，但向阳连一句也没有听进去。老旦见他心不在焉，也就不再多说。前面两百米就是医院，他要回医院了。

"我陪你一起去医院看看小嫂子吧。"向阳非常诚恳。

"千万不要——"老旦一摆手，拒绝得非常坚决，"她这个人比较要强，她绝对不愿意让人看到她在医院的这副尊容。你出差这么久，赶紧回家看看吧，别错过了下午的班车——"

"老旦——"向阳紧紧握住老旦的手，"别的忙我可能帮不上，但你看病如果需要钱，你尽管开口。我们两口子，一个人的工资用来还按揭贷款，另一个人的工资基本上都能攒下来——"

"暂时还不需要，需要的时候，我会向你开口的。话说回来，不向你开口，还能跟谁开口呢？我总不能向小明开口吧？"老旦说，"KTV 已经转让了，现在这个酒店也找好下家了。这两年生意很差，我连装修费都赔在里面了。虽然赔了点，但现在能转让出去就不错了。走到哪一步，就说哪一步的话吧——"——他仰天长叹一声，眼泪流了下来——"赚再多的钱，又有什么用呢？我这辈子吃喝玩乐，要了一个痛快，我不亏。就是我儿子，才两岁多，以后可怎么办呢？真不知道该把他交给谁——"——他一把把向阳推开——"快走吧。等我媳妇做完这期化疗，我带她回 D 城，咱们再慢慢聊——"

他走了。他走得很快，宽大的衣服随风微微摆动，他的身子也跟着微微晃动，看上去随时都有被刮倒的危险。他走到医院门口停下来，整了整衣服，抬手抹了一下眼睛，又仰起头看了一眼天空，天灰蒙蒙的，看不到太阳。

他摇了摇头，径直走进医院。

# 五十九

纸里包不住火。首长的事已经渗遍 D 城的各个角落，班车上就有人交头接耳，窃窃私语。向阳进门刚放下行李，小航就把行李箱拖进卧室，放倒，调好密码位置，嘭地打开锁，拉开箱子翻东西。向阳和父母刚打完招呼，郭纪芬就把他拽进屋，神秘兮兮地说："贾副司令被抓起来了，不会影响到你吧？"

"影响到我什么？"向阳有点莫名其妙。

"工作组查得可细了。"郭纪芬扯着哭腔说，"我们单位服务中心有几笔违规接待，都是我经手的，单位可能要处理我。"

"你这些账分别是什么时候经办的？"向阳问。他知道，工作组有个不成文的规定，就是对查纠出来的问题分三个层次分别进行处理：第一个时间节点之前发生的问题，只要当事人态度端正，对错误认识深刻，一般只追缴违规使用或报销的经费，不严肃处理；第一个时间节点和第二个时间节点之间发生的问题，不光追缴经费，还要作出相应处理；但只要是第二个时间节点之后发生的问题，都要严肃处理，且针对情节轻重，移交相关部门追究责任。

郭纪芬飞一般跑到客厅，从墙上衣帽架上取下小包，打开，取出一个黑皮笔记本，飞快地翻了一遍，把相关的几页都折了角，拿过来给向阳看。向阳打开一看，笔记本上写得密密麻麻，某年某月某日，给某某报账多少钱；某年某月某日，请某某吃饭，等等。所有她经手办的事情，时间、地点、人物无一不详，包括安排她经办的领导说了什么话，都记录在案。

向阳吃了一惊。这一年多，他们在外面工作基本形成了固定套路，每到一个单位，先从财务部门查起，让大家把所有的抽屉、保险柜都打开，只留管保险柜的出纳在场，把其他人都轰出去，把门反锁了，然后挨个抽屉翻，先找私密笔记本，再找会议记录本，然后看看保险柜里有没有白条或者私设的账套。这个办法屡试不爽，因为很多财务人员都有一个"好"习惯，喜欢把每一笔过手的账目记得清清楚楚，尤其是账外账或者"小金库"，要素齐全，条目清晰。当事人就是想抵赖也抵不过去。

"你真够蠢的！"向阳心里忽然腾起一股怒火，"人家工作组就专门查你们的小黑本，你还明目张胆把它装在包里，我看你迟早要倒霉！"

"你说我不记怎么办？我要经手那么多账，我能记得住吗？"郭纪芬哽咽着说，"人家这两天怕得要死，还指望你回来给我出出主意呢。谁知道你一进门就龇牙咧嘴骂人！你这还不是领导呢，不知道你当了领导会变成什么德性——"她越说越觉得委屈，呜呜哭了。

正说着，小航跑过来在他的腿上擂了几拳，说："爸爸，你这一次什么礼物也没有给我买！你还欺负妈妈，我再也不喜欢你了！哼！"——他拉起郭纪芬的手——"妈妈，走！咱们不理爸爸！"

郭纪芬看了他一眼，笑了，跟着孩子走到客厅。小航把电视遥控器递给郭纪芬。郭纪芬笑着摇了摇头，把电视机打开。小家伙跳起来在妈妈脸上亲了一口，靠着沙发一端的扶手看电视去了。

向阳走到向有勇和李爱月的卧室。向有勇问了他一些工作上的情况。向阳有点不耐烦，没好声气地回了几句。向有勇说："小阳啊，也不是纪芬说你，你这几个月脾气越来越大了。我知道你工作上压力大，可是纪芬在家也不容易，尤其这段时间，也经常加班加点，回来还要顾孩子——"李爱月在旁边扯了扯他的胳膊，嘟囔了几句。向有勇没有理她。

听向有勇也这么说，向阳认真思考了一番，自己也觉得这一阵脾气见长了。他们每到一个单位，接待单位的住宿规格、伙食标准都非常高，他们按每天50元的出差补助缴纳的伙食费，恐怕很难保证供应这么可口的饭菜。工作组也确实辛苦，加班到凌晨是常态化，身心俱疲，心情也就跟着不好。而接待单位虽然态度很端正，可一旦被查出问题，总是遮遮掩掩，想大事化小，小事化了。这种做法让人很生气，所以总觉得他们不顺眼，动不动就想发火。工作中的这种情绪，自然而然带到生活中了。

向阳抽空去了一趟小明家。他还住在以前那套房子里。周芷汀开门把他迎进去。她胡乱挽着头发，系着围裙，手上湿漉漉的，大概是在准备晚饭。她一副懒洋洋的样子，说了一声"你来了"，就转身走到厨房去了。屋里除了一股陈年的霉味，还有一股刺鼻的下水道的味道。卫生间的门开着，小明带着长庚在解手。

"十岁的人了，连拉屎擦屁股都不会，还拉在裤子上！真要命！"卫生间传出了小明的声音，接着是长庚的哭声。"哭——哭——一天到晚就知道鬼嚎——"接着是"啪啪"两声，小明的巴掌落在长庚的屁股上。他哭得更厉害了。

向阳挨着沙发边沿坐下。沙发好几处都磨破了，扶手上油腻腻粘糊糊的。向阳犹豫了一下，还是把手拿开，放在膝盖上。沙发上胡乱丢着些衣服，还有内裤、袜子，茶几上也堆满了东西，有半个馒头，不知道剩了多久，都有了霉点。还有一把木柄水果刀，大概有十几厘米长，丢在擦过鼻涕的纸巾上，也不知多久没有洗过了，刀刃锈迹斑斑。

小明挽着袖子出来，长庚慢悠悠跟在身后，他长高了不少。向阳惊讶地发现，小明竟然也添了好多白发，额上的皱纹很深，即使里面夹一两只蚊子或者苍蝇，恐怕也不容易看出来。

"啥时候回来的？"他问。

"昨天——"

"哦！"他若有所思，点了点头，"好久不见了，你现在是大忙人，应该快高升了吧？"

"没有的事！"向阳笑笑。

"爸爸爸——"长庚拉着他的手，"我——要——吃饭饭——"

"去去去，一边去——"小明十分不耐烦，伸手推了他一把。他一个趔趄，差点摔倒。

"哼——"他回头做了一个鬼脸。长庚的身体比例比小时候和谐多了，看着背影像是一个正常的孩子。但他生气的样子十分凶狠，两只眼睛高低不一，其中一只眼睁得特别大，另一只又特别小，眯成了一条缝。嘴角一边向上挑动，一边向下抽搐，嘴里流着涎水，牙齿咬得嘎嘣响，他像一个相扑选手那样绷着胳膊，紧握双拳，拳头跟着胳膊都在颤抖。向阳能感觉到他全身紧绷的力量，这分明是一个面目狰狞的地狱使者。他不禁毛骨悚然。长庚看了他一眼，轻蔑地"哼"了一声，晃晃悠悠走进厨房去了。

"老旦的事，你知道吗？"

"什么事？"小明并没有看到长庚的表情，他还是像从前一样漫不经心。

"你不知道吗？"向阳说，"他得了肺癌，他老婆也是癌症——"

"你说的是这个呀！"小明从茶几上抓起一个皱巴巴的烟盒，抽出一支烟点上，"怎么能不知道呢？我早就知道了。他不是把店都转了吗？"

"我知道。咱们——咱们能不能想办法帮帮他？"

"怎么帮？"

"比如说凑点钱——"

"老旦不缺钱——"他打断向阳的话，猛吐两口烟圈，"缺钱的是我！我上辈子不知道欠了别人多少债，这辈子拼命还也还不清——"——他把半支烟狠狠丢到地上，用脚掌使劲踩，转着圈踩，仿佛脚下是他宿世的仇人，非碎尸万段不足以泄其愤——"再说了，你给他钱有什么用？钱能买命吗？能买命的话，我愿意出钱给老旦续命！"

向阳心里很不是滋味。他知道小明说的是实话，但是，你就不能换个方式吗？这个人毕竟是咱们二十多年的兄弟呀。他忽然想起《圣经》上的一句话："贫穷人，兄弟都憎恨他。何况他的朋友，更远离他。他用言语追随，他们却走了。"他不得不承认，现实就是这样，你想逃避，也无处可逃。他鼻子一酸，起身就往外走。

周芷汀手里举着铲子跟出来，"要不吃了饭……"她说。向阳已经出去，把门带上了。她回头看小明，他怔怔地坐在沙发上，一动不动，很有节奏地吸着烟。

# 六十

向阳一个人走在外面。他也不知道自己要到哪里去，只是信步乱走。路上碰到很多熟人，大家都很热情地打招呼，向阳勉强笑笑。他一直走到十三区的市场。十三区市场不大，店铺总共也就十几二十家，光 KTV 就有七八家。曾经有一阵子，这里是 D 城最出名的夜场，白天死寂一片，一到晚上就灯火通明。现在，有的改头换面，卖起了电动车，有的改成了烧烤吧，也有的干脆关门歇业，仅有的几个饭馆，都是铁将军把门。这里真的很冷清了。反而是马路对面几个卖菜的门店热闹非凡，买菜的人进进出出，络绎不绝，有人骑着自行车，有人骑着电动车，开车买菜的人也不在少数。

向阳慢慢地穿过市场。十几年前，这儿还是一片荒地。后来，D 城开始大兴土木，基本每个单位都新建了服务中心，有几个大单位还争取到了营区整治项目，整个营区旧貌换新颜，再后来，公寓楼开始大修。D 城到处都是施工队，各种施工机械夜以继日。十三区便临时开辟为施工队的居住场所。随后又新建了十三区市场。接下来，新建团职公寓楼工程上马，五区市场翻建，架空管道改下沉，十三区基本取代了原来五区的地位。等到五区市场建成以后，很多老板又纷纷搬了回去。崭新的建筑，富丽堂皇的装饰，反而让人望而却步。五区市场竟然静悄悄地没落了。

向阳不知不觉中走到五区市场。老旦的宇航大酒店正对着马路，"宇航大酒店"五个金碧辉煌的大字，"宇"字掉了，"航"左边只剩下"舟"字中间的一横和上下两个"点"，"大"字的一横也掉了，远远看去，"宇航大酒店"变成了"坑人酒店"，两爿三米高的大玻璃门不知多久都没有擦过，落满了灰尘。一串长长的链锁，从两爿门的把手中间穿过去，又绕回来，把两爿门紧紧捆绑在一起。

五区不知承载了多少人的记忆。他和老旦、小明、欣玥从儿时起，一次次流连忘返。老旦的事业从这里起步，他和小明、孟一昶都是老旦事业腾飞的见证者。他曾和孟一昶坐着同一列火车从繁华的都市驶向这座孤独的城市，开始彼此全新的生活。一转眼，孟一昶走了，他一个人来，三个人走，他把家的概念延伸到另一个遥远的城市。又一转眼，老旦也要走了，他的事业也在开始的地方终结。与孟一昶不同的是，孟一昶走得虽远，仍有相聚的可能，而老旦将会和他永诀。曲终人散，那些火热的年月已经成了历史，沉淀得越来越深。

他一个人去了办公室，静静地坐了一会儿。现在他好像是一个外人，在外面出差好多天，也没有一个电话来问候。不出差的时候，一整天不回家，也没有人来催。之前，如果晚上不回家吃饭，他都要打一个电话回去。但往往一周难得有一次回家吃饭，电话也懒得打了。现在，如果他要回家吃饭，反而要提前打电话预约。如果不打电话，他们便默认他不回家。

他倒了一杯茶，呷了一口。茶太苦了。郑才学的口味与众不同，不知道什么时候，因为什么原因爱上了苦丁茶，大家只好跟着喝苦丁茶。向阳刚开始喝不惯，伸着脖子往下咽的那一刻，对杯子里的水都充满厌恶。慢慢也就习惯了。习惯真是一种可怕的力量，它不但能改变人的味觉，也能改变人的价值观，你曾经的坚守，在与习惯斗争的过程中都会逐一失守。可这会儿，也许是夜太安静了，又缺少酒精的麻醉，脑子便格外清醒，味蕾的分辨力也格外敏锐。他打开手机，翻了翻新闻，又打开微信朋友圈，五花八门的信息瞬间铺天盖地而来。

微信真是个好东西。他想。禁酒令一出，大家在酒桌上交流的机会少了，只好闷在屋里。没有人说话，只好跟另一半唠叨。言多必有失，说得多了，吵得也多，虽然都是些鸡毛蒜皮的事，可一旦较真，两个人都当仁不让。幸亏有微信，它把他们带入了另一个世界，这个世界比他们生活的空间更大，每个人都能搜寻到自己想要的信息。而且，微信进一步缩小了人与人之间的距离，你坐在自己家里，就能知晓别人的生活。此时此刻发生的事，你不必刻意关注，自然会有人在朋友圈里晒出来。如今的郭纪芬就是这个圈里的活跃分子。这一两年来，他们两个人平时说话的机会不多，但通过微信，他基本上能够掌握她的生活动态。这会儿，她刚给小航洗完澡，陪着他靠在床上，看漫画《父与子》。小航对漫画中的爸爸比对他自己的爸爸了解得更多。

我真不是一个好爸爸、好老公。他对自己说。一个人独处时，他比任何时候更能清醒地认识自己。他忽然有点惭愧，就把那口茶喝干了，起身关上灯，带上门回家了。

李爱月正坐在沙发上看电视。听见门响，她转过身看了他一眼。她戴着老花镜，镜片后的眼神是那么遥远。但他仍然看得出来她刚刚哭过。从二十世纪八十年代的《渴望》开始，她就是这么一路哭过来的。现实生活中的她，简单率性，说话直来直往，一开口就伤人。但一坐在电视机前，她立即变得情感丰富、心思细腻，电视剧中任何一个细微的情节都足以打动她。她一会儿咬牙切齿，一会儿放声大笑，一会儿号啕大哭，一会儿手舞足蹈。她在电视机面前比她在生活中展现得更加多姿多彩。

向有勇在卧室里捣鼓手机。上一次向阳回兰州，向有勇郑重其事，让向阳教他如何使用新换的智能手机。向阳教了他一遍，他没有学会，又让向阳重来一遍。向阳演示的时候，他拿来一个小本，把一些关键的操作环节和步骤都记下来。学会使用以后，他把自己珍藏的不同时期的军装、从黑白时代到数码时代的照片，都拍到手机里，按时间顺序归类整理。又到书店买了电脑制作的相关书籍，从到头到尾认认真真学了好几遍。现在，他不但会熟练运用智能手机，还能用电脑编辑和剪辑视频，动不动就在朋友圈里发一段自己制作的军旅视频。成堆的战友和熟人跟着点赞。他乐在其中。

小航果然已经睡下了。郭纪芬已换上了粉色的睡衣，被子盖在腰部以下，靠在床头上玩手机，笑容可掬。见向阳进来，她抬头冲他微微一笑，然后往床的另一边挪了挪，又把小孩往她那边挪了挪，给向阳空出大半个床，继续低头玩自己的手机。

"还没……睡啊？"向阳问，他觉得自己的嗓子有点发干。

"嗯——"

"不早了——"

"知道了——"

向阳出去到卫生间洗漱。李爱月正在抹眼泪。"太可怜了，好好的一个女孩，命怎么这么苦呢？"她说，"你怎么这么早就回来了？"

"你不希望我回来早？"向阳看了她一眼。

"我是说，你今天怎么回来这么早？"她白了他一眼。

"你希望我晚点回来，或者是不回来？"

"小阳你怎么说话的？"她又开始抹眼泪了，"好啦好啦，你忙你的去吧，我没空跟你说话。"

向阳洗漱完进屋，郭纪芬已经侧着身子躺下了，背对着他，食指飞快地点着手机屏幕。

"还不……睡呀？"向阳咽了一口唾沫。

"这就睡了。"她把手机收起来了。

向阳关了灯躺下，闭了一会儿眼睛。睡意全无，他又睁开眼睛，看见床的那一侧，手机屏幕仍然在闪动。

"别看手机了吧？太费眼睛了。"他说。

"嗯——"她摁了电源键，手机熄屏了，她把手机放在床头柜上，转身平躺着，把被子往上拽了拽。

过了好一会儿，向阳又转头看她，她仍然平躺着。他听不到她的呼吸声，估计还没有入睡。

"睡了吗？"他问。

"还没——"

"咱们……说会儿话吧。"

"我好困——"她说。

"唉——"他叹了口气，"我最近心情糟糕透了。"

"怎么啦？"她仍然平躺着。

他有点哽咽，絮絮叨叨说起老旦，那么刚强的一个汉子，在他面前像一个孩子一样失声痛哭。他又说起小明，本来想和小明商量一下，看能不能帮帮老旦，可是小明的日子也一团糟。

"唉——"她也叹了口气，"我和爸妈还带着小航去过老旦家，人瘦得都不成样子了。摊上病了，能有什么办法？"

他想起刚毕业回到 D 城那会儿，他和孟一昶，和老旦，和小明，还有许许多多的人，骑着自行车穿过茫茫戈壁，在胡杨林中野炊。大家唱歌、喝酒、拉歌，沐浴着阳光，眺望遥远的蓝天和白云。年轻时的生活总是五彩斑斓，每一种情绪都有充分的宣泄空间，挥洒之间便会成就一幅泼墨山水画。但那已经是很久很久以前的事了。

后来，一场沙尘暴突如其来，他们不得不躲进狼心山的防空洞。他忽然想起了周芷汀，想起她瘦小但是清爽利落的影子，如今，她却在岁月中退化得灵气全无。接着又想到了吕晓琳，想到那段无疾而终的爱情，她去了远方，成为他们中最早脱离这个群体的人。接下来就是孟一昶和苗迪心，他们也走了。他忽然又想起北岛那首诗，出差时在别人的微信朋友圈竟然又读到了，他轻轻吟道：那时我们有梦＼关于文学＼关于爱情＼关于穿越世界的旅行＼如今我们深夜饮酒＼杯子碰到一起＼都是梦破碎的声音。是的，梦总会醒来，宴席终究会散场。现在，是时候了。他就这样不停地说，不停地说，他深深感动了自己，说得泪流满面。他累了，不说了，把头转向她和孩子那一边，孩子早就睡熟了，她也不知道什么时候睡着了。

# 六十一

到了这一年冬天，首长的案子尘埃落定了。

首长在里面相当主动，隔三岔五就找调查组汇报情况，交代得非常彻底。其中也牵扯到 D 城的几个干部，郑才学就是其中一位，他为首长处理过一些上不得台面的账务。调查组来取证过程中，郑才学充分展示了自己的专业水准，把首长遗漏的一些细节都补充完整了。

当然，对于几个关键的时间节点，他也拿捏得非常精准，只要在规定时间内把违规套取的现金交上去，一般不会有后遗症，这一点他心里很清楚。算下来，他一共要交七万多块钱。他第一时间就到银行把钱取出来，亲自交到单位财务部门。实际上，他是用自己的钱为首长埋单了。其中有几次大型接待，向阳也参与了。他心里十分过意不去，向郑才学说，自己也应该承担一部分。

"用不着！"郑才学朗声而笑，"能用钱解决的事，那都不是事——"——他坐在转椅上，来回晃动着——"'不义而富且贵，于我如浮云。'"说这句的时候，他刚好转过身去，背对着向阳。他肥厚的背影完全被转椅的靠背遮住了，那悠长的声音仿佛是从好远好远的地方出发，穿透了尘世的层层迷雾，悠然而来。

"兄弟——"他又转了过来。他靠在椅背上，脑袋微微仰起，凝望着天花板，毛茸茸而又深不可测的鼻孔里喷出两股白烟。他的目光也极其深邃，连头顶上的天花板也禁不住恐惧，扑簌簌抖落一些白色的粉末，洒在他的脸上。他伸手在脸上抹了一把。"兄弟，我的人生已经没有缺憾了——"——他最近刚有了第一个孩子，是个女儿。他视若掌上明珠，每天按时回家做饭、带孩子，忙得不亦乐乎，他完全升华为居家好男人——"就算没有老贾这档子事，我也准备向后转了。贾正鋆这个王八蛋把老子坑惨了——"他忽然涨红了脸，瓮声瓮气——"纪检处的未来是你的。今年编制体制调整，纪检处增设一个副处长，我已经向司令和政委汇报过了，推荐你担任副处长。你从事纪检工作这么久，我想，没有人比你更适合——"——向阳很感激地看了他一眼，叫了一声"处长"——"你不用感谢我，这是你应该得到的。好啦，以后的工作，都由你去跟蓝主任对接汇报吧。我今年年底就准备滚蛋啦——"

首长案子的进展情况需要向 D 城政治主官胡霄政委汇报。向阳拿着文件夹来到胡政委办公室，门关着，他喊了一声报告。

里面吐出一个铿锵有力的字："进——"

他推门进去，发现后保部水部长正在汇报工作。向阳准备退出来，胡政委说："坐下稍等一会儿。"向阳不敢坐，把门带上，贴着门边缘，靠墙站着。

"你们这个蔬菜大棚到底有多少个？"政委眉头蹙成一疙瘩，用食指敲着桌子说，"我记得我刚到 D 城任职，你汇报工作时说是 112 个，去年全军现场会，你的汇报稿里说是有 107 个，怎么这次又变成 109 个了？"

"这个……"部长有点措手不及，红着脸，张口结舌，"我还真没有注意到这个细节，数量是供给处统计的。我回去就勒令他们立即清查，一定把数字搞——"

"算啦——"首长摆摆手，"我看这样吧，以后所有的材料都统一口径，改成 108 个，再也不要出现不同的数字了。"

"好好好——"部长附和道，"这个数字好！"

"采购工作不能再出问题了，招投标要进一步规范——"

"明白，政委。我之前就给贾副司令说——"——胡政委抬头看了他一眼，他连忙改口——"给贾正銮说过，现在全军都在搞集中采购，我们不能背道而驰。他就是不听——"首长还在位时，和部长在很多工作上都有分歧，矛盾基本公开化了。

"你的自留地，你说了算。但有一条，风险自己把控，出了问题，板子要打在你身上。"

"知道了。"他退出去了。

"怎么会这样？"政委握着签字笔，用笔尖不停地点击桌面，脸上是一副愤愤不平的表情，"我就住在他隔壁，他房子来来往往那么多人，进进出出不知道多少次，我怎么一点动静都没听到？真让人想不通！这个老贾，真是太荒唐了——"

向阳不敢接话，双手把报告呈了上去。政委仔细翻阅了一遍。"除了作风问题，其他都跟我们 D 城关系不大嘛。"他说。

"是的，政委。"向阳说，"因为他能主动配合调查工作，对自己的错误认识深刻，最终量刑都斟酌了这些因素，判罚还是比较轻的，保住了军籍。下周可能要移送到省城某军事监狱，需要我们派专人接送——"

"行吧。你让郑处长看着安排吧。"书记说，"对了，你的命令很快就到了。"

首长是由武警战士押送到兰州火车站的。向阳和保卫处一名干事提前一天到达办事处。这两年来，向阳一直在外奔波，经手过一些案子，对羁押人员的生活状况有一些了解。所以，他专门协调办事处的工作人员，到本地比较有名的马子禄牛肉面馆称了两斤牛肉，又准备了一些熟食，备了几件外衣和秋衣秋裤，买了洗发水、沐浴露和香皂。把熟食和牛肉装在手提袋里，其他生活用品和衣服都用一个小行李箱装起来。

第二天，他们带齐相关手续，穿上军装，由办事处一名工作人员陪同，派了一辆奔驰面包车，提前半小时到火车站。办事处的工作人员到车站去协调，直接把军车从另一个通道开到了站台上。向阳他们下车，在一边列队站好。

这一趟列车的终点站是兰州，陆陆续续下来不少人。等乘客都走得差不多了，首长才和几个押运员走出车厢。有一个干部模样的人走在前面，首长被两个年轻人一左一右挟持着，慢腾腾地跟在后面。才半年不见，首长完全变成了另一个人，之前蓬松的黑发全白了，脸颊深深凹了进去，脸上全是皱纹。兰州已经进入冬天，天气有些冷。大家都不由自主地裹紧了衣服。首长仍然穿着夏天离开时的那一身单衣，雪白的衬衣肮脏不堪。他箍在薄薄的单衣里瑟瑟发抖，嘴唇都紫了。衣服上的那些褶皱，那些缠绕，那些卷曲以及像是在流动的层层叠叠，好像要把他整个儿吞噬。

向阳迎上去，把自己的证件和单位的证明材料掏出来，递给那个干部模样的人。那人仔细看了一遍，又把证件和证明材料还给他。大家上车。首长和两个押运员坐在最后一排，向阳和保卫处的干事坐在倒数第二排。一上车，押运员就拿出手铐，首长主动伸出双手，"咔嚓"一声，手铐箍住了他的双手。

"司令——"向阳转过头去叫了一声。虽然明知首长是罪有应得，但仍然心里涌起一阵酸楚。

"向处长——"眼前的这个人惊恐万状，吓得面如土色，急得把双手乱摇，手铐也跟着咣啷咣啷响。"您可千万别这么称呼！这是违反原则的——"

"知道了。"向阳点了点头，把放在座位上的手提袋打开，把那一袋切成薄片的牛肉取出来，双手递到首长面前，"您吃一点东西吧。"

"谢谢，谢谢，谢谢您——"首长泪流满面，双手迫不及待地把装牛肉的袋抢过去，大口大口吞咽。他大概也有好几天没有剃胡须了，花白稀疏的胡须看起来像一根根头发，被荒谬地收集在一起，然后乱七八糟地栽在下巴上。嘴巴一张一翕，它们也跟着一上一下扭动。

汽车在拥挤的马路上缓慢前行。这个城市要修地铁了，这一条路中间部分都用蓝色的彩钢板围了起来，汽车只能在左右两边通行。公交车、出租车、私家车争先恐后，互不相让，很多地方堵得水泄不通。有人干脆把车熄了火，把座位放倒，躺着打起了呼噜。交警过来敲窗子，他蓦然惊醒，又把车打着火，慢腾腾地往前挪腾。刚从修地铁的路段走出去，没多久前面又堵住了。原来，这一条路中间平白无故陷下去一块，有小汽车和过往的行人掉进坑里去了。消防队员正在手忙脚乱地处理，交警一边挥汗，一边疏散人群。消防车、救护车、警车，各种声音混杂在一起。

看着首长狼吞虎咽的样子，向阳心里五味杂陈，和首长相处的情景在面前一幕幕掠过。他禁不住想，这个龌龊肮脏的囚犯，真的是当年在 D 城呼风唤雨的首长吗？眼前这个人，无论相貌、衣着、气质还是吃相，找不出一点当年的影子。但坐在副驾驶的带队干部交给他的沉甸甸的档案袋，已经验证了这个人的身份——如假包换。唉！总有人认为他能凭一己之力创造一个时代，殊不知，只有在特定的时代，才能出产特定的人物。首长只能生活在那些如火如荼的光辉岁月中。随着季节更迭，随着时代变迁，他终究会被淹没在尘埃里。

车已经走了很久了，但他们的目的地还很远。司机憋了一肚火，用拳头使劲砸方向盘，面包车一声接着一声尖叫，像一个不经意间与老鼠邂逅的惊慌失措的女孩一样。司机按了几十下喇叭，汽车仍然扭扭捏捏，不肯前进一步。他急了，脏话一句接着一句往外蹦。

"向处长——"首长抬起头，眼睛里闪烁着泪花。

"怎么啦？"向阳擦了擦眼睛，转过身，用一种非常和缓的语气问他。

"您能不能让司机开慢一点，我想多吃一会儿。"他两个腮帮鼓鼓的，仍然不停地往嘴里塞牛肉。

"没关系，您慢慢吃！"向阳轻声说，"一定让您吃饱！"

前面堵得死死的，无法前进，也不能后退。司机骂骂咧咧地说："这下好玩了，妈的，大家都别走了。"索性熄了火，跳下车，点了一根烟，靠在车的引擎盖上看起热闹了。向阳皱了一下眉头。他知道，司机们同样都是握方向盘的，但因为车上的乘客不一样，他们的身份和地位也跟着不一样。一号车的司机当然高高在上，其他同行他都可以不放在眼里。依次类推，其他常委的司机看不起机关业务处的司机，机关业务处的司机也看不起下属单位的司机。还有一种趋势，开大轿车的瞧不起开卡车的，开卡车的也瞧不起开特种车辆的。而办事处的司机，或多或少都有些来历，他们不光看不起同行，连很多领导干部也都不放在眼里。这个时候，能忍还是忍忍吧。

不知等了多久，前面的车开始动了。司机把烟头一丢，迅速拉开车门，跳上车，发动引擎往前挤。首长终于吃不动了，不住打嗝，应该是噎住了。向阳递过去一瓶水，他咕咚咕咚灌了一气，舒服了。

尽管汽车一路都走得很慢，目的地还是出现在前方。首长的眼里噙着泪水，嘴唇不停地抖动。向阳把带的秋衣秋裤和外衣拿给首长，让他换上。他自己先跳下车，保卫处的干事紧接着下来。首长躬着腰，把前排最边上的座位推倒，一个押运员先跳下来，首长往旁边让让，另一个押运员也跟着跳下车。首长像一个帕金森患者一样，两只手连衣服都抖不开，费了半天劲才换上。他颤巍巍跟着下来，浑身都在抖动，摇摇晃晃站不稳，向阳伸手扶在他腋下。他感觉首长似乎连一点力气都没有，把全身的重量都压在他的胳膊上了。他给保卫处的干事使了个眼色，他赶紧走到首长另一边，把他架住。

办完交接手续，工作人员把多余的衣服都退给向阳，连洗发水、沐浴露等生活用品都一并退了回来。首长含着泪水，向大家深深鞠了一躬，连声说"谢谢"，接着就被带走了。他走得很慢、很慢，步履蹒跚，每前进一步都要付出很大的努力。即便如此，还是很快就消失在路的尽头。褪去光环的首长，被还原成一个最普通不过的老态龙钟的老人。不知为什么，他心里泛起一种非常奇怪的念头，觉得与之前那个高高在上的首长相比，眼前的这个老人反而更加真实，更容易接近。大概是与眼前这个老人对话的时候，他不必再仰望的缘故吧。

看着老人离去的背影，向阳眼睛湿润了。他意识到，曾经属于"首长"的时代已经落下帷幕……

# 六十二

向阳还在路上时，郭纪芬一连打了好几个电话，问他什么时候到家。回到家，小航还没有放学，只有郭纪芬一个人在家。她一把抢过行李箱，扔在一边，急急忙忙把他拽进卧室，随手把门关了。

"你——"向阳脸红了，"这么着急……"

"呃？"郭纪芬愣了一下，回过神来，不由得也红了脸，在他肩膀上狠狠捶了一拳，"想啥呢？不安好心！"

原来，工作组检查的情况通报已经下发了，要求在三个月内完成整改。已经过去好几年的事了，还怎么整改？最多只能弥补。涉及违规报销的账目，由经手人追回损失，无法追回的，由经手人自己补足缴齐。按向阳他们在外办案的惯例，郭纪芬的事情不算严重，只有两笔账目在第一个时间节点和第二个时间节点之间，只要把违规套现的四万块钱补齐，最多再追加一个行政警告处分。就像郑才学说的，能用钱摆平的事儿都不是事儿。所以之前郭纪芬问他怎么处理，他也没有放在心上。

"钱又不是我花的，凭什么让我垫？"

"没说让你自己掏腰包垫钱，是让你追回损失好不好？"

"好多人都转业了，联系方式我也没有，让我上哪儿找他们去？再说了，都是老同事、老战友，好几年都没有联系，一打电话就让人家退钱。我张不开嘴——"

"那就是你自己的事了——"

"你还讲不讲道理？"

"不是我不讲道理，规定就在那儿摆着，你自己不遵守规定怪谁？亏你还是财经大学的高才生！'诚信为本，操守为重，坚持准则，不做假账'，朱总理的题词我不信你不知道！"

"领导都给我交代了，你说我能不照办吗？换成是你，领导给你安排工作，你敢不听吗？"

"我早就给你说过，一出办公室，就别再跟'账'搅在一块儿。你一个女同志，你不跟着去吃饭，谁还能绑着你去？现在出了问题，是你活该！你自己受着吧。"

"呵呵——"她冷笑着说，"向处长，你才当上副处长，就已经铁面无私、六亲不认了。本来我还指望你替我想想办法，结果，你却是来看笑话的。等你当上处长了，那得多大的官威呀！那时候我想和你说句话，是不是都要跪在你面前？"

向阳意识到自己话说得重了，走过去拉着她的手，两人肩并肩在床沿上坐下。"我不是这个意思。"他说，"可是，现在是特殊时期，这种事谁也不敢轻易承诺给你开绿灯。让交钱你就交呗，现在能用钱解决的问题，都不是问题。你想想啊，咱们两个人一个月的工资就两万五千块钱了，至多就损失两个月工资嘛——"

"你说得倒轻松——"她伏在他肩上呜呜哭了，"现在转业干部开始摸底了，今年名额比去年增加了一半还多。我们政治处主任都找我谈话了，他说，上级工作组检查期间查出问题的人，作为今年的重点转业对象。我也管不了那么多了，到时候我带着小航回山西老家上学去，你一个人好好干你的事业吧——"

"你们主任真给你这么说的？你没有找团长和政委谈谈？"他吃了一惊。

"谈了，没用！尤其是我们政委，摆出一副水泼不进的架势。想想算了，我在这儿待了十一年了，待够了——"她悠悠地叹了口气，从床头柜上的纸巾盒里抽出一张纸，擦了擦眼睛，"给你说了一会儿话，心里好受多了。你忙你的吧，我下楼去买点菜——"她推开他的手，在衣帽钩上取了羽绒服，穿上，出门走了。

　　向阳心里很不平静。在 D 城熬了这么多年，现在也算是有一点成就，眼前的路也一步步清晰起来，现在刚当上副处长，如果没有意外，过上四五年调处长，至少能干五年。小航现在刚上四年级，六年后就能升到高一，八年后就是高考。按照 D 城目前的规定，军人转业时，如果子女已经读到高中，就可以在 D 城参加高考，毕竟还能享受一些优待政策。只要能上高中，即使自己和郭纪芬熬不到把他送进大学的那一天，也不是没有办法，大不了找个房子，让老人在这里陪孩子两年。可人算不如天算，偏偏郭纪芬这边出了岔子。如果她转业了，他还能坚持"抗战"八年吗？恐怕很难。虽然每一年的干部转业政策都略有不同，但双军人家庭中，一方已经转业，另一方还在部队的，每年都会被纳入重点转业对象。自己躲得过初一，怕也躲不过十五。不行！还是得想想办法，他想。于是向阳给特供团的团长打了一个电话，话说得非常委婉，希望他能考虑到自己家庭的实际情况，网开一面。

　　"向处长，你可能还不知道吧？"团长在电话里苦笑着说，"工作组查出了很多问题，有几项我负有主要责任，还有几项负有领导责任。不瞒你说，我现在是泥菩萨过江——自身难保。我也是今年的重点转业对象——"

　　向阳也不好再说什么，问了一些整改的具体情况，又和他交流了一些如何整改的心得。一扯到这个话题，团长不由大吐苦水，足足絮叨了半个多小时。向阳听得不耐烦，想挂断又不好意思，这时有电话打进来，正好是一个借口。

　　"团长，不好意思，有个电话，我先接一下——"

　　"那好，那好——"团长言犹未尽，"向处长，改天我亲自到你办公室向你汇报，还请你多给支支高招——"

　　"好好好——"向阳如释重负，"随时恭候——"

　　一个无关紧要的电话，问他要不要贷款。当然用不着贷啦！但这个电话毕竟在关键时刻为他脱难，出于礼貌和感激，他还是和那个温柔的腔调周旋了几句。挂断后，禁不住想，世界上的事为什么这么奇怪呢？很多资源，往往都会配置给不那么紧缺的人。你曾经拼命想得到某样东西，费尽周折总也得不到，一旦筋疲力尽想要放弃了，它又不期而至。就像你真正想用钱的时候，总是借贷无门。等到你不欠钱了，也不那么急需钱了，银行却又良心发现，一遍遍打电话让你借钱。有价值的东西只会在你不需要它们的时候才介入，难道仅仅是为了成就"惊喜"这个词语？

D城的暖气供应相当好，每一间屋里都热烘烘的。向阳身上出汗了，这才发现自己回家忘了脱羽绒服。于是把衣服脱下来，挂在衣帽钩上。他倒了一杯水，坐在沙发上，一边喝一边想下一步该怎么办。

郭纪芬带着小航回来了。小家伙这一年长高了不少。这件天蓝色羽绒服还是前年休假时，他们一起去酒泉玩，在商场里买的。当时穿着太大了，更像一件羽绒大衣，显得很臃肿。不过两年，就变成了一件贴身短袄。衣服旧了就显脏，加上小家伙也不爱惜衣服，好几个地方都是破洞，几根鸭毛探出脑袋，冻得哆哆嗦嗦。还有几处沾着泥巴，背后还有一个清晰的脚印，不知道是哪个顽皮的孩子留下的。头发乱蓬蓬的，两边的脸蛋冻得发紫，脸上横一道竖一道都是鼻涕，在冷空气中凝成了冰霜。向阳不由得有些心疼。这些年一直忙于工作，对孩子、对爱人、对老人都疏远了，他真的不是一个好爸爸、一个好丈夫、一个好儿子。想到这里，心里有些惭愧。他把小航拉过来，揽在怀里。

"你跑到哪儿去了？身上搞这么脏，你都这么大了，一点都不知道爱惜自己。"他嗔怪道。

小家伙轻蔑地"哼"了一声，挣脱他的怀抱，一抬脚，把鞋甩掉，再抬另一只脚，甩掉另一只鞋，趿上拖鞋，把衣服脱下来，进屋丢在床上，一甩手把卧室门关上了。

"你看你！"郭纪芬娇嗔地瞪了他一眼，"在家总是冲小孩发脾气——"

"这也叫发脾气？"他火不打一处来，"难道还要我跪下来低声下气跟他说话？"

"你这人真是的，别人就没法跟你正常交流！"她转身往厨房走去，"好话说不了三句，你的官架子就上来了。哼，懒得理你——"

向阳被呛得说不出一句话。仔细一想，郭纪芬说得也对。这一两年在外办案，各色各样的人见得多了，个个都对自己毕恭毕敬，难免就助长了自己的脾气，所以看谁都不顺眼，忍不住就想训两句。是得改改……他想。于是走到厨房，撸起袖子给郭纪芬帮忙。郭纪芬却朝他努努嘴，意思让他去陪孩子。向阳点了点头，心领神会。又拐到小孩卧室门口，听了听，里面没有动静。他便推开门走了进去。积木、各类玩具车扔得满地都是，让人无处落脚。小航正趴在床上，双手托着腮帮子，两只脚朝上弯起，不停地晃悠。他不知在看什么书，笑声不断。向阳凑过去，发现是一本卜劳恩的漫画《父与子》。

"你都这么大了，还看漫画呀！"向阳不由笑了。

"嘘——"他坐起来，把书揣到怀里，食指竖到嘴上，"不许告诉我妈——"

"怎么啦？你妈不让你看漫画？"

"当然啦！"他朝门口看了一眼，"她只许我看什么《红楼梦》《水浒传》，我压根儿看不懂，一点意思都没有。"

"四大名著流传了几百年，肯定有它的道理呀。你一遍读不懂，就读两遍嘛，两遍读不懂，还可以再读第三遍呀。书读百遍，其义自见。这话没错呀！漫画有啥意思？什么《阿衰》，什么《星太奇》，都是一个套路！就是教人怎么搞怪，你以为我不知道？"

"切——"他轻蔑地看了向阳一眼，"我就知道你会这么说！你和我妈一模一样！"

"你妈也是为你好呀！"

"你们大人就会拿这句话糊弄人！我不看总行了吧？"

向阳一愣，随即说："也不是不让你看，就是觉得你不能光看漫画，名著多多少少也应该读一些。"——向阳摸摸他的脑袋——"好啦，你先看吧！一会儿我叫你吃饭，你就把书收起来！"

"谢谢老爸！谢谢老爸！"小家伙高兴得跳了起来，在向阳脸上亲了一下，转身趴倒在床上看漫画去了。

向阳没想到小家伙会这么高兴，一下子和他这么亲切。他心里涌起一股暖流，迅速流遍全身。但一股内疚随即而来。这些年来，他和孩子互动的时间太少了，他把他们娘俩冷落得太久了，也难怪孩子始终和他不远不近，对他不冷不热，责任其实还是在自己这一方。这几年四处奔波，真正是白加黑、五加二，可到头来又得到了什么呢？再说了，即使得到再多又能怎么样呢？首长不也曾经风光无限，如今却沦为阶下囚。这么一想，忽然有点心灰意冷。

晚上，他和郭纪芬肩并肩躺在床上聊了很久。他说，他准备明天去找一下胡政委，请他给政治部打个招呼，如果团里报她转业，一定截留，不要上报到总部。

"如果——如果他不同意呢？"她说。

"在你们团里，这是天大的事，可在司令和政委那里，举手之劳而已。"向阳笑着说，"你想得太多了吧？"

"我是说万一——"

"没有万一！"向阳说。他忽然沉默了，过了一会儿，他说："如果真被他拒绝，那我就提出转业，咱们一块儿离开部队！"

"你可别乱说——"郭纪芬一下子坐起来了，"万一首长当真了，报你转业，那可不是闹着玩的。咱们两个人可是一点准备都没有——"

"不可能——"向阳打断她说，"我的任职命令十一月十一日才下，现在还不满一个月，即使到了明年三月下达转业命令，我任职也还不到半年。历来的转业政策都把任职不满一年的领导干部排除在外，从来没有例外——"

"我还是觉得不保险。"她说，"你可想好了，别万一弄假成真了！"

"如果真的有'万一'，"他心里腾出一股怒火，"大不了走人，有什么了不起？'此处不留爷，自有留爷处。'睡觉——"他裹紧被子，转过身，背对着她睡了。郭纪芬叹了口气，也不再说话。两个人就这样背对背躺着，谁也不肯先打破沉默。但两个人都睡意全无，睁着眼睛看着夜色一点一点沉下去，沉下去。过了不知多久，黎明又一点一点浮上来，浮上来……天亮了，他睡着了。

# 六十三

退伍老兵陆陆续续开始离队。

从前几年开始，征兵工作提前了，新兵到达单位的时间也从十二月份提前到九月初。部队一直秉承老兵新兵不见面的原则，所以九月份入伍的战士，服役期满，就在当年八月底前退伍。十二月份入伍的战士，十一月底前退伍。所以，现在每年都有两批退伍老兵，这一批退伍老兵是十二月入伍的。

退伍是当兵的人一生最荣耀的时刻之一，普通一兵在整个军旅生涯中享受这种高规格待遇的时候不多。在单位的送兵大会上，主要领导亲手摘下退伍老兵的军衔，然后为他戴上一朵大红花，然后敬礼，握手，送别。离开部队的那一天，战士们在单位门口列队欢送，几个战士把锣鼓敲得震天响。老兵们从送别的战士面前一一走过，互相敬礼，握手，拥抱。几乎每一个人都是热泪盈眶，所有的甜蜜、辛酸与痛苦，都化为最美好的回忆，大家哽咽着互道"珍重"，老兵们依依惜别，缓缓走上豪华大客车，前往 D 城火车站。几个战士把大鼓抬到绿色的小客货车上，站在车厢，甩开膀子敲锣打鼓。锣鼓本来是在沸腾的海洋中跳跃的浪花，是热闹和喜庆的象征。但退伍这天的锣鼓声，预示的却是寂寞和离别。营院的人少了，宿舍的床铺空了，食堂的一部分餐盘静静地躺在消毒柜里。这些床铺和餐具并不知道发生了什么，它们只能静静地等待，等待着下一波主人的到来。

到了火车站广场，老兵们拎着箱包下车，列队前往站台，按照列队顺序依次上车，在指定的座位坐下。靠窗的老兵们有的挥手，有的把手掌按在车窗玻璃上，眼里含着泪水。车外送行的战士们列队，随着整队的班长喊的一声"敬礼——"大家齐刷刷地抬手敬礼，人群里有人起了个头，唱起《我的老班长》：

> 我的老班长
> 你现在过得怎么样
> 我的老班长
> 你还会不会想起我
> 好久没有收到你的信
> 我时常还会想念你
> 你说你喜欢听我弹吉他
> 唱着我们军营的歌
> …………
>
> 我的老班长
> 再给你抽根家乡的烟
> 我的老班长
> 我真的好想再跟着你
> 我要为你再编一支歌
> 弹起你爱听的吉他
> 等到我们再重逢的那一天
> 一起放声把歌唱
> …………

刚开始是一个战士在低声唱，紧接着，战士们都跟着唱了起来。有的战士一边抹着眼泪，一边冲过去，把手掌按在车窗玻璃上，与老兵的手掌重合。火车缓缓开动了，有几个战士也跟着火车跑动，一边跑一边挥手。他们慢慢地被火车越落越远，越落越远……

郑才学把办公室的私人物品都打了包。一些轻巧的物品用塑料袋拎走了，只剩了四五箱书。向阳要帮他搬箱子，他不让向阳援手，摆摆手说："老弟，不劳你大驾！哥哥我脱离劳动人民的队伍太久了，这一身筋骨都垮了。从今往后，我就不是官老爷了，得抓紧时间适应角色！哈哈——"他松开裤腰带，把裤子往上拽拽，吸一口气，把腰带勒得紧紧的，躬身扎好马步，两只肥厚的手掌托住纸箱底部，喝一声"起——"脸一下子涨成关羽的大红脸，像川剧变脸一样迅速。纸箱慢悠悠地离开地面，但仍然无法彻底摆脱地球引力的控制，像一根橡皮筋被拉长，然后弹了回去，纸箱"咚"的一声掉在地上。

郑才学汗如雨下。他嘟囔了一句："'落架凤凰不如鸡'，连你也欺侮我！老子就不信搞不定你！呸！呸——"他朝掌心吐了两口唾沫，搓搓手掌，撸起袖子，正准备蹲下去，向阳拦住他，蹲下去把纸箱抱起来，果然很沉，但还不至于抱不动。他抱着纸箱往外面走去。

"兄弟，谢谢啊！"郑才学说。他腆着大肚腩跑出去，把自行车扶好，让向阳把箱子放上去。

"处长，我把处里的公务车叫过来吧！要不你还得跑好几趟——"

"使不得，使不得——"郑才学双手乱摇，"不在其位，不享其便。咱们这一行还是要公私分明，不落人闲话。我多跑几趟就行了，权当锻炼身体。哈哈——"一边大笑，一边推着自行车走了。

看来郑才学是铁定要转业了。向阳心想。虽然转业工作刚开始摸底，但郑才学已经提前进入待转业状态，每天到办公室，除了翻报纸，就是发微信，工作上的事，拱手而已。给蓝主任和胡政委汇报工作，每次也都是向阳出马。

有一次，胡政委在文件上签完字，忽然问："你们郑处长呢？最近怎么没见他？"向阳支吾了半天，也没有给出明确的答复。胡政委又接着说："走或留对个人来说是大事，但对单位来说是每一年的例行工作。在位一天，发光一日，工作上的事情不能有丝毫马虎。"

向阳连连称是。可这会儿他没有心思关心郑才学，他想到郭纪芬的事，既然单位确定报她转业，多说无益，也只能求政委援手，只有他才有能力阻止这件事。"政委——"向阳红着脸说，"我个人家庭遇到了一点困难，想给您汇报一下——"

"哦?"胡政委抬头看了他一眼,又低下头看文件,"什么事?说吧!"

向阳鼓起勇气,把单位安排郭纪芬转业的事简要说了一遍。

"小向——"胡政委继续翻阅文件,不动声色地说,"报不报你爱人转业,这是一级党委的决议。你是纪检干部,又是领导,干部工作的分寸和原则你应该比我还清楚,党委的决议,我们不好干涉,更不能插手基层敏感事务。我建议——"——他清了清嗓子——"你还是要耐心做好你爱人的工作,一颗红心,两手准备。其实,转业有什么不好?"——他抬起头看着向阳,微微一笑——"你们在 D 城工作和生活的年限比我长,习惯了,所以在走留问题上很纠结。但依我看来,无论是为了个人还是为了孩子,能早走就早走……"

"可是,政委,"向阳面有难色,用一种近乎哀求的语气说,"我今年才刚下任职命令,爱人一转业,我们两地分居,家庭确实有实际困难。还有,我孩子还小,他妈妈一转业,要适应新单位工作,恐怕也没有多少时间照顾——"

"可以让孩子先跟着你嘛——"胡政委打断他说,"我听说你父亲是 D 城的退休干部,故地重游对老人家也是一件好事,让老人回来帮帮你,他们也高兴。等你爱人在地方上适应了,站稳脚跟了,再把孩子送回去——"

"政委——"向阳涨红了脸,嗫嚅着说,"如果我家属确定今年转业,我——我想……那我也就跟着转业算了,两个人一起回去也有个照应——"

"你的意思是说,我必须保住你爱人?"胡政委的脸微微一红,冷笑了几声。

"我——不是——这个意思,政委!"向阳急得脸红脖子粗,"还请您理解!"

"向副处长——"和向阳说话时,胡政委一直懒洋洋地靠在椅子靠背,这会忽然坐直身子,正颜厉色说,"本来应该是蓝主任跟你作任职谈话,我今天就越俎代庖吧。"——他拉开抽屉,迅速翻动着里面的一叠资料,末了,抽出一份文件,丢给向阳——"你自己看!"

向阳双手接过来,快速翻动了一遍,脸上一阵白,一阵红,看到最后,冷汗涔涔而下。这是总部纪委在贾副司令的案子初审之后,直接发给 D 城纪委书记的一份密件,事关首长在里面的"表现"。首长供出来不少人,不过其中一大半人涉案金额不大,从 2000 元到 5000 元不等。看样子他是想坦白从宽,戴罪立功,但向阳根据这些年办案的经验判断,其实不然。他觉得首长是为了弃卒保帅,玩了一招金蝉脱壳。然而这障眼法也不见得好使。而人数众多的小喽啰中，向阳的名字赫然在列——某年春节，送上人民币 2000 元。向阳又气又羞，恨不得找个地缝钻进去。另外还有郑才学，他的名字前前后后出现了好几次，涉案金额比他最终认罚上缴的数额还大。

"你知道为什么这份文件与最终定性的文件不一样吗？"胡政委皮笑肉不笑地说。

向阳一时语塞。

胡政委依然低着头批文件，自顾自说下去："我一直强调，应该从正反两方面看一个干部，不能因为他有一点错，就一棍子打死。"——他停下笔，抬起头来——"一个老鼠害了一锅汤。你看看这份文件牵涉了多少人？如果我们按规定处罚处置这些干部，会在官兵中造成多大的震动？所以，我和司令斟酌再三，专门给总部首长写了情况报告，司令带上报告，特意跑了一趟北京，所以，你懂的——

"往年，领导干部任职不满一年，不纳入当年转业范围，就算各单位报上来了，总部也通不过。但今年不一样，今年是部队改革的第一年，很多政策都会调整，往年的特殊情况，今年可能就不特殊了。如果报你转业，总部说不定会通过，到时候没有人能帮得了你——"

"我……"向阳鼓起勇气说，"我考虑过了——"

"你再认真考虑考虑吧。"胡政委一摆手说，"人才，我们要尽力挽留。干部个人的想法，我们也应该尊重。去吧。"

# 六十四

向阳给孟一昶打了一个电话。

"你大爷的！"孟一昶在电话里放声笑道，"我转业四五年了，你才打过几个电话？虽然咱们已经是军民关系了，但你这个官老爷也不能高高在上，不体察下情呀。我可是一直在关注你呢。"

"不好意思，兄弟！"向阳脸上一热，幸亏是在电话里，如果两个人面对面时，他说这么一句话，那他只能找地缝钻进去。在一个学校共同生活了四年的同学，又是坐同一节车厢到部队报到的战友，然后成为一起蹚过青春硌脚河床的兄弟，在人家告别部队，游出"舒适区"，划向陌生水域的时候，他竟然连一声问候都没有，更何谈帮助？孟一昶到地方上班后，就把新换的手机号码和办公室电话号码告诉他了，可他竟然一次都没有打过。他为这个战友和兄弟做得最多的一件事就是，在他的微信朋友圈里默默点赞，那也只是早上起床后，蹲在马桶上刷微信，不经意间看到他的朋友圈又更新了，随手点一下，献上一颗"心形"标志而已。

记得有一次，孟一昶在朋友圈晒出一只白色的小狗，写了几句话："我是迷人的小可爱，年龄小（一个月），皮肤好（白色）；带走我，解寂寞。"向阳在评论区写了一句话："老孟，你留着自己用。"孟一昶大概恼羞成怒了，回复四个字："去你妈的！"他吐了吐舌头。这以后，他再也不在谁都有权发言的公众平台开这种不合时宜的玩笑了。两个人在朋友圈的互动也就越来越少了。而几年来第一次拨这个陌生的电话，寻找这个熟悉的人，却是因为自己在生活中遇到了难题，想寻求帮助。唉，就这样吧！当你遇到困难的时候，首先想到的那个人，肯定是你真正的朋友，或者兄弟。他只能为自己找到这个理由。

"真不好意思，兄弟！"他又说了一遍，"要不是因为有事，想听听你的意见，我还是想不起来给你打电话——"他尴尬地笑笑。

"哦——"他说，"你把我当成你的人生导师了。说吧。"

向阳简要说了自己要求转业的想法。

"哥们，我奉劝你一句，这个时候你可千万别犯傻，别冲动！"孟一昶应该跳起来了，"你以为死了厨子，大家就只能吃连毛鸡？这个地球离了谁不能转呢？何况你我都是不值一提的小人物——你那个副处长在我眼里根本就不算个官！"——向阳心里有点不是滋味，心想这不是吃不到葡萄说葡萄酸吗？——"不要说纪检处处长和副处长一起转业了，就算一个政治部所有的业务处领导都转业了，对 D 城的发展也不会有任何影响！你们走了，后面有大把的人排队等着上岗呢。我要是领导，倒巴不得多转业几个领导干部，把位置空出来，好用一批新人，团结在自己周围呢。"

"你不了解我的实际情况。"向阳把单位让郭纪芬转业的事简单说了一遍，"我承认，刚开始有点负气，但这几天想了想，也想明白了。我在这里都待了三十年了，眼睛里天天都是沙子，看够了。刚毕业那会儿，一天都不想多待，慢慢习惯了，想着再坚持几年，把孩子送出去。现在这个想法不现实了。你也知道，双军人一方转业，另一方下一年也是重点转业对象，就算我想多赖几年，组织也不同意呀，政策要赶着我走。与其被人炒鱿鱼，还不如自己炒老板鱿鱼，哪里的水土不养人？你说是不是？"

"你说的也有点道理。可是，地方上的日子可没有你想的那么好——"

"你天天生活在花花世界里，灯红酒绿、纸醉金迷，还说日子不好过？"

"老大！你在部队占公家便宜习惯了，现在外面干啥不要钱？"

"你不是在市场监督局吗？"向阳笑着说，"你不吃拿卡要就不错了，小商小贩谁敢跟你收钱？"向阳常去三区市场一家牛肉面馆吃早饭，那是一家夫妻店，男的大概有四十岁了，女的才二十多岁。两口子大冬天忙得热汗不消，女的不停地从桌子上收拾碗筷，装在一个红色的大塑料盆里，吭哧吭哧端进操作间，哗啦啦往水池里一倒，拧开水龙头，放满一池水，关上水龙头。再把洗洁精瓶子倒过来，轻轻一捏，洒上一些洗洁精，然后撸起袖子，一手拿碗，一手拿一块油腻腻的抹布轻轻一抹，再把抹过的碗放在旁边的案板上，接着去抹下一个碗。等把这些碗都洗完了，再拧开水龙头，双手捧起一摞碗，在水龙头下面横着冲两遍，竖着冲三遍。等把碗全部冲完，关上水，把碗端到锅台上。男的用和面机和面，再自己揉面、拉面、煮面、捞面、舀汤，捏几粒肉丁撒在碗里，再撒上香菜和葱花，把碗放在隔开就餐区和操作区的台子上。辣椒油就在台上，各人根据需要自助。男的还要烧火、加煤、加水，刚放下拨火棍，又要揉面，手都来不及洗，胡乱在油乎乎的围裙上抹两把。额头上的汗都滴到了锅里。即便这样，牛肉面馆的生意仍然非常红火，每天早餐这个点都会排起长长的队伍。有一天，外面来了一个人，大马金刀地坐下，还没有开口，拉面的男人已经看见他了。他飞快地把面煮到锅里，又开始拉另一碗面。等到两碗面都出锅，他把之前那一碗放在台上，客人端走了。他给另一碗面里盛了两勺辣椒油，又装了一小碟牛肉，把筷子放在碗沿上，一手端着碟子，一手端着碗，忙不迭送出来，恭恭敬敬放在那个人的面前。那个人吃完，嘴一抹，走了。向阳眼睁睁地看着他远去，不由露出羡慕的神色。那个人他认识，就在D城市场管理局上班。孟一昶估计也是这种作风，只不过，他们吃霸王餐的地方肯定比这家牛肉面馆上档次。

"切！别逗了。"孟一昶似乎很不屑，"这都什么年月了，你还敢吃拿卡要？"

"你不是在实权部门？老板们谁见了你不矮三分？"

"什么实权部门？"孟一昶叹了口气，"你想象中的时代已经过去了。现在的形势是：权力越大，责任越大。只要不被投诉，不被人告，就谢天谢地了。我现在的想法是，把娃带好，把家顾好，每个月工资不少，就心满意足喽！"

"咋了？不想再冲一冲？你毕竟还年轻——"

"冲个毛线！"他自我解嘲地笑笑，"地方上讲圈子，人家都是苦心经营了好多年，才有了一个稳定的圈子。你一个老转，又没有关系，两眼一抹黑，胡乱跳腾啥？"

"没有关系，可以发生关系嘛。"

"跟谁？女上司？"孟一昶愣了一下，接着又笑了，"靠，你当领导时间不长，肚子里坏水不少！逢年过节想去家里坐坐人家都不让进门，还发生关系！你是来搞笑的吗？"

"逗你玩嘛！"向阳笑了，"你可别像上次狗狗事件一样较真。哦，对了，那只狗狗最后送出去了吗？"

"送个毛！都养成大狗了，都是孩子闹的。一天到晚伺候孩子不算，还要伺候畜生！"

向阳又笑了。小航也闹着要养狗，郭纪芬死活不松口，小航也无可奈何。时间不早了，他对孟一昶说，要下班回家了，下次聊。并再一次向他表示歉意。

"那有什么呀？"他说，"一转业离开部队，你和战友就不再是亲密无间的同志，而是变成了军民关系了。最近看书，读到一个关于孟尝君的故事。孟尝君一度得不到领导信任，手下的门客都跑光了。后来，他东山再起，牛皮哄哄地说，当年他风光的时候，有三千多个人都指望他过日子。但有一天失势了，这些人都跑了个精光，可见这些人都是势利小人。如今他官复原职，如果这些人还有脸来投靠他，他就把唾沫吐到他们脸上。有一个门客就劝他说，你看那些赶集的，天蒙蒙亮，争先恐后，摩肩接踵，害怕买不上新鲜猪肉。天黑了，集散了，一个个无精打采地回家，谁还有兴趣转头关心菜贩子下班了没有？不是这些人喜欢早起、讨厌天黑，而是因为他们的目的是赶集，市场上待价而沽的商品才是他们关心的重点。你有资源，他就像苍蝇一样围着你；你没有资源，他才懒得理你。哪儿不是人走茶凉？孟尝君都有过这种经历，何况你我？等到你转业那一天，就能体会到我的感受，慢慢适应吧。"

向阳脸又红了，话题没办法再继续下去。他找了一个借口，挂断电话，然后又给向有勇打了个电话。向有勇听说他要转业，火不打一处来。

"愚蠢！幼稚！"他破口大骂，"你有什么资格跟领导叫板？亏你还是个领导干部！政治上一点都不成熟——"

　　"行啦行啦！我就知道你会这么说！"孟一昶在电话里带给他的欢乐霎时被搅散了，向阳变得烦躁起来，"时代不一样了，每个人有每个人的想法，你不要老是把自己的意志强加给别人，好不好？好了，我不跟你说了。"他挂断了电话。

　　已经过了下班时间，他把办公桌的东西收拾整齐，静静地坐了一会儿，喝了一杯水，等同事们都走了，他才慢慢站起来，整了整衣服，走了出去。外面风很大，他刚从热气腾腾的屋里出来，身上感到一阵寒意。外面锣鼓喧天，大概是在欢迎新兵吧？老兵应该早到家了。在锣鼓声里跳跃的欢乐音符，让人闻到了新鲜血液的味道。

# 六十五

　　老旦回来了。

　　老旦是躺在面包车里回来的。除了他和司机，车上还有两个人——表姐和表姐夫。老旦家里没有什么亲戚，这个表姐也是前几年才联系上。那正是老旦一生中最风光的时候，宇航大酒店迎来送往的不是贵人，即是达官，无论他们身处 D 城的哪个位置，总有一天都会在这里相遇。这座酒店就是城市中心的立交桥，老旦就是站在立交桥中央疏导车流的交警，他从容引导客人避开不方便见的人，把他们疏散到相应的包厢。

　　老家有人在 D 城当兵，老家人渐渐知道 D 城有这么一位老乡。"富人深山有远亲。"陆陆续续有人找上门，有的拎一筐子核桃，有的提溜半袋子小米，有的扛一袋子土豆。"千里送鹅毛，礼轻人意重"，更何况老旦要风得风，要雨得雨，啥也不缺。酒一上头，老旦把天都能许给别人。说者无心，听者有意。他们就不再客气，把困难摆上老旦的桌面。酒醒后，老旦也后悔，但说出去的话，泼出去的水，硬着头皮也得办。好在老旦有人脉，套改几个士官倒不在话下。表姐的儿子就是在这种情况下顺利完成了套改。这么多年过去，老家血缘近一点的亲戚早就死绝了，剩了这个表姐，因为孩子的原因，一直还保持联系。

晚上下班后，向阳在市场上吃了一碗面条，买了一点水果，一个人去医院看望老旦。内科病室在医院三楼左侧。推开病室门进去，是长长的一条走廊，走廊左边全部都是病房，进门处右边依次是病号餐厅、护士站、医生值班室、洗手间。晚上下班后，科室只有一个护士和一个医生值班，病号也没有几个，走廊里空空荡荡，非常冷清，空气里弥漫着很浓的药水味。挂在餐厅墙壁上的电视还开着，正在播放电影《夏洛特烦恼》，西装革履、发型新潮的夏洛正意味深长地说："钱没有了还可以赚，人没有了，就什么都没了……"

餐厅里有人在说话。"钱！钱！钱！你就光知道钱！"是一个女的在大声说，"我看你死的时候能带多少走！"

"你就是个勺子！"有一个男的破口大骂，"你看他那个述样子，蹦跶不了几天了！他把一个五岁的娃撂给你，自个腿一蹬，撒手不管了。往后日子长着呢，你自己慢慢想吧——"

"你这个人还有点良心没有？"女的声音也提高了，"人家给你儿子套士官，要你一分钱了吗？你不就买了两箱'闷倒驴'？人家把儿子给你，不是把抚养费也算给你了？人家给了我们二十万，把他儿子养到十八岁还不够？"她忽然抽噎起来，"人家是个有本事的人，要不是家里人都死绝了，会找咱们吗？"

"物价不涨呀？"男的仍然不依不饶，"十年前兰州的房价还不到两千，现在都一万二了。一个月一千多块钱，十年后光吃馒头都不够……"

"去去去——"似乎是女人推了男人一把，男人一个趔趄，身子撞在餐桌上，餐桌的腿划过地面，发出一阵刺耳的声音。

"你疯了是不是？"男的气急败坏，"你给我站住——"女的已经从餐厅冲了出来，头发乱蓬蓬的，直顾着往外撞，把向阳也撞了个趔趄。她也顾不得跟向阳道歉，一把推开他，快步走出去，推开内科病室大门，甩手走了。那个男的跟了出来，瘦瘦小小的样子，他见向阳穿着军装，愣了一下，连忙赔笑说："领导好！对不起！"贴着墙根从向阳身边走过，抱头鼠窜而去。

向阳走到护士站，问护士李才旦在哪个病房。那个护士正在看手机，满脸笑容，显然没有听到有人跟她说话。向阳又问了一遍。护士一脸不悦，把视线转移到向阳身上，见他穿着军装，还是个中校，误以为是查岗的，唬得脸都白了，赶紧把手机装进护士服的口袋，嗫嚅着说："领导，对不起！我没听清——"

向阳无奈地笑笑，又说了一遍。护士这次听明白了，三步并作两步，从护士站急匆匆走出来，引导向阳到护士站斜对面的重症病房。向阳轻轻推开门走进去，浓烈的药味、刺鼻的尿臊味，还有一股死亡的气息扑鼻而来。向阳刚吃完饭，咽部立即有了反应，他不由像早上起床刷牙时那样，出声干呕，紧接着，胃部像水沸腾了一样，咕嘟嘟开始涌动。他捂住了嘴巴。

病房大概有十平方米，玻璃隔断把病房一分为二，这一边，门的左边放着一个矮矮的柜子，柜子上有一个白色塑料袋，袋子口仍然系着，里面是一些香蕉，香蕉皮有些发黑。门的右边是一个铁皮衣柜，衣柜和床头柜都是白色的。

向阳扫了一圈，病房里好像没有人。不！有一个人！那个人在病房的玻璃隔断里面。玻璃隔断的那一边是一张漆成白色的铁架床。病床上是一床薄薄的被子，矮矮的枕头，也是白色。从外面看进去，被子几乎是平的，如果不是枕头上放着一个光秃秃的脑袋，被子下面那个孱弱的身体就会被忽略。床边立着一个又高又粗的铁罐子，灰蓝色，有点像去掉底座的"蓝箭"导弹模型，顶端是一条米色的软管，连接着旁边一台老旧的可移动呼吸机。呼吸机的一端也有一条软管，连接着氧气面罩，反扣在病人的嘴巴和鼻子上。连接病人和呼吸机的那条软管，此时看上去就像一条张牙舞爪的手臂，居高临下，紧紧按压着床上那个瘦骨嶙峋的人的口鼻。那个人脸上的肌肉深深陷了下去，一动不动，嗅不出一丝活的迹象——这一幕更像是电影中的谋杀，而非施救。

向阳轻轻敲了一下玻璃隔断，里面没有一点反应，向阳又连着敲了几下，这次稍微用了一点力量，玻璃隔断微微抖动了几下，发出沉闷的呼救声。病床上的人有了一点反应，他微微把头侧过来一点，仍然看不到站在隔断后面的人。紧接着，被子下面的手抖了一下，他紧紧抓住床沿，吃力地把头又扭过来一点。他看到向阳了，他眨了眨眼睛，嘴角微微抽动，好像在笑。

护士跟着进来。向阳问她是否可以到里面探望。护士犹豫了一下，又扫了一眼向阳的肩章，轻轻咬了一下嘴唇，点点头。向阳推开玻璃门，走到病床前，把被子掀开一角，伸手捏了捏老旦的胳膊——他摸到的是一根晾在户外的柴火，里面的水分早就蒸发殆尽了，硬硬的，凉凉的，连一丝活的迹象都没有。他不由心里一震。这时他看到老旦的眼睛眨了一下，嘴巴一张一翕，似乎想说什么，却连一个字也没有吐出来——紧紧扣在口鼻上的氧气面罩制止了他最后的求援。向阳随即向老旦报以微笑，他多想说一两句安慰的话，可是，他跟老旦一样，连一个字也说不出来。他就像一个胆怯的旁观者，目睹一幕谋杀惨案在自己的眼皮底下上演，却只能像那个施暴者捂住别人的口鼻一样，紧紧捂住自己的口鼻，以免暴露自己。向阳的眼泪止不住流下来，滑过手背，滴到了地上。

他推开门快步走了出去。

# 六十六

几天后的一个晚上，老旦走了。

就在老旦离世的第二天上午，D城发生了一桩车祸。D城中学的一位老师，骑摩托车载着爱人，到陵园祭奠自己的女儿。一年前，他们读初中二年级的女儿在参加800米测试时意外猝死。这一天是她的忌日。两口子一大早便到女儿墓前洒扫祭奠。从陵园出来，右边的马路通往特供团，左边则是市区。道路两旁栽满了钻天杨，对视野有一定影响。两个人骑着摩托车刚拐过路口，正好被一辆迎面而来的军车撞上，夫妻两人当场丧命。

因为这桩意外事故，老旦的遗体告别仪式延后一天。这场追悼会向阳也参加了。去的人很多，D城相关部门派了人参加追悼会，D城中学、小学的老师全去了，学生代表也去了不少人，一些学生家长也自告奋勇来了。D城医院太平间门前站满了人。大家排成两列，依次到太平间瞻仰遗容。向阳跟在别人身后，前簇后拥，根本没有停留的时间。人群出奇地安静，没有一个人喧闹。遗容瞻仰完毕，大家又回到院子里，排好队。在沉重的哀乐中，大家鞠躬默哀，很多人泣不成声，哭成一片。

第二天是老旦的遗体告别仪式。除了老旦的表姐和表姐夫、小明和周芷汀之外，孙哥也去了。老旦的表姐眼睛肿肿的，显然哭过。不久又有几个人，是老旦的酒友，一路说说笑笑走进来，立即换上一副严肃的表情，上前和逝者家属握手。老旦的表姐夫挨个给大家发烟，说些感谢的话。

老旦就躺在太平间正中央的停尸床上，双手交叉放在胸前，身体两侧放着十几束鲜花，左边放着一瓶江西产的"百年孤独"白酒，右边是一瓶山东的忠义堂好汉酒——这都是老孙搞的名堂。远远地望过去，老旦安详而静谧。他脑门上的头发已经掉光了，脑袋两侧和脑后还有一些，稀稀疏疏。老旦的脸色泛黄，大概是化了妆的缘故，看上去不那么真实，有点像蜡像。他的身材比活着时更显矮小，像一具干巴巴的木乃伊。

屋里的光线并不好，略有些阴暗，让人的心情也非常沉重和压抑。向阳从老旦身边走过去。不知为什么，他竟然没有想象中那么悲伤，也许是眼皮底下这个人跟从前那个老旦区别太大的缘故吧？他回头看了一眼小明。小明的脸上也毫无表情，倒是周芷汀面有戚容，眼泪在眼眶里打转。长庚跟在周芷汀身后，歪歪扭扭往前挪动着脚步，像个醉汉。向阳看到长庚缓缓抬起右手，抹了一下鼻涕。他的手指又细又长，瘦骨嶙峋，指甲也很久没有剪过，指缝里是黑黑的泥垢。向阳不由得想起僵尸电影中，那些穿着清朝服饰的僵尸，一见到活人就狞笑着举起那一对鬼爪，要扼活人的脖子。他不禁皱了一下眉头。忽然，长庚嗖地把那一只鬼爪伸向老旦，一下子把那瓶"百年孤独"酒抓在手里。他的动作实在太快了，向阳和跟在长庚身后的老孙同时惊呼一声，想要制止已然晚了。长庚又倏地伸出另一只鬼爪，开始拆那瓶酒的包装盒。周芷汀颤声叫了一声："长庚——"吓得浑身哆嗦。小明转过身，上前左右开弓，"啪啪"就是两记耳光。

"你要干什么？"他厉声叫道。

长庚愣住了。两记耳光在两边脸上各留下几道浅浅的指印。长庚瞪大眼睛，眼泪、鼻涕糊得满脸都是，"咣"的一声，手中的瓶子掉到地上，酒冲破瓶子的束缚，慢慢从纸盒的缝隙里渗出来，浓浓的酒味弥漫在太平间里。

小明被激怒了，他挥舞着拳头，咚地一拳击在长庚鼻子上，长庚的鼻子顿时鲜血肆流。小明接着又是一脚，踹在长庚的腰上，长庚惨叫了一声，一个趔趄，摔倒在地上。小明两只脚轮流踹在长庚身上。长庚双手抱着头，蜷成一团，身体来回扭动，他的哭喊声像鬼哭狼嚎一样，凄惨又让人毛骨悚然。

周芷汀快步走过去，把小明拉到一边。小明气呼呼地骂道："你这个捶不扁、炒不爆、扯不长的催命鬼，你到底要把老子折磨到什么时候？"

周芷汀含着眼泪，弯腰去扶长庚。长庚也不知哪来的力气，猛地推开周芷汀。她收势不住，往后一退，大腿正好撞在停老旦尸体的铁床上，咣啷啷一阵响。长庚抹了一把眼泪，扶着地站起身，忽地掀开衣襟，从腰里抽出一把明晃晃的刀来，嘴里大声喊叫，张牙舞爪，一瘸一拐朝小明扑过去。这一切来得太突然了，小明没有回过神，也忘了闪躲，任由长庚手中的刀一下又一下扎在自己的身上。小明外面罩了一件羽绒服，里面也穿了厚厚的保暖衣。可弱不禁风的长庚不知哪来那么大的力气，竟然刺穿了小明的衣服，羽绒服里白色的鸭毛掉出来不少，在空中摇摇摆摆。

向阳和老孙几个人连忙冲过去，老孙拦腰抱住长庚，向阳抓住长庚拿刀的那只胳膊，老旦的表姐夫抓住他另一只胳膊。长庚像发疯一样，两条腿乱蹬，歇斯底里大喊大叫，脸上的肉不住抽搐。他挣扎了好一会儿，终于平静下来了。向阳腾出手，把长庚手里的刀夺下来，顺手丢进放在墙角的垃圾筐里。这是一把木柄水果刀，有十几厘米长，木制刀柄上的漆都磨掉了，看来这把刀应该有些年月了。长庚把刀磨得锃亮，刀刃有一段都卷边了。

小明惊魂未定，唬得脸色煞白，呆呆站在那里。周芷汀轻轻掀开他的衣服查看伤口。还好是冬天，厚重的衣服把外来侵略势力的伤害降到最低，肚子上只有三四处浅浅的伤口，隐隐渗出血来。周芷汀抹了一把眼泪，柔声说："你别打他了，他也挺可怜的。"——小明点了点头——"我就不给你们帮忙，我先带他回去了。"小明又点了点头。周芷汀过来牵了长庚的手，含着泪，对向阳和其他人微微一笑，说了一声"走吧"，就拽着长庚往外走。长庚缩着脖子，另一只手紧紧抓着周芷汀的后襟，怯怯地看了小明一眼，迅速转头，跟着周芷汀，一瘸一拐走了。

向阳让保障团安排车去木匠老李家拉棺材，这会儿也来了。几个战士七手八脚把老旦抬进棺材里，把盖板合上，钉上钉子，又把棺材抬到客货车上，拉到陵园。向阳已经和陵园管理处协商好了，在陵园的家属职工安葬区挖好了墓穴。向阳和小明，还有老旦的表姐、表姐夫、老孙等几个人，分别过去铲了几锹土，几个战士三下五除二就把墓穴填平了，再把墓碑立起来——是向阳托人从酒泉刻好带回来的，墓碑上只有五个字——李才旦之墓，连出生和去世时间都没有写。

"就这样吧，写不写又有多大区别呢？"向阳对自己说。

老旦的父母也葬在陵园。母亲离他稍远，在倒数第五排，父亲葬在倒数第三排。从老旦的墓前望过去，黑压压一片都是墓碑，像荷枪实弹、整装待发的战士，几乎一样的颜色，一样的个头，无从区分性别和长相，也辨认不出哪个是老旦父亲的墓，哪个是老旦母亲的墓。在老旦的旁边，是比他晚一天去世的中学老师和他的爱人，他们的墓正对着女儿的墓。这一家人相养以生，相守以死，永远都不寂寞。反而是老旦，父母早早离他而去，他们在人海中失散。死后，各自又被淹没在荒凉的墓群之中，一家三口既不能相望，也无法相守，彼此都很孤独。想到这里，向阳忽然心里一酸，眼泪止不住扑簌簌往下掉。他快步往前走去。前排是 D 城建城之初的功勋将领，他们如众星拱月一般，毕恭毕敬站在老帅的身后——老帅站在第一排唯一的位置。

风吹干了向阳的眼泪。他回头问跟在身后的小明，有没有给欣玥打电话，告知老旦的死讯。

小明摇摇头。"你看我现在这落魄样儿，自己的事都忙不过来，哪还有心思给她打电话？"他苦笑着说，"你不提醒我，我还真把欣玥给忘了，给她打电话是一年前，还是两年前？哎——"——他走上来挽住向阳的胳膊——"你有没有觉得时间过得太快了呀？他大爷的，年轻的时候，尤其是学生时代，起得比鸡早，睡得比狗晚，两眼一睁就要写作业，缺吃少穿还没钱，日子却过得贼慢，用一个成语来形容，就是度日如年！一过三十岁，一睁眼，一年过完了，再一闭眼，又一年没有了，好像前天还穿着短袖，昨天加秋裤，今天就是羽绒服了。古人说'一日三秋'，他大爷的，一点不假，就是这种感觉！哎！向阳——"

向阳心里烦闷，没有心思听他唠叨，甩开他的胳膊，自顾自往前走。一边走一边想：小明说的还是有些道理。如果人生不是以时间，而是以个人感觉来划分，他觉得二十岁之前至少占据了人生的二分之一，漫长而有趣，仿佛那个时段承载了生命中的大部分欢乐。一过三十岁，时间仿佛从步行阶段直接跨入高铁时代，压根儿来不及多想，一年就没有了，再一愣神，十年都过完了。上次见到欣玥，好像是昨天的事一样，可实际上已经是三年前的事了。不知道她现在过得怎么样？是自己一个人，还是又结婚了？他掏出手机，犹豫了一下，还是拨通了欣玥的电话。

"喂？你怎么想起给我打电话啦？"是欣玥的声音。电话那头很吵，有无数个人在同时发声。欣玥在跟他说话的同时，也在跟别人说话，他听到了她爽朗的笑声。想象中的对话自有一番聒噪，而现实中也是如此，只可惜他不是主角，这笑声不是因他而发的。

"你在忙？"他问。

"有事吗？"

"没——没事——"

"……"对方一阵沉默。

"……"沉默漫延过来，将他一并淹没。

"那我回头给你打吧，我这会有点事——"

"哦——"他说，"不用打了，我没事——"他挂断了电话。

老帅的陵墓正对着陵园大门。他来到老帅的墓前，深深鞠了一个躬。从小学开始，每年清明节，老师都要带领他们来陵园给老帅扫墓，同时也给为D城建设做出贡献的英雄和烈士们扫墓。那时候他们是四个人，后来，有一个人离开了 D 城；再后来，有一个人离开了这个世界；如今，剩下的这两个人，不久也要失散。他忽然想起一段唱词："休道那关羽像前曾结义，打今日，各自生路各自思谋，只将江湖上交情铭记……"在一波一波漫过的岁月里，当初的兄弟们终究要在茫茫人海中失散。其实，回过头细想，人这一生不就这么一回事吗？在别人眼里也许波澜壮阔，但如果让自己站在终点回头看，未必就精彩纷呈，也许格外平庸也未可知。即使是老帅，恐怕也不敢拍着胸脯说，自己的一生是伟大的一生，没有留下任何遗憾吧？在这个意义上来说，反倒是那些甘于平庸的人更乐于知足，留下的遗憾或许更少。比如小明，如果不是因为儿子的意外状况，他或许比自己的幸福感更强吧？而老旦轰轰烈烈在人世走了一遭，该有尽有，唯独少了健康。于是，曾经获得的荣耀全被推翻了……

"在你率先到达的那个世界，希望你能顺利找到自己的父母。希望你在那个世界里幸福、健康……"他轻轻说道。

# 六十七

向阳的转业申请竟然被批准了。

"就这样脱下军装，告别部队了吗？"他问自己。

"是的……"他听见自己在回答。

"年轻时候总想着转业，转业却距离自己那么遥远。如今仅仅有这个想法，却轻而易举就实现了，为什么？"他又问。

"因为命运并不是一把尺子量到底。不同的人有不同的命运，同一个人，不同时期也有不同的际遇。"他回答说。

一时之间，向阳说不清是愤懑、失望，还是吃惊。这次提出转业，虽然有赌气的成分，但对于这个结果，也并非没有心理准备。部队改革已经进入关键期，自然不能用往年的经验来判断政策趋向和走势，但无论怎么改，裁员肯定是第一位的。

此次改革，D 城内部调整的幅度相当大，臃肿的机构要裁撤，有些新部门要顺势而起，转业名额也比往年翻了一番，这给领导们出了个难题。因为 D 城干部对待转业的态度完全走向两个极端——年轻的不想留在部队，年龄大的有各种顾虑，不愿意离开部队。但部队的人员配置总体趋势是年轻化，年轻的想转业很难，年龄大的想留队也不容易。往年都要设置一些条框，比如职务等级是正营且年龄满四十岁，职务等级是技术九级（相当于行政副团）却没有中级职称，双军人一方转业且夫妻两地分居满三年，行政正团满六年，等等，都纳入转业范围。这样下来，每年被动转业的老同志也不少。但今年的转业名额太多，也没办法照顾有年龄优势的干部了。只要提出转业，一般都会批准。

回到家以后，向阳告诉郭纪芬，自己转业了。郭纪芬一愣，接着眼泪扑簌簌往下掉。她很久没有在他眼前掉眼泪了。向阳心里一动，走过去轻轻拍了拍她的肩膀，她忽然转过身，双手揽腰把他紧紧抱住。他顺势把她揽在怀里，笑着说："没事，你转业我陪着你。你到哪里，我就跟到哪里——"

"都是我不好——"她抽泣着说，"是我连累了你。你再干三年，都可以调正团了，是我耽误了你。"

自从有了孩子，两人之间常常发生龃龉。一部分是因为孩子，孩子哭闹，向阳要惯着他，由着他，她却偏偏要给他讲道理，让他知道哭闹解决不了问题。再就是因为老人，婆婆和儿媳妇互相看不顺眼，连带着女婿和丈母娘也尿不到一个壶里，郭纪芬攻击李爱月多事，向阳就嫌丈母娘偏心、护短。可一旦李爱月回去，郭纪芬要上班，又顾孩子，忙不过来，还得把老婆婆请回来。日子就在不断演化的矛盾中艰难前进。

现在，小航长大了，李爱月也回去了，他们却再也回不到过去了。向阳经常出差，在家时间比较少，即使回家，两人似乎也没有多少话要说，大多数时候，都是各人抱着自己的手机刷微信。小航跟他也不亲近。小航小时候，向阳每次出差带回来的新奇玩具还能打动他，可没过多久，玩具已经翻不出新花样了，来来回回不过是车、枪、遥控飞机等等，不要说小航提不起兴趣，就是他，也觉得买这些东西没有什么意思。后来又买书，四大名著、世界名著等等，买回来，兴冲冲地递到小航手上。他只"哦"一声，漫不经心地接过去，随手丢在书桌上一堆课本中间。过些日子，又整整齐齐陈列在书架上——那一定是郭纪芬放上去的，小航从来不会主动挪动屋里任何在他看来没有用的东西，哪怕是一只穿脏的袜子。

随着岁月流逝，他和郭纪芬之间的隔膜止不住一点点拉大，就像衣服接缝处一旦开线，如果不及时缝补弥合，缝隙只会越来越大。现在，因为同时转业，两个人仿佛同时被整个世界抛弃了，"同是天涯沦落人"，向阳觉得自己的心正在向她一度冰冷的心渐渐靠拢。他怀抱着她温软的身体，任她在自己肩膀上嘤嘤啜泣……这是一种久违的幸福，他任由自己沉浸其中。许久，他才回过神，把她从自己的怀里推开，双手捧起她的脑袋，注视着她梨花带雨的双眸，自己也不觉泪水盈眶，禁不住轻轻吻在她的唇上。她"哎哟"一声，羞红了脸，一把推开他。忽然又意识到了什么，莞尔一笑，紧紧扑在他的怀里。

他常陪小航出去玩。有一天，两人沿着 D 城的主干道一路向东，走过礼堂，走过机关办公楼。路两旁的行道树叶子早掉光了，显得瘦骨嶙峋。路上少有行人，为数不多的几个人都穿着厚厚的羽绒服，戴着护耳。一阵风吹过，向阳不由激灵灵打个冷战。他倏然一惊，好像直到今天才意识到已经是隆冬了。他已经很久没有认真看过这天，这云，还有这荒凉的戈壁。这一切的一切，从今往后，都跟他没有任何关系了。

远处，东风湖的湖面结了厚厚的冰，有很多人带着孩子在玩。有人把方凳倒过来，让孩子坐进去，推着凳子在冰面上行走。还有人干脆拿一块木板，在边缘钻个洞，穿上绳子，让孩子坐在木板上，他把绳子的这一端背在肩膀上，在冰面上艰难跋涉。还有人用钢筋焊了一个雪橇，加装了带扶手和靠背的座椅，座位上固定着一块木板，木板上铺着厚厚的棉垫。父亲毫不吃力地推着雪橇飞一般滑行，远远地超过其他人。坐在雪橇上的孩子扫视着被远远落在身后的其他孩子，一脸得意，推雪橇的父亲也把目光投向像老牛一样喘着粗气的别人的父亲，颔首微笑。

向阳瞥了一眼小航，他正看得出神，脸上满是羡慕。向阳心里一阵惭愧。在 D 城工作和生活了这么多年，他竟然没有带孩子滑过一次雪橇。这是他在 D 城待的最后一个冬天了，以前有那么多机会摆在眼前，他连一次也没有把握住，或者不如说，他根本没有试图去把握，他没有给机会任何机会，以后还会有机会吗？

他似乎一直很忙，尤其是这两年，一件事接着一件事，哪一件事都耽误不起，让人疲于应付。现在，忽然都不重要了。他一刹那间明白，并不是这个岗位离不开他，而是他离不开这个岗位。不要说他这种微不足道的小人物，即使是一度如日中天的首长，一旦落马空出位置，也很快就有人接替他。不久后的某一天，向阳从纪检处这间办公室搬出去，很快就有人搬进来，这间熟悉的房间很快也会淡忘他。铁打的营盘流水的兵，D城的战友、同事很快也会忘记他。

在追逐城市的征程中，有的人终于成了城市的一员，有的人却只能背起行囊，匆匆赶往下一个城市。城市永远那么僵硬——坚挺的高楼，板结的马路，阴森的通道，冰凉的地铁。若即若离之间，它冷艳而决绝。其实，不是城市伤了你的心，是我们在起起落落、跌跌撞撞中受了伤，动了情，麻痹了自己。正如他曾读过的一本书中所说，真实世界里没有主角。这个世界不是为你，也不是为别人，甚至不是为人类的幸福而存在的。世界不在乎你的命运，而且没有义务让你理解。你喜，或悲，城市都不动声色地站在原地，像凝固了几十个世纪。

所有的悲与喜，爱与恨，离与散，成与败，生与死，都只在你仅有的生命里烙下印记。城市永远都是一个旁观者，你的一切，对它而言不过是一阵轻风，掠过去，就散了。你曾经的上司，还有你，都以为自己的故事会感天动地，让城市为你动容，为你发善念，可是说白了，这不过是你一厢情愿。

他不如从前爱出门了。时间像洪水一样从四面八方滚涌而来，让他无所适从。轻轻抽出书架上落满灰尘的名著，看不了几页，却又搁下。走出去，郭纪芬正在厨房里准备午饭或晚饭。两个人全部的工作就是一日三餐，他不得不帮着剥葱、剥蒜，这些之前为之不屑的小事，如今成为他的主要工作，成为生活中的头等大事。

他一下子觉得自己老了。早上起床穿衣服，穿到一半，忽然不知想起什么了，呆呆地坐着，一坐就是半天。事后回想，又记不起当时到底想到了什么。他变得健忘。郭纪芬有时候腾不出手，让他帮忙拿东西，她让拿东，他却拿西；让他盯着锅里煮的稀饭，他糊里糊涂敲了两个鸡蛋；让他到阳台上晾洗衣机里的衣服，一抬手又倒了半桶洗衣液进去。

他一样一样整理从前的衣物、照片、书籍。他看到照片中那个英姿勃发的年轻人，几乎不敢相信这就是曾经的自己。郭纪芬时不时会走进来，静静地站在他的身后。四目相对，他看到她的失落，她也读出了他的寂寞。有时候，两人相视而笑，有时候，又禁不住一声长叹。他不由想起十几年前，父亲即将离开D城的时候，也和他一样常常走神。那时候他不理解父亲的心情，现在他懂了。

有一辆专列要发往兰州。他找人打了招呼，把自己的行李打包装箱，又从别的单位找了客货车，找人派了几名公差，帮他把箱子装上专列。到车站的时候，列车正好进站了，汽笛呜呜响，一股风吹开了眼前的道路。有十几个在外地参加军训的新入伍大学生正好回来了，人头攒动，说说笑笑，拎着大包小包从车站往外走。他不由想到那个遥远的下午，他和孟一昶风尘仆仆，拖着笨重的行李箱走下火车。那时，这个地方对孟一昶而言是完全陌生的，对他来说却是从遥远的异地回到家里。可他丝毫体会不到回家的激动，如今，他却感受到一种刻骨铭心的伤痛——远离家乡的伤痛。即将开走的这趟专列，有点像传说中的孟婆汤，把他所熟悉的一切变得陌生。

# 尾声

新的航天任务又来了。

继任的副司令姓牛，为人低调、深沉，不像前任那般雷厉风行。可是，D城的事业非但没有受到影响，承担的试验任务还比以前更重，卫星发射的频率也比以前更高。眼前这次任务，影响力空前，仅仅运载火箭的重量就接近500吨，火箭的高度将近60米，像一个巍峨的巨人一样矗立在空旷的戈壁滩上，傲视着周围的一切。

他从来都没有带小航看过火箭转运。这次还是郭纪芬提议，两个人带着孩子，坐同事的车一起去发射场。火箭已经转运完毕，发射塔架周围用围栏围了起来，有几个战士来回走动巡逻。

围栏外面有很多人排起长队。向阳和郭纪芬领着小航走过去，才发现他们争先恐后地在和首飞航天员合影。这是向阳第一次接近首飞航天员，首飞航天员个子不高，比之前胖了，也更白净了。向阳看到首飞航天员真人比电视中的更加神采奕奕——军装笔挺，两边肩膀上的军衔将星闪耀，黑色的皮鞋锃亮，能耀出人的影子。首飞航天员站在围栏里面，面含微笑，彬彬有礼，和每一个接近他的人合影、握手。有人在围栏的这一边大胆伸出手去，挽住他的胳膊，他仍然报以微笑，也不拒绝。

终于轮到他们了。向阳有些紧张，手心都出汗了，他把手在裤缝处搓了搓，红着脸伸出去。首飞航天员轻轻握了一下，很快抽回手去。他感到首飞航天员的手很软，很温暖。小航端端正正站在首飞航天员对面，行了一个少先队员队礼。

首飞航天员轻轻拍了拍小航的肩膀，说："小伙子，好好学习，争取也当一名航天员！我们国家航天事业的未来，就靠你们了。"

小航激动得快要流下眼泪了。他们一起合影，他又用自己的手机给小航和首飞航天员合影。回来的路上，小家伙的情绪格外高涨，叽叽喳喳说个没完没了。临下车，他先下去，小家伙张开双臂，要父亲抱他下来。他吃力地把孩子抱起来，紧紧搂在怀里，一步一步往前走。他深切感受到孩子的重量和温度——他真的好久都没有抱过孩子了。

火箭发射是在几日后的凌晨五点多。小家伙自己定了闹钟，早早把他们叫醒。郭纪芬嫌太冷，不愿意起床。他只好起来，给孩子和自己分别裹上厚厚的羽绒服，他帮孩子把羽绒服的帽子戴好，自己也把帽子戴上，两人又戴上手套。他骑上自行车，孩子坐在后座上，紧紧揽着他的腰。所有的路灯全亮着，街上灯火通明。这个时间点，航天员早在飞船舱整装待发，保障人员也早就抵达各自的岗位。中央八项规定颁布以来，大型活动的接待任务减轻了不少，来参观的人比从前少多了，街上冷冷清清，只有车轮碾过柏油路面的沙沙声。

他们站在河边的堤坝上，远远看见发射场灯火明亮。他虽然听不见零号指挥员沉着的声音，但闭上眼睛都能想象出火箭从点火到腾空而起，飞入云霄的整个流程。

"10——9——8——7——6——5——4——3——2——1——点火——"

脚下的大地开始震动，巨大的轰隆声随之而来，东南角的天空像烧着了似的，浓烟翻滚，火箭托举着飞船拔地而起，撕破浓得化不开的夜幕，越飞越高，越飞越高，最终消失在浩瀚的夜空中，只留下一道长长的白色烟雾。这壮观的场面让他热血沸腾，仿佛有另一个自己离开了身体，随着腾飞的飞箭升空而去。

他知道，D城前景无量，发展只会越来越好，若干年以后，这里或许会成为一座新兴城市也未可知。他想起艾青的诗句："为什么我的眼里常含泪水？因为我对这土地爱得深沉……"他感到身上迸发出一股前所未有的力量，像汹涌的浪潮一阵阵冲击他，那正是自己曾经从事的事业的力量。他把小航紧紧揽在怀里，泪水滚涌而下……

初稿于 2021 年 11 月 30 日晚七点零八分 惠州
修改于 2021 年 12 月 29 日晚七点十一分 惠州